顾 随

中国现当代最富影响的学者之一。北京大学毕业后即从事教育工作,曾任燕京大学、辅仁大学等校教授、系主任。他有广泛的兴趣爱好,既是作家、诗人、剧作家、理论批评家,也是鉴赏家、书法家、禅学家、讲授艺术家,被誉为"一位极出色的大师级的哲人巨匠"。

叶嘉莹

当代知名学者。南开大学中华古典文化研究所所长、中央文史研究馆馆员,加拿大皇家学会院士、不列颠哥伦比亚大学终身教授,曾任中国台湾大学教授,美国哈佛大学、哥伦比亚大学等校客座教授。荣获"2015—2016年度影响世界华人大奖"终身成就奖。

顾 随 讲

叶嘉莹 笔记

顾之京 高献红 整理

下册

传学

中国文学讲记

北京大学出版社
PEKING UNIVERSITY PRESS

>>> 1943年，顾随先生（前坐者）与叶嘉莹（右二）等学生在一起。

上册

001　　　序一　顾　随
001　　　序二　叶嘉莹

001　　　开场白　感发作用
007　　　第一讲　《诗经》讲萃
087　　　第二讲　《论语》撷英
129　　　第三讲　楚辞释读
141　　　第四讲　《中庸》解析
205　　　第五讲　曹氏诗之力与美
225　　　第六讲　《文赋》要义
295　　　第七讲　说陶诗
357　　　第八讲　《文选》精华

下册

465　　　第九讲　初唐三家诗
477　　　第十讲　王绩之寂寞心
483　　　第十一讲　王维诗品讲

515	第十二讲	太白古体诗散讲
557	第十三讲	杜甫诗讲论
595	第十四讲	退之诗说
621	第十五讲	李贺三讲
635	第十六讲	讲小李杜
657	第十七讲	李商隐诗梦的朦胧美
673	第十八讲	唐诗短讲二题
681	第十九讲	宋诗讲略
695	第二十讲	陈与义诗简讲
707	第二十一讲	真实诗人陆放翁
723	第二十二讲	词之三宗
743	第二十三讲	《樵歌》闲讲
761	第二十四讲	稼轩词心解
803	第二十五讲	说竹山词
825	第二十六讲	宋词短讲
837	第二十七讲	元曲指要
847	第二十八讲	王静安讲论
887	第二十九讲	古代不受禅佛影响的诗人
895	第三十讲	古典诗词的知、觉、情、思
907	第三十一讲	古典诗词的欣赏、记录、理想
915	第三十二讲	古典诗词的传统
925	第三十三讲	漫议古典诗词之形式
929	第三十四讲	杂谭古典诗境
947	第三十五讲	杂谭古典诗词之特质
965	第三十六讲	杂谭古典诗人之修养
983	第三十七讲	杂谭古典诗词之创作

1029	后记

第九讲

初唐三家诗

第一节

王绩五律《野望》

> 东皋薄暮望,徙倚欲何依。
> 树树皆秋色,山山唯落晖。
> 牧童驱犊返,猎马带禽归。
> 相顾无相识,长歌怀采薇。

王绩,字无功,王通(文中子,人称"门多将相文中子")之弟,善饮,作有《五斗先生传》,又作《醉乡记》。

王无功写《野望》时心是无着落的。"徙倚欲何依","欲何依"三字是一种无可奈何的心情,亦即寂寞心。真正寂寞,外表虽无聊而内心忙迫,王氏此诗便在此情绪中写出。

王氏此诗是凄凉的。平常人写凄凉多用暗淡颜色,不用鲜明颜色。"树树"两句,"牧童"两句,"相顾"两句,生机旺盛。

"树树皆秋色,山山唯落晖"是内外一如,写物即写其心,寂寞、悲哀、凄凉、跳动的心。若但曰"树树秋色,山山落晖",便死板了。"牧童驱犊返,猎马带禽归",是生的色彩。若但曰"牧童驱犊,猎马带禽",也死板了。此二句是"事",既曰"事",自有生、有人。无功写此二句时,真与牧童、猎人同情。"牧童驱犊返",多么自在;"猎马带禽归",多么英俊!无功的确感到其自在、英俊(有英气)。(自得与自在不同,自在是静的,自得是动的。自得,非取自别人,是收获而能与自己调和,成为自己的东西。君子在礼乐庙堂中固可自得,即使绑赴法场,仍是自得。此近于佛家所谓性不灭。)"牧童驱犊返,猎马带禽归",真是生的色彩。

>>> 王绩写《野望》时,心是无着落的、真正寂寞的,外表虽无聊而内心忙迫。图为《野望》诗意画。

杜审言①乃老杜祖父,有《和晋陵陆丞早春游望》:

> 独有宦游人,偏惊物候新。
> 云霞出海曙,梅柳渡江春。
> 淑气催黄鸟,晴光转绿蘋。
> 忽闻歌古调,归思欲沾襟。

"云霞出海曙,梅柳渡江春"二句,是生的色彩、力的表现,遮天盖地而来,而又真自在。全首只此二句好。王维诗《观猎》:

> 风劲角弓鸣,将军猎渭城。
> 草枯鹰眼疾,雪尽马蹄轻。

不能将心、物融合,故生的色彩表现不浓厚。王维四句不如无功"猎马带禽归"一句。

王氏首尾四句不见佳,然诗实自此出,此诗之成为好诗不只在中间两联。

---

① 杜审言(646? —708):字必简,襄阳(今属湖北)人。唐朝诗人,与李峤、崔融、苏味道并称"文章四友"。

第二节

沈佺期七律《古意》

> 卢家少妇郁金堂,海燕双栖玳瑁梁。
> 九月寒砧催木叶,十年征戍忆辽阳。
> 白狼河北音书断,丹凤城南秋夜长。
> 谁为含愁独不见,更教明月照流黄。

沈佺期,字云卿。以人品论,沈云卿不及王无功,王为隐士,狷洁自好,沈品不高,中宗时韦后专政,沈尚为作《迴波词》。

"古意"下或有"呈乔补阙知之[①]";又"古意"一作"独不见"。

唐诗之好处有两点:(1) 韵味(神韵)、韵,(2) 气象。韵味有远近,气象有大小。凡一种作品文体初一发生时气象皆有阔大处,五言诗之在汉,七言诗之在唐,词之在北宋,曲之在元,皆气象阔大,虽然谈不到细致。晚唐诗每字称量而出,故不及盛唐气象。

王无功由隋入唐,故其诗带点凄怆衰飒情味。鲁迅先生作品亦然,凝练结果真成一种寂寞,不但写冷淡是如此,写热烈亦然,终不能阔大、发皇(发扬)。

沈佺期诗真是初唐诗,气象好,色彩、调子好。

《古意》略说:

[①] 乔知之(? —697):名不详,同州冯翊(今陕西大荔)人。武后朝为左补阙。以文辞知名,所作诗文,时人多吟咏。

首言"卢家少妇",则莫愁也;堂曰"郁金",梁曰"玳瑁",则豪家也。次句"海燕双栖",则良辰与美景也。一首愁苦之诗,看他开端如此富丽,且莫说是修辞学所谓"对比"。

三句"九月寒砧催木叶"言闺中,四句"十年征戍忆辽阳"言塞外,始入本意,正写愁苦,而音节如此朗畅,气象如此阔大,以视后人,一写愁苦皆被愁苦压倒,真乃天地悬隔也。诗人对人生极富同情心,而另一方面又极冷酷,能言人之所不能言,欣赏人之所不敢欣赏,须于二者(同情心、冷酷)得一调和。极不调和的东西得到调和,便是最大成功、最高艺术境界。后人作诗,不是杀人不死,便是一棍棒打死老虎。后来诗人之作品单调,便是不能于矛盾中得调和。愁苦是打击、摧残、压迫,使人志气不能发扬,而沈云卿此诗写得好。

五、六两句,"白狼河""丹凤城",属对之工且不必说,须看他又是一句塞外,一句闺中,开合之妙,直与三、四两句相同,而所谓气象与音节者,殆将过之,此真《中庸》所说"君子无入而不自得焉"(十四章),更不必说后人诗如寒蜩声咽、辕驹气短也。学者须于此处着眼,不可轻轻放过。这四句中,"寒砧"对"征戍","音书"对"秋夜",不工,而气象好。

七、八两句是结,不见有甚奇持,吾人不必责备,故亦不苛求。(八句末之"流黄",参古乐府《长安有狭邪行》"中妇织流黄"之句,则流黄似是布帛之类。《文选》之《别赋》"晦高台之流黄",李善注引《环津要略》:"间色有五:绀、红、缥、紫、流黄也。"此则流黄似又是颜色矣。)

古人诗开合好,尤其唐人,至宋人则小矣。如陆放翁诗:

> 小楼一夜听春雨,深巷明朝卖杏花。
>
> (《临安春雨初霁》)

陈简斋诗:

> 客子光阴诗卷里，杏花消息雨声中。
>
> 　　　　　　　　（《怀天经智老因访之》）

虽亦有开合，而皆不及沈佺期此首《古意》开合大。

作品不能无"意"，然在诗文中，文第一，意第二。诗是要人能欣赏其文，不是要人能了解其意。语言文字到说明已落下乘，说明不如表现。（处世做人有时非说明不可，然亦要简明。）诗之好坏不在意之有无，须看其表现如何。七言之一、三、五字用字当注意。字形、字音皆可代表字义，字音应响亮。黄山谷诗与老杜争胜一字一句之间，而不懂字音、字形与意义关系之大。如其：

> 雨足郊原草木柔。
>
> 　　　　　　　（《清明》）

说的是柔，而字字硬。至如写字，余谓当有六面，今人只讲四面，不注意上面、底面，一起一落。梁武帝说王羲之之字龙腾虎掷①，今人字如通草花②、纸扎人，是死的。白乐天《琵琶行》"转轴拨弦三两声"，一听便似拨弦声；后写琵琶声：

> 大弦嘈嘈如急雨，小弦切切如私语。
> 嘈嘈切切错杂弹，大珠小珠落玉盘。

字音便好。古人是以声音、字形表现意义，不是说明。

沈氏此《古意》七律，可为唐诗中律诗压卷之作，后人诗尽管精巧，不及其大方。

---

① 梁武帝《古今书人优劣评》："王羲之书字势雄逸，如龙跳天门，虎卧凤阙，故历代宝之，永以为训。"

② 通草花：以植物通草为主要原材料加工制成的人造花。

第三节

陈子昂①《登幽州台歌》：

> 前不见古人，后不见来者。
> 念天地之悠悠，独怆然而涕下。

唐人诗不避俗，自然不俗，俗亦不要紧。宋人避俗，而雅得比唐人俗的还俗。（六言诗易俗。）

关于《登幽州台歌》，沈归愚②曰：

> 余于登高时，每有今古茫茫之感。古人先已言之。（《唐诗别裁集》卷五）

沈氏之言虽不错，然不免使原诗价值减低。语言文字有时"化石"了，便失去其力量，"今古茫茫"四个字是对，而等于没说。"丈夫自有冲天志，不向如来行处行。"（真净克文禅师语）

余之二折杂剧《馋秀才》中有"上天下地中间我，往古来今一个人"③之语，人在社会上有摩擦时，我的意识最强，此实为不健康的。人不往高处

---

① 陈子昂（659—700）：字伯玉，梓州射洪（今属四川）人。唐朝诗人，倡导风雅兴寄，有《感遇》38首，《登幽州台歌》为代表诗作。

② 沈归愚（1673—1769）：沈德潜，字确士，号归愚，长洲（今江苏苏州）人。清朝诗人，论诗主"格调"，提倡温柔敦厚之诗教，著有《说诗晬语》《古诗源》等。

③ 此二句出于杂剧《馋秀才》（1941），见《顾随全集》卷一，石家庄：河北教育出版社，2014年第1版，第339页。

看,不往深处想,觉得自己了不得;一到高处、深处,便自觉其渺小。

如对以上所讲三首诗加以区分,则:(1)王诗,写景;(2)沈诗,抒情;(3)陈诗,用意。陈诗也是写景,也是写情,然情、景二字不足以尽之,故名之曰"意"。

前人论诗常用"意"字——诗意、用意。今所谓"意",与古不同,彼所谓"意"皆是一种区别人我是非。袁枚[①]《随园诗话》举"生时百事中,唯不最有趣。生时得不来,死后独不去",谓之为"用意",而究有何意?或有咏项王诗者"博得美人心肯死,项王此处是英雄"(吴伟业《戏题仕女图·虞兮》)亦用意之作,较上诗佳,尚有力,然亦不出人我是非。诗所讲"意",应是绝对的,无是非短长。(俗说"天下无不是之父母","不置一辞",正是心服之至,是绝对的。)

意=理。世俗所谓理,都是区别人我是非,是相对的。相对最无标准,辩白不能使人心悦诚服。诗可以说理,然不可说世俗相对之理,须说绝对之理。凡最大的真实皆无是非、善恶、好坏之可言。真实与真理不同,真实未必是真理,而真理必是真实。说理应该说此理,否则要小心。

陈氏此诗读之可令人将一切是非善恶皆放下。此诗可为诗中用意之作品的代表作。

前说沈氏《古意》可为唐律诗压卷作,气象好,然诗中无哲理,虽然写的也是人生,而只是个人的、局部的,不是永久的、普遍的。而哲理是超时间、超空间,所以陈子昂《登幽州台歌》可以说是说理的。诗中不但可以说理,而且还可以写出很名贵的作品、不朽之作,使人千百年后读之尚有生气。不过,诗中说理不是哲学论文的说理。其实,高的哲学论文中也有一派诗情,不但有深厚的哲理,且有深厚的诗情。如《论语》及《庄子》之《逍遥游》《养生主》《秋水》等篇。"子在川上曰:'逝者如斯夫,不舍昼夜。'"(《论语·

---

① 袁枚(1716—1797):字子才,号简斋,晚年自号仓山叟、随园老人,钱塘(今浙江杭州)人。清朝诗人,论诗宗"性灵",主张"自把新诗写性情",著有《小仓山房全集》,其中收《随园诗话》十六卷及《补遗》十卷。

子罕》)不但意味无穷(深刻哲理),而且韵味无穷(深厚诗情)。诗中可以说理,然必须使哲理、诗情打成一片,不但是调和,且要成为"一",虽说理绝不妨害诗的美。A philosopher, in his best, is a poet; while a poet, in his best, is a philosopher.

陈诗有力。力并不是风趣、风格、风韵,然力可产生此三项。渔洋①论诗主神韵,而渔洋诗发"瘟",即因无力。力,要专一、集中。(一艺成名,不能只看人成功,不看人用功。)

三篇诗分言之:一为写景,一为抒情,一为说理。然三篇合言之,亦有相同者。作学问须能于"同中见异、异中见同"。三篇诗相同处即初唐的一种作风。初唐作风:一点是动,是针对六朝梁陈诗的"静"的;一点是音节,此亦生于动;又一点是气象阔大,后人写诗多拘于小我,故不能大方。

从音节说,沈氏《古意》末二句稍差,而前六句太好,所以行。

余有诗《病起见街头有鬻菊者,因效杨诚斋体成长句四韵》②:

嫌杀街头卖花担,触眼黄花分外黄。
早识新吾非故我,不知今日是重阳。
风来欲扫千林叶,波漾先生两鬓霜。
南北东西何处好,愿为鸿鹄起高翔。

此诗前六句勉强可立住,好全仗后两句,而后两句音节没翻上去。"放下挂杖,便如愚人一般。"(黄宗羲《明儒学案》卷三十二《泰州学案》)

南宋姜白石与范石湖③、杨诚斋④、陆放翁同时,四人中仅白石为布衣,

---

① 渔洋:即王士禛。王士禛(1634—1711),字贻上,号阮亭,别号渔洋山人,山东新城(今山东桓台)人。清朝诗人、诗论家,论诗主神韵,著有《带经堂诗话》。
② 《病起见街头有鬻菊者,因效杨诚斋体成长句四韵》(1940年后),见《顾随全集》卷一,石家庄:河北教育出版社,2014年第1版,第485页。
③ 范石湖(1126—1193):范成大,字致能,号石湖居士,平江昆山(今江苏昆山)人。南宋诗人,与尤袤、杨万里、陆游合称"中兴四大家",著有《石湖居士诗集》。
④ 杨诚斋(1127—1206):杨万里,字廷秀,号诚斋,吉州吉水(今江西吉水)人。南宋诗人,南宋"中兴四大家"之一,著有《诚斋集》。

而与诸人往来甚密。白石有七绝：

> 布衣何用揖王公，归向芦根濯软红。
> 自觉此心无一事，小鱼跳出绿萍中。
> 　　　　　　　　（《湖上寓居杂咏》其七）

> 自作新词韵最娇，小红低唱我吹箫。
> 曲终过尽松陵路，回首烟波十四桥。
> 　　　　　　　　（《过垂虹》）

　　唐诗音节爽朗、气象阔大，白石诗好但小气。白石诗可为初学者入门，然此在佛家乃"声闻小众"，学诗者须更深求。上述白石诗后一首好在末二句，前二句有名而并不太好；第一首末二句颇似禅，可参。说"自觉此心无一事"，而"小鱼跳出绿萍中"，是有事？是无事？第二首之"回首烟波十四桥"，是有意？是无意？很难说。中国诗之好就在此。《登幽州台歌》一首风雷俱出，是唐人诗，且是初唐诗；白石诗"小有才，未闻君子之大道也"（《孟子·尽心下》）。

> 长桥寂寞春寒夜，只有诗人一舸归。
> 　　　　　　　　（白石《除夜自石湖归苕溪》其七）

> 此身合是诗人未，细雨骑驴入剑门。
> 　　　　　　　　（放翁《剑门道中遇微雨》）

> 人间跌宕简斋老，天下风流月桂花。
> 一壶不觉丛边尽，暮雨霏霏欲湿鸦。
> 　　　　　　　　（简斋《微雨中赏月桂独酌》）

从诗义看,上所引三诗,诗中常有此境界,可谓之为"自我欣赏"或"自我观察""自我描写",哲学一点可谓之自我分析、自我解剖。

从"世法"讲,心往外跑,即"放心",没有反照。曾子"三省吾身"(《论语·学而》)是收"放心",做反照。凡能称得起诗人、哲人者,皆须有此反照功夫,且此为基础功夫。陶诗"采菊东篱下,悠然见南山"(《饮酒二十首》其五)亦是反照自我。没有自我反省,稍错仍自觉不错,这便要不得。差以毫厘,谬以千里。一失足成千古恨,再回头已百年身。欲救此病,须能"自我扩大"。自我扩大,非无自我欣赏、自我观察、自我描写,而是小我扩张为大我(此大我与哲学上之大我又不同)。"花近高楼伤客心,万方多难此登临"(杜甫《登楼》),此伤感连老杜自己也在内,可不专是自己,所以为大我。是伤感,是悲哀,是有我,然不是小我,故谓之大我。王绩《野望》中间两联"树树皆秋色,山山唯落晖。牧童驱犊返,猎马带禽归"近于客观,老杜此二句是主观。然说客观也罢,主观也罢,究竟是谁观?王氏所谓"树树""山山""牧童""猎马"实是说我,且是大我。老杜是内旋,自外向内;王绩是外旋,自内向外。无论是内旋、外旋,皆须有中心,且是自我中心(self-center)。自晚唐以来只是内旋,结果是小我了,故自两宋而后无成家之诗人。学诗可从晚唐、两宋入门,而不可停顿于此。

一是自我,二是大我,三是无我。无我最难讲,一不小心就是佛法、禅法。然此所讲非佛、非禅,乃"诗法",又不是客观。在自然主义盛行时,如左拉(Zola)、佛罗贝尔(Flaubert)①他们写小说时,竭力避免主观,不批评,不说是非善恶,甚至连感情也避免,不但无是非善恶之理智,且无喜怒哀乐之感情。至莫泊桑(Maupassant),已渺乎小矣。中国诗法中"无我"境界,不是法国自然派作风,或者形式、结果上相似,但绝不可认为是一事。

---

① 佛罗贝尔:今译福楼拜。

第十讲

王绩之寂寞心

凡诗能代表一诗人整个人格者,始可称之为代表作,诗所表现是整个人格的活动。前说之《野望》可称为王无功的代表作。

沈德潜《唐诗别裁集》对此首笺曰:"五言律前此失严者多,应以此章为首。"然此语并不足以说出王氏《野望》之好处。王氏作此诗之动机(诗心)——有诗意前之动机、诗心的前半——即元遗山论诗绝句所谓:

朱弦一拂遗音在,却是当年寂寞心。
(《论诗三十首》其二十)

不论派别、时代、体裁,只要其诗尚成一诗,其诗心必为寂寞心。最会说笑话的人是最不爱笑的人。如鲁迅先生最会说笑话,而说时脸上可刮下霜来。寂寞的心看不见,可寂寞的脸看得见。最是失去母亲的小孩儿,那脸是一张寂寞的脸。小说中写寂寞者可看《现代日本小说集》加藤武雄(英文:Takeo Katou)①的《乡愁》。电影贾波林(Chaplin)②的笑是惨笑,陆克(Lloyd)③是冷笑;惨笑是伤心,冷笑是讥讽。哈代(Hardy,胖)、劳瑞(Lau-

---

① 加藤武雄(1888—1956):日本小说家,新兴艺术派代表作家,初期作品多以农村乡土为题材,后期由纯文学转入通俗文学创作,著有《乡愁》《爱犬故事》等。
② 贾波林(1889—1977):今译卓别林,无声电影时期美国喜剧学派的主要成员,现代喜剧电影的奠基者。
③ 陆克(1893—1971):今译劳埃德,无声电影时期美国喜剧学派的主要成员。

rel,瘦)①是捣乱,不是真正滑稽。真正滑稽必须背后有一颗寂寞的心,否则不是低能(无才)便是下流(无品)。

抱有一颗寂寞心,并不是事事冷漠,并不是不能写富有热情的作品。To live a life,严子陵、陶渊明、王无功,皆能如此。德国歌德(Goethe)的《法斯特》②、意大利但丁(Dante)的《神曲》,真是"上穷碧落下黄泉"(白居易《长恨歌》),然此二诗乃两位大诗人晚年作品,虽西方人因精神饱满,晚年仍能写出精神饱满的作品,然其心已是一颗寂寞心了。必此寂寞心,然后可写出伟大的、热闹的作品来。我国《水浒传》亦当为作家晚年的作品;《红楼梦》亦然,乃曹雪芹晚年极穷时写的,岂不有寂寞心?必须热闹过去到冷淡,热烈过去到冷静,才能写出热闹、热烈的作品。若认为一个大诗人抱有寂寞心,只能写枯寂的作品,乃大错。如只能写枯寂作品,必非大诗人。如唐之孟东野,虽有寂寞心,然非大诗人。宋之陈后山亦抱有寂寞心,诗虽不似东野之枯寂,然亦不发皇,其亦非大诗人。

王无功《东皋子集》中,热烈皆从寂寞心生出。

王无功善饮。诗人多好饮酒,何也?其意多不在酒。为喝酒而喝酒者,皆为酒鬼,没意思。陶诗篇篇说酒,然其意岂在酒?其意深矣。并且凡抱有寂寞心的人皆好酒。世上无可恋念,皆不合心,不能上眼,故逃之于酒。"忽与一觞酒,日夕欢相持"(陶渊明《饮酒二十首》其一),这就是有寂寞心的人对酒的一点欢喜。

寂寞心盖生于对现实之不满(牢骚),然而对现实的不满并不就是牢骚。改良自己的生活,常欲向上、向前发展,也是源于对现实的不满。叹老悲穷的牢骚不可取,就是说,牢骚不可生于嫉妒心,纯洁的牢骚是诗人的牢骚,可发。

《野望》"东皋薄暮望,徙倚欲何依"两句,是"起"。"欲何依"三字,寂寞

---

① 哈代(1892—1957)、劳瑞(1890—1965):美国喜剧片演员,二人一胖一瘦,被誉为世界喜剧电影史上第一对著名的搭档喜剧明星。

② 《法斯特》:今译《浮士德》。

心。"依"字有二解:一为物质的、肉体的,"白日依山尽"(王之涣《登鹳雀楼》)之"依";二为心理的、精神的,"皈依"之"依"。心无着落、无寄托时即最寂寞时。(小孩子的心最大的着落、寄托即是母亲,所以没母亲小孩子最寂寞。)人之信仰、事业,亦为人心之寄居。"饱暖思淫欲",逸居而不敬则近于禽兽,即因其肉体虽有寄托而精神无寄托。其人最可怜,心死而自己不知道,"秦人不暇自哀,而后人哀之"(杜牧《阿房宫赋》)。而一个伟大的人在精神没有着落、没有寄托时乃愈觉其伟大。如亚历山大(Alexander)征服世界后之悲哀,是胜利的悲哀;霸王乌江是失败的悲哀。《西游记》孙悟空上天堂之后说:"不是甚前倨后恭,老孙于今是没棒弄了。"(第五十一回)——就因无寄托。

人无"癖"不乐。

平常人之寄托多"不诚",故不成,"诚"则能得到愉心,此佛所谓"涅槃"。盖即当做一件事,心不外骛,心完全着落、寄托在所做事物上,是"诚",是"一",即是"涅槃"。若寄托不"诚",不"一",在二以上则是精神分裂,精神之车裂。孟子对梁王之问曰:

> (襄王)卒然问曰:"天下恶乎定?"吾对曰:"定于一。"(《孟子·梁惠王上》)

"定于一"是静,而非寂寞——"却于无处分明有,恰似先天太极图"(苏福《咏初一夜月》),"万物皆备于我"(《孟子·尽心上》)。静是如此,复杂的一,虚是实,无是有。曹雪芹晚年一切都完了,都放下了,而拿起笔,一部《红楼》出来了。王无功写《野望》时心是无着落的。"徙倚欲何依","欲何依"三字是一种无可奈何的心情,亦即寂寞心。平常人无着落是无头苍蝇瞎撞。诗人的心与得道之人的心不同,得道是"定于一",作诗的那点境界像得道,而不是得道,动机不是"定于一"。因若在作诗前已"定",则无诗矣;然若"不定",也作不出诗来。

诗人实在是不愉快的,有愉快只是创作的愉快,此愉快在创作成功之前。李太白有"落叶诗":

> 落叶别树,飘零随风。
> 客无所托,悲与此同。
> （《独漉篇》）

诗人于苦是一有、二知、三受。鲁迅先生说可怕的是使死尸自己站起来看见自己腐烂,诗人即是死尸站起来自己看见自己腐烂,且觉得自己腐烂。（诗人该有关公刮骨疗毒的劲。）此点老杜表现最充足。世人不觉自己悲哀是幸福的。

平常人在不愉快时,心是没有生机的。心在静止时（不起作用）是佛经所说不思善、不思恶,若用儒家话讲就是"喜怒哀乐之未发"（《中庸》一章）——止水。有动机时如水波动,是诗心。心静止时是诗的本体,动是后起的,非本体,然必动而后能生（表现出来）。由小到大、由有到无是生,动不一定是生。诗人的话也是平常的,而说出来生动美丽,复杂动人。平常人之简单不能动人,只因其只是动而未生,心不愉快时只能动不能生,故没有生机。诗人写悲哀、痛苦照样复杂动人,何以故？有生机也。王诗"树树皆秋色,山山唯落晖。牧童驱犊返,猎马带禽归"四句以及末二句"相顾无相识,长歌怀采薇",生机旺盛。真正寂寞,外表虽无聊而内心是忙迫——身闲+心忙=寂寞。王氏此诗便在此情绪中写出,然此时是矛盾、破裂,最不易写出好的作品。

创作不能只顾自己,抒情诗人是自我中心,然范围要扩大。小我扩大有两方面:一为人事,多接触社会上人物。鲁迅先生文章技术、情绪、见解都好,然而仍是小我,未能扩大,故其小说不及西洋人伟大。人事的磨练对做人、作文皆有帮助。另一方面,是对大自然的欣赏,此则中国诗人多能做到。然欣赏大自然要不只限于心旷神怡、兴高采烈之时,要在悲哀愁苦中仍能欣赏大自然。一般人于此多如愁中饮酒,欲借之以"压伏"心中悲苦耳,或者欲借外力以"消除"之,此二种皆不成。大自然是美丽的,悲哀愁苦是痛苦的,二者是冲突的,然又是调和的,能将二者调和的是诗人。一个诗人抱着悲哀愁苦走进美丽的大自然去得到调和,虽然二者是矛盾的。一切文学皆从此出发,真正的调和便没有诗了。如融入父母之爱中,便没有诗,写父母的爱,赞美之,多于父母不在时;又如歌咏儿童的诗,外国多,中国少,尤其是带有赞美的诗,盖觉得不必说。杨诚斋尚有歌咏儿童之句——"闲看儿童捉柳花"(《闲居初夏午睡起二绝句》其一),实不甚好,"闲"字不好。"采菊东篱下,悠然见南山"(陶渊明《饮酒二十首》其五)是千古名句,也是千古之谜。"悠然"的是什么? 从何而来"悠然"? 可以说是小我扩大了,其中没有矛盾、抵触,没入大自然之内。然而一个人没入大自然,如同没入父母之爱中,大自然对我的抚摩,同时我心与大自然合二为一,不但是扩大,而且是混合,如此便无诗了。真正冲突、矛盾的结果是破裂,没有作品,组织不成,作品要组织;真正的调和也没有作品,调和是消融,如糖入水,无复有糖矣,真正的调和,便没有材料可组织作品。只有在冲突之破裂与调和之消融的过程中,才能生出作品来,于此才能言语道尽。

西洋人是自我中心,征服自然;中国人是顺应自然,与自然融合。山水画中人物已失掉其人性,而为大自然之一。西洋人对大自然是对立的,中国人是没入的,甚至谈不到顺应。人在愁苦中能在人事上磨练是英雄的人,诗人也是英雄的诗人;人在愁苦中与大自然混合是哲人,是诗人。

王氏此诗是凄凉的,平常人写凄凉多用暗淡颜色,不用鲜明颜色。能用鲜明调子去写暗淡的情绪是以天地之心为心。——只有天地能以鲜明调子写暗淡情绪,如秋色红黄。以天地之心为心,自然小我扩大。心内是寂寞暗淡,而写得鲜明。

王诗首尾四句"东皋薄暮望,徙倚欲何依";"相顾无相识,长歌怀采薇",不见佳,然诗实自此出。而此诗之成为好诗,不只在中间两联。凡文采、美的光彩皆须从内里透出。

(关于考试 on examination,作文题《论静与寂寞》。)

第十一讲

王维诗品讲

佛说:"(心)制之一处,无事不办。"(《遗教经》)诚则灵。

近来授书时举禅家公案俾助参悟,从学诸君亦或以此相问,因成小诗一章:

一片诗心散不收,袈裟仍是两重裘。
凭君莫问西来意,门外清溪日夜流。[①]

次句用尹默先生诗"两重袍子当袈裟"[②],"西来",作"新来",亦得。

王维,字摩诘,有《辋川集》。(释迦法舍下有维摩诘[③],乃印度得道居士,曾闻如来说法,说有《维摩诘经》,又名《净名经》,甚好。)

[①] 此诗为《近来授书时举禅家公案俾助参悟,从学诸君亦或以此相问,因成小诗一章》(1943),见《顾随全集》卷一,石家庄:河北教育出版社,2014年第1版,第448页。
[②] "两重袍子当袈裟":沈尹默和周作人《五十自寿诗》中句。
[③] 维摩诘:古天竺佛教居士,其名为梵文音译之略称,意译为"净名""无垢称",即以洁净无染而著称的人。《维摩诘经》为大乘佛教早期经典之一,共三卷十四品,以维摩诘居士命名。

第一节

摩诘诗之调和

王维有诗云:

> 一生几许伤心事,不向空门何处销。
> 　　　　　　　　　　（《叹白发》）

唐人尚有诗句"投老欲依僧"。(宋人举此句,或对以"急则抱佛脚"。人以为不"对",曰:"去头去脚则对矣。"①)别人弄禅、佛,多落于"知解";王维弄禅,是对佛境界之"感悟"。别人的诗是讲道理,其表现于诗是说明,尤其是苏东坡。如苏之"溪声便是广长舌②,山色岂非清净身③"(《赠东林总长老》),讲死了,因为确有此"舌"、此"身"可用"溪声""山色"说明者,绝非佛之广长舌、清净身。佛之广长舌、清净身虽不可说,然可领会。世上许多事情不许说,许懂。(某僧见一大师来,不下禅床,一抖袈裟曰:"会否?"曰:"不会。"曰:"自小出家身已懒,见人无力下禅床。"④)

---

① 刘攽《中山诗话》:"王丞相嗜谐谑。一日,论沙门道因曰:'投老欲依僧。'客遽对曰:'急则抱佛脚。'王曰:'"投老欲依僧",是古诗一句。'客亦曰:'"急则抱佛脚",是俗谚全语。上去"投"下去"脚",岂不的对也?'王大笑。"
② 广长舌:佛教术语,《大智度论》卷八:"是时佛出广长舌,覆面上至发际,语婆罗门言:'汝见经书,颇有如此舌人而作妄语不?'"
③ 清净身:佛教术语。《华严经·探玄记》卷八:"净德内充,名清净身。"
④ 《五灯会元》卷四载赵州从谂禅师事:"真定帅王公携诸子入院,师坐而问曰:'大王会么?'王曰:'不会。'师曰:'自小持斋身已老,见人无力下禅床。'王尤加礼重。翌日令客将传语,师下禅床受之。侍者曰:'和尚见大王来,不下禅床。今日军将来,为甚么却下禅床?'师曰:'非汝所知。第一等人来,禅床上接。中等人来,下禅床接。末等人来,三门外接。'"

>>> 王维有诗云:"一生几许伤心事,不向空门何处销。"唐人尚有诗句"投老欲依僧"。别人弄禅、佛,多落于"知解";王维弄禅,是对佛境界之"感悟"。世上许多事情不许说,许懂。图为宋朝李唐描绘王维等人的作品《七子过关图卷》(明人画)。

清姚鼐《今体诗钞》曰,右丞能备三十二相。① 三十二相即一相,即无相。

在表现一点上,李、杜不及王之高超。杜太沉着,非高超;李太飘逸,亦非高超,过犹不及。杜是排山倒海,李是驾凤乘鸾,是广大神通,佛目此为邪魔外道,虽不是世法,而是外道。佛在中间。自佛视之,圣即凡,凡即圣,其分别唯在迷、悟耳,悟了即圣,迷了即凡。此二相即是一相,即是无相。

太白是龙,如其"问余何事栖碧山,笑而不答心自闲。桃花流水窅然去,别有天地非人间"(《山中问答》);"李白乘舟将欲行,忽闻岸上踏歌声。桃花潭水深千尺,不及汪伦送我情"(《赠汪伦》)等绝句,虽日常生活,太白写来皆有仙气。杜甫诗如"两个黄鹂鸣翠柳,一行白鹭上青天"(《绝句》),笨,笨得好,笨得出奇,笨得出奇的好。老杜真要强,酸甜苦辣,亲口尝遍;困苦艰难,一力承当。"两个黄鹂鸣翠柳"是洁,"一行白鹭上青天"是力(真上去了);"窗含西岭千秋雪"是洁,"门泊东吴万里船"是力,而后面两句之"洁"、之"力"与前面两句有深浅层次之分。王右丞则是"蚊子上铁牛,全无下嘴处"(药山惟俨禅师语)②。

王摩诘诗法在表现一点上,实在高于李、杜。说明、描写皆不及表现,诗法之表现是人格之表现,人格之活跃,要在字句中表现出作者人格。如王无功"树树皆秋色,山山唯落晖。牧童驱犊返,猎马带禽归"(《野望》)数语,不要以为所表现是心外之物,是心内。"树树皆秋色,山山唯落晖"表现王无功之孤单、寂寞,故曰"相顾无相识,长歌怀采薇",令人起共鸣。于此,可悟"心外无物,物外无心"。即白居易"转轴拨弦三两声,未成曲调先有

---

① 姚鼐《今体诗钞序目》:"右丞七律,能备三十二相而意兴超远,有'虽对荣观,燕处超然'之意,宜独冠盛唐诸公。"
② 药山惟俨禅师(751—834):唐朝禅宗南宗青原系高僧,曹洞宗始祖之一。因卓锡澧州药山,人称药山惟俨。《五灯会元》卷五载:"师禀命恭礼马祖,仍伸前问。祖曰:'我有时教伊扬眉瞬目,有时不教伊扬眉瞬目,有时扬眉瞬目者是,有时扬眉瞬目者不是。子作么生?'师于言下契悟,便礼拜。祖曰:'你见甚么道理便礼拜?'师曰:'某甲在石头处,如蚊子上铁牛。'祖曰:'汝既如是,善自护持。'侍奉三年。"

情";"东船西舫悄无言,唯见江心秋月白"(《琵琶行》),亦是即心即物,即物即心,是一。

王摩诘《出塞作》:

> 居延城外猎天骄,白草连天野火烧。
> 暮云空碛时驱马,秋日平原好射雕。
> 护羌校尉朝乘障,破虏将军夜渡辽。
> 玉靶角弓珠勒马,汉家将赐霍嫖姚。

天骄,匈奴。见《史记》。
"出塞行",乃唐人特色。王右丞出塞诗,特色中又有特色。

> 无人相,无我相,无众生相,无寿者相。(《金刚经》)

佛是出世法,无彼、此、是、非,说伤心皆不伤心,说欢喜皆不欢喜。王诗亦然,故曰"三十二相即一相,即无相"。老杜诗"黄昏胡骑尘满城,欲往城南望城北"(《哀江头》);"铁马长鸣不知数,胡人高鼻动成群"(《黄河二首》其一),是笑话而严肃,是"抵触"。王摩诘是调和,无憎恨,亦无赞美。

唐人诗不但题前有文章,题后有文章,正面文章尤能在咽喉上下刀。读诗应注意正面之描写表现。王维《出塞作》之诗句非不知其为敌人,忘其为敌人。王维即在生死关头仍有诗的欣赏:

> 万户伤心生野烟,百僚何日更朝天。
> 秋槐叶落空宫里,凝碧池头奏管弦。

诗有长题曰:"菩提寺禁,裴迪来相看,说逆贼等凝碧池上作音乐,供奉人等举声便一时泪下,私成口号诵示裴迪。"在此情此景中,应见其悲哀、伤感,而王维写来仍不失诗的欣赏。如法国蒙德(法文:Mendès)《纺轮的故事》①,写一王后临死时在刀光中看见自己的美,亦是生死关头有诗的欣赏。

再看放翁绝句二首:

> 志士山栖恨不深,人知已是负初心。
> 不须先说严光辈,直自巢由错到今。
> （《杂感》其一）

> 故旧书来访死生,时闻剥啄叩柴荆。
> 自嗟不及东家老,至死无人识姓名。
> （《杂感》其九）

人在真生气、真悲哀时不愿人劝慰。Let it alone! 青年人应当负气,放翁至老负气,又有是非——此乃诗中是非——有作者偏见,未必即真是非,然绝非"戏论",有一部分真理。有许多好笑的事情无足道、无足取而可爱。问别人家事皆知,问自己屋里事,十个有五双不知。谁个背后无人说,谁个人前不说人?文人诗人爱表现自己,而不愿人批评,是矛盾。是与非不并立,人与我是冲突。

上述放翁二绝句中,此种等死心情颇似西洋犬儒学派(Cynic)。放翁年老后,在需要休息时,内心得不到休息,有爱,有愤怒。鲁迅先生说,憎与爱是人之两面,不能憎也就不能爱。② 憎与爱不但是孪生,简直是一个。放翁诗看来是憎,而同时表现放翁心中是有爱的,是热烈的。如其《书愤》:

---

① 蒙德(1841—1909):今译孟代,法国作家,《纺轮的故事》为其所著童话集。
② 鲁迅《且介亭杂文二集·七论"文人相轻"——两伤》:"能杀才能生,能憎才能爱,能生与爱,才能文。"

> 早岁那知世事艰,中原北望气如山。
> 楼船夜雪瓜洲渡,铁马秋风大散关。
> 塞上长城空自许,镜中衰鬓已先斑。
> 出师一表真名世,千载谁堪伯仲间。

瓜洲,在长江以南;大散关,在今汉中,长安附近。

其他诗人多不注意事功,放翁颇注意事功,至其老年仍有诗云"当时哪信老耕桑"(《雪夜感旧》),可见其早年颇有志!诗没有什么了不得,而其态度、心情很难在其他人诗中发现。其"偏见"虽有时可笑,而可爱。文学批评不是说文学中的真理、真是非,只是文人在此发表"偏见"。

放翁诗与王右丞大不同,如右丞《送别》:

> 山中相送罢,日暮掩柴扉。
> 春草明年绿,王孙归不归。

右丞诗之后二句出自楚辞"王孙游兮不归,春草生兮萋萋"(《招隐士》),楚辞中春草是今年生,王孙至少是去年已出门,至少已是一年。楚辞二句是事后写——草生以后所写;王氏二句乃事前写——草未生之前所写。王诗味长如饮中国清茶,清淡而悠美,唯不解气;放翁诗带刺激性,如咖啡。王维写的无人我是非、喜怒哀乐。

人说右丞诗三十二相,即一相。对,是佛相,是无相。佛说:

> 若以色见我,以声音求我,是人行邪道,不能见如来。(《金刚经》)

"色"是色相外表,佛是广长舌,发海潮音,如何非色、非相?然不可以此求之。读右丞诗应做如是观。右丞高处到佛,而坏在无黑白、无痛痒。送别是悲哀的,而右丞"送别"仍不失其度。放翁诗虽偏见,究是识黑白、识

痛痒,一鞭一条痕。放翁诗魔力大,痛快亦其一因。右丞诗如《竹里馆》:

> 独坐幽篁里,弹琴复长啸。
> 深林人不知,明月来相照。

真是无黑白、无痛痒,自觉不错,算什么诗?无黑白、无痛痒,结果必至不知惭愧。佛说:

> 惭耻之服,于诸庄严最为第一。(《遗教经》)
>
> (心)制之一处,无事不办。(《遗教经》)

右丞学佛只注意寂灭、涅槃、法喜、禅悦,而不知"惭耻之服,于诸庄严最为第一"。

右丞七古《桃源行》:

> 渔舟逐水爱山春,两岸桃花夹古津。
> 坐看红树不知远,行尽青溪忽值人。
> 山口潜行始隈隩,山开旷望旋平陆。
> 遥看一处攒云树,近入千家散花竹。
> 樵客初传汉姓名,居人未改秦衣服。
> 居人共住武陵源,还从物外起田园。
> 月明松下房栊静,日出云中鸡犬喧。
> 惊闻俗客争来集,竞引还家问都邑。
> 平明闾巷扫花开,薄暮渔樵乘水入。
> 初因避地去人间,及至成仙遂不还。
> 峡里谁知有人事,世中遥望空云山。

> 不疑灵境难闻见，尘心未尽思乡县。
> 出洞无论隔山水，辞家终拟长游衍。
> 自谓经过旧不迷，安知峰壑今来变。
> 当时只记入山深，青溪几曲到云林。
> 春来遍是桃花水，不辨仙源何处寻。

中国诗人唯陶渊明既高且好，即其散文《桃花源记》一篇，亦真高、真好。右丞写之于诗，为冷饭化粥，不易见好。如右丞之结句——"春来遍是桃花水，不辨仙源何处寻"，搔首弄姿，常人以此为有诗味，非也。此无黑白，无痛痒。老杜、放翁对桃源不游，必有悲哀；而右丞写来不知悲喜。不著色相与不动声色不同，不动声色是"雄"（英雄、奸雄），不著色相是"佛"。而世人说话有时预备好了，一滑即出，右丞此诗即未免滑口而出。

唐代王、孟、韦、柳①皆学陶，写大自然，虽有深浅之分，大致不差，其高处后人真不可及。如右丞《奉寄韦太守陟》：

> 荒城自萧索，万里山河空。
> 天高秋日迥，嘹唳闻归鸿。
> 寒塘映衰草，高馆落疏桐。
> 临此岁方晏，顾景咏悲翁。
> 故人不可见，寂寞平陵东。

右丞诗以五古最能表现其高，非右丞善于五言古，盖五言古宜于此境界。七言宜于老杜、放翁一派。王维此诗高，而亦无人我欢悲，乃最高最空境界。

---

① 王、孟、韦、柳：盛唐王维、孟浩然与中唐韦应物、柳宗元的合称。此四人为唐朝山水田园诗的代表作家，皆继承陶渊明而各有特色。

以上所举放翁、右丞二人之诗，可代表中国诗之两面。若论品高、韵长，不著色相，当是右丞诗；放翁诗是真，而韵不长。如花红是红，而止于此红；白是白，而止于此白，既有限，韵便非长。右丞诗，红，不仅只是红；白，不仅只是白，在红、白之外另有东西，韵长，其诗格、诗境（境界）高。而高与好恐怕并非是一个东西，这是另一问题。古书中所谓"高人"，未必是好人，也未必于人有益。高是可以的，高尽管高，而不可以即认此为好，不可止于高，中国诗最高境界莫过这一种。放翁写巢、由应是"高"，而其诗不高。放翁所表现不是高，不是韵长，而是情真、意足（"意足"二字见静安《人间词话》[①]），一掴一掌血，一鞭一条痕。（今山东、河南方言，"掴"读"乖"。）

放翁诗无拼凑，真是咬着牙说。此派可以老杜为代表。杜诗其实并不"高"。杜甫，人推之为"诗圣"，而老杜诗实非传统境界，老杜乃诗之革命者。诗之传统者实在右丞一派，"春草明年绿，王孙归不归"，皆此派。中国若无此派诗人，中国诗之玄妙之处则表现不出，简单而神秘之处则表现不出；若无此种诗，不能发表中国民族性之长处。此是中国诗特点，而不是中国诗好点。"名士十年无赖贼"（清舒铁云《金谷园》），人谓中国人乃橡皮国民，即此派之下者，如阿Q即然。

放翁一派诗好在情真、意足，坏在毛躁、叫嚣。右丞写诗是法喜、禅悦，故品高韵长。右丞一派顶高境界与佛之寂灭、涅槃息息相通，亦即法喜、禅悦（ecstasy），非世俗之喜悦。（善言名理。）写快乐是法喜，写悲哀亦是法喜。如送别是寂寞、悲惨，而右丞写来亦超于寂寞、悲惨之上，使人可以忍受。人谓看山谷字如食蝤蛑，使人发"风"（不是"疯"）；[②]放翁诗读久，亦可使人发风。（人不能只有躯干四肢，要有神气——"风"。没有神气，便没有灵魂。灵是看不见的，神是表现于外的。）读右丞诗则无此病。

---

① 王国维《人间词话》："词最忌用替代字。美成《解语花》之'桂华流瓦'，境界极妙，惜以'桂华'二字代'月'耳。……盖语妙则不必代，意足则不暇代。"

② 胡仔《苕溪渔隐丛话》前集卷四十九："元祐文章世称苏黄，然二公当时争名，互相讥诮。东坡尝云：'黄鲁直诗文如蝤蛑、江瑶柱，格韵高绝，盘飧尽废。然不可多食，多食则发风动气。'"

右丞不但写大自然是法喜、禅悦,写出塞诗亦然。如其《陇西行》:

十里一走马,五里一扬鞭。
都护军书至,匈奴围酒泉。
关山正飞雪,烽火断无烟。

右丞虽写起火事,然心中绝不起火(若叫老杜、放翁写,必定要发风),此点颇似法国写实派作家。此种小说当读一读。然其中莫泊桑(Maupassant)还不成,莫泊桑、佛罗贝尔(Flaubert)有点飘,不如读都德(Daubet)①的小说,如其所作《水灾》(见《译文》杂志)。右丞诗与西洋小说写实派相近者在不动感情,不动声色。此声、色须是活着的,有生命的。其"明月松间照"岂非色? 其"清泉石上流"岂非声? 而右丞是不动声色,是《诗》所谓"不大声以色"(《大雅·皇矣》)。

有——非有无——无,三个阶段。右丞诗不是"无",而是"非有无"。老杜写诗绝不如此,乃立体描写,字中出棱,"字向纸上皆轩昂"(韩愈《卢郎中云夫寄示送盘谷子诗两章歌以和之》),此须是感觉。若问王右丞之"居延城外猎天骄,白草连天野火烧"一首是否"字向纸上皆轩昂"? 曰:否,仍是不动声色,不大声以色。老杜与此不同,如其《古柏行》:"大厦如倾要梁栋,万牛回首丘山重。"

余赞成诗要能表现感情、思想,而又须表现得好。言中之物,物外之言,要调和,都要好。右丞诗是物外之言够了,而言中之物令人不满。姑不论其思想,即其感情亦难找到。如"秋槐叶落空宫里,凝碧池头奏管弦",亦不过是伤感而非悲哀,浮浅而不深刻。伤感是暂时的刺激,悲哀是长期的积蓄,故一轻一重。诗里表现悲哀,是伟大的;诗里表现伤感,是浮浅的。屈原、老杜诗中所表现的悲哀,右丞是没有的。

---

① 都德(1840—1897):法国19世纪现实主义小说家,著有《柏林之围》《最后一课》等。

法国写实派作家与右丞又有不同,同是不动感情,而其所以不动者不同。日本芥川龙之介(英文:Akutagawa)①小说写母爱之伟大,其不动声色是强制感情;都德写《水灾》亦是强制感情。右丞诗不是制,而是化。制,还是有;化,便是无了。制,是不发;化,便欲发也无了。西洋写实派之制是"入",右丞之化是"出"。都德冷静而描写深刻,然究竟是"入",是外国;与右丞之冷静而是"出"不同。王无功之《野望》一首五律,亦是"字向纸上皆轩昂",而制的力量不小,真是克己,不容易。如马师六辔在手,纵非指挥如意,亦是驾驭有方。无功不老实,"树树皆秋色,山山唯落晖。牧童驱犊返,猎马带禽归"四句,本是外物与之不调和,而写出是调和。诗中有丑,然须化丑为美,写不调和可化为调和,此艺术家与事实不同之处。王无功写与世人之抵触、矛盾,而笔下写出来是调和。这样作风,其结果最能表现"力"。心里是不调和,而将其用极调和的笔调写出,即是力。

中国所谓"诛心"②,即西洋所谓心的分析,其实不可靠,而必须有此功夫。心理分析(psycho-analysis)大师佛罗伊德(Freud)③曾对莎士比亚(Shakespeare)加以分析,如其分析莎士比亚创作《哈梦雷特》(*Hamlet*)④、《马克卑斯》(*Macbeth*)⑤所抱之心理。心的分析顶玄,然非如此不可。王右丞心中极多无所谓,写出的是调和,心中也是调和,故韵长而力少。从心理分析说,右丞五律《辋川闲居赠裴秀才迪》与王无功《野望》二者可比较读之。右丞其诗云:

---

① 芥川龙之介(1892—1927):日本近代文学新思潮派代表作家,著有《罗生门》等。
② 诛心:原指不问罪行的发生状况,而直接根据其用心、动机以认定罪状。后亦指在批驳对方时不针对对方行为、语言来讨论,而直接作出揭穿对方行为、语言的目的、动机的评价。
③ 佛罗伊德(1856—1939):今译弗洛伊德,奥地利精神科医生及精神分析学家,精神分析学派创始人,著有《梦的解析》《精神分析引论》等。其学说认为文学、艺术、宗教、哲学等一切精神现象,皆是人受压抑的性本能(libido)冲动升华的体现。
④ 《哈梦雷特》:今译《哈姆莱特》或《哈姆雷特》,叙丹麦王子哈姆莱特为父复仇的故事,为莎士比亚最负盛名的代表作。
⑤ 《马克卑斯》:今译《麦克白》,叙屡建奇勋的英雄麦克白,因受女巫的蛊惑和夫人的影响,逐渐转变为一个残忍暴君的故事。

寒山转苍翠,秋水日潺湲。

倚杖柴门外,临风听暮蝉。

渡头余落日,墟里上孤烟。

复值接舆醉,狂歌五柳前。

王无功的《野望》亦是写秋天,亦是写寂寞,而一调和,一不调和。无功有所谓,摩诘无所谓,不动声色,不动感情,且是"化"。

第二节

摩诘诗与"心的探讨"

隐士(hermit)：(1) 消极，(2) 为我(克己)、充实：

> 富而可求也，虽执鞭之士，吾亦为之。(《论语·述而》,而、如古通)

> 士志于道，而耻恶衣恶食者，未足与议也。(《论语·里仁》)

> 君子谋道不谋食。(《论语·卫灵公》)

"谋"者，求得也。于道，则求得其最完美者；不谋食，非不食。常人所追求的，多为不属于自己的事物。

《论语》"贫而乐"(《学而》)，是精神之充实。读书是自己之充实，是受用，是愉快；参学有得亦是自己之充实。精神充实之外更要体力充实。充实则饱满，饱满则充溢，然后结果自然流露。鲁迅先生说作文如"挤牛奶"。过分的谦虚是作伪，与骄傲同病，皆不可要。鲁迅先生决不会作伪，然此若是实话则真悲哀。盖鲁迅先生创作中曾停顿一个时期，甚至要把自己活埋。东坡有言"万人如海一身藏"(《病中闻子由得告不赴商州三首》其一)，此所谓"市隐"，不入山林，然此亦逃兵，"直不百步耳，是亦走也"(《孟子·梁惠王上》)。东坡句不如陶诗"结庐在人境，而无车马喧"(《饮酒二十首》其五)，渊明并非不叫人来，而是人自不来，是自然；东坡是自己要"藏"。鲁迅先生不是自己要藏，鲁迅先生原是要得人了解，《呐喊》自序上说，人能得人帮忙是好，能得人反对亦可增加勇气，最苦是叫喊半天无人理，如在沙漠。反不如被反对。鲁迅先生名此曰"寂寞",此寂寞如大毒蛇。[1] 故欲活埋自己。鲁迅先生执笔写作时已过中年,才华茂盛之期已过。

人要自己充实精神、体力,然后自然流露好,不要叫嚣,不要做作。禅宗所追求者吾人可不必管,而吾人不可无其追求之精神。读书若埋怨环境不好,都是借口。不能读书可以思想,再不能思想还可以观察。易卜生(Ibsen)[2]及巴尔扎克(Balzac)[3]皆有此等功夫。"习矣而不察焉"(《孟子·尽心上》)乃用功最大障碍。不动心不成,不动心没同情;动心亦不成,不能仔细观察。动心——观察,这就是文学艺术修养,要在动心与不动心中间得一番道理。

以上所讲是王摩诘诗的反面。

一切文学的创作皆当是"心的探讨"。中国多只注意事情的演进,而不注意对办事人之心的探讨,故无心的表现。前曾说对文学的批评是偏见,不是定理,但非一无可取。因偏见乃是自己心的探讨、表现。

除缺少心的探讨而外,中国文学缺少"生的色彩"。生可分为生命和生活二者:

$$\text{生}\begin{cases}\text{life} \quad \text{生命(因)} \quad \text{一世一命}\\ \text{live} \quad \text{生活(缘)}\end{cases}$$

缺少生的色彩,或因中国太温柔敦厚、太保险、太中庸(简直不中而庸

---

[1] 鲁迅《呐喊》自序:"凡有一人的主张,得了赞和,是促其前进的,得了反对,是促其奋斗的,独有叫喊于生人中,而生人并无反应,既非赞同,也无反对,如置身毫无边际的荒原,无可措手的了,这是怎样的悲哀呵,我于是以我所感到者为寂寞。这寂寞又一天一天地长大起来,如大毒蛇,缠住了我的灵魂了。"

[2] 易卜生(1828—1906):挪威19世纪戏剧家、诗人,现代欧洲戏剧奠基人,被誉为"现代戏剧之父",著有《社会支柱》《玩偶之家》等。

[3] 巴尔扎克(1799—1850):法国19世纪批判现实主义作家、欧洲批判现实主义文学奠基人,其小说的总题为《人间喜剧》,包括《欧也妮·葛朗台》《高老头》等九十余部。

了),缺少活的表现、力的表现。

如何才能有心的探讨、生的色彩?则须有"物的认识"。然既曰"心的探讨",岂非自心?"力的表现",岂非自力?既为自心、自力,如何是物?此处最好利用佛家语——"即心即物"。科学注意分析,即为得到更清楚的认识。自己分析自己、探讨自己的心时,则心便成为物,即今所谓"对象"(与自己的心成对立)。物不能离心,若人不见某物时,照唯心派的说法,则此物不在;若能想起,则仍是心了。

I think therefore I am.(我思故我在。)

天下没有不知道自己怎样生活而知道别人怎样活着的人。不知自心,如何能知人心?名士十年"窝囊废",窝囊废,连无赖贼都算不上。孔子、释迦、耶稣皆是能认识自己的,故能了解人生。首须"反观"——认识自己,后是"外照"——了解人生。不能反观就不能外照,亦可说不能外照就不能反观,二者互为因果。文学、哲学皆然。物即心,心即物,内外一如,然后才能有真正受用,真正力量。诗人的同情、憎恨皆从此一点出发,皆是内外一如。若是漠然则根本不能跟外物发生联系,便不能一如,连憎恨也无有了。

王维诗缺少心的探讨,此中国诗之通病。散文中《左传》《史记》《世说》,小说中《红楼》《水浒》,尚有心的过程的探讨。中国君子明于礼义,而暗于知人心。至于生的色彩,王维不是没有,可也不浓厚。王无功"树树皆秋色,山山唯落晖。牧童驱犊返,猎马带禽归"四句内外一如,写物即写其心——寂寞、悲哀、凄凉、跳动的心,后二句"牧童驱犊返,猎马带禽归"真是生的色彩。摩诘诗中少此色彩,即其《出塞作》一首,亦立自己于旁观地位,"暮云空碛时驱马",便只是旁观,未能将物与心融成一片,也未能将心放在物的中间。"暮云空碛时驱马",旁观,如照相机然;王无功则是画。一为机械的,一为艺术的。即其《观猎》之"风劲角弓鸣,将军猎渭城。草枯鹰眼疾,雪尽马蹄轻"四句,亦只是"观",不能将心物融合,故生的色彩表现不浓厚。王维此四句不如王无功"猎马带禽归"一句。若以此论,王维则不是调和,是漠然(没心),纵不然,至少其表现不够——画是自己人格的表现,照相只是技术的表现。

余所谓"物的认识",是广义的,连心与力皆在内。王摩诘诗中有"物的认识",但只是世法的物,其诗减去世法的物的认识便没有东西了。东坡《书摩诘蓝田烟雨图》评王摩诘:

> 味摩诘之诗,诗中有画;
> 观摩诘之画,画中有诗。

此二语不能骤然便肯,半肯半不肯。"诗中有画",而其诗绝非画可表现,仍是诗而非画;"画中有诗",而其画绝非诗可能写,仍是画而非诗。东坡二语,似是似,是则非是。然摩诘诗自有其了不起处,如其:

> 日落江湖白,潮来天地青。
> 　　　　　　　　《送邢桂州》

此是"物的认识"。若无此等功夫,何能写出此等句子?二句似画而绝非画可表现,日、潮能画,其"落"、其"来"如何画?画中诗亦然,仍是画而非诗。王右丞一切"高"的诗,皆做如是观。

普通所谓美,多是颜色,是静的美;另一种美是姿态,是动的美。王维诗"暮云空碛时驱马,秋日平原好射雕"二句是动的美。其"日落江湖白,潮来天地青"二句亦不仅是颜色美,而且是姿态美,动的美,"日落""潮来",岂非动?《左传》用虚字传神,摇曳生姿,而《左传》仍不如《论语》。"见贤思齐焉,见不贤而内自省也"(《论语·里仁》),结得住,把得稳。《左传》尚可以摇曳生姿赞之,《论语》则不敢置一辞矣。禅宗"丈夫自有冲天志,不向如来行处行"(真净克文禅师语)不是摇曳生姿,是气焰万丈,遇佛杀佛,遇祖杀祖,遇罗汉杀罗汉,不但不跟脚后跟,简直从头顶上迈过。气焰万丈,长人志气,而未免有点爆、火炽。孔子之"见贤思齐焉"精神,积极与禅宗同,而真平和,只言"齐","过之"之义在其中。(不可死于句下,然余此解厌故喜新。)

孔子是有力量的。然"学如逆水行舟,不进则退"(《增广贤文》)——不仅学,一切事皆然,不进则退——日光下没新鲜事,人不能在天地间毁灭一点什么,也不能在天地间创造(增加)一点什么。后来儒家飘飘然,没劲,故不行。陶渊明在儒家是了不起的,实在是儒家精神。后世儒家思想差是不差,但同样的话总说就没劲了。

> 王荆公[①]一日问张文定公(张方平)曰:"孔子去世百年,生孟子亚圣,后绝无人,何也?"文定公曰:"岂无人？亦有过孔孟者。"公曰:"谁?"文定曰:"江西马大师、坦然禅师[②]、汾阳无业禅师[③]、雪峰[④]、岩头[⑤]、丹霞[⑥]、云门。"荆公闻举意,不甚解,乃问曰:"何谓也?"文定曰:"儒门淡薄,收拾不住,皆归释氏焉。"公欣然叹服。后举似[⑦]张无尽,无尽抚几叹赏曰:"达人之论也。"(宗杲禅师《宗门武库》)

自佛教入中国后,影响有二:其一,是因果报应之说影响下层社会;同

---

① 王荆公:即王安石。王安石(1021—1086),字介甫,号半山,抚州临川(今江西临川)人。因封荆国公,世称王荆公。北宋政治家、思想家、文学家,著有《临川先生文集》。
② 坦然禅师:唐朝禅师,为嵩岳慧安禅师弟子,南岳怀让禅师同学,灯录、史传无载,生平事迹不详。
③ 汾阳无业禅师(？—824):唐朝禅师,马祖道一弟子。
④ 雪峰(822—908):名义存,雪峰为其号,唐末禅宗青原系高僧。
⑤ 岩头(828—887):名全豁,唐朝禅师,与雪峰禅师、钦山禅师为友。
⑥ 丹霞(739—824):法号天然,唐朝著名禅师。因曾卓锡南阳丹霞山,故称丹霞天然,或丹霞禅师。
⑦ 举似:谓以言语举示他人或以物与人。似,犹言与。

时,今之俗语亦尚有出自佛经者,如"异口同声"出《观普贤经》,"皆大欢喜"见《金刚经》,"五体投地"(《楞严经》)亦然。又其一,是佛家对士大夫阶层之影响。中国庄、列①之说主虚无,任自然,其影响是六朝文人之超脱。至唐朝王、孟、韦、柳所表现的超脱精神,乃六朝而后多数文人之精神。(后来文人成为无赖文人者,不是真超脱了。)超脱是游于物外,王维的"明月松间照,清泉石上流"(《山居秋暝》),若只向"明月""松间""清泉""石上"去找就不对了,"明月""清泉"之外,尚有东西。即如"暮云空碛时驱马,秋日平原好射雕"在王诗中算是"着迹",然若与老杜比,仍是超脱。老杜是游于物之内,即写物之外,亦着迹。在表现超脱一点,孟浩然②较王维更超脱。王维凡心未退,孟浩然可说是炉火纯青,功夫更深。此功夫不但指写实,乃指实生活而言。如孟浩然之诗句"微云淡河汉,疏雨滴梧桐",此类句子是王维诗中找不到的,比王维的"日落江湖白,潮来天地青"更超脱,真是"不大声以色"。王、孟相比,孟浩然真是超脱,王维有时尚不免着迹。

抚今追昔乃人类最动感慨的,然孟浩然之《与诸子登岘山》抚今追昔,感慨而仍与旁人不同:

> 人事有代谢,往来成古今。
> 江山留胜迹,我辈复登临。
> 水落鱼梁浅,天寒梦泽深。
> 羊公碑尚在,读罢泪沾襟。

岘山,有羊祜垂泪碑。

孟襄阳布衣终生,虽超脱而人总是人。他的"不才明主弃,多病故人疏"(《归故园作》),这两句真悲哀。知识要用到实生活上,实际诗便是实生

---

① 庄、列:即庄子、列子。
② 孟浩然(689—740):以字行,襄阳(今属湖北)人,世称孟襄阳。盛唐山水田园诗代表作家,与王维合称"王孟"。

活的反映。知识要与实生活打成一片,如此方是真懂。俗说"百日床前无孝子",孟氏多病,"故人"之"疏"尚不止于孟氏之病,故人皆贵,谁肯来往?"多病故人疏",这五个字,多少感慨,多少悲哀,以孟之超脱而有此句子,亦人情之不免。"羊公碑尚在,读罢泪沾襟"二句,亦悲哀;而前四句"人事有代谢,往来成古今。江山留胜迹,我辈复登临",真自然,如水流花开,流乎其所不得不流,开乎其所不得不开,此真佛教精神加以庄、列思想而成。在六朝以前,如"三百篇""十九首"绝不如此,"三百篇""十九首"是老实、结实,佛教精神与庄、列思想相合是学术上的"结婚",产生此一种作品。

余希望同学看佛学禅宗书,不是希望同学明心见性,是希望同学取其勇猛精进的精神。细中之细是佛境界,故曰精进;儒门淡薄(如上所举王荆公与张文定公的对话所言),没有勇猛精进,故较禅宗淡薄。

"生的色彩",要在诗中表现出生的色彩。王、孟、韦、柳四人中,柳有生的色彩,其他三人此种色彩皆缺少,淡薄。唐诗人中,老杜、商隐皆生活色彩甚浓厚。人的生活写进诗作,如何能使生的色彩浓厚起来?中国六朝以后诗人生的色彩多淡薄,近人写诗只是文辞技巧功夫,不能打动人心。今当变之。在此大时代,写出东西后有生的色彩,方能动人。

如何能使生的色彩浓厚?于此老僧①不惜以口说之。

欲使生的色彩浓厚,第一,须有"生的享乐"。此非世人所谓享乐,乃施为,生的力量的活跃。人做事要有小儿游戏的精神,生命力最活跃,心最专一。第二,须有"生的憎恨"。憎恨是不满,没有一个文学艺术家是满意于眼前的现实的,唯其不满,故有创造;创造乃生于不满,生于理想。憎恨与享乐不是两回事,最能有生的享乐,憎恨也愈大,生的色彩也愈强。有憎就有爱,没有憎的人也没有爱。"世界微尘里,吾宁爱与憎"(李商隐《北青萝》),不然。今所讲乃爱憎分明,憎得愈强,爱得愈强,爱得有劲,憎也愈深。此外第三,还要有"生的欣赏"。前二种是真实生活中的实行者,仅只

---

① 老僧:顾随自谓。

此二种未必能成文人、诗人,前二者外更要有生的欣赏,然后能成大诗人。在纸篇①外更要有真生活的功夫,然后还要能欣赏。因为太实了,便不能写了,写不出来,不得不从生活中撤出去欣赏。不能钻入不行,能钻入不能撤出也不行。在人生战场上要七进七出。

中国自上古至两汉是生与力的表现,六朝是文采风流。古人写诗是不得已,后人写作是得已而不已,结果不着边际,不着痛痒,吆喝什么不是卖什么的。往好说是司空表圣②《诗品》所说"超以象外,得其圜中",self-center,自我中心。文人是自我中心,然自己须位在中心才成:"得其圜中"是"入",西洋人只做到此,中国人则更加以"超以象外"。"超以象外"并非拿事不当事做,拿东西不当东西看,而有拿事不当事、拿东西不当东西的神气,并非不注意,而是熟巧之极。"胜固欣然,败亦可喜"(苏轼《观棋》),即"超以象外,得其圜中",而绝非拿事情不当事情。不是不认真,而是自在。西洋人认真而不能得自在,中国真能如此的人亦少。

> 欲持一瓢酒,远慰风雨夕。
> 落叶满空山,何处寻行迹。
> 　　　　　(韦应物《寄全椒山中道士》)

> 秋气集南涧,独游亭午时。
> 回风一萧瑟,林影久参差。
> 　　　　　(柳宗元《南涧中题》)

韦、柳此等诗句,"超以象外,得其圜中",由认真而得自在。韦之"落叶满空山,何处寻行迹"二句,是写相思,而超相思之外。柳子厚诗写愁苦,而

---

① 纸篇:指写出的作品。
② 司空表圣(837—908):司空图,字表圣,河中虞乡(今山西永济)人。唐朝诗人、诗论家,著有《二十四诗品》。

结果所写不但美化了,而且诗化了。(常人写愁苦不着痛痒,写杀头都不疼。)说愁苦是愁苦,而又能美化、诗化,此乃中国诗最高境界,即王渔洋所谓"神韵"。写什么是什么,而又能超之,如此高则高矣,而生的色彩便不浓厚了,力的表现便不充分了,优美则有余,壮美则不足。壮美必有生与力始能表现,如项王之《垓下歌》,真壮。欲追求生的色彩、力的表现,必须有"事",即力即生。

第三节

摩诘诗之静穆

王维诗中禅意、佛理甚深,与初唐诸人不同。唐初陈子昂、张九龄①、"四杰"②,尚气,好使气,此气非孟子所谓"浩然之气"(《孟子·公孙丑上》),此气乃感情的激动。初唐诸诗人之如此,第一因其身经乱离,心多感慨;第二则是朝气,因初唐经南北朝后大一统,是真正太平的,人有朝气(欢喜),蓬勃之气。故人自隋入唐,经乱离入太平,一方面有感情之冲动,一方面有朝气之蓬勃。但不能以此看王维诗。王维乃诗人、画家,且深于佛理,深于佛理则不许感情之冲动,亦无朝气之蓬勃,统辖其作风者,乃静穆。

王维受禅家影响甚深,自《终南别业》一首可看出:

> 中岁颇好道,晚家南山陲。
> 兴来每独往,胜事空自知。
> 行到水穷处,坐看云起时。
> 偶然值林叟,谈笑无还期。

放翁"山重水复疑无路,柳暗花明又一村"(《游山西村》)与王维《终南别业》之"行到水穷处,坐看云起时"颇相似,而那十四字真笨。王之二句是

---

① 张九龄(678—740):字子寿,韶州曲江(今广东韶关)人。唐朝玄宗时贤相,诗歌成就颇高,著有《曲江集》。

② "四杰":即"初唐四杰",王勃、杨炯、卢照邻、骆宾王的合称,也称"王杨卢骆"。王勃、杨炯长于五律,卢照邻、骆宾王长于歌行。

>>> 王维诗中禅意、佛理甚深,与初唐诸人不同。王维乃诗人、画家,且深于佛理。深于佛理则不许感情之冲动,亦无朝气之蓬勃,统辖其作风者乃静穆。他受禅家影响甚深,自《终南别业》一首可看出。"行到水穷处,坐看云起时"二句是调和,随遇而安,自然而然,生活与大自然合而为一。图为元朝王蒙仿王维《辋川别业图卷》(局部)。

调和,随遇而安,自然而然,生活与大自然合而为一。

生——道
人——自然

生即道,人与大自然合而为一。陶诗"采菊东篱下,悠然见南山"(《饮酒二十首》其五)亦然,偶然行至"东篱下",偶然"采菊",偶然"见南山",自然而然,无所用心。王维之"行"并非意在"到水穷处",而"到水穷处"亦非悲哀;"坐看"亦非为看"云起",看到"云起时"亦非快乐。只是自然而然,人与自然合而为一。

天下值得欢喜的事甚多,而常忽略过去。禅宗故事讲一弟子闻饭熟而拍掌大笑,师问之,曰:"肚饥得饭吃,故大喜。"师以为得道。[1] 晚上一觉好睡亦舒服事,而有谁拍掌大笑? 人生常感到愤慨、不满足,于是羡慕、嫉妒,此真如大毒蛇来咬人心。每节佛经末后皆有"诸弟子皆大欢喜""信受奉行"等字,真好!"信受奉行"之前必为"皆大欢喜",欢喜则无"隔"心。有时理智上命令人做事,而心中不欢喜,勉强之事不能持久。不必拍掌大笑,只要自己心中觉得受用、舒服即可。令人大笑之事只是刺激,佛不要刺激,甘于平淡而欢喜。如慈母爱子相处,不觉欢喜,真是欢喜,然后知"采菊东篱下,悠然见南山"是多大欢喜,而不是哈哈大笑。"行到水穷处,坐看云起时"二句亦然。"山重水复"十四字太用力,心中不平和。诗教温柔敦厚,便是教人平和。王此二句或即从陶诗二句来。

宋人诗中有两句似王氏二句且比之好,而很少被人注意,即陈简斋《题小室》:

---

[1] 《五灯会元》卷九载沩山灵祐禅师事:"师在法堂坐,库头击木鱼,火头掷却火抄,拊掌大笑。师曰:'众中也有恁么人?'遂唤来问:'你作么生?'火头曰:'某甲不吃粥肚饥,所以欢喜。'师乃点头。"

炉烟忽散无踪迹,屋上寒云自黯然。

才说炉烟散尽,即接上"寒云",意境好,唯"黯然"二字太冷,境象亦稍狭小、枯寂耳。(庄子"薪尽火传"①,意似"炉烟接云"。)

王摩诘诗是蕴藉含蓄,什么也没说,可什么都说了:

独坐悲双鬓,空堂欲二更。
雨中山果落,灯下草虫鸣。
白发终难变,黄金不可成。
欲知除老病,唯有学无生。
(《秋夜独坐》)

"无生",道是长生,无生指佛。"雨中山果落,灯下草虫鸣",是静,不是死静,是佛的境界,佛讲"寂灭"而非"断灭"。王维盖深于佛理,"灭"乃四谛之一(谛,真理之意)。"断"是止,是死,佛非如此。佛讲寂灭,既非世俗盲动,又非外教断灭,"雨中山果落"二句即然。又孟浩然《与诸子登岘山》:

人事有代谢,往来成古今。
江山留胜迹,我辈复登临。

二十个字,道尽人生世界,而读之如不着力,此点亦可说为是寂灭,不是断灭。但王、孟所用酝酿蕴藉功夫,我们不能用了。"长安居,大不易"(张固《幽闲鼓吹》)②,自古而然,于今为然。这真苦而又有趣,凡不劳而获的皆没趣。现在时代不能用蕴藉之功夫而还要用。

---

① 《庄子·养生主》:"指穷于为薪,火传也,不知其尽也。"
② 张固,活动于唐懿宗、僖宗之际(860—888),著有《幽闲鼓吹》一卷。《幽闲鼓吹》载:"白尚书应举,初至京,以诗谒著作顾况,顾睹姓名,熟视白公曰:'米价方贵,居亦弗易。'"

此外还须注意,王维其描写多为客观的。陈子昂、张九龄二人之好乃主观之抒写,非客观的描写。(抒写——主观,描写——客观。)此非绝对的,不是说初唐便无客观描写,王维便无主观抒写;唯陈、张之抒写、王之描写较显著耳。

印象是死的,外物须能活在心中再写。有的诗人所写外间景物不曾活于心中。人或说文学是重现(re-appeme)①,余以为文学当为重生。无论情、物、事,皆为 re-naissance(复活、重生)。看时是物,写时非物,活于心中;或见物未立即写,而可保留心中,写时再重生。故但为客观,虽描写好,而尔为尔,我为我,不相干。人以陶(渊明)、谢(灵运)并称,余对陶自然不敢置一辞,而谢不见得好,乃客观的描写。若说陶为诗人,则谢为诗匠。王维以山水诗名,多客观的描写,而余不喜欢。如《蓝田山石门精舍》(精舍,学佛处):

安知清流转,偶与前山通。

算是诗,也是二三流诗,不能算高。描写倒曲折,而诗人的诗心本不是曲折的。

王维、孟浩然、储光羲等写田园,是写实的、客观的:

开轩面场圃,把酒话桑麻。
待到重阳日,还来就菊花。

（孟浩然《过故人庄》）

说田园只是田园,场圃只是场圃。陶渊明写"种豆南山"一事,象征整个人生所有的事。王维是写实的,陶渊明是象征的;王维是狭隘的,陶渊明

---

① re-appeme:与下句中 re-naissance,皆为法文。

是普遍的。

王维之《渭川田家》，余最不喜欢：

> 斜光照墟落，穷巷牛羊归。
> 野老念牧童，倚杖候荆扉。
> 雉雊麦苗秀，蚕眠桑叶稀。
> 田夫荷锄立，相见语依依。
> 即此羡闲逸，怅然吟式微。

不喜欢其沾沾自喜。人应能发现自己之短处，在自己内心发现悲哀，才能有力量。世俗所谓欢喜是轻浮，悲哀是实在，佛所谓欢喜是真实。必发现自己之短处，才能有长进、有生活的力量。沾沾自喜者，固步自封。余是入世精神，受近代思想影响，读古人诗希望从其中得一种力量，亲切地感到人生的意义，大谢及王维太飘飘然。山水诗作此必此诗，诗外无诗，无余味。孟浩然"微云淡河汉，疏雨滴梧桐"亦无人生，而余喜欢，即因孟写得深，王浅。

诗人多自我中心，自我中心的路径有两种：一吸纳的，二放射的。如厅堂中悬一盏灯，光彩照到即为光明，光所不及便是黑暗，愈近愈明，愈远愈暗。

吸纳——静；放射——动。

一个诗人的诗也有时是吸纳，有时是放射。王摩诘五律《秋夜独坐》是吸纳的。"雨中山果落，灯下草虫鸣"，所见所闻岂非外物？但诗是向内的。读老杜诗便没这种感受，而王维《观猎》一首像老杜，是向外的：

> 风劲角弓鸣，将军猎渭城。
> 草枯鹰眼疾，雪尽马蹄轻。
> 忽过新丰市，还归细柳营。
> 回看射雕处，千里暮云平。

好！岂止不弱,简直壮极了。"月黑杀人地,风高放火天",月不黑、风不高,也能杀人放火;而月黑风高,这样更有劲。若天日晴和打猎也没劲,看花游山倒好。鹰马弓箭,天上风劲,地下草枯,打猎更好。此诗是向外的,"横"得像老杜,但老杜的音节不能像摩诘这么调和,老杜放射,向外,而有时生硬。老杜写得了这么"横",写不了这么调和;别人能写得调和,写不了这么"横"。(老杜诗偏于放射,义山学杜最有功夫,但又绝不相同者:杜的自我中心是放射的,动的;义山的自我中心是吸纳的,静的。老杜,向外,壮美;义山,向内,优美,如其《无题》"身无彩凤双飞翼,心有灵犀一点通"。)王维《观猎》,伟大雄壮,乃其时露才气处。然写此必有此才(才气是天生),否则不能有此句。

右丞诗以五古最能表现其高,并非右丞善于五言古,盖五言古宜于表现右丞之境界;七言宜于老杜、放翁一派。

王维《渭城曲》:

> 渭城朝雨浥轻尘,客舍青青柳色新。
> 劝君更尽一杯酒,西出阳关无故人。

此首送别诗亦写景,而末二句够味儿。沈归愚以为乃王劝其友人语,余以为乃其友人语,二者相较,此意为恰。送别诗中《送綦毋校书弃官还江东》亦好,因其亦旁人事。我眼中之人便是人眼中之我。

姚鼐谓王摩诘有三十二相(《今体诗钞》)。(佛有三十二相,乃凡心凡眼所不能看出的。)摩诘不使力,老杜使力;王即使力,出之亦为易;杜即不使力,出之亦艰难。

欲了解唐诗、盛唐诗,当参考王维、老杜二人。几时参出二人异同,则于中国之旧诗懂过半矣。

第十二讲

太白古体诗散讲

一诗人成功与天时、地利、人和有关。老杜生当"天宝之乱",正足以成其诗;李白豪华,亦其天时、地利、人和。

一个诗人必须承认自己之不为人了解、作品之不为人欣赏是应当的,这样便可减少伤感牢骚;又须知诗人生活原与常人不同,这样便可增长意气。俗言"有状元徒弟没状元先生",佛罗贝尔(Flaubert)与弟子居伊·德·莫泊桑(Guy de Maupassant),若二人者师生皆状元。F氏对莫泊桑说:"既做文人,便无权利与常人同样生活。"能懂此,虽非心平气和而伤感牢骚可减少,且意气更增长。

一个成功者自己理想要很高,要有立脚点,而又须与社会俗人能接触。凡能成功者多有一点俗,不如此不能成功。群众是一个很强健的身体,天才是一个极聪明的脑子。太白是天才。太白天才不为世人所认识——"世人皆欲杀,我意独怜才"(杜甫《不见》),此非标榜、恭维,真是从心坎中流出。(李、杜诗才皆高,杜甫赠李白诗甚多而且好。)平凡的社会最足以迫害伟大的天才,如孔子、基督。

人生得一知己可以无憾,太白除老杜外,明皇亦其知己。明皇有才,青年时曾平"韦后之乱",且能诗。如其《经邹鲁祭孔子而叹之》有云:

夫子何为者,栖栖一代中。
地犹邹氏邑,宅即鲁王宫。
叹凤嗟身否,伤麟怨道穷。

今看两楹奠,当与梦时同。

　　"夫子何为者,栖栖一代中",真寂寞。寂寞是文学、哲学的出发点,必能利用寂寞,其学问始能结实。诗中结句"今看两楹奠,当与梦时同"(孔子临殁,梦于两楹之间),亦好。此二句音节、气象好。明皇是天才天子,太白受知于帝,其诗何能不豪华?《离骚》之有如彼作风,亦其天时、地利、人和。楚地天气温和,草木茂盛,故屈原富于幻想。佛在幻想上亦一大诗人,如其《观普贤经》,此经是叫人信行,非叫人知解。《孟子·离娄上》有言:"徒法不能以自行。"学作诗亦是只听讲不成,须信行。只有在印度才能出释迦,云蒸霞蔚方能凤翥鸾翔。印度地方即云蒸霞蔚,释迦思想即凤翥鸾翔。屈原生于云梦泽,行吟,故好。(现在我们不但天时不成,地利就不成。)

　　太白诗飞扬中有沉着,飞而能镇纸,如《蜀道难》;老杜诗于沉着中能飞扬,如"天地为之久低昂"(《观公孙大娘弟子舞剑器行》)。

第一节

高致

世之论李、杜者每曰太白复古,工部开今:太白之古乃越六朝而上之,虽古实亦新。太白《古风》似古并不古,没什么了不得,才气有余,思想不足。中国诗向来不重思想,故多抒情诗。且吾国人对人生入得甚浅,而思想必基于人生,不论出世、入世,其出发点总是人生。入世者如《论语》,"为学"与"为政"相骈,为己为人,欲改变人生;出世者则若庄、列,亦因见人生痛苦,欲脱离之。孔子不言"道",而庄子必言"道"。吾国诗人亦未尝不自人生出发,只入得不深,感得不切,说得不明。太白诗思想既不深,感情亦不甚亲切。如其"处世若大梦,胡为劳其生"(《春日醉起言志》)一首,即思想不深,情感不切,可为其坏的方面代表。汉、魏诗如"古诗十九首"、曹氏父子诗,思想虽浅而感情尚切。

太白诗号称有"高致"。王静安说:

> 诗人对宇宙人生,须入乎其内,又须出乎其外。……入乎其内,故有生气;出乎其外,故有高致。(《人间词话》)

身临其境者难有高致,以其有得失之念在,如弈棋然。太白唯其入人生不深,故有高致。然静安"出乎其外"一语,吾以为又可有二解释:一者,为与此事全不相干,如皮衣拥炉而赏雪,此高不足道;二者,若能著薄衣行雪中而尚能"出乎其外",方为真正高致。情感虽切而得失之念不盛,故无怨天尤人之语。人要能在困苦中并不摆脱而更能出乎其外,古今诗人仅渊

明一人做到(老杜便为困苦牵扯了)。陶始为"入乎其中",复能"出乎其外":

> 敝庐交悲风,荒草没前庭。
> 被褐守长夜,晨鸡不肯鸣。
> （《饮酒二十首》其十六）

"交"者,四面受风也。此写穷而并不怨尤,寒酸表现为气象态度,怨尤乃心地也。一样写寒苦,陶与孟东野绝不同。孟东野《答友人赠炭》:

> 驱却坐上千重寒,烧出炉中一片春。
> 吹霞弄日光不定,暖得曲身成直身。

"暖得曲身成直身",亲切而无高致。陶入于其中,故亲切;出乎其外,故有高致。

太白则全然不入而为摆脱,故虽复古而终不能至古,仅字面上复古而已。其《古风》五十九首中好的皆为能代表太白自己作风的,而非能合乎汉魏作风的。如其《古风》第一首言:

> 我志在删述,垂辉映千春。
> 希圣如有立,绝笔于获麟。

"我志在删述","删"指孔子删诗书、定礼乐,"述"亦指孔子"述而不作";又曰"绝笔于获麟",不明其意所在,乃说大话而已。孔子有中心思想,太白无有,凭什么亦"绝笔于获麟"？太白有时狂,老杜亦有。杜诗:

> 致君尧舜上,再使风俗淳。
> （《奉赠韦左丞丈二十二韵》）

> 许身一何愚,窃比稷与契。
>
> (《自京赴奉先县咏怀五百字》)

此亦说大话。但自此亦可看出李、杜二人之不同:李但言文学,杜志在为政。太白的高致是跳出、摆脱,不能入而复出;若能入污泥而不染方为真高尚,太白做不到。

太白诗表现高致,有时用幻想。高——幻想;下——人生。而吾国人幻想不高,"下"又不能抓住人生核心。诗人缺乏此种抓住人生核心的态度,勉强说杜工部尚有此精神,他人皆有福能享、有罪不敢受,不能看见整个人生。人生是一,此一亦二,二生于一。欲了解一,须兼容二;摆脱一,则不成二,亦不成一矣。

对人生应深入咀嚼始能深,"高"则须有幻想,中国幻想不发达。常说"花红柳绿",花,还他个红;柳,还他个绿,是平实,而缺乏幻想。无论何民族,语言中多有 Ля① 之音,而中国没有。Ля 音颤动,中国汉语无此音,语音平实。平实如此可爱,亦如此可怜。(是命运?)中国幻想不发达,千古以来仅屈原一人可为代表,连宋玉都不成。汉人简直老实近于愚,何能学《骚》?后之诗人亦做不到,但流连诗酒风花,不高不下何足贵?而此种诗车载斗量。屈子之后,诗人有近似《离骚》而富于幻想者,不得不推太白。

盛唐李白有幻想而与屈原不同,有高致而与渊明不同。屈之幻想本乎自己亲切情感,人谓之爱国诗人。屈之爱国,非只口头提倡,乃真切需要,如饥之于食。此幻想本乎此真切不得已之高尚情感(思想),有根;太白幻想并无根,只有美,唯美。屈原诗无论其如何唯美,仍为人生的艺术;太白则但为唯美,为艺术而艺术,为作诗而作诗。为人生的艺术有根,根在人生。太白有幻想与屈不同,太白有高致与陶不同,故其诗亦不能复古到汉魏。

---

① Ля:俄文字母,卷舌音。

>>>
太白号为仙才,近于道家,又与陶之老庄不同。图为明朝钟礼《举杯望月》。

欲了解太白诗高致,须参其"郑客"一首(即《古风》第三十一):

郑客西入关,行行未能已。
白马华山君,相逢平原里。
璧遗镐池君,明年祖龙死。
秦人相谓曰,吾属可去矣。
一往桃花源,千春隔流水。

读书须真正尝味。末四句是高致而跳出人生。

第二节

诗之叙事

太白有《经下邳圯桥怀张子房》:

> 子房未虎啸,破产不为家。
> 沧海得壮士,椎秦博浪沙。
> 报韩虽不成,天地皆振动。
> 潜匿游下邳,岂曰非智勇。
> 我来圯桥上,怀古钦英风。
> 唯见碧流水,曾无黄石公。
> 叹息此人去,萧条徐泗空。

此与前一首"郑客"相近,皆叙事而未能诗化。

吾国叙事诗甚少,不知是否吾国人不喜之或不能之,或中国文字叙事不便?此诸原因盖有连带关系,盖叙事非有弹性不可。如太史公《项羽本纪》,可称立体描写。《廿五史》以文论,太史第一,写人、写事皆生动,一字做多字用①。叙事用散文尚易,诗则体太整齐。

唐人诗抒情、写景最高,上可超过汉魏六朝,下可超越宋元明清。唐朝虽小诗人,只要是真诗人,皆能写,抒情、写景甚好。《长恨歌》叙事,失败了,废话多,而不能在咽喉上下刀。如写贵妃之死,但曰:

---

① 一字做多字用:即一字含多义。

六军不发无奈何,宛转蛾眉马前死。

真没劲。

说话为使人懂,且令人生同感。太白《经下邳圯桥怀张子房》之"天地皆振动",读之不令人感动。若老杜之诗句:

观者如山色沮丧,天地为之久低昂。
(《观公孙大娘弟子舞剑器行》)

字字如生铁铸成,而用字无生字,句法亦然,小学生皆可懂,而意味无穷,似天地真动。李则似无干。李白才高,惜其思想不深。哲人不能无思想,而诗人无思想尚无关,第一须情感真切,太白则情感不真切。老杜不论说什么,都是真能进去,李之"天地皆振动"并未觉天地真动,不过为凑韵而已。必自己真能感动,言之方可动人。写张子房必写其别人说不出来之张子房之精神始可。李白"岂曰非智勇",若此等句谁不能说?

《经下邳圯桥怀张子房》前数句叙事亦失败,不能诗化。即再低一步,叙事须令人明白。而若李之"郑客"一首,叙事真不能令人明白。

君子深造之以道,欲其自得之也。自得之,则居之安;居之安,则资之深;资之深,则取之左右逢其原。(《孟子·离娄下》)

"资",倚靠、倚赖。学诗、学道之方法、态度相近,取之左右,不逢其原,则诸多窒碍,自不能头头是道。

诗可用典,而须能用典入化,不注亦能明白始得。如陈后山之"一身当三千"(《妾薄命》),用白乐天《长恨歌》"后宫佳丽三千人,三千宠爱在一身"二句,不读白诗则不懂陈诗,用典如此,真不通矣。而太白真有好的地方,如《经下邳圯桥怀张子房》:

> 唯见碧流水,曾无黄石公。

此二句,真好,讲不出来。吾人亦可以有此意,而绝写不出这样的诗。太白盖以张子房自居,而无神仙黄石公教授兵法。"唯见碧流水"句在现在,"曾无黄石公"一句则扬到千载之前,大合大开。开合在诗里最重要,诗最忌平铺直叙。(不仅诗,文亦忌平铺直叙。鲁迅先生白话文上下左右,龙跳虎卧,声东击西,指南打北;他人文则如虫之蠕动。叙事文除《史记》外推《水浒传》,他小说若《列国志》等叙事亦如虫之蠕动。)再者,曰"碧"、曰"黄",水固"碧"矣,黄石公何曾"黄"?且根本无黄石公,而太白说出来、写出来便好。若曰"唯有一水在,不见古仙人",此等诗一日要一百首也得,太普通。而太白曰"碧"、曰"流",便令人如见。

《经下邳圯桥怀张子房》之末两句:

> 叹息此人去,萧条徐泗空。

亦高。意思虽平常,而太白表现得真好。死并不吓人,奈何以死感之?"报韩虽不成,天地皆振动"二句即如此。感人必有过于"死"者。末两句字字有生命、有弹性,比老杜"天地为之久低昂"还飘洒。

第三节

诗之散文化

太白《远别离》乃仿古乐府《古别离》之作。《远别离》所写乃娥皇、女英：

> 远别离，古有皇、英之二女，乃在洞庭之南，潇湘之浦。海水直下万里深，谁人不言此离苦。日惨惨兮云冥冥，猩猩啼烟兮鬼啸雨，我纵言之将何补。皇穹窃恐不照余之忠诚，雷凭凭兮欲吼怒。尧舜当之亦禅禹，君失臣兮龙为鱼，权归臣兮鼠变虎。或云尧幽囚、舜野死，九疑联绵皆相似，重瞳孤坟竟何是。帝子泣兮绿云间，随风波兮去无还。恸哭兮远望，见苍梧之深山。苍梧山崩湘水绝，竹上之泪乃可灭。

太白七言古，用古乐府题目，实则徒有其名而无其实。故其诗虽分七古、乐府两种，实则皆七言古风。后之诗人虽亦用长短句写古风，而皆不及太白，即技术不熟。李之长短句长乎其所不得不长，短乎其所不得不短，比七言、五言定句还难，若可增减则不佳矣；而其转韵，亦行乎所不得不行，止乎所不得不止。

太白诗一念便好，深远。远——无限；深——无底。《远别离》不但事实上为"远别离"，在精神上亦写出"远别离"来。纯文学上描写应如此，但有实用性、无艺术性不成其为文学。一切艺术皆从实用来，如古瓷碗，其本身原为实用，后则加美于其身上，实用性渐少，艺术性渐多。

诗是一种美文,而最低要交代清楚。太白此首开端交代得清楚:

> 远别离,古有皇、英之二女,乃在洞庭之南,潇湘之浦。

然文学须能使人了解后尚能欣赏之,即在清楚之外更须有美。太白在写事实清楚之外,更以上下左右情景为之陪衬:

> 海水直下万里深……日惨惨兮云冥冥,猩猩啼烟兮鬼啸雨……雷凭凭兮欲吼怒。

此乃文学上的加重描写。

天地间一切现象没有不美的,唯在人善写与不善写耳。如活虎不可欣赏,而画为画便可欣赏。静安先生分境界为优美、壮美,壮美甚复杂,丑亦在其内。中国人有欣赏石头者,此种兴趣,恐西洋人不了解。(如西洋人剪庭树,不能欣赏大自然。)人谓石之美有三要:皱、瘦、透,然合此三点岂非丑、怪?凡人庭院中或书桌上所供之石,必为丑、怪,不丑、不怪,不成其美。① 诗人根本即怪(在世眼上看,不可通)。

太白此诗亦并不太好,将散文情调诗化。"说取行不得底,行取说不得底。"(洞山禅师语)② "取",乃助动词,无意义。"说不得底",乃最微妙、高妙境界,虽不能说而能行。会心,有得于心。由所见景物生出一个东西,说

---

① 元朝陶宗仪《说郛》卷十六《渔阳公石谱》:"元章相石之法有四语焉:曰秀、曰瘦、曰雅、曰透,四者虽不能尽石之美,亦庶几云。"清朝郑燮《题画石》:"米元章论石,曰瘦、曰皱、曰漏、曰透,可谓尽石之妙矣。东坡又曰:'石文而丑。'一'丑'字,则石之千态万状皆从此出。彼元章但知好之为好,而不知陋劣之中有至好也。东坡胸次,其造化之炉冶乎?"

② 洞山禅师(807—869):名良价,唐朝禅师,禅宗曹洞宗开山之祖。因居于江西洞山传法,世称洞山良价或洞山。《五灯会元》卷四载:"(洞)山又问其僧:'大慈别有甚么言句?'曰:'有时示众曰:说得一丈,不如行取一尺。说得一尺,不如行取一寸。'山曰:'我不恁么道。'曰:'和尚作么生?'山曰:'说取行不得底,行取说不得底。'(云居云:'行时无说路,说时无行路。不说不行时,合行甚么路?'洛浦云:'行说俱到,即本分事无,行说俱不到,即本分事在。')"

不得而是有。如父母之爱说不出而行得了。莫泊桑的老师福楼拜曾告诉他说,若想做一文学家就不允许你过和常人一样的生活。

太白之咏娥皇、女英,暗指明皇、贵妃。马嵬之变,作成长恨,不得不责明皇国政之付托非人。①《远别离》之意在"君失臣兮龙为鱼,权归臣兮鼠变虎"二句,凡做领袖者首重知人,然后能得人、能用人。明皇以内政付国忠,军事付安禄山,即不知人。"尧舜当之亦禅禹"句中"之"字,当为下二句代名词,通常用代名词必有前词,此则置前词于后,"尧舜"二字,"尧"为宾,"舜"为主。

"帝子泣兮绿云间","绿云",犹言碧云也。如江淹之"日暮碧云合,佳人殊未来"(《休上人怨别》)。又,称女人发亦曰"绿云",犹言"青丝",黑也。或以为"绿云"指竹林。

---

① 叶嘉莹此处有按语:此诗实作于马嵬之变以前,但亦有以为暗指马嵬事件者。

第四节

诗之美

"诗言志"(《尚书·尧典》)。言志者,表情达意也。详细分起来,"志"与"意"不同;合言之,则"志"与"意"亦可同。诗无无意者,然不可有意用意。宋人诗好用意、重新(新者,前人所未发者也)。吾人作诗必求跳出古人范围,然若必认为有"意"方为好诗,则用力易"左"。诗以美为先,意乃次要。屈子"吾令羲和弭节兮,望崦嵫而勿迫。路曼曼其修远兮,吾将上下而求索"(《离骚》),意固然有,而说得美。说得美,虽无意亦为好诗,如孟浩然"微云淡河汉,疏雨滴梧桐"。然有时读一首写悲哀的诗,读后并不令读者悲哀,岂非失败?盖凡有所作,必希望有读者看;真有话要写,写完总愿意人读,且愿意引起人同感,如此才有价值。然如李白之《乌夜啼》,读后并不使人悲哀,岂其技术不高,抑情感不真?此皆非主因,主因乃其写得太美。

> 黄云城边乌欲栖,归飞哑哑枝上啼。
> 机中织锦秦川女,碧纱如烟隔窗语。
> 停梭怅然忆远人,独宿孤房泪如雨。

诗原为美文,然若字句太美,则往往字句之美遮蔽了内中诗人之志,故古语曰:"信言不美,美言不信。"(《老子》八十一章)此话有一部分可靠。然如依此说,则写好诗的有几个是全可信的?一个大诗人说的话并不见得全可靠,只看它好不好而已。如俄国小说家契柯夫(Chekhov)亦曾语其妻曰:吾为文人,说话不全可靠。契柯夫,旧俄时代以短篇小说著名,人称之为"俄国莫泊桑",实则契柯夫比莫泊桑还伟大,其所写小说皆是诗。对社会各样人事了解皆非常清楚,如此易损害其诗心,然至契柯夫则抱了一颗诗心。莫泊桑暴露人世黑暗残酷,令人读了觉得其人亦冷酷。而契柯夫是抱了一颗温柔敦厚的心,虽骂人亦是诗。(其人很好,年四十余以肺病亡。北新书局有赵氏译其全集。)

有时诗写悲哀,读后忘掉其悲哀,仅欣赏其美。太白《乌夜啼》即如此。首句"黄云城边乌欲栖"所写景物凄凉,而字句间名词、动词真调和;次句"归飞哑哑枝上啼",如见其飞,如闻其啼。此二句谓为比亦可,谓之兴亦可。"比"者,谓乌尚栖何人不归?"兴"者,则谓此时闻乌啼而已。"碧纱如烟隔窗语"句真好。诗固然要与理智发生关系,而说好是与幻想发生关系,"碧纱如烟隔窗语"句即由幻想得来。"黄云""归飞""碧纱"此三句是诗,另"机中""停梭""独宿"三句乃写实。因欣赏"黄云"等三句之美,遂忘其独宿空房之悲。"泪如雨"何尝不悲?唯令人忘之耳。

诗之美与音节、字句皆有关。诗之色彩要鲜明,音调要响亮。太白《乌夜啼》之"黄云"二字,若易为"暮云",意思相同而不好,即因不鲜明,不响亮。清赵执信[①](秋谷)有《声调谱》《秋谷谈龙录》,指示古风之平仄,比较而归纳之。然此书实不可据。近体诗有平仄,古诗无平仄,而亦有音节之美。如太白"黄云城边乌欲栖,归飞哑哑枝上啼"二句,平平平平平仄平,平平平平平仄平,非律诗之格律,却有音节之美。格律乃有法之法,追求诗之美乃无法之法。

《金刚经》有言:"说法者无法可说,是名说法。"其实所谓诗法便非诗法。太白此二句,就不可讲。

《诗经·王风》有《君子于役》:

---

① 赵执信(1662—1744):字伸符,号秋谷,晚号饴山老人,山东益都(今山东淄博)人。清朝诗人、诗论家,著有《饴山诗集》《声调谱》《谈龙录》等。

君子于役,

  不知其期。

    曷至哉。

鸡栖于埘,

  日之夕矣,

    羊牛下来。

君子于役,

  如之何勿思。

  余写旧诗不主分行分段,而此首如此写好。

  太白一首《乌夜啼》先不点题,此则开端便言"君子于役",点出题来,此首如此写好。"曷至哉"三字,味真厚。傍晚时思之最甚,平常日暮则归,故日暮不归则思人之情愈厚。若吾人写必先说"日之夕矣",再接"曷至哉",而此诗将"日之夕矣"加于"鸡栖于埘""羊牛下来"之间,好。心中但思君子,忽见"鸡栖于埘",因知"日之夕矣",再远望见"羊牛下来"。且"羊牛"二字比"牛羊"好,"羊"字在中间,似一起,太提,不好。绝对是"羊牛下来"。或曰:羊行快故在牛前。如此解,便死了。"如之何勿思"亦好。比太白之《乌夜啼》"怅然""泪如雨"高得多,味厚。

  美文,字形的审美。诗中用字,须令人如闻如见。若作者不能使人见,是作者之责;作者写时能见,而读者不能见,是读者对不起作者。太白《乌夜啼》之"黄云城边"如见,"归飞哑哑"亦如见,亦如闻;《诗》之《君子于役》"羊牛下来"读其音如见丫形,若曰"牛羊下来",则读其音如见艸形,下不来矣。

  用古乐府虽古,而古不见得就是好。李太白《乌栖曲》:

姑苏台上乌栖时,吴王宫里醉西施。

吴歌楚舞欢未毕,青山欲衔半边日。

银箭金壶漏水多,起看秋月坠江波。

东方渐高奈乐何。

  作短诗应有经济手腕,诗短而有余味。此诗一起"姑苏台上乌栖时,吴王宫里醉西施",连以前情事皆包括进来。"银箭金壶","壶",中国古时计时器,"铜壶滴漏"(西洋古时用沙)。"箭",浮箭,指时者。"东方渐高奈乐何"句,不通。用古乐府"东方须臾高知之"(《有所思》),古乐府此句亦不好解。诗固不讲逻辑文法,但有时须注意之。"东方渐高"尚不如"东方渐白"之合于逻辑文法。

第五节

诗之议论

李白有《宣州谢朓楼饯别校书叔云》诗。谢朓,字玄晖,南齐人。人称小谢,谢康乐是大谢。

诗之开端云:

> 弃我去者昨日之日不可留,
> 乱我心者今日之日多烦忧。

人读宋诗者多病其议论太多,于苏、辛词亦然,而不知唐人已开此风。太白此诗开端即用议论,较"三百篇""十九首"相差已甚大矣。文学中之有议论、用理智,乃后来事。诗之起,原只靠感情、感觉。后人诗词之有议论乃势所必至,理有固然。如老杜之《北征》,前幅写路景,真是诗;中幅写到家,亦尚好;至后幅之写朝政,已为议论。人但知攻击宋人,而不知唐之李、杜已然。曹、陶已较"十九首"有议论,"十九首"亦较《诗》《骚》有议论。因人是有理智、有思想的,自然不免流露出来。

太白之"弃我去者昨日之日不可留,乱我心者今日之日多烦忧"二句好,但似散文。至:

> 长风万里送秋雁,对此可以酣高楼。

二句则高唱入云。诗中不能避免唱高调,唯须唱得好。渊明亦不免

唱高调,如:

> 不赖固穷节,百世当谁传。
>
> (《饮酒二十首》其二)

调真高,"固穷"实非容易之事。至其《乞食》之"衔戢知何谢,冥报以相贻",真可怜。(旧俄安特列夫[Andreev]即在第一次世界大战时饿死。)"不赖固穷节,百世当谁传",二句亦议论,同一意思让后人写必糟,陶是充满鼓动,有真气、真力,故其表现之作风(精神)不断。而"冥报以相贻"句真可怜,一顿饭何至如此?可见其"固穷"亦唱高调。曹孟德亦唱高调,如其《步出夏门行》之:

> 老骥伏枥,志在千里。
> 烈士暮年,壮心不已。
>
> (《龟虽寿》)

> 日月之行,若出其中。
> 星汉灿烂,若出其里。
>
> (《观沧海》)

皆唱高调,而唱高调亦须中气足,须唱得好。"说取行不得底,行取说不得底"(洞山禅师语),说容易,做不容易。

别人唱高调乃理智的,至太白则有时理智甚少。"宣州谢朓楼"首二句是理智,"长空"二句非理智而是诗,是诗人感觉。夏伏之后忽见秋高气爽之天气,心地特别开朗,一闻雁阵,对此真可以酬高楼矣。"可以"二字用得有劲,"雁"亦美。

太白诗与小谢有渊源,可自太白此诗内看出其佩服小谢。人喜欢什么即易受其影响。李白称小谢为"谢公",诗云"临风怀谢公"(《秋登宣城谢朓北楼》);又称小谢为"谢将军",如"空忆谢将军①"(《夜泊牛渚怀古》)。小谢集名《宣城集》,其中有句:

> 大江流日夜,客心悲未央。
>
> (《暂使下都夜发新林至京邑赠西府同僚》)

所用之字颇似太白,响。响在一、三、五字,此乃唐法,六朝或已有。律诗尤如此。如老杜"乱云低薄暮,急雪舞回风"(《对雪》),李白"唯见碧流水,曾无黄石公"数句,皆受小谢影响。

李白此《宣州谢朓楼饯别校书叔云》比《将进酒》好,以其对谢宣城有爱好。

---

① 此处"谢将军"指东晋谢尚,非谢朓。系顾随误记。

第六节

豪气与豪华

《将进酒》与《远别离》最可代表太白作风。

太白诗第一有豪气,出于鲍照①且驾而上之。但豪气不可靠,颇近于佛家所谓"无明"(即俗所谓"愚")。一有豪气则易成为感情用事,感情虽非理智,而真正感情亦非豪气。因真正感情是充实的、沉着的,豪气则颇不充实、不沉着,易流于空虚、浮飘。如其:

> 功名富贵若常在,汉水亦应西北流。
>
> (《江上吟》)

汉水原向东南流,不能向西北流,故功名富贵不能长在。太白此二句,豪气,不实在,唯手腕儿玩得好而已,乃"花活",并不好,即成"无明",且令读者皆闹成"无明"。

"聪明"一词,耳听为聪,目见为明。而吾人普通将智慧亦叫聪明(wise, wisdom),谓心之感觉锐敏如耳之闻、目之见。然余以为尚有第二种解释,即吾人之聪明有许多是从耳闻目见得来。耳闻目见,眼睛比耳朵更重要,而在造型艺术家眼尤重要,若音乐家则重在耳。但大音乐家贝多芬(Beethoven)(与歌德[Goethe]同时),作《月光曲》交响乐,晚年耳聋,所作最

---

① 鲍照(414—466):字明远,东海(今江苏涟水北)人。南朝宋诗人,与谢灵运、颜延之合称"元嘉三大家"。曾任临海王刘子顼前军参军,故世称鲍参军。

好的乐谱自己都听不见,谱成后他人演奏,请他坐在台上,他见人鼓掌,始知乐曲成功,可见耳之重要不及眼。人若无目比无耳更苦,盲诗人虽可成为诗人,但总是可怜。俗语亦曰"耳闻不如目见",即耳闻时仍须目见。

佛经说"如亲眼见"佛,又说"必须亲见始得",极重"见"字。佛在千百年前所说"亲见"、必须"亲眼见"佛,如何能"见"?如舜之崇拜尧,卧则见尧于墙,食则见尧于羹。此"见"比对面之见更真实、更切实。想之极,不见之见,是为"真见",是"心眼之见",肉眼之见不真切。常言念佛,念佛非口念,须心在佛,念之诚,故见之真。若念之不诚,岂但学道不成,学什么都不成。儒家说"念兹在兹"(《尚书·大禹谟》),何必念始在?不可以"念兹"为因,"在兹"为果,若以为"念"可以"在"则非矣。"念兹在兹"应标点为"念兹,在兹",念必在兹,不念亦在兹。舜若非念尧之诚,何能见之羹、墙?

对诗必须心眼见,此"见"即儒家所谓"念"。听谭叫天唱《碰碑》,他一唱我们一听即如见塞外风沙,此乃用"心眼"见。读老杜之"急雪舞回风"(《对雪》)亦须见,如真懂此五字,虽夏日读之亦觉见飞雪。酒令中有险语:"八十老翁攀枯枝,井上辘轳卧婴儿,盲人骑瞎马,夜半临深池。"①不只是说、读,须见,见老翁攀枯枝、婴儿卧辘轳、盲人瞎马、夜半临池。太白"黄云城边"二句,须真看见,真听见。必须如此,始能了解诗;人生如此,始能抓住人生真谛。懂诗须如此,写诗亦须如此。

学文学者对文学亦应有真切感觉、认识、了解,不可人云亦云。对用字亦应负责任。如谓某人"无恶不作",其言外意亦可解为某人善亦可为,不如说"无作不恶",如此则某人绝不能为善矣。平常讲"念兹在兹"一语亦如"无恶不作",易产生言外意。若余讲则是"无作不恶",语意更为清楚明白。

诗中有时用譬喻。譬喻乃修辞格之一种,譬喻最富艺术性。(商务出

---

① 刘义庆《世说新语·排调》:"桓南郡与殷荆州语次,因共作了语……次复作危语。桓曰:'矛头淅米剑头炊。'殷曰:'百岁老翁攀枯枝。'顾曰:'井上辘轳卧婴儿。'殷有一参军在坐,云:'盲人骑瞎马,夜半临深池。'"

>>> "会须一饮三百杯",《将进酒》与《远别离》最可代表太白作风。太白诗第一有豪气,出于鲍照且驾而上之。但豪气不可靠,颇近于佛家所谓"无明"(即俗所谓"愚")。一有豪气则易成为感情用事,感情虽非理智,而真正感情亦非豪气。因真正感情是充实的、沉着的,豪气则颇不充实、不沉着,易流于空虚、浮飘。图为五代周文矩描绘李白与文友的《琉璃堂人物图》。

版有《修辞格》一书。)如,歇后语"小葱拌豆腐——一清二白",若但言"一清二白",使人知而未见;曰"小葱拌豆腐——一清二白",则令人如见,说时如令人亲见其清楚。具体描写可使人如见——用心眼见,用诗眼见。

譬喻即为使人如见,加强读者感觉。诗更须如此。如太白《将进酒》首云:

> 君不见黄河之水天上来,奔流到海不复回;君不见高堂明镜悲白发,朝如青丝暮成雪。

一说即令人如见。诗好用比兴(譬喻),即为的令人如见。"君不见黄河之水天上来,奔流到海不复回。君不见高堂明镜悲白发,朝如青丝暮成雪",皆是助人见。

用,有主动、被动两种:自用——自我——自得;见用(被人用)。《论语》曰:"不患无位,患所以立。"(《里仁》)又曰:"不患人之不己知,患其不能也。"(《宪问》)此皆不见用而能自用之意。晋左思太冲、宋鲍照明远、唐李白太白,皆不见用。此三人说话皆不思索冲口而出,皆有豪气。有豪气始能进取。孔子谓:"狂者进取,狷者有所不为也。"(《论语·子路》)豪气如烟酒,能刺激人神经,而不可持久。豪气虽好,诗人之豪气则好大言,其实则成为自欺,故诗人少成就。有豪气能挺身吃苦固然好,凡古圣先贤、哲人、诗人之言,皆谓人为受苦而生。佛说吃苦忍辱,必如此始为伟大之人。而诗人多为不让蚊子踢一脚的,即因其虽有豪气而神经过敏,神经过敏(nervous)成为歇斯底里(hysteria)。老杜《醉时歌》曰:

> 但觉高歌有鬼神,安知饿死填沟壑。

此等处老杜比太白老实。太白过于夸大——"千金散去还复来"——人可以有自信而不能有把握。然若"朝如青丝暮成雪",虽夸大犹可说也,至"会须一饮三百杯"则未免过矣。

太白诗有时不免俚俗。唐代李、杜二人,李有时流于俗,杜有时流于粗(疏)。凡世上事得之易者,便易流于俗(故今世之诗人比俗人还俗)。太白盖顺笔写去,故有时便不免露出破绽:

岑夫子,丹丘生,将进酒,杯莫停。与君歌一曲,请君为我倾耳听。(《将进酒》)

一韵皆俗。

所谓俗,即内容空虚。只要内容不空虚,不管内容是什么都好。如《石头记》,事情平常而写得好,其中有一种味。《水浒》之杀人放火,比《红楼》之吃喝玩乐更不足为法,不可为训,而《水浒》有时比《红楼》还好。若《红楼》算能品,则《水浒》可曰神品。《红楼》有时太细,乃有中之有,应有尽有;《水浒》用笔简,乃无中之有,余味不尽。《史》《汉》之区别亦在此。《汉书》写得兢兢业业,而《史记》不然,《史记》之高处亦在此,看着没有,而其中有。鲁迅先生译厨川白村的《出了象牙之塔》和《苦闷的象征》,谈人生、谈文学,厨川白村乃为人民而艺术的文学家,他也认为内容应有力量方可成好的作品。① 他批评日本人民族性之弱点甚对,谓美国人虽强盛而文明不高,俗,拜金主义;然而其中有力,美国人有力量将世界全美国化(America,美国;American 美国的;to Americanige 美国化)。②

---

① 厨川白村《苦闷的象征》第一《创作论》:"我想试将平日所想的文艺观——即生命力受了压抑而生的苦闷懊恼乃是文艺的根柢,而其表现法乃是广义的象征主义这一节,现在就借了这新的学说,发表出来。"

② 厨川白村《出了象牙之塔》之九《现今的日本》:"有小手段,长于技巧的小能干的人;钻来钻去,耗子似的便当的汉子;赶先察出上司的颜色,而是什么办事的'本领'的汉子;在这样的人物,要之,是没有内生活的充实,没有深的反省,也没有思索的。轻浮,肤浅,浅薄,没有腰没有腹也没有头,全然象是人的影子。因为不发底光,也没有底力,当然不会发现什么使英雄失色的呆气力来。无论什么时候,总是恍恍忽忽,摇摇荡荡,踉踉跄跄的。"之十二《生命力》:"日本人比起西洋人来,影子总是淡。这就因为生命之火的热度不足的缘故。恰有贱价的木炭和上等的石炭那样的不同。做的事,成的事,一切都不彻底,微温,挂在中间者,就是为此。无论什么时,也有一点扼要的,但没有深,没有力,既无耐久力,也没有持久性。可以说'其淡如水'吧。"《观照享乐的生活》之五《艺术生活》:"人们每将美国人的生活评为杀风景,评为浅薄的乐天主义。那诚然是确实不虚的罢。然而美国人有黄金,有宗教,日本人有什么? ……他们美国人,总之不就用了那一点国力,在现在各方面,使全世界都在美国化(Americanize)么?"

文学比镜子还高,能显影且能留影。文学是照人生的镜子,而比照相活。文学作品不可浮漂,浮漂即由于空洞。太白诗字面上虽有劲而不可靠,乃夸大,无内在力。《将进酒》结尾数句:

> 陈王昔时宴平乐,斗酒十千恣欢谑。主人何为言少钱,径须沽取对君酌。五花马,千金裘,呼儿将出换美酒,与尔同销万古愁。

"平乐",汉有平乐观。(古者,宫、观通。)结四句"五花马,千金裘,呼儿将出换美酒,与尔同销万古愁",初学者易喜此等句,实乃欺人自欺。原为保持自己尊严,久之乃成自欺,乃自己麻醉自己,自求心安。

太白诗豪华而缺乏应有之朴素。豪华、朴素,二者可以并存而不悖(妨),而但朴素之诗又往往易失去诗之美。

第七节

秀雅与雄伟

有书论西洋之文学艺术有两种美:一为秀雅(grace),一为雄伟(sublime)。实则所说秀雅即阴柔,所说雄伟即阳刚。前者为女性的,后者为男性的,亦即王静安先生所说优美与壮美。① 前者纯为美,后者则为力。但人有时于雄伟中亦有秀雅,壮美中亦有优美。直若一味颠顶,绝不能成诗。如老杜之:

国破山河在,城春草木深。

(《春望》)

即在雄伟中有秀雅,壮美中有优美。

今录李白诗两首,可证明秀雅与雄伟这两种美:

---

① 王国维1904年在《叔本华之哲学及教育学说》一文中指出:"而美之中,又有优美与壮美之别。今有一物,令人忘利害关系而玩之而不厌者,谓之曰优美之感情。若其物直接不利于吾人之意志,而意志为之破裂,唯由知识冥想其理念者,谓之曰壮美之情。"1907年《古雅之在美学上之位置》一文中再次论述:"而美学上之区别美也,大率分为二种:曰优美,曰宏壮。……要而言之,则前者由一对象之形式,不关于吾人之利害,遂使吾人忘利害之念,而以精神之全力沉浸于此对象之形式中。自然及艺术中普通之美,皆此类也,后者则由一对象之形式越乎吾人知力所能驭之范围,或其形式大不利于吾人,而又觉其非人力所能抗,于是,吾人保存自己之本能,遂超乎利害之观念外,而达观其对象之形式,如自然中之高山大川、烈风雷雨,艺术中之伟大宫室、悲惨之雕刻象、历史画、戏曲、小说等皆是也。"至1910年,王国维在《人间词话》一书中指出:"有有我之境,有无我之境。……无我之境,人唯于静中得之。有我之境,于由动之静时得之。故一优美,一宏壮也。"

小小生金屋,盈盈在紫微。

山花插宝髻,石竹绣罗衣。

每出深宫里,常随步辇归。

只愁歌舞散,化作彩云飞。

(《宫中行乐词八首》其一)

骏马似风飙,鸣鞭出渭桥。

弯弓辞汉月,插羽破天骄。

阵解星芒尽,营空海雾消。

功成画麟阁,独有霍嫖姚。

(《塞下曲六首》其三)

前一首乃太白奉诏而作,写一年少宫女。"小小生金屋,盈盈在紫微。"中国字是给人一个概念,而且是单纯的;外国西洋字给人概念是复杂的,但又是一而非二。如"宫"与"building",中国字单纯,故短促;外国字复杂,故悠扬。中国古代为补救此种缺陷,故有叠字,如《诗经》中之"依依""霏霏",此诗中之"小小""盈盈"。(好懂,不好讲。)第三句"山花插宝髻"之"山花"二字真好,是秀雅。而何以说"山花",不说"宫花"?太富贵不好,太酸也不好,愈是富贵之家名门小姐,愈穿得朴素,愈显得华贵。固然名门贵族受过好的教养的人,也有喜欢红、绿的,红、绿也好,只嫌太浓了。"生金屋""在紫微",而"插山花",好,只因"山花"多是纤细的,女性之美便在纤细,可见其品性,同时更显出其高贵、俊雅。"宝髻"则富贵,乃矛盾的调和。"石竹绣罗衣",何以不绣牡丹?亦取其秀雅、纤细。还不说这是唐朝风气,即使宫中绣牡丹,太白也绝不会写"牡丹绣罗衣"。唐人爱牡丹,何以女人不绣牡丹?不绣牡丹而绣石竹,盖由于女人纤细感觉,以为牡丹不免粗俗。此使人联想到老杜之"野花留宝靥,蔓草见罗裙"(《琴台》),真没办法,笨人便是笨。杨小楼①演戏便是秀雅、雄伟兼而有之,老杜不秀,有点像尚和玉②,翻筋斗简直要转不过身来。凌霄汉③写文章说杨小楼,谓"轻""盈"二字兼而有之。有人轻而不盈,有人盈而不轻,马连良④便是轻而不盈,小楼便是秀雅、雄伟兼而有之,尚和玉唱戏其实翻筋斗也翻过来了,但总觉得慢。老杜便如此。老杜《琴台》二句写卓文君,逝去之女性,用"留",用"见",用多么大力气;太白用"插",用"绣",便自然。然事有一利便有一弊,太白自然,有时不免油滑;老杜有力,有时失之拙笨。各有长短,短处便由长处来,太白"每出深宫里,常随步辇归"便太滑。"只愁歌舞散,化作彩云飞",真美,真好。或曰乃用巫山神女典,余以为不必,盖其歌舞之美只"彩云"可拟比,人间无物可比,而一点其他意义没有,只是美。老杜《得弟消息》,一字一泪,一笔一血,真固然真,但美还是太白美。

太白写此诗也没什么深的思想感情,奉诏而作,是用适当字句将其美的感觉表示出来,无思想感情可云,只是美的追求。此即唯美派,只写美的感觉。但美女写成唯美作品尚易,太白《塞下曲》亦用唯美写法。还不用说"五月天山雪,无花只有寒。笛中闻折柳,春色未曾看"数句,且看前所举之《塞下曲》其三,在沙场、战场上还写出美的作品,此太白之所以为太白。杜之"挽弓当挽强,用箭当用长。射人先射马,擒贼先擒王"(《前出塞九首》其六),怎么那么狠?太白"骏马似风飙,鸣鞭出渭桥",多么自然;"弯弓辞汉月",真美(以弓开如满月为象征);"插羽破天骄",真自在。(匈奴自谓天之骄子,亦犹德国自谓为上帝之选民。)"阵解星芒尽,营空海雾消"十字,合起

---

① 杨小楼(1878—1938):名三元,又名嘉训,安徽石埭人。京剧演员,工武生,武技动作灵活,似慢实快,姿态优美,有"武生宗师"的美誉,代表剧目有《长坂坡》《连环套》《野猪林》等。
② 尚和玉(1873—1957):原名尚璧,字和玉,宝坻(今属天津)人。京剧演员,尚派武生创始人,武技以稳准扎实见长,代表剧目有《四平山》《铁笼山》等。
③ 凌霄汉(1888—1961):原名徐仁锦,字云甫,笔名霄、汉、凌霄、凌霄汉阁主等,江苏宜兴人。戏剧评论家,曾开设剧评栏目《凌霄汉阁评剧》,主编《剧学月刊》。
④ 马连良(1901—1966):字温如,生于北京。京剧演员,"四大须生"之首,创立柔润、潇洒的"马派"艺术风格,代表剧目有《借东风》《甘露寺》等。

来便是天地清朗。末二句"功成画麟阁,独有霍嫖姚",没什么。(嫖姚,霍去病。)

"宫中"一首可算是完全优美,"塞下"一首雄伟中有秀雅,秀雅中有雄伟,此方为文学中完全境界。

第八节

"小家子"与"大家子"

作品的机械的格律与作品的生气、内容并不冲突,且可增助诗之生气、内容,亦犹健全的身体与健全的精神。前曾谈及诗之格律,今言其生气、内容。

盛唐崔颢①有《黄鹤楼》诗:

> 昔人已乘黄鹤去,此地空余黄鹤楼。
> 黄鹤一去不复返,白云千载空悠悠。
> 晴川历历汉阳树,芳草萋萋鹦鹉洲。
> 日暮乡关何处是,烟波江上使人愁。

早于崔颢的沈佺期有《龙池篇》:

> 龙池跃龙龙已飞,龙德先天天不违。
> 池开天汉分黄道,龙向天门入紫微。
> 邸第楼台多气色,君王凫雁有光辉。
> 为报寰中百川水,来朝此地莫东归。

---

① 崔颢(704?—754):汴州(今河南开封)人,开元年间登进士第。唐朝诗人,其《黄鹤楼》,豪爽俊利,寄情高远。

金圣叹评《龙池篇》曰:

看他一解四句中,凡下五"龙"字,奇绝矣;分外又下四"天"字,岂不更奇绝耶?后来只说李白《凤凰台》乃出崔颢《黄鹤楼》,我乌知《黄鹤楼》之不先出此耶?(《选批唐才子诗》)

诗中之"解"犹文中之节、之段,金圣叹说唐诗律诗多分二解[①],人说其腰斩唐诗。

文章有文章美,有文章力。若说文章美为王道、仁政,你觉得它好,成;不觉得它好,也成。文章力则不然,力乃霸道,我不要好则已,我要叫你喊好,你非喊不可。某老外号"谢一口",只卖一口,你听了,非喊好不可。诗中续字之方法,不仅有文章美,且有文章力。

李白《登金陵凤凰台》:

凤凰台上凤凰游,凤去台空江自流。
吴宫花草埋幽径,晋代衣冠成古丘。
三山半落青天外,二水中分白鹭洲。
总为浮云能蔽日,长安不见使人愁。

金圣叹评曰:

前解:人传此是拟《黄鹤楼》诗,设使果然,便是出手早低一格。盖崔第一句是"去",第二句是"空",去如阿閦佛国,空如妙喜无措也。今先生岂欲避其形迹,乃将"去""空"缩入一句。既是两句缩入一句,势必句上别添闲句,因而起云"凤凰台上凤凰游",此于诗家赋、比、兴

---

① 二解:即前解、后解。前解首联、颔联,后解颈联、尾联。

三者,竟属何体哉?……"江自流",亦只换"云悠悠"一笔也。妙则妙于"吴宫""晋代"二句,立地一哭一笑。何谓立地一哭一笑?言我欲寻觅吴宫,乃唯有花草埋径,此岂不欲失声一哭?然吾闻伐吴,晋也,因而寻觅晋代,则亦既衣冠成丘,此岂不欲破涕一笑?此二句,只是承上"凤去台空",极写人世沧桑。然而先生妙眼妙手,于写吴后偏又写晋,此是其胸中实实看破得失成败,是非赞骂,一总只如电拂。我恶乎知甲子兴之必贤于甲子亡,我恶乎知收瓜豆人之必便宜于种瓜豆人哉?

后解:前解写凤凰台,此解写台上人也。(《选批唐才子诗》)

金氏讲"吴宫""晋代"两句好,失败的固花草埋径,成功的也衣冠成丘。金氏讲此二句有哲学味。"甲子兴""甲子亡",武王伐纣在甲子日。金圣叹真聪明,可惜是传统思想——泄气。外国人打气,中国人泄气。金圣叹是天才,能打破传统精神;然又恨其传统精神太深,恨其不生于现代。金圣叹非能造时势之英雄,而又恨其不能生于现代,成为时势所造之英雄。

据云李白登黄鹤楼欲赋诗,因见崔颢之《黄鹤楼》,遂罢,曰:"眼前有景道不得,崔颢题诗在上头。"(辛文房《唐才子传》卷一)此为一点美德。中国人要面子,可是顶不要脸,古人则反之。现代人真不要脸,可是要别人留面子。李白"凤凰台"诗未必有意学崔,然亦未必不学。金氏所言"人传此是拟《黄鹤楼》诗,设使果然",金氏"设使"二字,下得好。人不可死心眼儿,掉在地上连滚都不会。

人要以文学安身立命,连精神、性命都拼在上面时,不但心中不可有师之说,且不可有古人,心中不存一个人才成。学时要博学,作时要一脚踢开。若不然,便如金氏所云"出手早低一格"。余叔岩戏好而不成,以其心中有老谭。他学得真好,不够九成九,也够八成五。但如此,似老谭则似矣,却没有余叔岩了。老师喜欢学生从师学而不似师,此方为光大师门之人。故创作时心中不可有一人,用功时虽贩夫走卒之言皆有可取,而创作时脑中不可有一人。读书不要受古人欺，不要受先生影响，要自己睁开一双眼睛来，拿出自己感觉来。看书眼快也好，上去便能抓住；但若慌，抓不住，忽略过去，便多少年也荒过去。一个读书人一点"书气"都没有，不好；念几本书处处显出我读过书来，也讨厌。

余近作《长句四韵》[①]亦嫌有此病：

啼尽城头头白乌，起看秋色到吾庐。
空闻隐几能忘我，自笑诤痴尚有符。
静里愁怀非寂寞，病中诗律见功夫。
回首烂柯山下路，先生此局未全输。

首句"啼尽城头头白乌"，出老杜诗句"长安城头头白乌"（《哀王孙》），而老杜是静的，余是动的。第四句"自笑诤痴尚有符"，"诤痴符"，出自《颜氏家训》："吾见世人，至无才思，自谓清华，流布丑拙，亦以众矣，江南号为诤痴符。"谓无创作天才而偏要写，结果只是以显示自己的不通。精神病患者有一种为暴露狂，文人好写作、发表，盖亦此种心理。此诗第二句"起看秋色到吾庐"既说秋色，三四句便该承此"秋色"二字，而此诗三四句用"隐几""诤痴"二典故，不太好。第七句"烂柯山"出《搜神记》。此诗五、六句与七、八句平仄同，余自注引陈简斋之语曰："唐人多有此体，盖书生之便宜也。"（见其《舟次高舍书事》诗后自注）

然读书与创作是两回事，有人尽管书读得多，创作未必好，因为创作不必懂得很多道理，只要本着自己感觉感情，有天才，便能写得出很好作品。而且古时书很少，屈原读过几本书都成问题，他所用的典故，并非得之于书，而是民间传说。谁能那么大胆，那么不识羞，说自己是天才呢？但人

---

① 《长句四韵》(1940年后)，见《顾随全集》卷一，石家庄：河北教育出版社，2014年第1版，第485页。

各有所长,不必自暴,也不必自弃。余自谓写诗乃"玩儿票",有时间、有精力要作白话文①,次是写曲,再次写词,最不成时才是写诗。

崔颢"昔人已乘黄鹤去,此地空余黄鹤楼",李白将"去""空"混入一句——"凤去台空江自流",固经济矣,无奈小气了。不该花的不花,但该花的不可不花。太白此句较之《黄鹤楼》二句,太白是"小家子",崔颢是"大家子"。且崔颢"昔人已乘黄鹤去""黄鹤一去不复返","黄鹤"所代表的多了,代表高远……;而李白"凤去台空江自流",试问有何意思?

---

① 白话文:指学术文章。

第九节

写实与说理

李白《鹦鹉洲》:

> 鹦鹉来过吴江水,江上洲传鹦鹉名。
> 鹦鹉西飞陇山去,芳洲之树何青青。
> 烟开兰叶香风暖,岸夹桃花锦浪生。
> 迁客此时徒极目,长洲孤月向谁明。

"迁客",离京城在外者。唐都长安,京城长安,乃名利所在,人喜居于此。此诗七、八句伤感。

金圣叹评曰:

> 此必又拟"黄鹤",然"去"字乃直落到第三句,所谓一蟹不如一蟹矣。赖是"芳洲"之七字,忽然大振……只得七个字,一何使人心杳目迷,更不审其起尽也。(《选批唐才子诗》)

李白之"芳洲之树何青青"句,好;金氏之评,亦好。前举李白"凤凰台"诗"三山半落青山外"句亦好,你说没有,又的确是有;说有,又很辽远。

诗中有两件事非小心不可。

第一为写实。

既曰写实,所写必有实在闻见;既写之便当写成,使读者读之也如实闻实见,才可算成功。如白乐天,不能算大诗人,而他写《琵琶行》《霓裳羽衣歌》,真写得好。有此本领才可写实,但写到这地步也还不成。老杜诗有的写得很逼真,但会有什么意思?如"圆荷浮小叶,细麦落轻花"(《为农》)。(前句当说"小荷浮圆叶"。)老杜之诗有的没讲儿,他就堆上这些字来,让你自己生成一个感觉。诗原是使人感觉出个东西来。它本身成个东西,而使读者读后又能另生出个东西来。可是读者别长舌苔,长了舌苔尝不出味儿来,作者不负责任。"圆荷浮小叶",不管它文法,自己成个东西。老杜将"圆荷""细麦"的神气写不出来,不行;只能将它写出来自成一东西,但读者另外生不出东西来,还不成。听讲亦然,听后最好将先生所讲忘了,自己另生出一些东西来。故写实不是那些东西,不成;仅是了,也还不成。New-realizm,新写实主义。旧写实主义便是写什么像什么,如都德(Daubet)、福罗拜尔(Flaubert)、莫泊桑(Maupassant)。诗的写实必是新的写实派。所以只说山青水绿、月白风清不成,必须说了使人听了另生一种东西。而此必从旧写实作起,再转到新写实。

第二是说理。

有人以为文学中不可说理,不然。天下没有没理的东西,天下岂有无理的诗?不过说理真难。平常(普通)说理是想征服人,使人理屈词穷,这是最大的错误。因为别人不能心服,最不可使被教者有被征服的心理,故说理绝不可是征服人。以力服人,非心服也;即以理服人,也非心服也。如读《韩非子》,尽管理充足,却不叫人爱。说理不该是征服,该是感化、感动;是说理而理中要有情。一受感动,有时没理也干,舍命陪君子,交情够。没理有情尚能动人,况情理兼至,必是心悦诚服。

故写实,必是新写实;说理,不可征服,是感动。而李白此诗"鹦鹉来过吴江水""鹦鹉西飞陇山去",算什么?用得上金圣叹评"凤凰台"诗所说"此于诗家赋、比、兴三者,竟属何体哉"!人有家住太行者,有诗曰:"人见太行悲,我见太行喜。不是喜太行,家在太行里。"而一人家住窟窿山,亦仿之而诗云:"人见窟窿悲,我见窟窿喜。不是喜窟窿,家在窟窿里。"太白"鹦鹉"之拟"黄鹤",亦如此。金氏以为太白此诗病在"去"字"落到第三句",还不然,只是因它里面没东西。而"芳洲之树何青青"句,真好;金圣叹之批"只得七个字,一何使人心杳目迷,更不审其起尽也"数句,也真好,真对得起太白。"芳洲之树何青青"句,没理而好,是写实,而同时使人心泉活泼泼的,便是好。为什么?这是诗,因为他将人生趣味提出来了,使人读了觉生之可爱,这便是好作品。

不好的作品坏人心术、堕人志气。坏人心术,以意义言;堕人志气,以气象言。文学虽不若道德,而文学之意义极与道德相近。唯文学中谈道德不是教训,是感动。文学应不堕人志气,使人读后非伤感、非愤慨、非激昂,伤感最没用。如《红楼》便是坏人心术,最糟是"黛玉葬花"一节,最堕人志气,真酸。见花落而哭,于花何补?于人何益?几时中国雅人没有黛玉葬花的习气,便有几分希望了。吸大烟者明知久烧是不好,而不抽不行;诗中伤感便如嗜好中的大烟,最害人而最不容易去掉。人大概如果不伤感便愤慨了,这也不好,这是"客气"。客气,不是真气。要做事,便当努力做事,愤慨是无用的。有理说理,有力办事,何必伤感?何必愤慨?一个文学家不是没感情,而不是伤感,不是愤慨,但这样作品真少。伤感、愤慨、激昂,人一如此,等于自杀;而若不如此,便消极了,也要不得;消极要不得,不消沉可也不要生气。有人说生气是你对你自己的一种惩罚。非伤感、非愤慨、非激昂,要泛出一种力来才行。"芳洲之树何青青""池塘生春草"(谢灵运《登池上楼》),自自然然一种生意,有力而非勉强。勉强是不能持久的,普通有力多是勉强,非真力。

好的诗句除平仄谐调外,每字皆有其音色。"芳洲之树何青青"句,是否好在"芳""青青"三字?三个阳声字,显得颜色特别鲜明。好的诗句除格律上的平仄及音色外,又有文法上的关系。诗句不能似散文,而大诗人的好句子多是散文句法,古今中外皆然,如"芳洲之树何青青""白云千载空悠悠"。普通写人都不太人味,或近于兽,或近于神。Man is not his man,我们喜欢的多是此种人。诗,太诗味了便不好,poem is not poetic。读晚唐诗便有此感,姑不论其意境,至少在文法上已是太诗味了。如义山"五更疏欲断,一树碧无情"(《蝉》),真是诗。好是真好,可是太诗味了。"白云千载空悠悠""芳洲之树何青青",似散文而是诗,是健全的诗。

第十节

俊逸鲍参军

汉魏五言,曹公、陶公两人了不起。唐人五言虽新鲜而不及汉魏好,盖好坏不在新旧。如宋人诗比唐人新鲜,不见得比唐人好。至七言诗则不论古体、近体,唐人皆有独到处,盖汉魏时七言尚未成立,且七言字数自少而多,亦易见佳。

伟大的学说创始是一人,成功是另一人。即以太白七言而论,老杜赠之以诗曰:

> 清新庾开府,俊逸鲍参军。
> 　　　　　　(《春日怀李白》)

太白有英气,超轶绝伦,即"俊逸"。鲍照集中七言古甚多,其中有的作风颇似李白,而鲍在前,李在后,故谓太白出自鲍参军。二人若真谓师、弟,则太白可谓青出于蓝:其一,字句之运用鲍不如李之成熟。李正如韩愈所谓"气盛则言之短长与声之高下者皆宜"(《答李翊书》),鲍有时生疏。其二,鲍的内容不如李充实,鲍仅有情感,而仅有一点情感不宜写长篇。

中国诗体最复杂,上至"三百篇"下至词曲,各体有各体长处。如太白七古必是七古,非七言古不可表现,至于鲍照之七言古则似以五言亦可表现。故李虽出自明远而实高于明远。在某一点上,后人不及古人;而在某一点上,后人也可超过古人。

第十三讲

杜甫诗讲论

一个大诗人、文人、思想家,皆是打破从前传统。当然也继承,但继承后还要一方面打破,方能谈到创作。六朝末年及唐末,个人无特殊作风,只剩传统,没有创作了。老杜在唐诗中是革命的,因他打破了历来酝酿之传统,他表现的不是"韵",而是"力"。

纯抒情的诗初读时也许喜欢。如李、杜二人,差不多初读时喜李,待经历渐多则不喜李而喜杜。盖李浮浅,杜纵不伟大也还深厚。伟大不可以强而致,而一个人若极力向深厚做,该是可以做到。

中、西两大诗人比较,老杜虽不如莎士比亚(Shakespeare)伟大,而其深厚不下于莎氏之伟大。其深厚由"生"而来,"生"即生命、生活,其实二者不可分。无生命何有生活?但无生活又何必要生命?[①] 譬之米与饭,无米何来饭?不做饭要米何用?

---

① 叶嘉莹此处有按语:先生所谓生活,盖指有意义的生活。

第一节

杜甫七绝

老杜诗真是气象万千,不但伟大而且崇高。譬如唱戏,欢喜中有凄凉,凄凉中有安慰,情感复杂,不易表演,杜诗亦不好讲。今且说其七绝。

曾国藩①《十八家诗钞》选唐人诗多而好,见其心胸阔大。沈德潜《唐诗别裁》则只重在"韵",气象较小。老杜诗分量太重,每令人起繁赜之叹。学诗可从《十八家诗钞》中老杜七绝入手,先得些印象;再本此读其七律、五律、七古、五古自然迎刃而解。否则,也总有些路径,不至于丈二和尚摸不着头脑。

盆景、园林、山水,三者中,盆景是模仿自然的艺术,不恶劣也不凡俗,看起来精致,可是太小。无论作什么,皆应打倒恶劣同凡俗。常人皆以"雅"打倒,余以为应用"力"打倒。盆景太雅。园林亦为模仿自然之艺术,太湖石、石笋布置极好,较盆景大,而究嫌匠气太重。真的山水当然大,而且不但可发现高尚的情趣,且可发现伟大的力量。此情趣与力量是在盆景、园林中找不到的。

老杜诗苍苍茫茫之气,真是大地上的山水。常人读诗皆能看出其伟大的力量,而不能看出其高尚的情趣。

"两个黄鹂鸣翠柳"(《绝句四首》其三)一绝,真是高尚、伟大。首两句:

两个黄鹂鸣翠柳,一行白鹭上青天。

---

① 曾国藩(1811—1872):字伯涵,号涤生,湖南湘乡(今湖南双峰)人。晚清重臣,文学上继承桐城派而自立风格,创立晚清古文之"湘乡派",著有《经史百家杂钞》《十八家诗钞》等。

>>> 一个大诗人、文人、思想家,皆是打破从前传统,当然也继承,但继承后还要一方面打破,方能谈到创作。杜甫在唐诗中是革命的,因他打破了历来酝酿的传统,他表现的不是"韵",而是"力"。中、西两大诗人比较,杜甫虽不如莎士比亚伟大,而其深厚不下于莎氏的伟大。他的深厚由"生"而来,"生"即生命、生活,其实二者不可分。无生命何有生活?但无生活又何必要生命?图为明朝丁云鹏《少陵秋兴图》。

清洁,由清洁即可得高尚。后两句:

窗含西岭千秋雪,门泊东吴万里船。

有力,伟大。前两句无人,后两句有人,虽未明写,而曰窗、曰门,岂非人在其中矣?后两句代表心扉(heart's door)。在心扉关闭时,不容纳或不发现高尚的情趣、伟大的力量。诗人将心扉打开,可自大自然中得到高尚伟大的情趣与力量。"窗含""门泊",则其心扉开矣。窗虽小,而"含西岭千秋雪";门虽小,而"泊东吴万里船"。船泊门前,自然有人。常人看船皆是蠢然无灵性之一物,老杜则看船成一有人性之物,船中人即船主脑,由西蜀到东吴,由东吴到西蜀。"窗含西岭千秋雪"一句是高尚的情趣,"门泊东吴万里船"一句是伟大的力量。后人皆以写实视此诗,实乃象征,且为老杜人格表现。若不知此,未免辜负老杜诗心。

老杜诗中有力量,而非一时蛮力、横劲。(有的蛮横乃其病。)其好诗有力,而非散漫的、盲目的、浪费的,其力皆如河水之拍堤,乃生之力,生之色彩,故谓老杜为一伟大记录者。曰生之"色彩"而不曰形状者,色彩虽是外表,而此外表乃内外交融而透出的,色彩是活色,如花之红、柳之绿,是内在生气、生命力之放射,不是从外涂上的。且其范围不是盆景、园林,而是大自然的山水。

老杜论诗有《戏为六绝句》:

王杨卢骆当时体,轻薄为文哂未休。
尔曹身与名俱灭,不废江河万古流。

(其二)

才力应难跨数公,凡今谁是出群雄。
或看翡翠兰苕上,未掣鲸鱼碧海中。

(其四)

虽曰"戏为",亦严肃,所写乃对诗之见解,可看出其创作途径、批评态度。前首"江河"及次首"数公"皆指王、杨、卢、骆。"看翡翠兰苕上","翡翠",小鸟羽色金碧辉煌,鸣声清越;"兰苕",雅净;"翡翠兰苕",此景真是精致、美丽、干净,而没力量;"掣鲸鱼碧海中",或不美丽,不精致,而有力量。"玩艺儿"是做的,力气是真的,此即可看出老杜生之力,生之色彩。虽或者笨,但不敢笑他,反而佩服。

老杜七绝,选者多选其《江南逢李龟年》一首:

岐王宅里寻常见,崔九堂前几度闻。
正是江南好风景,落花时节又逢君。

此选者必不懂老杜绝句,沈归愚《唐诗别裁》即然。此首实用滥调写出。写诗若表现得容易、没力气,不是不会,是不干;若非此因,或因无意中废弛了力量,乃落窠臼。

看老杜诗,第一,须先注意其感觉。

莫看他粗,实在感觉锐敏之极——敏、细。如其:

繁枝容易纷纷落,嫩蕊商量细细开。
（《江畔独步寻花七绝句》其七）

观"嫩蕊"句,其感觉真锐敏、真纤细,用"商量"二字,真有意思,真细。这在别人的诗里纵然有,亦必落小气,老杜则虽细亦大方:此盖与人格有关。再如其《三绝句》:

楸树馨香倚钓矶,斩新花蕊未应飞。
不如醉里风吹尽,可忍醒时雨打稀。

> 门外鸬鹚去不来,沙头忽见眼相猜。
> 自今已后知人意,一日须来一百回。
>
> 无数春笋满林生,柴门密掩断人行。
> 会须上番看成竹,客至从嗔不出迎。

"会","会须",将来之意,future perfect。《诗经》有"会且归矣"(《齐风·鸡鸣》)之句。老杜的诗有时没讲儿,他就堆上这些字来让你自己生一个感觉。即如其七律亦然,如《咏怀古迹》第五首:

> 三分割据纡筹策,万古云霄一羽毛。

上句字就不好看,念也不好听,而老杜对得好:"万古云霄一羽毛。"这句没讲儿,而真是好诗。文学上有时能以部分代表全体,"一羽毛"便代表鸟之全体。老杜只是将此七字一堆,使你自己得一印象,不是让你找讲儿。

看老杜诗,其次,须注意其情绪、感情。自"王杨卢骆"二首可以看出,感觉是锐敏、纤细,情绪是热烈、真诚。

此外另有一点,即金圣叹批《水浒》说鲁智深之"郁勃"——有郁积之势而用力勃发,故虽勃发而有蕴郁之力。别人情绪或热烈、真诚,而不能郁勃。且老杜有理想,此自"两个黄鹂"一绝可看出。

如此了解,始能读杜诗。

老杜七绝避熟就生。历来诗人多避生就熟,若如此作诗,真是一日作一百首也得。老杜七绝真是好用险,"险中弄险显奇能"(《空城计》)[①]。老杜七绝之避熟就生,即如韩愈作文所谓"唯陈言之务去"(《答李翊书》),而韩之"陈言务去"只限于修辞,至其取材、思想(意象),并无特殊,取材不见

[①] 京剧《空城计》诸葛亮唱词:"人言司马用兵能,依我看来是虚名。他道我平生不设险,险中弄险显奇能。"

得好,思想也不见得高。老杜则不但修辞避熟就生,其取材亦出奇。如其七绝有《觅果栽》(树栽者,树苗也):

草堂少花今欲栽,不问绿李与黄梅。
石笋街中却归去,果园坊里为求来。

有《觅松树子栽》:

落落出群非榉柳,青青不朽岂杨梅。
欲存老盖千年意,为觅霜根数寸栽。

有《乞大邑瓷碗》:

大邑烧瓷轻且坚,扣如哀玉锦城传。
君家白碗胜霜雪,急送茅斋也可怜。

次句"扣如哀玉锦城传","哀玉"之"哀"与魏文帝《与吴质书》"哀筝顺耳"之"哀"义同;"锦城"即成都,"锦城传"言其音脆而长。别人写此类必雅,而雅得俗;老杜写得不雅,却不俗(或曰俗得雅),粗中有细。

写诗时描写一物,不可自古人作品中求意象、辞句,应自己从事物本身求得意象。吾人生于千百年后,吃亏,否则安知写不出来"明月照高楼"(曹子建《七哀》)、"池塘生春草"(谢灵运《登池上楼》)的句子?不过吾人所见意象究与古人不同,则所写的不必与古人同,写的应有自己看法。

别人作品声音是纤细的,而老杜是宏大的。如前所举"大邑烧瓷轻且坚,扣如哀玉锦城传",此盖与天性有关。

诗人应有美的幻想,锐敏的感觉。老杜幻想、感觉是壮美的,不是优美的。在温室中开的花叫"唐花",老杜的诗非花之美,更非唐花之美,而是松柏之美,禁得起霜雪雨露,苦寒炎热。他开醒眼,要写事物之真象,不似义山之偏于梦的朦胧美。但其所写真象绝非机械的、呆板的科学描写。如《乞大邑瓷碗》一首,是平凡的写实,但未失去他自己的理想。义山是 day-dreamer,老杜是睁了醒眼去看事物的真象。

老杜有《春水生二绝》:

二月六夜春水生,门前小滩浑欲平。
鸂鶒鹈鹕莫漫喜,吾与汝曹俱眼明。

(其一)

一夜水高二尺强,数日不可更禁当。
南市津头有船卖,无钱即买系篱旁。

(其二)

好处在新鲜,而一览无余。此在老杜诗中不能算好诗,亦不能算其坏诗。老杜此诗是"幼稚",此亦有好、坏二意。幼稚非绝对不可取,以其新鲜。老杜写此诗盖用儿童的眼光去观察,成人之后则有传统精神,且为环境、习惯所支配。幼童则未发展、沾染,故自有其想法、看法。

老杜七绝以"两个黄鹂"一首为最好,以其中有理想,而老杜理想之流露乃无意识的,自然的,不是意识了的。此在西洋人则不然,西洋人乃三"W"主义:What(什么)、How(怎样)、Why(为什么)。老杜的诗在理想上有而不以此胜,以新鲜胜,其好处在气象。老杜的气象是伟大的。如《夔州歌十首》其九:

武侯祠堂不可忘,中有松柏参天长。
干戈满地客愁破,云日如火炎天凉。

此与《春水生》二首不同,前二首只是新鲜,此首则气象伟大。开端既提出"武侯"来,是伟大的,则后数句所写必须衬得住。一、二句"武侯祠堂不可忘,中有松柏参天长",以武侯之伟大、武侯祠堂之壮丽,后面必须衬得住。三、四句"干戈满地客愁破,云日如火炎天凉",所写亦衬得住。而老杜写时是不曾意识了的。若吾人如此写则是意识了的。老杜所用辞句是能表示出武侯之伟大的,而在他写时,绝非意识了的,而是直觉的,非如此不可。若将首句"不可忘"改为"系人思",虽意义同或更好,而一点劲没有,"不可忘"三字用声音表示伟大。(《江南逢李龟年》一首则堕坑落堑,入窠臼矣。传统规矩乃无形束缚,此不能代表老杜。)

此诗平仄[①]:

| ― ― ― | | ― , ― | ― | ― ― 。
― ― | | 十 ― | , 十 | ― | ― ― 。

此诗多用"三平落脚"(诗中术语,谓七言句末三字皆平声)。又如老杜:

闻道杀人汉水上,妇女多在官军中。
(《三绝句》其三)

此首平仄不合,第二句乃"三平落脚"。"三平落脚"要落得稳,此在七古中好用。老杜七古叶平韵者,用"三平落脚"句甚多。如《曲江三章章五句》其三:

自断此生休问天,杜曲幸有桑麻田,故将移住南山边。
短衣匹马随李广,看射猛虎终残年。

---

① "―"表示平声,"|"表示仄声,"十"表示可平可仄。

此一首七古,用"三平落脚",沉着有力。老杜作七绝亦用此法。

近代的所谓描写,简直是上账式的,越写得多,越抓不住其意象。描写应用经济手段,在精不在多,须能以一二语抵人千百,只用"中有松柏参天长"七字,便写出整个庙的庄严壮丽。"干戈满地"客自愁,而至武侯祠堂,对参天松柏,立其下,客愁自破,用"破"字真好。

好诗是复杂的统一,矛盾的调和。好是多方面的,说不完,只是单独的咸、酸,绝不好吃。"干戈满地""客愁"而曰"破","云日如火""炎天"而曰"凉",即复杂的统一,矛盾的调和。

生在乱世,人是辗转流离,所遇是困苦艰难,所得是烦恼悲哀。人承受之,乃不得已,是必在消灭之,不能消灭则求暂时之脱离。如房着火,火不能消灭,人可以跑出去。对于苦难,若既不欢迎,又不能消灭;不能逃脱,又忍受不了,只可忘记。人真是可怜虫。说到忘记必须麻醉。任何一国,抵抗苦难的麻醉力量无超过中国者,中国人所以爱麻醉即为的是忘记。老杜则睁了眼清醒地看苦痛,无消灭之神力,又不愿临阵脱逃,于是只有忍受、担荷。(1)消灭,(2)脱离,(3)忘记,(4)担荷。老杜此诗盖四项都有,消灭、脱离、忘记,同时也担荷了。

老杜之七绝与当时一般人所作不同。人以为他不会作"绝",错了。老杜与陶公固不能相提并论,但也有共同之点:从修辞上看,二人皆有许多新鲜字句,这是在外表上的革新。此外,关于内容一方面,别人不敢写的他们敢写。凡天地间事没有不能写进诗的,就怕你没有胆量。但只有胆量写得鲁莽灭裂也还不行。便如厨师做菜,本领好什么都能做。所以创作不仅要胆大,还要才大。胆大者未必才大,但才大者一定胆大。俗说"艺高人胆大"。二三流作家所写都是豆腐、白菜。

老杜绝句《漫兴九首》其四:

二月已破三月来,渐老逢春能几回。
莫思身外无穷事,且尽生前有限杯。

古所谓"村",即今北平所谓"土"。杜诗便令人有此感。闻一多①说:"一个诗人只要肯用心用力去写,现在也许别人不承认为诗,但将来后人一定尊为好诗。所以写得不像诗也不要紧。"老杜在当时就如此。

老杜说"二月已破三月来","破"有二解:(1)破坏,(2)完结。此处是第二解。"二月已破",二月完了之意。而老杜不说"二月已完""已尽""已过",而说"二月已破","破"字太生,"三月来","来"字又太熟。但老杜便如此用。"破"字不是"生"便是"土"。

"二月已破三月来"之平仄:｜｜｜―｜―。别人作近体,岂敢如此用?后两句平仄虽对,但与前两句拗。

余作诗偶用一特殊字句便害怕,以为古人没这样用过。

杜诗"莫思身外无穷事,且尽生前有限杯"二句,普通看这太平常了,但我看这太不平常了。现在一般人便是想得太多,所以反而什么都做不出来了。"莫思身外无穷事"是说"人必有所不为","且尽生前有限杯"是说"而后可以有为"。

老杜这两句有力。但如太白"烹羊宰牛且为乐,会须一饮三百杯"(《将进酒》),便只是直着脖子嚷。

---

① 闻一多(1899—1946):原名闻家骅,字友三、友山,湖北蕲水人。现代学者、诗人,早期新月派代表作家,主张"新诗格律化",提倡诗的"三美":音乐美、绘画美、建筑美。

第二节

杜甫拗律

老杜诗中自言"晚节渐于诗律细"(《遣闷戏呈路十九曹长》),写的诗以七言为主,于格律反渐细。青年往往不管格律,只凭一腔热血、热心去写,若是天才,则他所写的诗是多少年纪大的人写不了的。青年勇往直前,老年诗思枯竭,只剩下功夫而韵味少了。老杜入蜀后作拗律甚多,他倒平仄,非不懂格律,乃能写而偏不写,其不合平仄正是深于平仄。

律诗中三、四句为一联,五、六句为一联,每联都要对仗。律诗中的平仄有固定格式——此乃"定格",而拗律是"变格"。如李白"芳洲之树何青青"(《鹦鹉洲》),其平仄为"— — —｜— — —",即拗律。这种拗律弄不好便成"折腰"。

老杜《白帝城最高楼》:

> 城尖径仄旌旆愁,独立缥缈之飞楼。
> 峡坼云霾龙虎卧,江清日抱鼋鼍游。
> 扶桑西枝对断石,弱水东影随长流。
> 杖藜叹世者谁子,泣血迸空回白头。

此首在杜诗之拗律中,为最拗之一首。

太白拗律可与人以清楚印象,如"芳洲之树何青青"(《鹦鹉洲》);又如崔颢"白云千载空悠悠"(《黄鹤楼》),亦然。老杜无一句如此。晚唐诗是要表现"美",老杜诗是要表现"力"。天下之勉强最不持久,是什么样就什么样,勉强最要不得,其实努力也还是勉强。仁义是好,假仁义是不好,假的不好。勉强何尝不是假？美是好，不美勉强美便不好了。力好，而最好是自然流露，不可勉强。诗最好是健康，不使劲，如"昔我往矣，杨柳依依"（《诗经·小雅·采薇》），如"芳洲之树何青青"。晚唐病在不美求美，老杜病在无力使力。太白"芳洲之树何青青"一句，"芳洲之树"底下非是"何青青"；而老杜"城尖径仄旌旆愁"一句，"城尖径仄"底下怎么是"旌旆愁"？老杜此首"江清日抱鼋鼍游"句最好，然也不好讲，于字太使力。

老杜《昼梦》：

> 二月饶睡昏昏然，不独夜短昼分眠。
> 桃花气暖眼自醉，春渚日落梦相牵。
> 故乡门巷荆棘底，中原君臣豺虎边。
> 安得务农息战斗，普天无吏横索钱。

"昼分"，中午。佛经"夜分"即夜，"初日分"即早。"眼自醉"，眼饧。

拗律不但与格律有关，与文学精神亦有关。格律与文学精神之表现有关，而实所表现者又绝不同。如"芳洲之树何青青""白云千载空悠悠"，每个字除平仄外，又有其音色。"空悠悠"有形无色，"何青青"有形有色。老杜《昼梦》首句"二月饶睡昏昏然"亦为拗律，"昏昏然"三字亦为平、平、平，但却不如"白云千载空悠悠"之形意飞动，又不如"芳洲之树何青青"之颜色鲜明，直是漆黑一团。

才大之人易为拗律。如此则太白之拗律应多于老杜，其实不然。盖太白乃无意之拗，老杜则有意拗矣。李，不知；杜，故犯。李是才情，性之所至，"大爷高兴"；杜是出力，故意如此。

若论有意与无意，古代之伤感多为无意。如：

> 林表明霁色，城中增暮寒。
> （祖咏《终南望余雪》）

野旷天低树，江清月近人。

(孟浩然《宿建德江》)

夕阳无限好，只是近黄昏。

(李商隐《登乐游原》)

此等皆为无意，若除写诗而外，并无他意，谓之"无所谓"。如"林表明霁色"一句是景，下句"城中增暮寒"，是好是坏未言。若前为"长安有贫者，为瑞不宜多"(罗隐《雪》)，则坏事矣。此为有意，但诗味不及前者。"长安"二句，看这"乏"劲儿，似白乐天。

有意时往往不易写成好诗。而诗有意可写愁，且将其美化了，便好了，便能忍受了，如"月黑杀人地，风高放火天"。若写出者使人不能忍受，便是诗味不够。如老杜之"垢腻脚不袜"(《北征》)，这样句子真不是诗。不是不能写，是不能这样写。其不成诗还不在于与人不快之感。人吃菜酸甜苦辣都能吃，可是那要是菜才行，要做得是味。诗中并非必须写美，如菜中之臭豆腐也能好吃，可是要味好。诗中也能写丑，但要写得是诗。孟浩然《宿建德江》：

移舟泊烟渚，日暮客愁新。
野旷天低树，江清月近人。

明明点出愁来，但经过诗化了，不但能入口，而且特别有味。是凄凉，是冷，但诗味给调和了，能忍受了。"野旷天低树"一句是荒凉，但并不恐怖，经过美化了。"夕阳无限好，只是近黄昏"二句有其悲哀，但也诗化了，美化了。最无意是"林表明霁色，城中增暮寒"。

古代无意之诗多，但如老杜《昼梦》一首则全为有意。前所讲拗律只拗一、二句，无如此首之几乎全不合格律者。(此《昼梦》一首"普天无吏横

>>> 诗中也能写丑,但要写的是诗。孟浩然《宿建德江》明明点出愁来,但经过诗化了,不但能入口,而且特别有味。图为清朝吴毂祥《骑驴寻梅图》。

索钱"是律句,仅此一句是。二、四句末二字"分眠""相牵"落平;六、八句末二字"虎边""索钱"落仄平,均是有意的;又二、四两句平声太少,居十四分之五,五、六句平声字占十四分之九。崔颢"白云千载空悠悠"、太白"芳洲之树何青青"是偶然,老杜是成心。

老杜《崔氏东山草堂》:

> 爱汝玉山草堂静,高秋爽气相鲜新。
> 有时自发钟磬响,落日更见渔樵人。
> 盘剥白鸦谷口栗,饭煮青泥坊底芹。
> 何为西庄王给事,柴门空闭锁松筠。

此首较前首顺,盖情调不同,写前诗时在抑郁中,不如彼之拗表不出其抑郁。"高秋爽气相鲜新",虽为人工,不如"芳洲之树何青青",但已有点意思了。

老杜拗律与崔氏《黄鹤楼》、李白《鹦鹉洲》不同,崔、李他们对仗有时不工,老杜虽平仄拗,但对仗甚工。崔、李是自然而然,老杜是故意。

老杜七言拗律二首:

> 霜黄碧梧白鹤栖,城上击柝复乌啼。
> 客子入门月皎皎,谁家捣练风凄凄。
> 南渡桂水阙舟楫,北归秦川多鼓鼙。
> 年过半百不称意,明日看云还杖藜。
>
> (《暮归》)

> 北城击柝复欲罢,东方明星亦不迟。
> 邻鸡野哭如昨日,物色生态能几时。
> 舟楫眇然自此去,江湖远适无前期。

出门转盻已陈迹,药饵扶吾随所之。

(《晓发公安》)

杜甫晚年为病所苦,有诗云:"多病所需唯药物,微躯此外复何求。"(《江村》)但若仅如此,便是大大俗人。俗人,既非道人,又非诗人。道人,得道之人;诗人,于诗(1)爱,(2)学,(3)解。老杜乃诗人。(余非道人,得道,不知何年何月;对诗,爱好而已,"学"已很难说,"解"更不知何年何月。)

人往前看总觉得来日方长,而回头看已是逝者如斯,人愈老此种感觉愈迫切。七言拗律二首即有此种感觉。人要自己要强,天助自助者,否则虽天亦无力,况于他人?从拗律讲,崔颢、太白之拗是"忘",杜甫是"成心"。不知者不宜罪,罪有可原;明知故犯,罪加一等。

天才差一点的人爱找"辙",走着省劲儿。创造力薄弱的人即如此。有天才的人都是富于创造力的人,没有创造力的人是继承传统、习惯(继承别人是传统,自己养成是习惯),没有本领打破传统、习惯,或根本不曾想打破传统、习惯。老杜律诗继承初唐,有一定格律,然而老杜不安于此传统、习惯。一个天才是最富创造力者,天才不可无一,不可有二,最不因循。小孩子好奇,即创造力之一种;而因循是麻醉剂,如大烟、白面儿、海洛因,把多少有天才的人毒害了。鲁迅先生创造式的说话,很少使人听了爱听,其实是人的毛病太多。鲁迅先生明知道说什么让人爱听,可我偏不爱说,杜甫拗律亦然。如"张弓"(拉紧弓弦开弓),老杜深得"张"字诀,近代作家只有鲁迅先生,现在连"顺"都做不到,何况"张"?连"不会"都没有,何况"会"?说食不饱,须自己吃。(由此说来,教书不但无聊,而且无能。)杜诗都是百石之弓,千斤之弩,张弓。杜诗不因循。可惜老杜之拗律以晚年所作为多,杜诗晚年于"诗律细",但意境并不高,并不深。所以对老杜入蜀后的诗要加以挑拣,多半是坏的多,好的少,即因他只在格律上用力,而未在意境上用力。但如今日所举上述二首拗律,真好,后人只山谷可仿佛一二

(山谷学杜,而力量不及,狠劲不够),别人望尘莫及。百石之弓,千斤之弩,没有力便扳不开,不用说发弓射箭了。

老杜七言律诗之结实、谨严,如为杨小楼配戏之钱金福①,虽然就了筋了,但其功夫深,如铁铸成,便小楼也有时不及,可惜缺少弹性,去"死"不远矣。创造就怕这个。青年幼稚,没功夫,但有弹性,有长进;老年功夫深,但干枯了,再甚便入死途了。我们要在这两者之间找出一条路来,在青年时能像老年功夫那样成熟,在老年时要像青年心情那样活泼,此便为矛盾之调和。从诗之"拗"来看,《黄鹤楼》如云烟,太白如水,老杜则如石。如《暮归》第三句"客子入门月皎皎"七字六仄一平,太白"芳洲之树何青青"七字六平一仄,石水之不同。可供参考。

《暮归》一首,后四句没劲儿,年老力不及之故。"年过半百不称意"怎样呢?"明日看云还杖藜",真没劲儿。《晓发公安》(公安,在湖北)盖出峡后作。"邻鸡"与"野哭"仍"如昨日",而"物色生态能几时",真凄凉。"江湖远适无前期","无前期"即预先无规定之谓,仍是凄凉。

以下参考宋人苏、黄拗律。

苏轼拗律一首:

我行日夜向江海,枫叶芦花秋兴长。
平淮忽迷天远近,青山久与船低昂。
寿州已见白石塔,短棹未转黄茅冈。
波平风软望不到,故人久立烟苍茫。

(《出颍口初见淮山,是日至寿州》)

---

① 钱金福(1862—1937):字绍卿,北京人。京剧净角,工武净兼架子花脸,武功稳健,动作优美,为杨小楼配戏多年,代表剧目有《醉打山门》《芦花荡》等。

黄庭坚拗律二首：

> 星宫游空何时落，着地亦化为宝坊。
> 诗人昼吟山入座，醉客夜愕江撼床。
> 蜜房各自开户牖，蚁穴或梦封侯王。
> 不知青云梯几级，更借瘦藤寻上方。
>
> （《题落星寺四首》其一）

> 岩岩匡俗先生庐，其下宫亭水所都。
> 北辰九关隔云雨，南极一星在江湖。
> 相粘蠖山作居室，窍凿混沌无完肤。
> 万鼓春撞夜涛涌，骊龙莫睡失明珠。
>
> （《题落星寺四首》其二）

近人为诗喜作七言，五言较七言好凑，可不见得好作。作，to write；凑，to make。余学七言律在先，学五言律在后，七言律长进在先，五言律长进在后。

清末宋诗抬头。近人有意为诗者多走此路，盖因宋诗有痕迹可循。唐人诗看起来千变万化，其实简单，只是太自然。至宋人诗则内容繁复，故学宋人诗可用以写吾人各种感情思想。唐人大气磅礴，如工部"星垂平野阔，月涌大江流"（《旅夜书怀》），但学此不能写自己之感情思想。唐人诗好是好，然与我们不亲切。宋人诗七言律好者多，而五言古、五言律则不行。苏、黄五言亦不成，而其七言纵横开合，有的虽老杜亦不及，为老杜所未曾写。苏、黄够得上诗人，可是怎么五言诗作得那么糟而不自觉？也许他们觉得五言诗就该如此，此乃大错。

无论如何旧诗这种体裁已是旧的功夫，五言到宋朝便已不行。同是取火，由柴而煤而电气，此即工具之演进。在今日而以旧诗表现吾人思想感情,便如在美国烧玉米秆烧饭,总觉不甚合适。诗由四言而五言而七言,其演进自有其不得已;由古文而变为白话,亦然。并不是因为白话比古文易懂,是因为白话表现的思想感情有古文所表达不出来的。今日用旧体裁,已非表现思想感情的利器。四言——→五言——→七言,七言离我们最近,所以好作。词比诗好作,曲又比词好作。白话文比古文好学(虽然好学不好学不是好不好)。

诗原是入乐的,后世诗离音乐而独立,故其音乐性便减少了。词亦然。现代白话诗完全离开了音乐,故少音乐美。胡适之先生对此之议论如何,余于此不说,然虽有人说将旧诗之音乐性除去便是新诗,此实大错。盖一切文学皆须有音乐性、音乐美,何况诗?如何能将诗之音乐性除去?其实不但文学,即语言亦须富有音乐性,始能增加语言的力量。音乐家刘天华[①]逝世后,其兄刘半农[②]为之作传,说刘天华并无音乐天才,但这并不妨碍他成为音乐家,尤其是在南胡上。即如刘半农先生,实亦无音韵学天才,但在音韵学上,他也有他的发明。我们人在天才上都有缺陷,这要用努力去弥补。对诗只要了解音乐性之美,不懂平仄都没关系。

四声始于齐、梁,沈约所创,沈约为中国文学史承上启下之人物,值得注意。六朝皇帝文采风流,据云:某帝问:"何谓四声?"答曰:"天子圣哲。"[③]四声(平上去入)、平仄并不是用来限制我们、束缚我们的。一个有音乐天才的人作出诗来,自然好听;没有音乐天才的人按平仄作去,也可悦耳。而许多好听的有音乐美的诗并不见得有平仄。如"古诗十九首"之《行行重行行》:

---

① 刘天华(1895—1932):原名刘寿椿,江苏江阴人。近现代音乐家、音乐教育家,一代国乐宗师,一生致力于改进国乐,著有《良宵》《光明行》等。
② 刘半农(1891—1934):原名刘寿彭,后改名复,初字半侬,后改半农,江苏江阴人。现代文学家、语言学家,著有诗集《扬鞭集》及文集《半农杂文》等。
③ 《南史·沈约传》:"(约)撰《四声谱》……自谓入神之作。武帝雅不好焉。尝问周舍曰:'何谓四声?'舍曰:'天子圣哲是也。'然帝竟不甚遵用约也。"

> 行行重行行，与君生别离。
> 相去万余里，各在天一涯。

首五字皆平声，不也是很美吗？和谐。可见平仄格律是助我们完成音乐美的，而诗的真正音乐美还不尽在平仄。如老杜"客子入门月皎皎，谁家捣练风凄凄"，虽拗而美，并不是拗口令；但"城尖径仄旌旆愁"则似拗口令矣，此则不可。拗律中拗得愈甚，对得愈工。虽然如崔颢《黄鹤楼》、李白《鹦鹉洲》之"黄鹤一去不复返，白云千载空悠悠"；"鹦鹉西飞陇山去，芳洲之树何青青"也并不对仗，但那是天才，是神来之笔。且唐人律诗前四句往往一气呵成，一、二句不"对"，故三、四句不"对"尚可，但五、六句非"对"不可，如崔颢接下来的"晴川历历汉阳树，芳草萋萋鹦鹉洲"、太白接下来的"烟开兰叶香风暖，岸夹桃花锦浪生"，对仗工整。而"空悠悠""何青青"，皆"三平落脚"，盖因上句七字及下句前四字连在一起太乱，气太盛，太"散行"，末三字必"三平落脚"，非使其凝练不可。拗律拗得愈甚，对得愈工，尤其在老杜，平仄虽拗，而对句绝不含糊。宋之黄山谷似之。而东坡之"青山久与船低昂"，并不甚好，但有音乐性，美。有人盖谓此乃送行人久立烟水苍茫之中，而出行者虽望而不见也——太绕弯子，弯绕得不小，有什么意思？简直想疯了心！

作诗要写什么是什么，但还要有意义。若费半天劲写出来，而写出来就完了，又有何取？老杜诗有时写得很逼真，但不明是什么意思。如"圆荷浮小叶"（《为农》），应该说"小荷浮圆叶"。山谷《题落星寺四首》第一首之"星宫游空何时落，着地亦化为宝坊"二句即如此，只是说宝坊庙乃落星寺。近人作诗亦犯此病，所谓做态。而三、四句"诗人昼吟山入座，醉客夜愕江撼床"乃山谷看家本领。学诗者皆多在此上用功，而不在意境上用功。此二句后句好，上句平常。五、六句以后乱七八糟。《题落星寺四首》第二首音节之结实颇似老杜。"岩岩匡俗先生庐，其下宫亭水所都"，真好，一起便好,盖用字沉着故也。"匡俗先生",古之隐士,居落星寺山上。"水所都",水所聚也。"北辰九关隔云雨",谓帝京遥远。"南极一星在江湖",人谓东坡远贬。"蠔山",蠔所结成之山。末句"骊龙莫睡失明珠",凑的,此句用典真笨。

第三节

杜甫五言诗

方寸之中,顷刻楼台,顷刻灭尽。

中国古诗以五言最恰,四言字太少,七言字太多。(五言诗开合变化成功者仅杜工部一人。)但此指中国古人情调思想而言。现在则五言已不够,而七言格律太繁,不易作好。现在事情本来变化就多,再加以诗人感觉锐敏,变化更多。近世是散文时代,已不是诗的时代,因为我们现在没有富裕的时间精力去安排辞句,写东西只能急就,没有工夫酝酿,没有蕴藉。有酝酿便有蕴藉,有蕴藉便有含蓄。我们现在真是凭什么能用此酝酿蕴藉功夫,而又不能不用。酝酿是事前功夫。大作家是好整以暇,而我们到时候便不免快、乱。昔有言:"巧迟不如拙速。"现在要练习速写(sketch),不像油画那么色彩浓厚,也不像水彩画那样色彩鲜明,也不像工笔画那么精细,但是有一个轮廓,传其神气。若能扩充,自然更好。

酝酿是"闲时置下忙时用",速写是"兔起鹘落,少纵则逝"(苏轼《文与可画筼筜谷偃竹记》),要个劲还得要个巧,劲与巧还是平时练好的本领。我们在现在的情势下,要养成此种眼光、手段。速写写得快,抓住神气写一轮廓。现在是要如此,但酝酿的功夫还要用。创作上速写也要酝酿蕴藉的功夫。

王摩诘诗是蕴藉含蓄,什么也没说,可什么都说了。常言之动静、是非、善恶是相对的,而诗之最高境界是绝对的,真、善、美,三位一体。"雨中山果落,灯下草虫鸣"(《秋夜独坐》),是美是丑,是善是恶,很难说。又孟浩然"人事有代谢,往来成古今。江山留胜迹,我辈复登临"(《与诸子登岘山》),二十个字,道尽人生世界,而读之如不着力。

现在作品多是浮光掠影,不禁拂拭,使人感觉不真实、不真切。不真实还不要紧,主要要使人感觉真切。如变戏法,不真实而真切,变"露"了倒很真实,可那不成。文学上是许人说假话的。电影、小说、戏曲是假的,是譬喻,但那是艺术。读小说令人如见,便因其写得真切。但不要忘了,我们说瞎话是为了真。说谎是人情天理所允许,而不要忘了那是为了表现真。如诸子寓言、如佛说法、如耶稣讲道,都是说小故事,但都是表现真。现在文学不真实、不真切,撒谎都不完全。

谈到蕴藉,中国民族德性上讲"谦",今欲将德性上的"谦"与文学上之"蕴藉"连在一起。中国古代民族安土重迁,人情厚重,不喜暴露发扬。楚辞《离骚》暴露发扬,那是南方的作品。班固以为《离骚》"露才扬己",可见北边人之厚重,故德性重迁,不喜暴露。也不是说中国人厚重即美德,日本便轻浮浅薄,而日本的好处在进取,我们真佩服,也真惭愧。而中国人凡事谦逊,坏了就是安分守己、不求进取、苟安、腐败、灭亡,因果相生,有好有坏。现在日本自杀的自杀,但在台上的还真在干,在不可为之中还要干。中国是一盘散沙,若谁也不肯为国家民族负责任,只几个人干,也不成。中国人原是谦逊,再一退安分守己,再一退自私自利,再一退腐败灭亡了。我们能否在进取中不轻薄,在厚重中还要进取?

总之,德性是谦,文学是蕴藉含蓄。孟浩然"江山留胜迹,我辈复登临"(《与诸子登岘山》)二句,比前面"人事有代谢,往来成古今"二句还好,没有露才扬己,然味厚。李太白"蜀僧抱绿绮,西下峨眉峰。为我一挥手,如听万壑松"(《听蜀僧濬弹琴》)是露才扬己。(文学本表现,露才扬己也是表现。)明乎此,可知中国文学之好处何在、坏处何在,而且可知此种作风是否可供我们参考、采取。

杜甫有五律《得弟消息二首》:

近有平阴信,遥怜舍弟存。
侧身千里道,寄食一家村。

烽举新酣战,啼垂旧血痕。
不知临老日,招得几人魂。

汝懦归无计,吾衰往未期。
浪传乌鹊喜,深负鹈鸰诗。
生理何颜面,忧端且岁时。
两京三十口,虽在命如丝。

老杜天宝乱后辗转流离,而他还写了那么多的诗,那么好的诗。我们抗战胜利前后的作品多拖着一条光明的尾巴,老杜诗虽没拖着光明尾巴,但也不是消极,因为他有热、有力。现在拖着光明尾巴的作品,即使有光也是浮光,有愉快也是浮浅,因为没热、没力。老杜诗虽没光明、愉快,但有热、有力,绝不会令人走消极悲观之路。

"近有平阴信,遥怜舍弟存。"真有热、有力,字有字法,句有句法,谁比得了?普通读杜对字法、句法多往艰深处求,固然。如"国破山河在,城春草木深"(《春望》),"破""在"犹平常,而"春"字颇艰深。但老杜更高处是用平常的字,而字法、句法用得更好。如"遥怜舍弟存","怜"字,连欢喜、悲哀全有了。"啼垂旧血痕",常人以为好,其实使过劲了。

"不知临老日,招得几人魂。"一点光明也没有了,而仍有热、有力。或曰,"招魂"不知兄招弟抑弟招兄?但那样不能说"几人"。此言"几人",是说我们已经老了,而年轻的还死在我们前面,不用说我活不了多久,不能招几人魂,就算招得成几人魂,这感情我也受不了。黄三唱《华容道》,满口求饶,骨气不倒。不但作诗、作文,演戏亦要有意境。老杜即不散板,老头子有力。

"汝懦归无计,吾衰往未期",音节真好。而与王、孟之蕴藉不同,与屈、李之露才扬己也不同,真真切,就是黄金里也嚼出水来。"汝懦""吾衰",弟兄见不着了,真悲哀,而劲一点没散。

"生理何颜面,忧端且岁时",这是老杜——老憨气;

"雨中山果落,灯下草虫鸣"(王维《秋夜独坐》)——文人气;

"为我一挥手,如听万壑松"(李白《听蜀僧弹琴》)——才子气。

老杜,老憨气。"忧端",这是悲哀,老实待着别动;"且岁时",还不知待到何时,谁也不能见谁,这真是老杜本来面目。"两京三十口","两京",老弟在东京,老杜在西京。

天下人所以不懂诗便因讲诗的人太多了,××道,××道……而且讲诗的人话太多,说话愈详,去诗愈远。有一故事说某人走黑道,点灯一望,始知岔路太多,反不知何往。故不知道瞎走也好,知道了明白也好,就怕知而不清。"无令求悟,唯益多闻"(《圆觉经》),唯末学如此。人最好由自己参悟。"隔江望见刹竿,好与汝三十棒。"(贞邃禅师语)[①]要懂,未听我讲,便懂;望见刹竿便该懂。

一月三日北平《新报》有《关于诗》一文,其中举华滋华斯(Wordsworth)之言曰:"诗起于沉静中回味得来的情绪。"(《抒情歌谣集·序言》)由此可见,为诗首先须有情绪。不必有思想判断,虽然也可以有,但主要是情绪。再者情绪也要保持之,如酵母,可以成诗,但须经过酝酿即回味。此外第三条件即沉静(时间),因酵母发酵酝酿亦需要时间。王维"雨中山果落,灯下草虫鸣"(《秋夜独坐》)二句,真是如此。余不喜欢 W 氏作品,其写自然的诗实不及我国之王、孟,其名作《高原的刈禾者》,亦未见甚佳。人说他写大自然、写寂寞写得最好,其实不及中国,如"雨中山果落,灯下草虫鸣"二句,真好! 写一种生动激昂的情绪以西洋取胜,盖西洋文字原为跳动的音节。如雪莱(Shelley)之"If Winter Comes"[②]:

[①] 贞邃禅师:五代后沩仰宗禅师。因卓锡吉州资福,世称资福贞邃。《五灯会元》卷九:"(贞邃禅师)上堂:'隔江见资福刹竿便回去,脚跟下好与三十棒,况过江来?'时有僧才出,师曰:'不堪共语。'"刹竿,指寺前所立幡柱。

[②] 雪莱(1792—1822):英国 19 世纪浪漫主义诗人,著有《致云雀》《西风颂》等。If winter comes,Can spring be far behind. 为《西风颂》的结束句。

If winter comes,

Can spring be far behind?

诗难于举重若轻,以简单常见的字表现深刻的思想情绪。如"雨中山果落,灯下草虫鸣",小学生便可懂,而大学教授未必讲得上来。老杜诗之病便因写得深,表现也艰难,深入而不能浅出;王、孟有时能深入浅出。"If Winter Comes"一首便是深入浅出,而其音节尤其好,是波浪式的;"雨中山果落,灯下草虫鸣"是圆的,此中西文学之根本不同。

W氏之言对,但只对了一面,我们还要承认另一面也能写出诗来,虽然也要承认必须沉静。无论写多么热闹、杂乱、忙迫的事,心中也须沉静。假如没有沉静,也不能写热烈激昂。因为你经验过了热烈激昂,所以真切;又因你写时已然沉静,所以写出更热烈激昂了。悲哀苦痛固足以压迫人,使人写不出诗来,太高兴也写不出来。

杜甫入蜀后佳作少,发秦州以前作品生的色彩、力的表现鲜明充足,后作渐不能及。

元日到人日,未有不阴时。

(杜工部《人日两篇》其一)

莫避春阴上马迟,春来未有不阴时。

(辛稼轩《鹧鸪天》)

耐他风雪耐他寒,纵寒已是春寒了。

(余之拙句)[①]

[①] 此二句为顾随1943年所成之断句。当年课后叶嘉莹据以成《踏莎行》(烛短宵长)一阕,词前有小序云:"用羡季师句,试勉学其作风,苦未能似。"词成后呈顾随师评改。至1957年,顾随方用此断句为歇拍,成《踏莎行》(昔日填词)一阕,和弟子十余年前之作。此词见《顾随全集》卷一,石家庄:河北教育出版社,2014年第1版,第208页。唯"风雪"作"霰雪"。

老杜"元日到人日,未有不阴时"二句无生的色彩,也无力的表现,不及稼轩之二句。文学是表现,不是论述、说明。论述在诗中尚有佳作,说明最下。稼轩二句是表现,老杜二句是论述,余之二句是说明(语本上述雪莱诗句)。

福楼拜(Flaubert)对莫泊桑(Maupassant)说,一个文人不允许和普通人同样生活。但丁(Dante)《神曲》、歌德(Goethe)《浮士德》,他们一辈子就活了这么一首诗,这是其生活结晶,而非重现。这样才不白活,活得才有价值、有意义。法国蒙德(Mendès),写一皇后,貌甚美,而国王禁止国人蓄镜,皇后苦不能自见其美。后帝欲杀之,皇后在刀光中见自己影子,为其平生最快乐时。

常人为生活而生活,诗人为诗而生活。而其作品当如拍电影,真事外须有剪接,绝非冷饭化粥。

老杜作诗如《三国志》上张飞,真粗,而粗中有细。如其:

朝廷愍生还,亲故伤老丑。

（《述怀》）

妻孥怪我在,惊定还拭泪。

（《羌村三首》其一）

写来不但干净、清楚,且看他劲头,有劲!老杜《梦李白二首》中:

千秋万岁名,寂寞身后事。

（其二）

此二句亦好。宋人亦发泄,而不成。如苏东坡《寒食雨》:

>>> 常人为生活而生活，诗人为诗而生活。而其作品当如拍电影，真事外须有剪接，绝非冷饭化粥。杜甫写来不但干净、清楚，且看他劲头，有劲！杜甫《梦李白二首》中"千秋万岁名，寂寞身后事"，此二句亦好。宋人亦发泄，而不成。明朝万邦治的《饮中八仙图》栩栩如生地表现了李白、杜甫等人的醉饮之乐。

> 春江欲入户，雨势来不已。
> 小屋如渔舟，濛濛水云里。
> 空庖煮寒菜，破灶烧湿苇。
> 那知是寒食，但见乌衔纸。
> 君门深九重，坟墓在万里。
> 也拟哭涂穷，死灰吹不起。

宋人能不如唐人笨，宋人深不如唐人浅，宋人思之深而实浅，唐人诗思浅而实深。五言诗若从"小屋"句入手则坏了，此乃偏锋，应用中锋。苏尚好，黄则野狐禅①，如其《过家》："亲年当喜惧，儿齿欲毁龀。系船三百里，去梦无一寸。"

老杜《北征》，宋人对之只许磕头，不许说话。余对之一手抬一手搦，半肯半不肯，其诗后半真不是诗，而前大半真高。先看《北征》之开端：

> 皇帝二载秋，闰八月初吉。
> 杜子将北征，苍茫问家室。
> 维时遭艰虞，朝野少暇日。
> 顾惭恩私被，诏许归蓬荜。
> 拜辞诣阙下，怵惕久未出。
> 虽乏谏诤姿，恐君有遗失。
> 君诚中兴主，经纬固密勿。

---

① 野狐禅：语出禅宗公案。《五灯会元》卷三："（百丈怀海）师每上堂，有一老人随众听法。一日众退，唯老人不去。师问：'汝是何人？'老人曰：'某非人也。于过去迦叶佛时，曾住此山，因学人问"大修行人还落因果也无"，某对云："不落因果。"遂五百生堕野狐身，今请和尚代一转语，贵脱野狐身。'师曰：'汝问。'老人曰：'大修行人还落因果也无？'师曰：'不昧因果。'老人于言下大悟，作礼曰：'某已脱野狐身，住在山后。敢乞依亡僧津送。'师令维那白椎告众，食后送亡僧。大众聚议，一众皆安，涅槃堂又无病人，何故如是？食后师领众至山后岩下，以杖挑出一死野狐，乃依法火葬。"学道流入邪僻、未悟而妄称开悟，禅家斥之为"野狐禅"，后转以"野狐禅"泛指各种异端邪说。

> 东胡反未已,臣甫愤所切。
> 挥涕恋行在,道途犹恍惚。
> 乾坤含疮痍,忧虞何时毕。

诗不能玩技术,而又不能不注意技术。老杜则大笔一抹就行了。《北征》接写还家路上所见、所经、所想:

> 靡靡逾阡陌,人烟眇萧瑟。
> 所遇多被伤,呻吟更流血。
> 回首凤翔县,旌旗晚明灭。
> 前登寒山重,屡得饮马窟。
> 邠郊入地底,泾水中荡潏。
> 猛虎立我前,苍崖吼时裂。
> ············
> 鸱鸮鸣黄桑,野鼠拱乱穴。
> 夜深经战场,寒月照白骨。
> 潼关百万师,往者散何卒。
> 遂令半秦民,残害为异物。

老杜才气不说,力气真够。以上所讲乃老杜"还家路上"一段之前、之后部分,写耳所闻、目所见、心所想,中间还有一段更好:

> 菊垂今秋花,石戴古车辙。
> 青云动高兴,幽事亦可悦。
> 山果多琐细,罗生杂橡栗。
> 或红如丹砂,或黑如点漆。
> 雨露之所濡,甘苦齐结实。

> 缅思桃源内，益叹身世拙。
> 坡陀望廊庙，岩谷互出没。
> 我行已水滨，我仆犹木末。

若无此段，也仍是好诗，然便非老杜诗了。大诗人毕竟不凡，大诗人虽在极危险时，亦不亡魂丧胆；虽在任何境界，仍能对四周欣赏。

老杜诗波澜老成、生活丰富，盖因其明眼玩味、欣赏生活，故自然丰富。否则，模糊印象，如何能写好诗？老杜为大诗人，琐事，老杜写得大。

年节最能体现生的色彩，又是力的表现。过年、过节，鞭炮、龙灯，是生、是力，而中国诗人不爱写。

唐初苏味道①有《正月十五夜》：

> 火树银花合，星桥铁锁开。
> 暗尘随马去，明月逐人来。
> 游伎皆秾李，行歌尽落梅。
> 金吾不禁夜，玉漏莫相催。

"金吾"之"吾"，当读作衙。《后汉书·光烈阴皇后纪》："仕宦当作执金吾，娶妻当得阴丽华。""星桥铁锁开"句，储皖峰②先生注："唐中宗于上元夜与后同出游。"然此解太老实，余以为当为象征。"游伎皆秾李，行歌尽落梅"二句，不是魔道，也是自杀。物不能只认作物，是象征，如立春之"咬春"。

物的描写表现，即心的描写表现，即生与力之表现。杜甫《杜位宅守岁》（杜位乃老杜之侄）：

---

① 苏味道(648—705)：赵州栾城(今河北栾城)人。唐朝诗人，今存诗多为宫廷应制诗。
② 储皖峰(1896—1942)：字逸安，安徽潜山人。现代文史学家，曾任辅仁大学教授。一生著述颇丰，有《五七言诗溯源》《建安文学年表》等。顾随挚友。

> 守岁阿戎家,椒盘已颂花。
> 盍簪喧枥马,列炬散林鸦。
> 四十明朝过,飞腾暮景斜。
> 谁能更拘束,烂醉是生涯。

不是势利眼,老杜是好,真是生与力之表现。而此仍是个人,不是全体,不能看出整个民族精神。诗中"盍簪"出自《易经·豫》:"勿疑,朋盍簪。""盍",合;"簪",疾;"盍簪",言聚首。周处《风土记》:元日造五辛盘、椒花酒、松柏颂。《晋书·列女传》:"刘臻妻陈氏者……能属文,尝正旦献《椒花颂》。"五辛,辣;松柏、椒花,辣,能刺激人。此风俗不仅好玩,且有严肃意义。只有好玩没有严肃意义,是浪费,是罪恶;然若仅有严肃意义没有好玩兴趣,则严肃不能持久。清人文廷式①有《鹧鸪天·即事》云:

> 劫火何曾燎一尘。侧身人海又翻新。闲凭寸砚磨耆世,醉折繁花点勘春。 闻柝夜,警鸡晨。重重宿雾锁重闉。堆盘买得迎年菜,但喜红椒一味辛。

末二句"堆盘买得迎年菜,但喜红椒一味辛",真横。"一味辛",文氏盖真能懂得古人五辛盘之意。人皆喜甘厌苦,而在甘的环境中养不出大人物。人不当生于甘美,当生于苦辛,故元日首尝五辛,如此才有人生意义。然人厌辛喜甘,又厌故喜新。人生世上一方面有新的憧憬,一方面还有旧的留恋。人若没有厌故喜新,就没有进步、进化了。短处即长处,人就在此矛盾下生活。

杜甫七言中,亦有年节诗,如《立春》:

---

① 文廷式(1856—1904):字道希,晚号纯常子,江西萍乡人。清朝词人,著有《云起轩词钞》。

> 春日春盘细生菜,忽忆两京梅发时。
> 盘出高门行白玉,菜传纤手送青丝。
> 巫峡寒江那对眼,杜陵远客不胜悲。
> 此身未知归定处,呼儿觅纸一题诗。

土头土脑,不像诗,而正是代表老杜诗,一气端出。宋人黄山谷、杨诚斋学老杜此点,而有点做作气。老杜诗"乱云低薄暮,急雪舞回风"(《对雪》),好,眼见亲切,可为知者道。山谷、诚斋无此句。人要吃苦,而但是苦又不成。苦最能摧残生机,故过年吃辛、吃苦;而立春,"春日春盘细生菜",得到一点生机,苦中要有生发气象。诗中"巫峡寒江那对眼,杜陵远客不胜悲"二句,不甚好,而诚斋辈专学此。

杜甫《元日示宗武》(杜甫二子,一名宗文,一名宗武):

> 汝啼吾手战,吾笑汝身长。
> 处处逢正月,迢迢滞远方。
> 飘零还柏酒,衰病只藜床。
> 训谕青衿子,名惭白首郎。
> 赋诗犹落笔,献寿更称觞。
> 不见江东弟,高歌泪数行。

此诗写来意深而语拙。老杜与义山有时皆不免意深而语拙,后人则意浅而语巧。作诗"滑"是不好,而治一经,损一经,太涩也不好。放翁诗就滑。有志于诗者应立志十年不读放翁诗。诗甜滑,容易得人爱,而易使人上当;涩,有一点不好,而无当可上。学诗学滑易,学涩难,但太涩就干枯了。

附：杜诗选目

1. 《自京赴奉先县咏怀五百字》
2. 《述怀》
3. 《玉华宫》
4. 《新安吏》
5. 《无家别》
6. 《梦李白二首》

以上五古。

7. 《玄都坛歌寄元逸人》
8. 《天育骠骑图歌》
9. 《醉时歌》(赠广文馆博士郑虔)
10. 《醉歌行》(别从侄勤落第归)
11. 《哀江头》
12. 《缚鸡行》

以上七古。

13. 《房兵曹胡马》
14. 《画鹰》
15. 《月夜》
16. 《得舍弟消息》二首
17. 《遣怀》

18.《春夜喜雨》

19.《倦夜》

20.《登岳阳楼》

以上五律。

21.《送郑十八虔贬台州司户》

22.《曲江二首》

23.《咏怀古迹五首》

以上七律。

24.《江畔独步寻花七绝句》

以上七绝。

杜诗难选又好选,因其好诗甚多。

第十四讲

退之诗说

韩退之非诗人,而是极好的写诗的人。小泉八云(L. Hearn)分诗人为两种:(1)诗人,(2)诗匠(poem maker)。吾人不肯比退之为诗匠,然又尚非诗人,可名之曰 poem-writer(作诗者)。盖做诗人甚难。但虽不作诗亦可成为诗人,如《水浒传》鲁智深是诗人,他兼有李、杜之长——飘洒而沉着(林冲乃散文家)。别人是将"诗"表现在诗里,鲁智深把"诗"表现在生活里,乃最伟大诗人。汉以后两大诗人,一为魏武帝,一为陶渊明。曹孟德也写诗,而亦能把诗表现在生活里。谢灵运谓曹植才高八斗[①],实则灵运及植皆非真诗人。至晋则陶渊明亦为一大诗人,同时过诗的生活。(曹、陶二人散文亦诗味。)

余曾谓人最难得是个性强而又了解人情,诗人多半个性强,而个性强者多不了解人情,只知有己,不知有人,如老杜即不通人情。诗人需个性强而又通达人情,且生活有诗味——然若按此标准,则古今诗人不多。所谓了解人情非顺流合污,乃博爱,了解人情才能有同情。这连老杜都不成,况韩愈! 当然韩更不是诗人,而其修辞技术好,故其诗未容忽视。尤其在学诗阶段中,可锻炼吾人学诗技术。李义山、韩退之、黄山谷、陈简斋、杨诚斋,皆可读。

---

① 宋朝无名氏《释常谈·八斗之才》记谢灵运称颂曹植:"天下才有一石,曹子建独得八斗,我得一斗,天下共分一斗。"

第一节

韵文之风致(一)

中国文字特别是在韵文中乃表现两种风致(姿态、境界、韵味):(1)夷犹,(2)锤炼。所谓"风致",可用两个句子来描绘:"杨柳春风百媚生"(陈简斋《清明二绝》其二),"风里垂杨态万方"(王静安《秀州》)。

缥缈,夷犹。楚辞有"君不行兮夷犹"(屈原《九歌·湘君》)之句。

中国文学不太能表现缥缈,最好说"夷犹"。"夷犹","泛泛若水中之凫"(楚辞《卜居》),说不使力,而如何能游?说使力,而如何能自然?主要即"忘"。凫在水中,如人在空气中,是自得。"夷犹",此二字甚好,而人多忽之。

夷犹表现得最好的是楚辞,特别是《九歌》,愈淡韵味愈深长;散文则《左传》《庄子》为代表作。屈、庄、左,乃了不起天才,以中国方块字表现夷犹,表现得最好,前无古人,后无来者。后世有得一点的,欧阳修、归有光二人在散文中得一点;韵文中尚无其人,陶渊明几与屈、庄、左三人等,而路数不同。屈原在韵文中乃绝大天才。

魏文帝言:"文以气为主。"(《典论·论文》)人禀天地之气以生,人有禀性即气,气与有生俱来。所谓气的个性,乃先天的。屈原之天才是气,不尽然在学。铁杵可磨成针,可是磨砖绝不成针,以其非作针的材料。先天缺陷,后天有的能弥补,有的不能补。先天若有禀气,后天能增长;若先天无,后天不能使之有。屈、庄、左三人真乃天仙化人,可望而不可即。虽不可即,而不能不会欣赏;人可不为诗人,不可无诗心。此不但与文学修养有关,与人格修养亦有关系。读他们的作品使人高尚,是真的"雅"。一尘不染并非不入泥污,入而不染,方为真雅。其不沾土者非真雅,反不如干脆脏,何必遮掩?

写大自然,缥缈、夷犹容易。"嫋嫋兮秋风,洞庭波兮木叶下"(屈原《九歌·湘夫人》),真是纵横上下。屈原乃对人生取执着态度,而他的表现仍为缥缈、夷犹。(若叫韩、杜写必糟,劲太左。)如:

> 吾令羲和弭节兮,望崦嵫而勿迫。
> 路曼曼其修远兮,吾将上下而求索。
>
> (《离骚》)

羲和,日之神;崦嵫,日落处;上下求索,追求真理及其理想。鲁迅《彷徨》之题辞即用此四句。此四句,内容与形式几乎不调和,而是极好的作品。猛一看,似思想与形式抵触,此种思想似应用有力的句子,而屈原用夷犹表现,成功了,"险中弄险显奇能"(《空城计》)。如画竹叶,一般应成"个"字,忌"井"字,而有大画家专画"井"字,但美,此乃大天才,如韩信背水为阵,置之死地而后生。

移情作用——感情移入。人演剧有两种态度:一以自身为剧中人,一以冷眼观察。大作家之成功盖取后一种态度,移情作用,同时保持文艺之调整。一个热烈作家很难看到他调整完美之作品。西洋文学之浪漫派[①]即难得调整,乃感情主义,反不如写实主义易得较完美作品。热烈感情不能持久,故只任感情写短篇作品尚好,不能写长篇,以其不能持久。盖感情热烈时,不能如实地去看,如在显微镜下看爱,是理想的,是超现实的。热烈感情一过,觉得幻灭,实则此方为真实。人之有感情如汽车之有汽,汽太过可炸坏锅炉。故浪漫主义易昏,写实主义明净。

---

① 浪漫主义文学产生于 18 世纪末,19 世纪上半叶蔚为大观,为西方近代文学最重要的思潮之一。浪漫主义文学其理论策源地在德国,文学成就则以英、法两国为最高。

动作←——感情←——理智

以感情推动作,以理智监视感情。

长篇作品有组织、有结构,是理智的,故不能纯用感情。诗需要感情,而既用文字表现,须修辞,此即理智。在形容事物时,应找出其唯一的形容词,如《诗经·周南·桃夭》:

桃之夭夭,灼灼其华。

用形容词太多,不能给人真切印象。有力的句子多为短句,且在字典上绝不会二字完全同义。"二""两""双",此三字当各有其用处,绝不相同。找恰当的字是理智,不是感情。文人须有明确的观察,锐敏的感觉。近之诗人多在场时不观察,无感觉,回来作诗时另凑。应先有感情,随后就有理智追上。

中国诗两种境界其一乃夷犹,上面所言重在修辞,实则王静安先生所谓"境界"亦重要。夷犹之笔调适合写幻想意境,屈原之《九歌》多为幻想。汉人模仿"骚"之作品,多为劣质伪品。品不怕伪,若好,则有价值在;若仿不好,则下下矣。汉人笨(司马迁及"古诗十九首"例外),以笨人模仿"骚"当然不成,即因其根本无幻想天才。修辞亦与作风、意境有关,故所谓夷犹乃合意境、作风言之。而此多半在天生、天资,后天之学,为力甚少。"人一能之己百之,人十能之己千之","及其成功一也"(《中庸》二十章)。此言不尽可靠。用夷犹笔调,须天生即有幻想天才。此在中国,大哉屈原!屈原以前无之,以后亦无之。

中国民族性若谓之重实际,而不及西洋人深,人生色彩不浓厚。中国作家不及西欧作家之能还人以人性,抓不到人生深处。若谓之富于幻想,又无但丁(Dante)《神曲》及象征、浪漫的作品,而中国人若"玄"起来,西洋人不懂。中国人欲读西洋作品,了解它,须下真功夫,因中西民族性之间有一大鸿沟;而西人学中国语言,第一关就难,中国人却有学外国语言的天才。中国字之变化甚多,一字多义。如"将",原为future,而现在说"我将吃完",则为present,在文言文中应作"方"。西洋人不能研究中国语言文学,不能了解中国民族性,如"悠然见南山"(陶渊明《饮酒二十首》其五),如"江上数峰青"(钱起《湘灵鼓瑟》),非玄而何?中国之禅学更玄,而非高深。

中国文学表现思想难,大作品甚少,唯屈高杜深。屈原诗"路曼曼其修远兮,吾将上下而求索"(《离骚》),杜甫诗"眼枯即见骨,天地终无情"(《新安吏》)。屈是热烈、动、积极、乐观;杜是冷酷、静、消极、悲观,而结果皆给人以自己好好活之意识,结果相同。中国诗缺乏高深,小诗人多自命风雅,沾沾自喜。真能飘到九霄云外,大人大人大大人,三十三天宫为玉皇大帝盖瓦,佩服;真能入到十八层地狱,卑职卑职卑卑职,八十八地狱为阎王老子挖煤,亦佩服。王渔洋所谓"神韵",好,而不敢提倡。后之诗人不能真作出"悠然见南山""江上数峰青"之好句,但模仿其皮毛。实则中国诗必有神韵。

吾人虽无夷犹、幻想天才,而亦可成为诗人,即靠锤炼,《文心雕龙》所谓:

捶字坚而难移,结响凝而不滞。(《风骨》)

"坚而难移",非随便找字写上,应如匠之锤铁;而"捶字"易流于死于句下,故又应注意"结响凝而不滞"。

走"锤炼"之路成功者,唐之韩退之,宋之王安石、黄山谷及江西派诸大诗人,而自韩而下,皆但能做到上句"捶字坚而难移",不能做到下句"结响凝而不滞"。中国诗人只老杜可当此二句。杜诗:

星垂平野阔,月涌大江流。

(《旅夜书怀》)

"垂""阔"二字乃其用力得来的,"捶字坚","结响凝"。若"垂"为"明","星明平野阔",则糟。(作诗应把第一次来的字让过去,不过有时第一次来的字就好,唯如此时少。)"阔"从"垂"字来。"月涌大江流"不如上句好,但衬得住。又如杜以"与人一心成大功"(《高都护骢马行》)写马之伟大,以"天地为之久低昂"(《观公孙大娘弟子舞剑器行》)写舞者之动人。老杜七字句之后三字,真是千锤百炼出来的,有"响""凝"则有力。黄山谷诗句云:

心似蛛丝游碧落,身如蜩甲化枯枝。

(《弈棋二首呈任公渐》其二)

欲作诗须对世间任何事皆留意。"蜩甲"即蝉蜕。蝉之蜕化必须抓住树木,不然不易蜕化,必拱了腰。人下棋时如蜩甲然。山谷此句字有锤炼,而诗无结响。人谓山谷诗如老吏断狱,严酷寡恩,不是说断得不对,而是过于严酷。文学是人生的反映,诗人乃为人生而艺术,若但为文学而文学,则力量薄弱。在作品中,我们要看出它的人情味,而黄山谷诗中很少能看出人情味,其诗但表现技巧,而内容浅薄。江西派之大师,自山谷而下十九有此病,即技巧好而没有意思(内容),缺少人情味。功夫到家,反而减少诗之美。《诗经·小雅·采薇》之"杨柳依依"岂经锤炼而来?且"依依"等字乃当时白话,千载后生气勃勃,即有人情味。

文人好名,古之逃名者名反更高。人有自尊心,有领袖欲,文人在创作上是小上帝。文人相轻,亦由自尊来,而有时以理智判断又不得不"怕"。欧阳永叔怕东坡。欧阳修论及东坡曰:"三十年后,世上人更不道着我也!"[①]东坡,纯粹中国才子,飘飘然,吾人看其所写作品,皆似一挥而就。而东坡又怕山谷,盖山谷在诗的天才上不低于东坡,而功力过之,故东坡有

---

① 朱弁《曲洧旧闻》卷八:"东坡诗文,落笔辄为人所传诵。每一篇到,欧阳公为终日喜,前后类如此。一日与棐论文及坡,公叹曰:'汝记吾言,三十年后,世上人更不道着我也!'"

效山谷体。东坡一挥而就,连书画都如此,若再肯努力,当更有大成就。而山谷真做到了"捶字坚而难移",山谷思想虽空洞,而修辞真有功夫(讲新旧诗,皆当注意修辞)。但山谷又怕后山,后山作品少,而在小范围中超过山谷,故山谷曰:"陈三真不可及。"[①]白乐天有句"后宫佳丽三千人,三千宠爱在一身"(《长恨歌》),后山把此十四字缩为五字——"一身当三千"。此即锤炼之病,太死,若没读过白诗,不能读懂此句,"一身当三千"乃借助"后宫"二句才能成立。如此锤炼,其结果往往是但有形式无内容。此病即使置内容不论,文字亦缺少弹力。中国文字原缺少弹力,如"山",单音一字(英文 mountain,有弹力),一锤炼更没弹性。乐天二句亦有锤炼,而尚有弹力。山谷之称"陈三真不可及",乃因其"时方随日化,身已要人扶"(《丞相温公挽词》其二)二句,而此二句并不甚好。看看楚辞。楚辞真是思想深而诗味亦浓厚。所谓思想乃诉诸读者的理解力,而往往因此减少诗之美。"嫋嫋兮秋风,洞庭波兮木叶下",无思想,纯是诗的美。"吾令羲和弭节兮,望崦嵫而勿迫。路曼曼其修远兮,吾将上下而求索",有思想,而亦有诗的美。此除理解外,有直觉的美。若作诗单能让人理解,不好;须令人能有直觉的美,此即是静安先生所谓"不隔"(《人间词话》)。诗表现思想而有诗之美,即因尚能令人有直觉的美。余有句"一树杏花风雪里"[②],并不言杏之娇润、柳之摇曳,似有点诗之美。(盖此等字乃"夭桃落尽柳垂丝"时所说,有真的,何要此等字。)后山之二句,在直觉上不令人觉得温公[③]之死可惜,须能理解当时形势始可。

关于锤炼,陆机《文赋》谓:

[①] 宋任渊《后山诗注》卷一:"黄鲁直见此句,叹曰:'陈三真不可及。盖天不慭遗之悲,尽于此矣。'"陈三,即陈师道。古人称谓中有行第称,即以家族兄弟排行连同姓氏并称。尤以唐宋盛行。陈师道家族行三,故称陈三。

[②] 此句与"夭桃落尽柳垂丝"句皆出于《寒食后一日风雪中见杏花,用青峰先生寒食过筒子河韵有作》其一(1943),见《顾随全集》卷一,石家庄:河北教育出版社,2014 年第 1 版,第 447 页。

[③] 温公:即司马光(1019—1086)。司马光,字君实,宋朝名相,卒后追赠温国公。

考殿最于锱铢,定去留于毫芒。

《文心雕龙》所说是结果,《文赋》所说是手段。"殿"乃最后的,"最"是最好的,"殿最"犹言优劣;"去留"如说推敲。锤炼之功不能不用,盖否则有冗句、剩字,但中国人诗到老年多无弹力,即过于锤炼。

第二节

韵文之风致(二)

因讲韩退之诗之锤炼,故以楚辞之夷犹为对照,而如此则一发而不可收拾,愈说愈多。(以上一段或可名之为"诗之修辞"。)但底下也还"不可收"。

夷犹与锤炼之主要区别亦在弹力。弹力或与句法有关。楚辞常用"兮""也"等语词:

> 何昔日之芳草兮,今直为此萧艾也。
> 岂其有他故兮,莫好修之害也。
>
> (《离骚》)

此尚非《骚》之警句,意思平常,而说来特别沉痛。若去掉其语辞,则变成:

> 何昔日之芳草,今直为此萧艾。
> 岂其有他故,莫好修之害。

没诗味儿。盖语辞足以增加弹性,楚辞可为代表。但创作中亦有专不用语辞者,即锤炼,乃两极端。

锤炼之结果是坚实、棒实。若夷犹是云,则锤炼是山;云变化无常,山则不可动摇,安如泰山,稳如磐石。老杜最能得此:

所向无空阔,真堪托死生。

（《房兵曹胡马》）

国破山河在,城春草木深。
（《春望》）

字句真是坚实。夷犹是软,而其中有力。此所以《骚》之不可及,乃文坛彗星,倏然来去,前无古人,后无来者。老杜诗坚实而有弹性;江西派诗自山谷起即过于锤炼,失去弹性,死于句下;若后山诗则全无弹性矣,如豆饼然;韩退之介于老杜和山谷之间。老杜锤炼而有弹性。夷犹非不坚实,坚实非无弹性。（参禅参活句,不参死句。实则二者兼有,唯比较时二者各有所偏耳。）

诗讲修辞、句法而外,更要看其"姿态"。"杨柳春风百媚生",就是一种姿态。读此类句不是了解,而是直觉。屈骚与杜诗之表现不同,诗人性情不同,所表现的感情、姿态也不同。

诗的姿态,夷犹缥缈与坚实两种之外,还有氤氲。

"氤氲"二字,写出来就神秘。氤氲,一作絪缊,音义皆同,而絪缊老实,氤氲神秘。从"气"之字皆神秘,应用得其宜。中国国民性甚玄妙。（人以＋代表西洋之艰苦,卍代表印度之神秘,☯代表中国之玄妙。）"玄"说好是玄妙,说坏是混沌（胡涂）。中国国民性懒,听天由命,爱和平;而人不爱守规矩,以犯规为光荣,且强悍起来又不像爱和平的。中国文字是胡里胡涂明白的,混沌玄妙,故选"氤氲"二字。

氤氲乃介于夷犹与坚实之间者,有夷犹之姿态而不甚缥缈,有锤炼之功夫而不甚坚实。氤氲与朦胧相似,氤氲是文字上的朦胧而又非常清楚,清楚而又朦胧。锤炼则黑白分明,长短必分;氤氲即混沌,黑白不分明,长短齐一。故夷犹与锤炼、氤氲互通,全连宗了。矛盾中有调和,是混色。若说夷犹是云,锤炼是山,则氤氲是气。

>>> 诗表现思想而有诗之美,即因尚能令人有直觉的美。锤炼之功不能不用,盖否则有冗句、剩字,但中国人诗到老年多无弹力,即过于锤炼。因讲韩愈诗之锤炼,故以楚辞之夷犹作为对照,而如此则一发而不可收拾,愈说愈多,但底下也还"不可收"。夷犹与锤炼的主要区别亦在弹力。弹力或与句法有关。图为韩愈像及明朝宋克草书韩愈《进学解》。

曲终人不见，江上数峰青。

（钱起《湘灵鼓瑟》）

若不懂此二句，中国诗一大半不能了解。此二句是混沌，锤炼是清楚。故初学可读江西派诗，训练脑筋。

夷犹、坚实、氤氲三种姿态（境界）中，夷犹是天赋。天才虽非生而知之，而但努力无天才，则不能至此境界。

骚体，《文选》单列为一体，汉人仿"骚"者虽多，但死而不活。假古董之不比真古董，即因无生命，盖凡文学作品皆有生命。凡艺术作品中皆有作者之生命与精神，否则不能成功。古人作诗将自己生命精神注入其中（其实此说不对），盖作品即作者之表现，假古董中即无作者之生命。明朝有时朋、时大彬父子二人，做宜兴壶古朴素雅，最有名。其子曾做好一壶，因式样甚好而忘情，呼其父曰："老兄！此壶如何？"此即因其将自己生命精神表现在里边。（余之字可以代表余，人之字即代表自己，何种人作何种作品。）"骚"是真古董，汉人造假古董，无生命。故须有夷犹之天赋始可写此种作品，吾辈凡人可不必论。能成佛者，不用说；不能成佛者，虽说亦不成，故此种境界不必论。

吾人所重，当在锤炼。锤炼出坚实的境界。

盖锤炼甚有助于客观的描写。而"客观的"三字加得有点多余，实则凡描写皆客观。身心以外之事，自然皆为客观。然而不然。盖描写自己亦须客观，若不用客观态度，不仅描写身外之物不成功，写自己亦不成功。老杜之《茅屋为秋风所破歌》是有名的作品，而其中描写自己常用客观态度，如：

唇焦口燥呼不得，归来倚杖自叹息。

似乎在作者外尚有观者在焉。曾子曰："吾日三省吾身。"（《论语·学

而》)若非一人分为二,何能自省?自己观察自己所做的事,不但学文时应如此,即于学道亦有用。放翁诗:

> 衣上征尘杂酒痕,远游无处不消魂。
> 此身合是诗人未,细雨骑驴入剑门。
>
> (《剑门道中遇微雨》)

或讥之以为沾沾自喜,甚至有人作曲嘲之"……他倒是对画图,看画图……自古来诗人的诗贵似诗人的命,直把个小毛驴冻得战兢兢"云云。其实不然。陆诗若不论其短处,则其功夫可取,一方面作,一方面观,短处即长处。

"观"必须有余裕。孔子曰:"行有余力,则以学文。"(《论语·学而》)在力使尽时不能观自己,只注意使力则无余裕来观,诗人必须养成无论在任何匆忙境界中皆能有余裕。孔子所谓"造次必于是,颠沛必于是"(《论语·里仁》),"造次",匆忙之间;"颠沛",艰难之中;"必于是",心仍在此也。今借之以论诗。作诗亦当如此,写作品时应保持此态度。并非有余裕即专写安闲,写景时亦须有余裕。悲极喜极时感情真,而作品一定失败,必须俟其"极"过去才能观,才能写。客观的描写必有余裕,故无论写何事物皆须为客观。锤炼之句法最宜练习客观的描写,至于氤氲,无客观的叙事,多为主观的酝酿。

锤炼——复杂、变化,客观描述
氤氲——单纯,无客观的叙事

主观的抒情作品无长篇,如王、孟、韦、柳无长篇叙事之作。记事应利用锤炼,客观;抒情应利用酝酿,主观,作品自然,不吃力。若题目可用,或锤炼,或氤氲。文人使用文字创作,犹如大将用兵,颇难得指挥如意。不过,锤炼、氤氲,人力功到自然成。至于夷犹、缥缈,中国文字方块字、单音,不易表现此种风格,不若西洋文字,其音弹动有力。《离骚》《九歌》,夷犹缥缈,难得的作品;屈原,千古一人。

余论:

(1) 夷犹,(2) 锤炼,(3) 氤氲。第一种唯天才能之,吾人非天才,存而不论。吾人可讨论者限(2)(3)两种。

(2)(3)两者中以"(2)"为最笨,如佛家苦行头陀(头陀,发尚未全剃者),鞠躬尽瘁,死而后已,有天才进步快,无天才亦有进步。此功夫不负人。锤炼是"渐修",韩退之所谓"六字常语一字难"[①]《记梦》是苦修,每字不轻轻放过。然此但为手段,不可以此为目的。"工欲善其事,必先利其器"(《论语·卫灵公》),"利其器"是手段,"善其事"是目的。用此功夫可使字法、句法皆有根基,至少可以不俗、不弱(所谓不俗,非雅;所谓不弱,非粗)。不俗、不弱,二者之原因为一,即"力"。如元人散曲刘庭信[②]《双调·折桂令》中:

花儿草儿打听的风声,车儿马儿我亲自来也。(《忆别》)

是俗,而其中有"力",即不俗。不俗、不弱,是说字句是从力来,而力从锤炼来,每字用时皆有衡量。

锤炼、氤氲虽有分别,而氤氲出自锤炼。若谓锤炼是"苦行",则氤氲为"得大自在"。俗所说"不受苦中苦,难为人上人",用锤炼之功夫时不自在,而到氤氲则成人上人矣。唐人五言"曲终人不见,江上数峰青";"落叶满空山,何处寻行迹",自然,可说是得大自在。老杜"国破山河在,城春草木

[①] 叶嘉莹此处有按语:此"一字"当为句眼。
[②] 刘庭信:原名廷玉,籍贯不详。元朝散曲家,今存小令39首、套数7首。

深",好,而不太自在。韩退之七古《山石》亦不自在,千载下可见其用力之痕迹,具体感觉得到。苦行是手段,得自在是目的,若但羡慕自在而无苦行根基,不行。亦有苦行而不能得自在者,然则画鹄不成尚类鹜,尚不失诗法;若不苦行但求自在,则画虎不成反类犬矣。(幽灵似的诗,太没根基,非真缥缈,皆因无根基之故也。)

> 微云淡河汉,疏雨滴梧桐。
>
> (孟浩然句)

从(2)锤炼到(3)氤氲,中有关联。欲了解此关联,即可参浩然此十字。

"微云淡河汉,疏雨滴梧桐",自然,自在。"微""淡"等字与退之《山石》"大""肥"、老杜《春望》"破""在",皆锤炼之功夫;又"河""汉"皆水旁,"梧""桐"皆木旁;且上句双声,下句对叠韵,而"淡""滴"二字声亦近,诚如陆士衡《文赋》所说"考殿最于锱铢,定去留于毫芒"。又如木华(西晋)之《海赋》,多用水旁字,一看字,即如见水之波浪翻动。作诗主要抓住字之形、音、义。所谓"文章本天成,妙手偶得之"(放翁《文章》),话非不对,然此语害人不浅——希望煮熟的鸭子飞到嘴里来,天下岂有不劳而获的事?"妙手偶得"是天命,尽人事而听天命,"妙手"始能"偶得",然则"手"何以成"妙"?"微云"二句也是锤炼而无痕迹,从苦行得大自在,此已能"善其事"矣。

没锤炼根基欲得氤氲结果,不成。反不如但致力于锤炼,不到氤氲,尚不失诗法。

以上是余论。

第三节

韩愈诗之锤炼

字句之锤炼可有两种长处：一为有力坚实；二为圆润。有力坚实者如杜甫之"星垂平野阔，月涌大江流"，圆润者如孟浩然之"微云淡河汉，疏雨滴梧桐"。韩愈诗用字坚实不及杜，圆润不及孟，但稳。

中国诗可走锤炼的路子。锤炼宜于客观的描写，锤炼亦甚有助于客观的描写。韩退之之诗即能锤炼，故其字法、句法及客观描写好。如其《山石》：

> 山石荦确行径微，黄昏到寺蝙蝠飞。
> 升堂坐阶新雨足，芭蕉叶大栀子肥。
> 僧言古壁佛画好，以火来照所见稀。
> 铺床拂席置羹饭，疏粝亦足饱我饥。
> 夜深静卧百虫绝，清月出岭光入扉。
> 天明独去无道路，出入高下穷烟霏。
> 山红涧碧纷烂漫，时见松枥皆十围。
> 当流赤足踏涧石，水声激激风吹衣。
> 人生如此自可乐，岂必局促为人鞿。
> 嗟哉吾党二三子，安得至老不更归。

吾人看出其锤炼，而锤炼尚有条件，即客观有余裕。而此一层有危险：写自己时一方面观，一方面作，是人格之分裂；写外界自然更为纯客观。

故此种作品多缺乏动人的情感,唯感觉锐敏,如退之"芭蕉叶大栀子肥",其思路亦刻入,而缺乏同情,太善于利用客观,对自己皆客观,故把感情压下去。不压下感情,不能保持客观态度,初为勉强,久之则感情不复动矣,如山谷、诚斋诗即如此。吾人常觉诚斋生硬权枒,似树木之未修理,实则细一看,细极了,千锤百炼,然人不能受其感动,只理智上觉得好,非直觉的好。《诗》《骚》、"古诗十九首"皆为直觉的好,如"杨柳依依"、如"嫋嫋兮秋风"、如"思君令人老"。老杜锤炼而能令人感动,后山尚可,山谷、诚斋则不动人,盖其出发点即理智,乃压下感情写的①,故吾人感情不会为其所引动。如山谷诗句"心似蛛丝游碧落,身如蜩甲化枯枝"(《弈棋二首呈任公渐》其二),写下棋之用心、外表,甚好,但不能触动人的感情,太客观。然而短处即长处,长处即短处。学诗至少须练会锤炼之本领,盖吾人写诗不能离开描写,唯此乃手段非目的,不可至此便完。江西派即以为能锤炼即可,实则此但为文学之一部分。小说、戏剧亦不能离开锤炼,诗之长篇亦必须有客观之描写、锻炼之字句,如老杜长篇之好者。写长篇固须能敷衍、铺张,如余曾有《腊梅长句》②,前半写鹿之奔、鸟之鸣、外有海,然后日落、月出、闻香。吾人写短篇的多,长篇的少,写长篇则手忙脚乱,该去不去,该添不添,故亦须锤炼。故作诗锤炼功夫必须用,且此为保险的,不似夷犹之不可捉摸,锤炼则用一分力,得一分效。唯不可至此步便以为达到目的,此但为表现之手段、之普遍者。

以上是就作诗功夫之先后说,未就如何用(何时何地)说。

锤炼宜于客观的描写,作诗有时应利用此点。如老杜《北征》,乱后回家,对此茫茫,心中当如何?而老杜是诗人,于此未忘掉客观,故尚能注意

---

① 叶嘉莹此处有按语:莹以为是感情根本不足。
② 此诗未见于《顾随全集》。今得旧日弟子手抄稿,全诗三百〇一字,诗前有九十六字长序。诗中有句云:"林间枯草深半尺,步履无声踏绣茵。高枝有时闻雀噪,幽谷结队走麂群。馨香一缕触鼻观,非沉非麝醇乎醇。俯觅不得仰不见,希夷恍惚空逡巡。金粟如来示妙相,黄面古佛现法身。风振落英扑衣袂,始知腊梅吐芳芬。西山日落霞敛绮,东岭月上海堆银。此际一清清澈骨,胸次那有半点尘。"

路上景物。不然则归心似箭,岂能复有心情欣赏路中景色?老杜则连山上小果木皆看见:

> 山果多琐细,罗生杂橡栗。
> 或红如丹砂,或黑如点漆。
> 雨露之所濡,甘苦齐结实。

此种客观写法是大诗人不能没有的。诗中叙事需要锤炼,写景亦需要锤炼,如退之"芭蕉叶大栀子肥"即锤炼而出。

看韩愈诗应注意其修辞:(1)下字(下字准确),(2)结构(组织分明)。

修辞是功夫,"工欲善其事,必先利其器"(《论语·卫灵公》)。而器利之后尚须有材料,但有工具,造出是句,不是诗。后之诗人多为有工具无木料之匠人,不能表达思想、描写现实。

余有《春日杂咏四绝句》[①]:

> 下山白日正迟迟,犹是明灯未上时。
> 话到简斋诗句好,晚风徐袅绿杨枝。

陈简斋诗:"一帘晚日看收尽,杨柳春风百媚生。"

> 学书犹未略知津,漫说苦思通鬼神。
> 铁画银钩今尚在,龙腾虎掷更何人。

题影印王右军真迹。俗语:思之思之,鬼神通之。

---

① 《春日杂咏四绝句》(1943),见《顾随全集》卷一,石家庄:河北教育出版社,2014年第1版,第407页。

  吾师诗句久空群,笔法千秋接右军。
  耿耿此心虽好在,青青双鬓已输君。

  新得尹默师手书诗稿。又友人近作词曰:"好是鬓双青。"

  壮志年来半已消,诗心澎湃尚如潮。
  六街人静无车马,独上金鳌玉𬯎桥。

  写诗欲思想与字句相称,大不易。余之四诗虽不甚好,而是作者原意,思想与字句尚相称。作小诗可末句用问句,有韵味。末一首气似冲,而有点江湖气;然尚好,即因句中"半"字及"澎湃"二字。双声尚能有力,不然容易飘。

  中国文字在修辞上易美,而在表达思想及写实上有缺憾,因为音节太简单,单音、整齐。思想是活的,客观现实是活的,如云烟变幻,而文字是死的。表达思想、写实,不仅用字形、字义,而且用字音。韩退之修辞最好,如:

  山石荦确行径微。

  用"荦确"二字,好。若易为"磊落"、或"磊磊"、或"嶙峋",皆不可,如用之则不成其为韩退之。"磊落","落"乃语词;"磊磊",则形、音太整齐;"嶙峋",鲜明,太漂亮、美,漂亮虽漂亮,而无力,皆不如"荦确"。且"荦确"二字对韩愈最合适,韩是阳刚,是壮美;若用"嶙峋",是阴柔,是幽美,二词虽相似而实不同。老杜有:

  星垂平野阔,月涌大江流。
    (《旅夜抒怀》)

若易"垂"为"明","阔"为"静",则糟了。"明""静",阴柔,幽美,"垂""阔",壮美。余不太喜欢自然,而喜欢人事,对陶诗"采菊东篱"非极喜欢,而老杜之二句好,以其中有人,气象大,"星垂"句尤佳。"星垂"句可代表老杜,如"山石荦确"之可代表退之。韩诗"山石荦确行径微","芭蕉叶大栀子肥","荦确""大""肥",即法国小说家佛罗贝尔(Flaubert)所谓"合适的形容词"。

中国翻译西洋文学常失败,但音节不同之故,西洋文字以音为主,中国文字以形为主;且一复音,一单音。但丁《神曲》、莎士比亚(Shakespeare)剧本,法、意、俄各国皆有好译本,而中国则没有,所译莎士比亚剧真不成东西,简直连原文的好处都不懂。日本亦译有莎士比亚剧本(坪内逍遥①译),传诵一时,且能上演。日人之努力真可佩服。

今日所谈乃中国文字,特别是韵文。

《山石》写夜:

夜深静卧百虫绝,清月出岭光入扉。

金圣叹有写夜的诗:

夜久语声寂,萤于佛面飞。
半窗关夜雨,四壁挂僧衣。

(《宿野庙》)

金圣叹眼高手低,天才高,他的批评好,诗不甚佳。而此首尚佳,若非早死,当有较好创作。韩之《山石》写夜深不及金,韩曰"百虫绝",金诗"声

---

① 坪内逍遥(1859—1935):日本小说家、戏剧家、文学评论家,日本近代文学先驱,倾心英国文学,著有小说《当世书生气质》、戏剧《桐一叶》等,译有《莎士比亚全集》40卷。

寂""萤飞"更静。王籍①《入若耶溪》曰"鸟鸣山更幽",好;王安石曰"何若'一鸟不鸣山更幽'",不可。② 静与死不同,静中要有生机,若曰"百虫绝",则是死。寂静中有生机,即中国古哲学所谓道,佛所谓禅,诗所谓韵。佛家常说心如槁木死灰,非真死,其中有生机。

韩之短篇不佳,应看其长篇之组织:下字所以成句,结构所以成篇。《山石》一篇从庙外至庙中再至庙外,从黄昏至夜至朝,有层次。前半黄昏,写眼前景物,以夜黑不能远见;后半天明后始写远景。末四句不佳:

> 人生如此自可乐,岂必局促为人鞿。
> 嗟哉吾党二三子,安得至老不更归。

末四句是议论。诗中可表现人之思想,而忌发挥议论。韩思想浮浅,"韩公真躁人"(陈简斋《书怀示友十首》其九)。一切事业躁人无成绩,性急可,但必须沉住气。学道者之入山冥想即为消磨躁气。盖自清明之气中,始生出真、美,合而为善,三位一体。退之思想虽浮浅而感觉锐敏,感觉锐敏之人往往躁,如何能从感觉锐敏中得到平静,而非迟慢、麻木?韩不能平静,故无清明之气,思想浮浅而议论亦不高。诗人可以给读者一种暗示,而不能给人教训。孟子云:"父子之间不责善,责善则离。"(《离娄上》)(儿童之性情与所受教训有关。)诗是美的,岂可以教训破坏之?

韩愈《谒衡岳庙遂宿岳寺题门楼》一诗,其开篇曰:

> 五岳祭秩皆三公,四方环镇嵩当中。
> 火维地荒足妖怪,天假神柄专其雄。

---

① 王籍:字文海,琅邪临沂(今山东临沂)人。南朝梁诗人,因《入若耶溪》一诗而名世。
② 王安石《钟山即事》:"茅檐相对坐终日,一鸟不鸣山更幽。"又其《老树》:"古诗鸟鸣山更幽,我念不若鸣声收。"冯梦龙《古今谭概·苦海部》载:"梁王籍诗云:'蝉噪林愈静,鸟鸣山更幽。'王荆公改用其句曰:'一鸟不鸣山更幽。'山谷笑曰:'此点金成铁手也。'"

韩退之此上南岳,南方属火,故曰"火维"。"天假神柄专其雄",令人想起柳子厚所言"其气之灵,不为伟人,而独为是物,故楚之南少人而多石"(《小石城山记》)。此诗从"仰见突兀撑青空"以下五句好:

……,仰见突兀撑青空。
紫盖连延接天柱,石廪腾掷堆祝融。
森然魄动下马拜,松柏一径趋灵宫。

"紫盖连延接天柱,石廪腾掷堆祝融"是具体写法,以简洁字句写敏捷动作,说时迟,那时快。此甚或高于老杜。写文章,慢事写快没关系,快事亦可慢写。人世常把精神费于无聊之事上。快乐如电,好事短,一闪即去。文学能弥补此缺憾。好的文学对于无聊事,可略;对于好事,那时快而可以说得慢。凡快事皆精彩之事。文学能与造化争功即在此。那时快而说时迟,有精神。文学上那时快而说时迟的,可参看《水浒传》之"闹江州"。"谒衡岳庙"一首结尾高于《山石》:

夜投佛寺上高阁,星月掩映云瞳眬。
猿鸣钟动不知曙,杲杲寒日生于东。

此高于前篇"人生如此自可乐"四句。此篇不写思想,但写景,而好,以其感觉锐敏。

老杜有两首《醉时歌》,皆好。其中"赠广文馆博士郑虔"一首有句:

德尊一代常坎坷,名垂万古知何用。

这不是诗,这是散文,然而成诗了,放在《醉时歌》里一点不觉得不是诗,原因便在于音节好。抓住这一点,虽散文亦可以成诗。学老杜者多不知此,仅韩文公能知之。"黄昏到寺蝙蝠飞""芭蕉叶大栀子肥",皆散文而成诗者。

文学之演变是无意识的,往好说是瓜熟蒂落、水到渠成。中国文学史上有演变无革命,有之者,则韩退之在唐之倡古文为有意识者,与诗变为词、词变为曲之演变不同。

诗是女性,偏于阴柔、优美。中国诗多自此路发展,直至六朝。至杜甫已变,尚不太显。至韩愈则变为男性,阳刚、壮美。若以为必写高山大河风云始能壮美,则壮美太少;此是壮美,而壮美不仅此,要看作者表现如何。"芭蕉叶大栀子肥","芭蕉""栀子",岂非阴柔?而韩一写,则成阳刚之美,如上帝之造万物。或曰生活平淡,写不出壮美。此语不能成立,过伟大生活者未必能写伟大的诗。

芭蕉叶大栀子肥。

此句不容小视,唐宋诗转变之枢纽即在"芭蕉叶大栀子肥"一句。唐诗之变为宋诗,能自杜甫看出者少,至韩愈则甚为明显,到江西诗派则致力于阳刚。顺阴柔走是诗之本格,而走得太久即成为烂熟、腐败,或失之纤弱。至晚唐,除小李杜外,他人诗亦多佳者。东瀛诗僧曰:

一种风流吾最爱,六朝人物晚唐诗。
(大沼枕山①所作汉诗)

而晚唐诗即失之弱,有一利即有一弊。晚唐牧之尚好,义山未能免此。江西诗则易流于粗犷,山谷未能免此,有时写的不是诗。反之"二

---

① 大沼枕山(1818—1891):日本学者、汉诗诗人,推崇宋诗而不囿于宋诗,广收博览,自成一家,诗集《东京诗三十首》为其代表作。

陈"①倒了不起,尤其简斋。简斋用宋人字句而有晚唐情韵,如:

> 一帘晚日看收尽,杨柳春风百媚生。
> 　　　　　　　(《清明二绝》其二)

又如:

> 孤莺啼永昼,细雨湿高城。
> 　　　(《春雨》)

亦似晚唐,唯《春雨》二句尚有力,有"江西"味儿。唐宋诗千变万化,各有好处。

作诗就怕没诗情、诗思,故主张唐情宋思,用宋人炼字句功夫去写唐人优美情调。炼字要坚实、要圆、要稳,而思想太理智,易落入宋人。(余之《春日杂咏四绝句》看似思想,其实是感觉。)

---

① "二陈":宋代江西诗派之陈师道与陈与义。

第十五讲

李贺三讲

第一节

长吉诗之怪

李贺,字长吉。《李贺歌诗集》或称《昌谷诗集》。李乃中唐人,与退之同时,韩退之《讳辩》即为李贺作。中唐诗人中之怪杰李贺。或曰中唐诗人好怪,如皇甫持正①、卢仝②、韩退之。皇甫好作怪文,卢怪而不杰,韩则杰而不怪。杰而且怪者则李贺,或其天性如此,且时有好怪之风。

杜牧《李贺歌诗集序》论李贺诗:

> 盖《骚》之苗裔,理虽不及,辞或过之。《骚》有感怨刺怼,言及君臣理乱,时有以激发人意,乃贺所为,无得有是?……使贺且未死,少加以理,奴仆命《骚》可也。

由序文之中几句话观之,小杜不仅能诗,且真懂诗。小杜序文法亦特别。"理"者,功夫也。"可也",不定之词也。

李长吉年龄有限,经验功夫不到,若年寿稍长,或当更有好诗。然而读其诗者并不白费,即因其尚有幻想。此条路自《庄子》、楚辞后,几于茅塞。至唐而有长吉。不论其怪僻,然不能出人情之外。故事中有人情味者,淡而弥永。鬼怪故事,令人毛骨悚然,the hairs stand on the head。刺激

---

① 皇甫湜(777—835):字持正,睦州新安(今浙江淳安)人。唐朝散文家,师从韩愈,得其奇崛,著有《皇甫持正文集》。
② 卢仝(795?—835):号玉川子,范阳(今河北涿州)人。唐朝诗人,风格险怪,著有《玉川子诗集》。

性最不可靠,鬼怪故事不如人情故事味道淡而弥永。新鲜亦刺激,如余之诗句"梨树飘香是夏初"(《夏初杂诗》①),虽新鲜而不耐咀嚼,不如"明月照高楼"(曹子建《七哀》)、"池塘生春草"(大谢《登池上楼》)味永。

旧俄安特列夫(Andreev)写《红笑》是刺激。契柯夫(Chekhov)有"俄国莫泊桑(Maupassant)"之称,写日常生活比莫泊桑还好。有人说安特列夫让人怕而不怕,契柯夫不让人怕真可怕。李长吉的诗就是让人怕而不怕,老杜才真可怕。

长吉有幻想,而幻想与人生不能成为一个,不能一致。若能,则真了不起。

吾国人没幻想,又找不到人生。老杜抓住人生而无空际幻想,长吉有幻想而无实际人生。幻想中若无实际人生则不必要,故鬼怪故事在故事中价值最低。《聊斋》之所以好,即以其有人情味,如《小谢》《恒娘》《长亭》《吕无病》,其鬼怪皆人化了。(鬼怪故事没结果好。)《聊斋》文章不高,思想亦不深,而其人情味可取,是其不可泯灭处。

要在普遍中找出特别。长吉便没有诗情,若不变作风,纵使寿长亦不能成功好诗。诗一怪便不近人情。诗人不但要写小我的情,且要写他人的及一切事物的一切情(同情)。花有花情,马有马情。人缺乏诗情即缺乏同情。诗人固须有大的天才,同时亦须有大的同情。吾人固不敢轻视长吉之诗才(诗确有才),然绝不敢首肯其诗情。义山便有诗情,虽不伟大。

幻想是向上的观照,人生是向下的观照,不可只在表面上滑来滑去。而向下发展须以幻想为背景,向上发展亦须以观照为后盾。观照是实际人生,实者虚之,虚者实之——如用兵焉。幻想说严肃一点便是理想。人生总是有缺陷的,而理想是完美的。诗人不满于现实,故要求理想之完美。(青年最富此精神,尤其爱好文学者。)

---

① 《夏初杂诗》即《春夏之交得长句数章统名杂诗云尔》(1944),其十末句云"梨树飘香是夏初",见《顾随全集》卷一,石家庄:河北教育出版社,2014年第1版,第455页。

杜牧说长吉诗"《骚》之苗裔,理虽不及,辞或过之"。"理",总言其内容:感情、思想、智慧(智慧与思想不同)。《离骚》有幻想,故怪奇,亦有"理"——感情、思想;长吉之理不及《骚》,而幻想怪奇方面表现于文字者过之。杜牧所谓"《骚》有以激发人意",激发人意非刺激,乃引起人印象。《离骚》是引起人一种印象,李贺是给予人刺激。

长吉除思想不成熟外,技术亦不成熟。如:

鸡唱星悬柳,鸦啼露滴桐。

(《恼公》)

露压烟啼千万枝。

(《昌谷北园新笋四首》其二)

尤其"露压烟啼",真不可解。或曰:是互文也,一如《恨赋》"孤臣危涕,孽子坠心"之"危""坠"互文也。实在不合逻辑,不合修辞。老杜《秋兴八首》其八有二句:

香稻啄余鹦鹉粒,碧梧栖老凤凰枝。

此二句,亦动名词倒装,而并非不可解,且更有力,言此粒只鹦鹉吃,此枝仅凤凰栖,故曰"鹦鹉粒""凤凰枝"。唐人诗在技术上,义山最成熟、最成功,取各家之长,绝不只学杜。如《韩碑》学韩退之,然其中尚有个性,虽硬亦与韩不同。学问有时可遮盖天性,而有时不能遮盖。义山七古亦曾受长吉影响,而比长吉高,即因其思想高,幻想有实际人生做后盾。至其技术,写得最富音乐性,完全胜过长吉。如其《燕台诗四首·秋》:

月浪冲天天宇湿,凉蟾落尽疏星入。

似长吉而比长吉好。长吉之《罗浮山人与葛篇》：

> 博罗老仙持出洞，千岁石床啼鬼工。

太生硬。义山称"月"曰"浪"，曰"天宇湿"，确有此感。

李贺有《神弦曲》：

> 西山日没东山昏，旋风吹马马踏云。
> 画弦素管声浅繁，花裙綷縩步秋尘。
> 桂叶刷风桂坠子，青狸哭血寒狐死。
> 古壁彩虬金帖尾，雨工骑入秋潭水。
> 百年老鸮成木魅，笑声碧火巢中起。

中国字单音单体，故易凝重而难跳脱。既怪奇便当能跳脱、生动，故李贺诗五言不及七言（故老杜写激昂慷慨时多用七言，"字向纸上皆轩昂"）。

《神弦曲》，祭神之诗，与《九歌》同。《九歌》能给人美的印象，而李贺诗给人印象只是"怪"。字法、句法、章法皆怪，连音都怪；且其一句多可分为二短句，显得特别结实、紧。怪，给人刺激，刺激之结果是紧张。《九歌·湘夫人》：

> 嫋嫋兮秋风，洞庭波兮木叶下。

有高远之致，所写者大也。而若《九歌·少司命》：

> 秋兰兮青青，绿叶兮紫茎。

所写小,而亦高远。李贺《神弦曲》便无此高远之致,只是一种刺激而已。神奇、刺激、惊吓之感情最不易持久。写神成鬼了,便因无高远之致。

说"画弦素管",不说朱弦玉管,便怪。"浅繁",音不高而紧张。"花裙"句盖说舞女,非说神,舞女所以乐神。"桂叶刷风桂坠子,青狸哭血寒狐死"二句,不是凄凉,也是刺激,有点恐怖。"古壁彩虹金帖尾,雨工骑入秋潭水"二句说画壁,也是刺激;"雨工",鬼工。此种诗只是给人一种刺激,无意义;且此诗章法亦不完备,章法上无结尾。《九歌》则有始有终。

李贺所走之路为别人所不走,故尚值得一研究。人若思想疯狂、病态心理,则其人精神不健全。李贺诗有时怪,读时可不必管。

一人诗必有一人作风,而有时能打破平常作风,写出一特别境界,对此当注意之。如老杜赠太白诗便飘逸,太白赠工部诗则沉着,亦与平常作风不同。江西派陈简斋五言诗有时似晚唐。李贺诗有时不怪。此种现象当注意,有意思,而且好。如贺之《塞下曲》末二句:

帐北天应尽,河声出塞流。

真有盛唐味,不怪而好。

至如"博罗老仙持出洞,千岁石床啼鬼工"(《罗浮山人与葛篇》),则怪而不好。

第二节

长吉之幻想

李长吉贺,鬼才(奇),与太白仙才并称"二李",合李义山为"三李"。李义山颇受长吉影响,故其诗多有奇异而不可解者。奇——新,奇非坏,出奇制胜,未可厚非。但既曰新,便有旧。陶渊明诗不新不旧,长吉诗一看新,看过数遍,不及陶诗味厚。

> 博罗老仙持出洞,千岁石床啼鬼工。
> 　　　　　　　　(《罗浮山人与葛篇》)

他人绝无此等句,此为长吉之幻想。诗人之幻想颇关紧要,无一诗人而无幻想者。《离骚》上天入地,鞭箠鸾凤,此屈原之幻想也。老杜虽似写实派诗人,其实其幻想颇多。如其《醉歌行》之"树搅离思花冥冥"即有幻想。① 鲁迅是写实派,《彷徨》尤其写实,而此书以《离骚》中"吾令羲和弭节兮,望崦嵫而勿迫。路曼曼其修远兮,吾将上下而求索"四句置于书之前面而能得调和。但诗人的幻想非与实际的人生连合起来不可,如能连合才能成为永不磨灭的幻想;否则是空洞,是空中楼阁(castles in air)。德国歌德(Goethe)《浮士德》中之妖魔,虽是其幻想,乃其人生哲学、人生经验;但丁(Dante)《神曲》游地狱、上天堂,亦其人生哲学、人生经验,故能成为伟大的作品。

---

① 叶嘉莹此处有按语:莹不以为然。

幻想与实际人生的关系如下图：

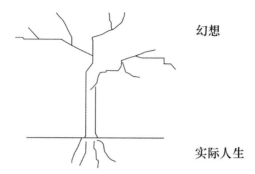

诗必须空想与实际合二为一，否则不会亲切有味。故幻想必须使之与经验合二为一，经验若能成为智慧则益佳。老杜四十岁以后诗无长进，虽有经验然未成为智慧。如：

> 我已无家寻弟妹，君今何处访庭闱。
>
> （《送韩十四江东觐省》）

要说言中之物，不能说不沉痛，而实不能算好诗。"少陵自有连城璧，争奈微之识珷玞①"（元遗山《论诗三十首》其十）。微之②以为少陵排律好，元好问以为不然。若前所举二句亦"珷玞"，非老杜好诗，有经验、无智慧。又如：

> 南使宜天马，由来万匹强。

---

① 珷玞：似玉的石头，以此喻指杜甫诗歌中不能称之为好的诗作。
② 微之：即元稹。元稹（779—831），字微之，洛阳（今属河南）人。唐朝诗人，与白居易并称"元白"，共同倡导新乐府运动，著有《元氏长庆集》。

浮云连阵没,秋草遍山长。

闻说真龙种,仍残老骕骦。

哀鸣思战斗,迥立向苍苍。

(《秦州杂诗二十首》其五)

"浮云"二句好,人非认前一类(言中之物)即认此等句,有物外之言。然此皆不能真得老杜精神。后沈归愚、王渔洋等虽不捉摸老杜之"我已无家"等句,而捉摸其"浮云"二句,此亦不成。差以毫厘,谬以千里。实当注意其"哀鸣思战斗,迥立向苍苍",此真老杜的好诗。末二句真是老杜。无论写什么绝摔不倒,与魏武"老骥伏枥"之静者不同。杜此诗虽非智慧,然已在经验外另有东西,有力,是活着。

长吉诗幻想虽丰富,但偶见奇丽而无长味,必得根植于泥土中(实际人生),所开幻想之花才能永久美丽。出于淤泥而不染才可贵,豆芽菜根本不在泥土中,可怜淡而无味。极美丽的花朵,其肥料是极污秽之物。近代青年不肯实际踏上人生之路,不肯亲历民间生活,而在大都市中梦想乡民生活,故近代文学难以发展。吾人努力为文学,应有牧师传教之精神,牧师每每独自至荒僻之地传教。从事文学者,其有此精神乎?吾人必先于实际生活中确实锻炼,好好生活一下。

李长吉的"觉"有点迟钝,怪而晦涩,只是幻想。长吉当然是天才,可惜没有"物外之言"。看其一首《官街鼓》:

晓声隆隆催转日,暮声隆隆呼月出。

汉城黄柳映新帘,柏陵飞燕埋香骨。

磓碎千年日长白,孝武秦皇听不得。

从君翠发芦花色,独共南山守中国。

几回天上葬神仙,漏声相将无断绝。

"晓声隆隆催转日,暮声隆隆呼月出",日月循环,光阴流转,真是幻想丰富。余有《夜禅曲》①效李长吉体:

> 银河西转逗疏星,璧月东升带露萤。
> 如来妙相三十二,琉璃绀碧佛火青。
> 潭深毒龙时出水,夜静老猿来听经。
> 衲子掩关四禅定,挂壁剩有钵与瓶。

《夜禅曲》有幻想,无经验,已落第二招。无论思想情感,必须自己得来才成,从书上学到的皆纸上谈兵。《夜禅曲》所写皆从书本上得来,所录之三分之一尚为可看的,其余三分之二更糟。余又有二句"病来七载身好在,贫到今年锥也无"(《夜坐偶成长句四韵》②),非真贫,言精神无着落也。"病来"二句只是学宋诗而已,无甚好。宋人诗只是文字障,好容易把皮啃下,到馅也没什么。长吉诗若作得好,则不分皮馅,合二为一。读者若不知其味,一为味觉迟钝,一则作者作品根本不佳。《离骚》皮馅合一,而且好,成功。长吉未成功。

长吉幻想极丰富,可惜二十七岁即卒,其幻想不能与屈原比,盖乃空中楼阁,内中空洞。不过,长吉诗除幻想外尚有特点,即修辞功夫:晦涩。晦,不易懂;涩,不好念。诗本应该念着可口,听着适耳,表现易明了。但长吉诗可读,虽不可为饭,亦可为菜;虽不可常吃,亦可偶尔一用。晦,可医浅薄;涩,可医油滑。李贺诗进可以战,退可以守,绝不致油滑、腐败。

---

① 《夜禅曲》(1944),见《顾随全集》卷一,石家庄:河北教育出版社,2014 年第 1 版,第 455 页。唯"四禅定"作"四禅空"。
② 《夜坐偶成长句四韵》(1940 年后),见《顾随全集》卷一,石家庄:河北教育出版社,2014 年第 1 版,第 487 页。

第三节

李凭箜篌引

长吉有诗《李凭箜篌引》：

> 吴丝蜀桐张高秋,空山凝云颓不流。
> 湘娥啼竹素女愁,李凭中国弹箜篌。
> 昆山玉碎凤凰叫,芙蓉泣露香兰笑。
> 十二门前融冷光,二十三弦动紫皇。
> 女娲炼石补天处,石破天惊逗秋雨。
> 梦入神山教神妪,老鱼跳波瘦蛟舞。
> 吴质不眠倚桂树,露脚斜飞湿寒兔。

"引"，乃诗之一种。引，申也，有引申之意、长之意，又有申张之意。

中国音乐中激昂恢宏之音皆自外来。中国古乐和平、简单，有神韵。琴，有和平之意，和平之境界——静。《诗经》有句："神之听之，终和且平。"（《小雅·伐木》）以中国固有的和平精神加上佛教思想是此境界。（古雕泥塑是听者与乐声和二为一，"采菊东篱下，悠然见南山"，是与自然和二为一。）

读长吉诗，一字一句不可空过。

首句"吴丝蜀桐张高秋"，"张"者，张弦。"张高秋"，盖箜篌宜于秋日弹。次句"空山凝云颓不流"，"颓"者，颓委不振。第三句"湘娥啼竹素女愁"，不用其他女神而用湘娥、素女者，二女神皆孤单。女性原静，而又孤单，

>>> 李贺有诗《李凭箜篌引》。"引",乃诗的一种。读李贺诗,一字一句不可空过。图为清朝改琦(款)《箜篌图》。

更静;静中有动,冷中有热,有活的"情",故曰"啼竹"、曰"愁"。静中有动,而动中又有静,音响是静。动静是调和的,由动而归于静,静中有动。以上三句甚有力,逼出"李凭中国弹箜篌"一句。白乐天写诗不甚费心力,必先写弹,如其《琵琶行》,先写"犹抱琵琶半遮面",后写"大珠小珠落玉盘"。李贺用力。"中国"者,言李凭乃国中第一耳。长吉此首止此四句。李乃不成熟的诗人,死得太早。一生只廿七岁而即有此诗,有天才。

四句之后转韵,一韵不如一韵。"昆山玉碎凤凰叫,芙蓉泣露香兰笑"二句,"昆山"句是声,"芙蓉"句是形,意思甚好而写得不好,不知说的是什么,何以"芙蓉泣"而"香兰笑"?故所写非花之感动,乃弹箜篌之形。且此二句相对。李贺之幻想颇有与西洋唯美派相通处,有错感(感官的交错),如见好看的东西想吞下去,即视觉、味觉之错感。唯美派常自声音中看出形象,颜色中听出声音。法国一诗人曾分"五音"为"五色"①,乃诗人感觉锐敏之故,而同时亦成为一种病态。平常是健康,刁钻古怪是美,而即病态。"十二门前融冷光,二十三弦动紫皇"二句,余喜欢,前二句没写好,此二句写得好。"十二门",长安门也;"融冷光",秋夜冷光易融。前之"空山凝云颓不流"写的是静,"十二门前融冷光"写的是动,而动静相通。"女娲炼石补天处,石破天惊逗秋雨"二句有名,而余不喜欢,即王静安所谓"隔"。必须二极端调和,走一极端不成。诗让人全懂了,不成;全不懂,亦不成。"十二门前融冷光"让人费事而能懂,"石破天惊逗秋雨"则费力,不懂,"隔"。抓的是痒处而"隔",意甚好,写得不好。愈往后念,愈不可懂。"梦入神山教神妪,老鱼跳波瘦蛟舞。吴质不眠倚桂树,露脚斜飞湿寒兔。"不知所写为何。谁梦?李凭绝不能梦,且"老鱼""瘦蛟"乃李好奇太过之处,声音圆润岂可以"老鱼""瘦蛟"写之?想得太过。

---

① 法国一诗人:即兰波。兰波(Arthur Rimbaud,1854—1891),法国19世纪象征派诗人,著有《醉舟》《地狱一季》以及十四行诗《母音》等。《母音》一诗中,兰波以五种色彩象征法语五个元音字母:"我发明了母音字母的色彩!——A黑,E白,I红,O蓝,U绿。"

第十六讲

讲小李杜

第一节

小李杜总讲

晚唐两诗人:李义山、杜牧之。小杜虽不能谓为大诗人,但确为一诗人。窃以为义山优于牧之,余重义山轻牧之。原因:义山集之五七言、古近体中皆有好诗;杜樊川则只有七律、七绝最高,五律则不成,此其不及义山处,故生轻重分别。义山可谓全才,小杜可谓"半边俏"。

盛唐有李杜,晚唐又有小李杜,此乃巧合。义山近于工部,小杜近于太白。义山情深,牧之才高;工部、太白情形同此,工部情深,太白才高:有趣情形一也。工部、太白为逆友,义山、小杜亦为契友,彼此各有诗赠送。工部送太白诗多于太白送工部诗,可见工部之情深;小李杜亦有诗往还,情形同此:有趣情形二也。义山有二诗赠牧之,推崇之极,而《樊川集》中无赠义山者,亦见义山情深,似觉牧之寡情。不过诗人交情绝非世俗往来,半斤八两,故其厚谊固不限于此也。

义山赠牧之诗,其一为《杜司勋》:

高楼风雨感斯文,短翼差池不及群。
刻意伤春复伤别,人间唯有杜司勋。

"高楼风雨感斯文"一句,在文学表现技术上,足敌得过老杜《登楼》之"花近高楼伤客心,万方多难此登临"(此指技术,非意义),此七字足敌老杜十四字,学得老杜之"力"与"厚"。义山对绝句真下工夫,好。此句乃象征,但谓写实亦可:写实则谓晚唐文坛凋零,登高楼而感慨斯文之坠落。此在象征、写实两方面俱为好的表现,非描写。"短翼差池不及群",不可解。余以为此自《诗》"燕燕于飞,颉之颃之"(《邶风·燕燕》)而来。因感凋落故想起牧之与自己,欲振兴诗坛在二人。"短翼",喻自己,客气,谓自己翼短不及牧之也。"刻意伤春复伤别",观《樊川集》,小杜确如此。"人间唯有杜司勋",推崇小杜至极矣。此诗如老杜赠太白之"自是君身有仙骨,世人那得知其故"(《送孔巢父谢病归游江东兼呈李白》)。

义山赠牧之诗其二为《赠司勋杜十三员外郎》:

杜牧司勋字牧之,清秋一首杜秋诗。
前身应是梁江总,名总还曾字总持。
心铁已从干镆利,鬓丝休叹雪霜垂。
汉江远吊西江水,羊祜韦丹尽有碑。

"心铁已从干镆利","心"谓诗心、文心,此心如铁,非凡铁,乃钢铁,如宝剑干将莫邪,有切金断玉之锋利。("从",同也。)"鬓丝休叹雪霜垂",大约小杜常自叹老衰,如其"前年鬓生雪,今年须带霜"(《郡斋独酌》),故作此诗劝之。此二句谓牧之诗心已锻炼成,既诗已成功,则衰老无关也。

观此,义山学老杜真学到了家,力厚、严密。

第二节

牧之七绝

学诗由七言绝句做起,七绝非五绝,五绝装不进东西去。
选诗者普通多重小杜之《遣怀》:

> 落魄江南载酒行,楚腰纤细掌中轻。
> 十年一觉扬州梦,留得青楼薄幸名。

此诗不好,过于豪华,变成轻薄,情形如太白,不好。又"娉娉袅袅十三余,豆蔻梢头二月初"(《赠别二首》其一),"蜡烛有心还惜别,替人垂泪到天明"(《赠别二首》其二)等,小巧。"商女不知亡国恨,隔江犹唱后庭花"(《泊秦淮》),他人谓为沉痛,余仍谓为轻薄。以后所讲不选此等诗。

且看其《登乐游原》:

> 长空澹澹孤鸟没,万古销沉向此中。
> 看取汉家何事业,五陵无树起秋风。

"长空"一句中,第六字平仄拗。

登乐游原乃玩乐事,忽感到人生、人类共有之悲哀,故其系为全人类说话。首二句"长空澹澹孤鸟没,万古销沉向此中",乃引起人之印象,给你起个头。如引不起印象,不怨大诗人,唯怨自己无感。诗人感觉特别锐敏而又丰富,故看见孤鸟没于澹澹长空之中,而不禁想起人又何尝不如此?

一种澈深之悲哀生矣!"此中"即"澹澹长空"也,万古人事销沉亦如此。第三句"看取汉家何事业",好,好在太富诗味。别人亦能写,但无此深远之诗味。第四句"五陵无树起秋风",多少事业、皇家贵胄,到如今坟上连树亦无,只有空荡荡之秋风回旋不已——内中悲情油然生矣。此即人生。

此等诗选诗者不选,真乃不了解小杜。

义山有《夕阳楼》:

花明柳暗绕天愁,上尽重城更上楼。
欲问孤鸿向何处,不知身世自悠悠。

此与小杜"长空澹澹"一首颇相似。李之后二句"欲问孤鸿向何处,不知身世自悠悠"与杜之前二句"长空澹澹孤鸟没,万古销沉向此中"似。义山各体皆有好诗,小杜只七言近体好。李总体比小杜好,然若只就此二首观之,李不及杜。后来诗人学义山者多,学牧之者少,然但就此二首论之,牧之高于义山。"看取汉家何事业,五陵无树起秋风"二句,有弦外音,言外意;李之后一句"不知身世自悠悠",一句说尽,不好。而李诗前两句好,不是给人一种印象,是引起人一种印象——"花明柳暗绕天愁",真是"绕天愁"。而小李杜之优劣尚不在前二句、后二句。就空间讲,"绕天愁",到处是愁,小杜"长空澹澹",抵得住"绕天愁","澹澹"比"愁"字大,"愁"字小。在空间上,小杜比义山大。就时间言,李之"不知身世",只言个人半生。"悠悠",没准,不足据,无关轻重,虽沉痛,但时间"小",只自己半生。牧之"万古"则是无限者矣。

如此言之,小杜"长空澹澹孤鸟没,万古销沉向此中"二句,真包括宇宙,经古来今,上天下地,是普遍的、共同的,写全人类之事,自己自在其内。义山之句则不然,只是自我、小我。或曰:既然作者为全人类之一,则虽写一人,安知他人不亦有此感?然但就表现言之,究竟小杜更富于普遍性、共同性,义山则富特殊性、个别性。

杜牧更有一自道其人生哲学、人生观、人生态度之诗，即《汴河阻冻》：

千里长河初冻时，玉珂环佩响参差。
浮生恰似冰底水，日夜东流人不知。

杜牧此等诗，人多不选，此首诗较前首尤不见赏于人。余始读《樊川集》即觉此诗有分量、沉重。"玉珂环佩响参差"，此古人身戴佩饰，行时叮咚作响。"千里长河初冻时，玉珂环佩响参差"，《老残游记》写黄河打冻情形①，可证此句。此非记录、写实，乃出之以诗之情趣。三、四句"浮生恰似冰底水，日夜东流人不知"，人之内在细微变化，外表不显，恰如冰底之水，人不知者，我独知也。

小杜诗如此之写人生哲学，一二首而已。西洋写作品乃有意识的，想好步骤再写。中国乃无意识，不是意识了的，乃不自觉的，行乎其所不得不行，止乎其所不得不止，瓜熟蒂落、水到渠成地写出。小杜此诗即不自觉地写出者。

---

① 刘鹗《老残游记》第十二回："若以此刻河水而论，也不过百把丈宽的光景，只是面前的冰，插的重重叠叠的，高出水面有七八寸厚。再望上游走了一二百步，只见那上流的冰，还一块一块的漫漫价来，到此地，被前头的拦住，走不动就站住了。那后来的冰赶上他，只挤得'嗤嗤'价响。后冰被这溜水逼的紧了，就窜到前冰上头去；前冰被压，就渐渐低下去了。看那冰身不过百十丈宽，当中大溜约莫不过二三十丈，两边俱是平水。这平水之上早已有冰结满，冰面却是平的，被吹来的尘土盖住，却像沙滩一般。中间的一道大溜，却仍然奔腾澎湃，有声有势，将那走不过去的冰挤的两边乱窜。""问了堤旁的人，知道昨儿打了半夜，往前打去，后面冻上；往后打去，前面冻上。"

第三节

人生与自然之调和

小杜写景、写大自然之诗(七绝)特佳。此与其个人之私生活有关,非纯粹写大自然。此关乎大自然、私生活,乃非常之调和、谐和。如《江南春》:

千里莺啼绿映红,水村山郭酒旗风。
南朝四百八十寺,多少楼台烟雨中。

此诗豪华(吾人写诗总觉不免贫气),此或许系江南佳胜之环境所造成者。

小杜、义山皆是唯美派诗人。我们不管西洋唯美派,只说中国唯美派,是指写出完美之作品来,尤其音节和谐(形、音、义皆和谐)。一首诗有其"形""音""义",此三者皆得到谐和,即唯美派诗。

老杜在形、音、义之和谐上不见得如小李杜(然此并非说老杜不伟大),其诗句有的虽不刺耳、刺目,然究不谐和。如:

莫自使眼枯,收汝泪纵横。
眼枯即见骨,天地终无情。

(《新安吏》)

人生事情只有人来解决,大自然不管。此情感思想在中国诗中甚难找到,然总觉其形、音、义如石头似的,"欹奇磊落"(而此四字,形、音、义皆好)。

小李杜不管怎样激昂,总是和谐。如义山《锦瑟》:

锦瑟无端五十弦,一弦一柱思华年。
庄生晓梦迷蝴蝶,望帝春心托杜鹃。
沧海月明珠有泪,蓝田日暖玉生烟。
此情可待成追忆,只是当时已惘然。

此非不沉痛,而美,即因其形、音、义谐和。

此点盖仅限于中国诗。西洋字形不易现出美。如 verdant,草初生之绿色,觉其美,盖仍因其音美;gloomy,阴沉的、忧郁的,字音亦不好听。(某诗人说中国字里"秋"字最美。)左思《咏史》:

郁郁涧底松,离离山上苗。
以彼径寸茎,阴此百尺条。

(其二)

其意甚愤慨——肉食者鄙。四句诗感慨、牢骚、愤恨皆写出。其义姑不论,其音亦好,形亦好。"郁郁",大、有力;"离离",小,软弱。"郁郁涧底"便长出松来,"离离山上"便长出苗来。然此非唯美派的诗。左思诗是嶔奇磊落(但不是权枒)。而小杜"浮生恰似冰底水,日夜东流人不知",亦沉痛,但写得可亲可爱。

小李杜同是唯美派,却又有不同,义山高于牧之。义山亦有写大自然者,如:

虹收青嶂雨,鸟没夕阳天。

(《河清与赵氏昆季宴集得拟杜工部》)

真写得美。大红大绿,写得好,如"花明柳暗""绿瘦红肥"。国画、服装皆如此,欲漂亮必须大红大绿,然须有支配、把握之本领,否则必俗。画家吴昌硕[①],有点海派,画植物好,净是大红大绿,却真充满了生之色彩、力量、见识,直到八十多岁,老年尚如此。别的画家不敢如此,用红绿有分寸,宁肯少,不肯多,因其易俗。吴用之,虽不免海派、过火,而绝不俗。义山诗一带青山、一片夕阳,是红、是绿,而用"虹收""鸟没",二字皆好,成为调和的美,一幅好画。然在此方面,义山虽有此表现法而不常使,因其太注意情(即人生、人类一切感情)。

义山盖极富于感情,不写情仅写大自然者甚少。即如"客去波平槛,蝉休露满枝"(《凉思》),二句亦有情,虽不见得悲哀沉痛,而是惆怅。"未妨惆怅是清狂"(李商隐《无题》其四),小杜写情不如义山。小杜即使不浮浅亦比义山轻薄,然并非以此抹杀小杜。小杜之唯美在写自然方面比义山更美。

人生最不美,最俗,然再没有比人生更有意义的了。抛开世俗眼光、狭隘心胸看人生,真是有意思。神秘,与大自然同样神秘,不及大自然美。然写诗时常因人生色彩破坏了大自然之美。义山"虹收青嶂雨,鸟没夕阳天"整个是艺术,因其中没有人生。孟浩然"微云淡河汉,疏雨滴梧桐"亦然。

义山作品极能调和人生与大自然,然有时自然将其人生色彩破坏了。其《落花》:

> 高阁客竟去,小园花乱飞。
> 参差连曲陌,迢递送斜晖。
> 肠断未忍扫,眼穿仍欲稀。

---

① 吴昌硕(1844—1927):初名俊,又名俊卿,字昌硕,浙江安吉人。清末民初书画家,与虚谷、蒲华、任伯年并称"海派四杰"。

芳心向春尽,所得是沾衣。

"高阁客竟去,小园花乱飞"二句,能将自然及人生调和。而至后几句如"芳心向春尽,所得是沾衣",简直不是好诗,人生色彩浓,但将大自然美破坏了。"小园花乱飞",无形,而皆可写出其情景,虽未言"园"如何"小","飞"如何"乱",可是将人生与自然调和了。

小杜情较义山浅薄,而写自然比义山好。如《江南春》之"南朝四百八十寺,多少楼台烟雨中",朦胧中有调和,此方面小杜特别成功。

义山写大自然的诗中亦皆有抒情成分。此情字乃广义的。常人多以义山为艳体诗(love poetry),艳体诗若是爱情诗倒不必反对,而后之学者多入于下流,故余反对之。今所谓抒情乃广大的。佛说"一切有情",非专指男女之情也。凡天地间有生之物皆有情,"花须柳眼各无赖,紫蝶黄蜂俱有情"(义山《二月二日》),"无赖",亦为有情,花开花结子,有生,有生便有力。生,力,合而为有情。如此看,则了解义山,而不单赏其艳体也。如其"身无彩凤双飞翼,心有灵犀一点通"(《无题》),诗是好诗,而后人学坏了。此二句沉痛有力,尽管有意思说不出,绝不会说话没意思。若有"心"亦有"翼"当然好,今一"有(有心)"一"无(无翼)"相对,悲哀,有力量,后人学之失之浮浅。

小杜与义山不同,小杜是轻薄,尤其与义山较,在此方面不及义山深刻广大。即以写私生活而论,抒情诗人多写私生活、个人生活,因抒情诗人所写者:自我、主观、小我。义山写来有时广大,所写有普遍性。小杜所写则只是他自己,唯完成是美。但"长空澹澹"一首确是小杜广大,又如"浮生恰似冰底水",此在小杜诗中乃例外,少数。"千里莺啼"一首,写大自然多,写自己少,纯客观。然此类诗在小杜诗中亦不多。他有时既不能写出超自我之纯客观诗,又不能写出像义山那样深刻的诗。若其《登乐游原》及《江南春》乃例外。小杜诗其好处只是完成美,得到和谐。无论形式、音节及内外表现皆和谐。此点或妨害其成为伟大诗人,而不害其成为真诗人。又如其《念昔游》三首之其一、其三：

十载飘然绳检外,樽前自献自为酬。
秋山春雨闲吟处,倚遍江南寺寺楼。
（其一）

李白题诗水西寺,古木回岩楼阁风。
半醒半醉游三日,红白花开山雨中。
（其三）

所写是私生活,小我,不伟大而真美、真和谐。或讥为此有闲阶级之言,尽管讥其小资产、有闲,而不得不承认其为诗——饿八天不但连这样诗写不出,什么诗也写不出。

"十载飘然绳检外"一首比"十年一觉扬州梦"好。"绳检",指传统道德束缚、规矩,"飘然绳检外"则不易得到同志,故"樽前自献自为酬",然只此二句尚不成诗,后二句好,看山听雨处,即"江南寺寺楼"也。小杜有时狂,李白题诗,今我亦题诗,不含糊,对得起。义山则不然,义山诗真是忠厚,无怪其深情,其诗中狂言甚少。

虽处现时之大时代中,而此等诗有存在价值。若诡辩言之,则不但承认此种诗,且劝学人读此种诗,欣赏此种诗,了解此种诗。

写此种诗虽非小资产阶级,然亦须有闲。

诗人涅克拉索夫（Nekrasov）[①]说过：

Muse of vengeance and hatred（报复与憎恨的诗人）。

---

① 涅克拉索夫(1821—1877)：俄国19世纪革命民主主义诗人,"公民诗歌"的杰出代表。著有长诗《谁在俄罗斯能过好日子》《货郎》等。

N氏诗富于报复精神及仇恨心情,却又说生活之扎挣使我不能成为一诗人,又时刻使我不能成为一战士。此盖其由衷之言,是很大的悲哀。不由想及老杜。老杜诗中许多诗不能成诗,或即因生活扎挣,不能使其成为诗人。而陶渊明真了不得,亦有生活扎挣,而是诗人,且真和谐,诗的修养比老杜高,真是有功夫。陶的确也是战士,一切有情,有生有力,无一时不在扎挣奋斗。如其《咏荆轲》。陶之生丰富,力坚强,而还是诗,真是"诗中之圣"。

小杜此等诗可使人得到诗的修养。余之诗在字句锤炼上受江西诗派影响,在心情修养上受晚唐影响,尤其义山、牧之。学人亦可试验之,大概不会失败。杜甫、太白无法学,一天生神力,一天生天才,非人力可致。然吾人尚可学诗,即走晚唐一条路,以涵养诗心。或者浅、不伟大,而是真的诗心。写有闲生活可抱此心情写,即使写奋斗扎挣之诗,亦可仍抱此心情,如陶之《乞食》诗。诗中任何心情皆可写,而诗心不可破坏。写热烈时亦必须冷静。只热烈是诗情,不是诗心;易使人写诗,而不见得写出好诗。小杜此二首七绝《念昔游》真是沉静。

沉静,好,但亦只是基础,不可以此自足。若只此功夫如沙上建筑,是失败的;纵使成功亦暂时的,其倒也速,而且一败涂地。

第四节

欣赏的态度 有闲的精神

唐朝诗人重读书。老杜说:"读书破万卷。"(《奉赠韦左丞丈二十二韵》)又说:"熟精文选理。"(《宗武生日》)

吾人只是在修辞上下功夫。吾人生于千百年后,非天才诗人,自不可不用功。不但要像宋人在字句上有锤炼功夫(机械的),同时还要用一种性灵的功夫。宋人功夫是机械的、技术的,训练成、养成;性灵的功夫是一种修养。

关于这种性灵的修养,可从小李杜研究。所谓修养性灵即培养诗情。吾人作诗自不可同木匠之以工具做成器具,应如花匠之养花。野生的花真比不了,如"三百篇""十九首",真有生机,活泼泼的。花匠所培养者,其生命力或不如野生之盛,但不能说其不美,仍可欣赏。故吾人虽非天才,然尚可成为诗人。心中要有诗情的培养,诗情与生机有关,有诗情的生机、情趣。如此虽未必能成为伟大诗人,但不害其成为真的诗人。

读小杜诗不但其技术可取,对涵养诗情亦有助。前所举《念昔游》二诗,好,"半醒半醉游三日,红白花开山雨中"二句,可做禅"参",得了活法,受用不尽。然此不可讲,只可自己去"会"。

这种诗是一种自我的欣赏。欣赏的心情是诗人不能少的。无论何种派别诗人,皆须有欣赏心情。而所欣赏是否限于自身?应包括自身以外之人、事、物,最大的诗人盖如此。诗发展至晚唐,自我欣赏之色彩非常鲜明、浓厚,欣赏自己的一切。如《念昔游》之二句:

半醒半醉游三日,红白花开山雨中。

>>> 读杜牧诗不但其技术可取,对涵养诗情亦有助。"半醒半醉游三日,红白花开山雨中"这二句诗,可做禅"参",得了活法,受用不尽。图为清朝邹一桂所作杜牧诗意图。

"半醒半醉游三日",固为自己;至"红白花开山雨中"该是身外物矣,然此正写其自身"半醒半醉游三日"之心情。"山雨"既不摧花,花也不恨山雨,二者是调和的。小杜的情绪当然亦非常舒服、自然、调和。"红白花开"是象征,不是写实。此种自我欣赏与自我意识是否有关? 所谓自我意识,处处意识到有我。自我意识与自觉有关。若人根本不自知,何能有自我意识? 如曾子之"吾日三省吾身"(《论语·学而》),是自觉。小杜"半醒半醉"与曾子自省,有关而又不同:一为理智的、分析的,一为欣赏的、总合的。故自我欣赏很像自我意识而实非,似自觉而亦非。

狄卡尔(Descartes),法国哲人,云:

I think therefore I am.

我思想,因为我存在。我存在,即因我有思想。无思想的人可以不存在,可有可无。没有思想的人是空空洞洞的影子,不能算存在。

小杜态度与D氏之言很相似,因其结果皆为充实。吾人追求知识,研究学问,有思想、有感情即为充实。自己使自己不至于空虚,不至于等于零。无聊便顶可怕,无聊时候要消遣,如打牌发泄,即为的免去空虚之无聊。因此可知充实之可爱可贵,然后知小杜诗中生活之饱满、充实、无缺陷。(吾人于慈母膝下是最无缺陷的,与好友谈天是最惬意的,因此时最充实。)小杜抱此心情写成《念昔游》,不管其在成诗前、写诗时、成诗后,自其心情一来,便充实的。吾人自己写出诗来,感情不是高兴、不是欢喜,只要是充实,觉得没白活了,不是空洞洞的白纸就行。"我现在生命中填的是干草,然尚比不填好",可见充实之可贵。D氏是哲人,故重在思想;小杜是诗人,故重在写诗。小杜一派诗情,然其充实,则一也。

晚唐人最能欣赏自我。吾人不但要像宋人之用功在字句上、锤炼上,且须如晚唐诗人之修养诗情。然如此必须有闲,且为精神上有闲。(通常所谓有闲多为物质——不用奋斗扎挣去生活。)

小杜的生活不是忧愁的,虽然他自己对他的生活不满意。而从旁观看来,其生活至少是不愁衣食的。谈到此,老杜便不如小杜幸福,无论身体、精神皆难得有闲。吾人或不能得生活的有闲,何必读此等诗?且不能得生活的有闲如何得精神的有闲?没饭吃怎么能欣赏?有花月不如有窝头,此固然也。然既为诗人,便须与常人不同。一个诗人无论写什么皆须有一种有闲的心情,可以写痛苦、激昂、奋斗,然必须精神有闲;否则只是呼号,不是诗。如老杜:

朱门酒肉臭,路有冻死骨。
(《自京赴奉先县咏怀五百字》)

这样的诗可以写,而太没有有闲之心情,快不成诗了。肉可臭,酒何能臭?且人可冻死,骨何能冻死?此种事可写成诗,而老杜写的是呼号,不是诗。可以写而不能如此表现,老杜写时,至少精神上不是有闲的。而又如韦庄①之《秦妇吟》,写黄巢起义前后情形,事情尽管惨、乱,而韦庄写之总是抱有有闲的心情。虽非最好的诗,然至少不是失败的诗,比老杜"朱门酒肉臭,路有冻死骨"强。

诗人应养成此有闲心情,否则便将艺术品毁了。如绘画之画战争亦然。人无论在任何环境,皆可保有自我的欣赏,几乎不是自觉而是忘我。(颜回居陋巷②即是忘我。)

精神的有闲、欣赏,是人格的修养。江西派只是工具上——文字上的功夫。只重"诗笔",不重"诗情"。无论激昂、慷慨、愤怒,要保持精神的有闲、欣赏的态度。

---

① 韦庄(836—910):字端己,京兆杜陵(今陕西西安)人。晚唐五代诗人,花间词派重要作家,著有《浣花集》。
② 《论语·雍也》:"子曰:'一箪食,一瓢饮,在陋巷,人不堪其忧,回也不改其乐。'"

试看莱蒙托夫(Lermontov)①的《童僧》：

Only a snake
....

Was rustling, for the grass was dry

And in the loose sand cautiously

It slid out, and then began to spring

And rolled himself into a ring

Then as though struck by sudden fear

Made haste to keep dark and disapper

此首长诗盖写一个小孩儿到山中寻自由，到傍晚饥饿疲乏，仰卧于地，听水看山，忽见一蛇。对蛇(snake)有什么可欣赏？（外国文学好在音乐性，此段可译为散文，但无法译为诗。）当此境地，尚能写出诗，所以能成诗人。

破坏了诗心的调和，便不能写好诗。一个诗人、文人什么都能写，只是要保持欣赏的态度，有闲的精神。最怕急躁，一急躁便不能欣赏。

---

① 莱蒙托夫(1814—1841)：俄国19世纪诗人、小说家，著有长诗《诗人之死》《恶魔》以及小说《当代英雄》等。

第五节

小杜之"热中"

小杜两首《念昔游》,和谐婉妙,是他的修养。不要以为他的动机如此,他的诗情也许和谐婉妙,但他的动机绝不谐婉。小杜是"热中"之人(做官心切),不为金钱势力,为的是事业功名的建树成就。小杜为人不但热中,而且眼热。小杜有堂弟杜悰(小杜集中提及),才情、见识、学问皆不及小杜,而出将入相多年,小杜甚为不平,愤慨、抵触、矛盾,他的心情并不和谐婉妙。诗如:

谁知我亦轻生者,不得君王丈二殳。

(《闻庆州赵纵使君与党项战中箭身死辄书长句》)

"殳",《诗》"伯也执殳"(《卫风·伯兮》),毛传:"殳,兵器,丈二长。"诗系追悼一战死者,实叹自身功业无就。看了杜悰出将入相,甚为眼热。小杜此处甚多,此正一例也。其饮酒、看花,颓废的生活,是牢骚不得志。"半醒半醉游三日,红白花开山雨中";"秋山春雨闲吟处,倚遍江南寺寺楼",小杜并不甘心闲游、半醉、倚楼,不要看轻他。

一个人对什么都没兴趣,便是表示对什么都感到失去意义,便没有力量;真的淡泊,像无血肉的幽灵。我们要热中地做一个人,要抓住些东西才能活下去。孟浩然"微云淡河汉,疏雨滴梧桐",虽好,但不希望大家从此入手,也不能从此入手,我们是有血有肉的人,所以要热中。

小杜诗《齐安郡中偶题二首》其一：

> 两竿落日溪桥上,半缕轻烟柳影中。
> 多少绿荷相倚恨,一时回首背西风。

象征一年过去得无聊,而诗之神情妙。其二：

> 秋声无不搅离心,梦泽蒹葭楚雨深。
> 自滴阶前大梧叶,干君何事动哀吟。

时小杜为齐安太守,月二千石,仍甚不满。不愿在外省而愿在京内（外官富而不贵,京官贵而不富）,"欲把一麾江海去,乐游原上望昭陵"（《将赴吴兴登乐游原一绝》）亦此意——虽欲做外官,但仍舍不得京城。"一麾",仪仗;"昭陵",唐太宗墓。太宗知人善任,雄才大略;小杜之意以为若是太宗在的话,我必能见用而出将入相也。或说是小杜爱国,非也。

《齐安郡中偶题二首》虽非绝佳亦好诗,"自滴阶前大梧叶",粗枝大叶,别具风流。此或非小杜本意,但真好。热中,但他写的诗仍和谐婉妙。

古来要事业功名就得做大官、做京官。我们不能举一抒情诗就强词夺理说小杜热中,再举两例看：

> 萧萧山路穷秋雨,淅淅溪风一岸蒲。
> 为问寒沙新到雁,来时还下杜陵无。
> 　　　　　　　　（《秋浦途中》）

> 镜中丝发悲来惯,衣上尘痕拂渐难。
> 惆怅江湖钓竿手,却遮西日向长安。
> 　　　　　　　　（《途中一绝》）

字句的修养不能不讲究,否则也写不出好诗。小杜想做官是诗吗? 怎么写? 但牧之有此能力,写得不显。"山路""秋雨",一肚子心事;"来时还下杜陵无"(杜陵在长安),"下"字好,雁还能到京城,我不能到,可怜。"寒沙雁",好,字句上很有功夫。"却遮西日向长安",真好。到京城去罢,去也无官做! 潦倒江湖,进京干嘛去? 感慨牢骚,然而永远是和谐婉妙地表现出来。小杜《念昔游》其二

> 云门寺外逢猛雨,林黑山高雨脚长。
> 曾奉郊宫为近侍,分明擤擤羽林枪。

首二句似老杜。以前所举二首《念昔游》观之,似是心境很调和,其实不然,此首即可看出。("猛",拗字;"擤",枪挑起貌。)

小杜另有两首七律,末二句皆可见其热中:

> 自笑苦无楼护智,可怜铅椠竟何功。
>
> (《长安杂题长句六首》其二)

> 江碧柳深人尽醉,一瓢颜巷日空高。
>
> (《长安杂题长句六首》其三)

表现其热中之感情,而又最有诗味的,盖为"江碧柳深人尽醉,一瓢颜巷日空高"二句。热中之情原难写为诗,而此写得好。再如"谁人得似张公子,千首诗轻万户侯"(《登池州九峰楼寄张祜》),自言虽有千首诗,仍不能轻万户侯。(张公子张祜[①],《何满子》之作者。)又如《奉陵宫人》,"奉",供奉。奉陵时,朝夕具盥栉、治衾枕,事死如事生,比殉葬之葬,不下于殉葬。

---

① 张祜(792—854):字承吉,清河(今属河北)人,自幼年寓居苏州。唐朝诗人,以"一声何满子,双泪落君前"得名。

小杜写此诗不坏,而亦并不太好。若叫老杜写,当更好。小杜诗至少有潜意识作怪,并非为奉陵宫人写诗,而是为自己写,至少自怜之心胜过同情之心。诗曰:

相如死后无词客,延寿亡来绝画工。
玉颜不是黄金少,泪滴秋山入寿宫。

用典,因有含义而令读者觉得有隔膜,至少须将此种文字障打破,才能欣赏诗。陈后失宠于汉武帝,千金买得相如之赋。帝见赋,复幸之。毛延寿为宫人画像供汉元帝选择,故宫人多用黄金贿毛延寿。此虽为奉陵宫人作,实乃自写,想起自己境遇遭际,虽有玉颜而不遇亦徒然。奉陵宫人真惨,鲁迅先生说"虽生之日,犹死之年"(《朝花夕拾》小引),真是如此。另有《出宫人》二首:

闲吹玉殿昭华管,醉折梨园缥蒂花。
十年一梦归人世,绛缕犹封系臂纱。

平阳拊背穿驰道,铜雀分香下璧门。
几向缀珠深殿里,妒抛羞态卧黄昏。

写得不甚沉痛,其事亦原不沉痛。

第六节

余论咏史诗

小杜诗"长空澹澹"二首最好,全写人生。

小杜诗一为人生之作,二为婉妙之作,三为热中之作。小杜所有诗皆可归入此三种,若不能归入者,便不是好诗。此外还要说到其第四类——咏史之作。

此类作品,小杜见解不甚高,同情又不浓厚,且稍近轻薄,不厚重,虽有周公之才、之美,使骄(轻)且吝(薄),其余不足观也矣。如其咏杨贵妃:

> 霓裳一曲千峰上,舞破中原始下来。
> 　　　　　　　　　　(《过华清宫》三绝句其二)

"破"字用得损,曲到"入破"则紧张、精彩,"破"为音乐上名词;小杜"舞破"乃破坏之破。李义山亦犯轻薄之病。或因乱世人情薄。李义山咏东晋(东晋半壁江山)元帝(东晋第一皇帝):

> 休夸此地分天下,只得徐妃半面妆。
> 　　　　　　　　　　(《南朝》)

"徐妃",元帝妃。元帝一目,故谓"只得半面"。徐妃原不可取,李义山更轻薄。讽刺可,讥笑不可。鲁迅先生讽刺,是讽刺普通大众的人性,若对一人而发,便是轻薄。

至如义山诗之富于梦的朦胧美,余将下次说之。

第十七讲

李商隐诗梦的朦胧美

第一节

绝响《锦瑟》

义山《锦瑟》可谓为绝响之作:

> 锦瑟无端五十弦,一弦一柱思华年。
> 庄生晓梦迷蝴蝶,望帝春心托杜鹃。
> 沧海月明珠有泪,蓝田日暖玉生烟。
> 此情可待成追忆,只是当时已惘然。

所谓绝响,其好处即在于能在日常生活上加上梦的朦胧美(梦的色彩)。

一个诗人是 day-dreamer,而此白日梦并非梦游,梦游是下意识作用,脑筋不是全部工作,此种意识为半意识。诗人之梦是整个的意识,故非梦游;且为美的,故不是噩梦;且非幻梦,因幻梦是空的、缥缈的。而诗人之梦是现实的,诗人之梦与幻梦相似而实不同。幻梦在醒后是空虚,梦中是切实而醒后结果是幻灭。

《锦瑟》之"沧海月明珠有泪,蓝田日暖玉生烟"二句真美。烟雾不但散后是幻灭,即存在时亦有把握不住之苦痛,不能保存。种花一年,看花十日,但尚有十日;云烟则转眼即变,此一眼必不同于彼一眼。诗人之诗则不然,只要创造得出,其美如云、如烟、如雾,且能保留下来,千载后后人读之尚感觉其存在。故诗人之梦是切实的,而非幻梦。诗人之将日常生活加上梦的美是诗人的天职。既曰天职,便不能躲避,只好实行。实行愈力,则愈尽天职。

诗中无写实,写实与切实不同。不但诗,文学中亦不承认有写实。好诗皆有梦的色彩。梦是有色彩的。浪漫、传奇,在诗中有浪漫传奇色彩的易加上梦的朦胧美,而在日常生活中加上不易,因浪漫、传奇有一种新鲜的趣味。在吾国诗中,日常生活上加上梦的朦胧美的作品甚少见。(在散文中如《史记·项羽本纪》,与其谓之为写实作品,毋宁谓之为传奇。)

有新鲜味者皆有刺激性,而久食则无味矣。此种加新鲜味、有刺激性、传奇性的作品,小说中谓之"演义"。梦的朦胧美加在写实上便是"附会",便是"演义"。《三国演义》谓关公刀八十二斤,刘备双手过膝,此虽无艺术价值,而亦为"附会",与诗人之加梦的色彩相似。

日常生活是平凡,故写诗时必加梦的朦胧美。二者是冲突,而大诗人能做到,使之成美的梦,有梦的美。李商隐能做到。

或谓《锦瑟》乃悼亡诗,亦可。首二句忆从前;三、四句一写前,一写今;"沧海"二句写从前之事情。"珠有泪"并非痛苦的泪,"珠有泪"是写珠光,旧写美的泪亦曰"泪珠""珠泪",此实盖很美的名词。不过用得多了,失去其刺激,令人不觉其美。平常多从泪联想到珠,李义山乃由珠联想到泪。"沧海月"如被海水洗过,更明、更亮,更觉在月光下之珠亦更亮、更圆。"烟"是暖的,故"蓝田日暖玉生烟"。"沧海"二句已沉入梦中,故后二句曰"此情可待成追忆",又曰"只是当时已惘然"。"惘然"二字真好,梦的朦胧美即在"惘然"。不是悲哀,也不是欣喜,只是将日常生活加上一层梦的朦胧美。

李义山是最能将日常生活加上梦的朦胧美的诗人。李义山对日常生活不但能享受,且能欣赏。平常人多不会享受,如嚼大块的糖,简直不是吃糖,既不会享受,更谈不到欣赏。

幼儿之好玩儿不是梦的朦胧美。一个中年人和一个老年人,坐在北海岸边,对着斜阳、楼台,默然不语,二者是谁能享受欣赏呢?恐怕还是后者。这真是惘然,是诗与生活成为一个,不但外面有诗的色彩而已。

古语曰"相视而笑,莫逆于心"(《庄子·大宗师》),尚嫌其多此一笑。如慈母见爱儿归来对之一射之眼光,在小孩真是妙哉,我心受之,比"相视而笑"高。诗人在惘然中,如儿童在慈母眼光中,谈不到悲哀、欣喜。

悼亡非痛苦、失眠、吐血,而只是惘然。且不但此时,当时已惘然矣。

若令举一首诗为中国诗之代表,可举义山《锦瑟》。若不了解此诗,即不了解中国诗。

第二节

平凡⇌美

诗是要将日常平凡生活美化(升华)。自此点看来,义山颇与西方唯美派相似。此名词①之含义甚深,浅言之,是要写出一种美的事物来,创造出美的东西来。能如此,便是尽诗人之天职,尽了诗人之良心。(可以王守仁"良知""良能"之"良"释此"良"字。)

以唯美派说义山诗并无何不妥,而中西唯美又不全同。中西唯美派全同者乃一点——为艺术的艺术(L'art pour l'art②),并非要表现自己思想,给别人教训。至于义山与西方唯美派之大不同,即西方唯美派似不满意于日常生活,于是抛开了平凡事物而另去找、另去造;至义山则不然,不另起炉灶,亦不别生枝节,只是根据日常生活,而一写便美化了,升华了。并非另找,只是乔妆了出来——"乔妆"一词尚不妥,还是说"升华"。所以《锦瑟》"沧海"一联为比。

研究义山诗之人多为其美所眩,实则读者读时应如化学之还原。诗人将平常变成美(作品),读者只见其美;实应不被其美外眩,应自美还原(回)到平凡,就可以认识义山了:

义山⇒平凡⇒美←读者

---

① 此名词:指唯美派。
② L'art pour l'art:法文,为艺术的艺术或为艺术而艺术。法国唯美主义先驱戈蒂耶(Gautier)在其小说《莫班小姐》的序中提出,艺术可以脱离政治、道德、社会等而存在,艺术创作的目的在于其作品本身。

"沧海月明珠有泪,蓝田日暖玉生烟"二句,是写男女二性美满生活,而此美满生活并非固定,高楼与草屋同,只要二人调和即好。义山乃寒士,与其妻所过亦必为茅檐草屋、粗茶淡饭的生活,而义山写诗时将其美化了。

　　法国恶魔派诗人波特来尔(Baudelaire)所作之诗集《恶之花》(*Flowers of Evils*),不满意日常生活,故另写许多常人不写的,故人名之曰恶魔。(名之为恶魔派,稍含恶意,实亦唯美派。)若谓B氏所写乃出奇的,则李氏所写是更近于人情的唯美派作品。

　　李义山不但与B氏不同,与李贺亦不同。义山诗无疑曾受《李长吉歌诗》《昌谷集》之影响。自义山诗中亦可看出其仿长吉之作品,如《燕台诗四首》,此类诗在义山集中成谜。每字、每句皆可解,而全篇不可解。欲了解义山此类诗,必起义山于九原不可。此类诗无疑地受长吉影响而失败了,因根本长吉即未全成功。或因中国文字、民族性不适于写此类作品亦未可知。

第三节

力的文学与韵的文学

义山诗最大成功是将日常生活美化成诗。不但《锦瑟》,自《二月二日》一首亦可看出。

老杜有《绝句漫兴九首》,其四曰:

二月已破三月来,渐老逢春能几回。
莫思身外无穷事,且尽生前有限杯。

李商隐《二月二日》曰:

二月二日江上行,东风日暖闻吹笙。
花须柳眼各无赖,紫蝶黄蜂俱有情。
万里忆归元亮井,三年从事亚夫营。
新滩莫悟游人意,更作风檐夜雨声。

此乃力的文学与韵的文学。老杜诗可以为力的代表,义山诗可以为韵的代表。

义山所写当为江南,因江北二月尚无三、四句之景,俗语"二月清明花开罢,三月清明不见花"。而吾人总见过"花须柳眼""紫蝶黄蜂",此岂非甚平常?

首二句原亦平常,而义山写得好。如"东风日暖闻吹笙",一读便觉到暖风拂面而来,不是因为其写暖,其音亦如暖风拂来。按格物讲,李之诗亦合乎科学。先说"笙"字。"三百篇"《小雅·鹿鸣》中"吹笙鼓簧",笙内有簧,与笛、箫不同,簧如笙之声带。据说笙最怕冷,在三九吹不响,冷气一入则簧结而不动,故吹笙必天暖。清真①词:

夜深簧暖笙清。(《庆宫春》)

所写盖冬之夜,而屋内暖,故簧暖,故笙清,夜深而愈清。清真词又有:

锦幄初温,兽香不断,相对坐调笙。(《少年游》)

亦笙与暖相连。义山之"东风日暖闻吹笙",就直觉讲,一读则暖气上人心头;按科学讲,亦合。甚平常,而写得好,成功了。

试看诗中笙与笛之比较。杜牧之:

深秋帘幕千家雨,落日楼台一笛风。
(《题宣州开元寺水阁,阁下宛溪夹溪居人》)

此亦很美之描写。雨自上而下,帘亦自上而下,落日相对是横的,一笛风也是横的。此句非是笛不可,与义山"东风日暖闻吹笙"可为相对,一写暖,一写凉。"东风日暖"时岂无人吹笛?有人吹亦不能写,正如"落日楼台"不能写吹笙一样。又如李益②诗:

---

① 清真:即周邦彦。周邦彦(1056—1121),字美成,号清真,钱塘(今浙江杭州)人。北宋婉约词集大成者,南宋婉约词开山者,著有《片玉词》。
② 李益(748—827?):字君虞,陇西姑臧(今甘肃武威)人。唐朝诗人,以边塞诗名世,有《塞下曲三首》《夜上受降城闻笛》等。

回乐峰前沙似雪,受降城外月如霜。
不知何处吹芦管,一夜征人尽望乡。

(《夜上受降城闻笛》)

必是"吹芦管"不可。此皆从反面证明义山"闻吹笙"之好。

至于"花须柳眼"二句亦好。常人看字是模糊的,了解是浮浅的,读诗不应如此。如"紫蝶黄蜂俱有情","有情"二字读时切不可滑过。平常诗人写有情简直无情,而义山写来沉重。曰"紫"曰"黄",感觉亲切,故写有情是真有情,沉重。"花须柳眼各无赖","无赖"二字亦好。平常说"无赖"有贬义,此乃好意。如慈父慈母跟前之爱儿娇女是无赖的,如儿女向父母要钱买糖,慈父慈母绝不会严责。日本译 charming 为爱娇,好,儿女的"无赖"非可恨的,而是爱娇。"花须柳眼"到春天亦如此。人已然看得不耐烦,而花仍在开,柳仍在舒,真是无赖。此皆平常事物,而李义山能就之写出美的作品来。

"微云淡河汉,疏雨滴梧桐"(孟浩然句)二句与"曲终人不见,江上数峰青"(钱起《湘灵鼓瑟》)二句亦为韵的文学,而与义山之韵的文学不同。前者是在人生上加上自然之描写,结果只成为自然之表现,而非人生之表现。义山则是对日常生活加上梦的朦胧美,故其人生色彩较前者浓厚。"沧海月明"亦是大自然,李氏未尝不借重自然,而究竟是人生的色彩多。二者为韵的文学同,而其所以为韵的文学不同。

义山究用何种技术写出《锦瑟》之诗,姑且不论。且说伤感诗人如清黄仲则之诗句:

寒甚更无修竹倚,愁多思买白杨栽。

(《都门秋思》)

> 结束铅华归少作,屏除丝竹入中年。
>
> 《绮怀十六首》其十六）

似乎人生色彩比义山浓厚;而若以韵论,则差之太远。因黄氏之诗只能成为伤感的诗,此种诗很难写得有韵。抒情诗人自易流入伤感,而若细推其源当以陆放翁为最。如:

> 万事从初聊复尔,百年强半欲何之。
>
> （《感秋》）

此诗太显著,在技术上尚不及黄氏成功。黄氏之"茫茫来日愁如海,寄语羲和快着鞭"（《绮怀十六首》其十六）亦与之同出一源,黄盖出于陆。

此外另有一种愤慨的诗,牢骚、生气、发脾气,此即中国诗人之爱自暴自弃之原因。黄仲则之"茫茫来日愁如海,寄语羲和快着鞭"二句亦是愤慨,此派亦出于放翁。如放翁之:

> 阨穷苏武餐毡久,忧愤张巡嚼齿空。
>
> （《书愤二首》其一）

苏武餐毡事盖为附会,然此二句尚好,二句字笔画都多①,可代表中心之不平。"曲终人不见,江上数峰青",二句则甚疏朗,好,可代表中心和平。"餐毡""嚼齿"二词好,而最糟在"久""空",次则"阨穷""忧愤",亦太平常。

伤感与愤慨虽分为二,实则一也。自暴与自弃亦不同,自弃是说自己什么都不成,自暴是目空一切,而此二者实亦一也。如武断、盲从亦二而一也。武断似乎最有主意,实则没有一个武断的人不盲从的：乃根本脑筋不

---

① 按:此就繁体字"阨窮蘇武餐氈久,懮憤張巡嚼齒空"而言。

清楚。自暴、自弃似一积极，一消极，实则皆不好。伤感、忧愤亦似一积极，一消极，实亦一也。

李义山也写伤感、愤慨，而其长不在此。

李氏议论诗、记事诗亦不高。如其七古《韩碑》一篇，乃有名代表作，亦无甚了不起。有之则高在字句上之锤炼修辞，一力摹古，有点做古董。

李义山好就是韵的文学好，日常生活加上梦的朦胧美。

第四节

情操之自持

今再举其悼亡诗：

更无人处帘垂地，欲拂尘时簟竟床。

(《王十二兄与畏之员外相访见招小饮，
时予以悼亡日近不去，因寄》)

此较黄、陆真高。上句真伤感，若使其妻在，断不致如此寂寞；下句更伤感，若使其妻在，则绝不会能簟上尘满，自己做事亦可哀，而"簟竟床"的悲哀更甚。此盖衰老时的作品，衰老时本筋力不及，"欲拂尘时簟竟床"比放翁的"聊复尔""嚼齿空"深厚得多。此即因其能将日常生活升华，加上一层梦的朦胧美。结晶升华后本质虽同，而比未升华时美很多了。此义山之所以高于放翁也。

若说陆、黄的诗是冒出来的，则李之诗是沉下去的，沉下去再出来，冒则出而不入，陆、黄情绪⟶，李则情绪⟿。李是用观照（欣赏）将情绪升华了。陆、黄一类诗，写欢喜便是欢喜，写悲哀便是悲哀；而观照诗人则在欢喜、烦恼时加以观照，看看欢喜、烦恼到底是什么东西。一方面观，一方面赏，有自持的功夫。沉得住气，不是不烦恼，不叫烦恼把自己压倒；不是不欢喜，不叫欢喜把自己炸裂。此即所谓情操。必须对自己情感仔细欣赏、体验，始能写出好诗。

常人每以为坏诗是情感不热烈，实则有许多诗人因情感热烈把诗的美破坏了。

义山《花下醉》：

> 客散酒醒深夜后，更持红烛赏残花。

客散，夜深，其伤感多深，而写得多美。残花不久，而尚持红烛，真是沉得住气。多么空虚——夜半酒醒；多么寂寞——人去后。从何欢喜？但真是蕴藉、敦厚、和平，还是情操的功夫。

若举一人为中国诗代表，必举义山，举《锦瑟》，《锦瑟》亦是"更持红烛赏残花"，不但对外界欣赏，且对自己欣赏。

然此并非诗的最高境界。从观照欣赏生活得到情操自持，然但有此功夫尚不成，因但如此则成作茧自缚，自己把自己范围在窄小生活里，非无修养，而无发展。如一诗人境界世界甚小，伤感没发展，老这样下去就完了。如后之西昆体就完了。此类诗至韩偓、端己必改变，不改不成，西昆体学义山失败了。后之诗人之沾沾自喜、摇头晃脑亦本于此。

天下大事，合久必分，分久必合，有一利必有一弊。

中国诗人对大自然是最能欣赏的。无论"三百篇"之"杨柳依依"（《小雅·采薇》）或楚辞之"嫋嫋兮秋风"（屈原《九歌·湘夫人》）等，皆是对自然的欣赏。而亦有对人生之欣赏，如李义山。

义山虽能对人生欣赏，而范围太小，只限自己一人之环境生活，不能跳出，而满足此小范围。满足小范围即"自画"①。此类诗人可写出很精致的诗，成一唯美派诗人，其精美真是前无古人，后无来者，而严格地批评又对他不满，即因太精致了。

义山的小天地并不见得老是快乐的，也有悲哀、困苦、烦恼，而他照样

---

① 《论语·雍也》："冉求曰：'非不说子之道，力不足也。'子曰：'力不足者，中道而废。今女画。'"

欣赏,照样得到满足。如《二月二日》一首,何尝快乐?是思乡诗,而写得美。看去似平和,实则内心是痛苦。末尾二句"新滩莫悟游人意,更作风檐夜雨声",不但要看它美,须看他写的是何心情。"滩",山峡之水,其流顶不平和;"莫悟",不必了解;"游人",义山自谓。此谓滩不必不平和地流,我心中亦不平和,不必你作一种警告,你不了解我。然义山在不平和的心情下,如何写出此诗前四句那么美的诗?由此尚可悟出"情操"二字意义。观照欣赏,得到情操。吾人对诗人这一点功夫表示敬意、重视。诗人绝非拿诗看成好玩。我们对诗人写诗之内容、态度表示敬意。

只是感情真实,没有情操,不能写出好诗。义山诗好,而其病在"自画",虽写人生,只限于与自己有关的生活。此类诗人是没发展的,没有出息的。所以老杜伟大,完全打破小天地之范围。其作品或者很粗糙,不精美,而不能不说他伟大,有分量。西洋写实派、自然派如照相师。老杜诗不是摄影技师,而是演员。谭叫天说我唱谁时就是谁,老杜写诗亦然。故其诗不仅感动人,而且是有切肤之痛。

老杜能受苦,义山就受不了,不但自己体力上受不了,且神经上受不了。如闻人以指甲刮玻璃之声便太不好听。不但自己不能受,且怕看别人受苦,不能分担别人苦痛。能分担(担荷)别人苦痛,并非残忍。老杜敢写苦痛,即因能担荷。诗人爱写美的事物,不能写苦,即因不能担荷。

义山情操一方面用的功夫很到家,就因为他有观照,有反省。这样虽易写出好诗,而易沾沾自喜,满足自己的小天地,而没有理想,没有力量。义山虽亦有时有一二句有力量的诗,而究竟太少。

石榴艳发已嫌人,夹竹桃红次第新。
不是花开春便在,牡丹开过已无春。

(沈尹默《春归有感》)

沈尹默先生诗蕴藉，然此非作者有意于此。（余之诗句"当户新开夹竹桃"①，本尹默师次句。）诗中之蕴藉、朦胧、明快，各有其不得已，而非勉强，是行于所不得不行。

李义山有《韩碑》一首，非其本色，乃别调。义山作风原是蕴藉，而《韩碑》不仅明快，直有点老辣。桃鲜，结果味同；而人有别调，此人之所以为人。人非圣佛，则心不能长在"中"（儒）、"定"（佛），应"执一以应无穷"——道。

诗人的"一"是多方面的。义山《韩碑》诗作时有两种不同动机：其一，替韩愈鸣不平，未免愤慨；其二，作此诗时心中有韩诗七古印象。然此尚有个性，虽硬亦与韩不同。

---

① 此断句见《顾随全集》卷一，石家庄：河北教育出版社，2014年第1版，第488页。

第十八讲

唐诗短讲二题

第一节

诗眼中之草

人无不受外界感动,而表现有优劣。技术之薄尚乃浅而言之,深求之则有诗眼问题。有"诗眼",可见"诸相非相",可见如来。(诗心是根本,与外界发生关系,则眼、耳、鼻、舌、身五根,除"肉"外尚须有"灵",看到虚妄即看到真实。)

> 离离原上草,一岁一枯荣。
> 野火烧不尽,春风吹又生。
> 远芳侵古道,晴翠接荒城。
> 又送王孙去,萋萋满别情。
>
> (白居易《赋得古原草送别》)

此首可为白氏代表作。草随地随时皆有,而经白氏一写,成此不朽之作。用诗眼看去,此四十字每句是草,然是诗眼中之草,不是肉眼中之草,与打马草所见自不同。彼为世谛,此为诗义(谛)。以世谛讲,打马草喂马,是,而非诗。白氏以诗眼看,故合诗谛,才是真草,把草的灵魂都掘出来了。(余在《"境界"说我见》中,曾讲诗之"因"与"缘"。)

"离离原上草","离离"好,若一般人写,或写"高高原上草"。"一岁一枯荣"句是白乐天拿手。"野火烧不尽,春风吹又生"二句是唐人拿手。作五言诗必有此"野火"二句之手段,二句说尽人世间一切,先不用说盛衰兴亡,即人之一心,亦前念方灭,后念方生,真是心海,前波未平,后波又起,波峰波谷。白氏用诗眼看,故写出一切的一切。"野火烧不尽,春风吹又生"是写草之精神;"远芳侵古道,晴翠接荒城"是写草之气象。后二句"又送王孙去,萋萋满别情",用楚辞"王孙游兮不归,春草生兮萋萋"(《招隐士》),稍弱,然尚好,不单说草,有人。

虚妄不灭,真实不显(不显不是无)。诗人第一须打破(看破)"妄象",然后才能显出真的诗。

或曰:"境杀心则凡,心杀境则圣。""杀"者,压倒也。孔子"饭疏食,饮水,曲肱而枕之,乐亦在其中矣"(《论语·述而》),此便是"心杀境则圣"。而"杀"字不如"转"字,"心转物则圣,物转心则凡"。转烦恼成菩提,烦恼与菩提并无二致(情态),"饭疏食,饮水,曲肱而枕之"是烦恼,即菩提。有转心则不为物所支配,否则为物支配,即烦恼皆来,俱成凡夫。学文与学道同理,学文亦须心转物。(文与道又有不同,唯方法同。俟后详言。)白乐天之"草"有诗心,心转物则圣。心如何借缘(外物)而生,缘助因成,必其可以成,然后有助。因与缘不是对立,不是有此无彼,心物皆有而打成一片。故"境杀心""心杀境"之"杀"不如"转"字,心与物相助相成,转烦恼成菩提,此方是成功境界。

>>> "离离原上草",白居易《赋得古原草送别》可为白氏代表作。草随地随时皆有,而经白氏一写,成此不朽之作。用诗眼看去,此四十字每句是草,然是诗眼中之草,不是肉眼中之草,与打马草所见自不同。彼为世谛,此为诗义(谛)。以世谛讲,打马草喂马,是,而非诗。白居易用诗眼看,故写出一切的一切。图为宋朝马兴祖描绘白居易等人的《香山九老图》(局部)。

宋人九老圖真蹟 此幀不知何人當定係其舊識之 秀于雲重裝並書

第二节

唯美诗人韩冬郎

唐朝两大唯美派诗人:李商隐、韩偓。晚唐义山(李商隐)、冬郎(韩偓,字致尧,小字冬郎)实不能说高深伟大,而假如说晚唐还有两个大诗人,还得推李、韩。

李义山《登乐游原》:

> 夕阳无限好,只是近黄昏。

如同说吃饱了不饿,但实在是好,我们一读便感到太阳圆圆的,慢慢地落下去了,真好。又如韩偓之《幽窗》:

> 手香江橘嫩,齿软越梅酸。

一念便好,盖不仅说"香"是香,便连"江"字、"橘"字亦刺激嗅觉,甚至"手"字亦鼻音。"齿软越梅酸",啊,不行,不得了,牙倒了,盖多为齿音,刺激牙。此非好诗而好,便是因诗感好。现在新诗也许以意境说未始不高深伟大,但总觉诗感太差,尤其字音。

韩偓《韩翰林集》与《香奁集》,四部丛刊合印名为《玉山樵人诗》。《香奁集》皆艳体诗,颇有轻薄作品,不必为之讳。李义山为其世伯,义山有诗亦轻薄,韩诗盖曾受义山影响。或曰:韩氏诗有含蓄,其诗有句曰"伴伴脉脉是深机"(《不见》),含而不露之意。其轻薄不必提,即含蓄亦不必取韩。

然其《别绪》中间四句真好：

> 菊露凄罗幕，梨霜恻锦衾。
> 此生终独宿，到死誓相寻。

中国诗写爱，多是对过去的留恋。写对未来的爱，对未来爱的奋斗，是西洋人。中国亦非绝对没有。"十岁裁诗走马成"（李商隐语）①的韩偓此诗所写即是对将来爱的追求。

一篇好的作品当从多方面讲，多方面欣赏。"菊露凄罗幕"，五字多美；"梨霜恻锦衾"，太冷，是凄凉，本使人受不了，但这种凄凉是诗化了的、美化了的，不但能忍受且能欣赏。说凄凉，其实是痛苦，但这痛苦能忍受，便是把它诗化了，美化了，且看到将来的希望了——反正我得好好活着，"此生终独宿，到死誓相寻"。天下最痛苦的事是没有希望而努力，这样努力努不来，除非是个超人，是仙，是佛，是铁汉。这上哪儿找去？人是血肉之躯，所以人该为自己造一境界，为将来而努力是很有兴味的一件事。如抗日战争，虽然精神、物质两方面都痛苦，但能忍受，因看到将来的光明来了。反正我得好好活着，即使我是个病汉，也要把你强国熬趴下，这也是对未来的追求。你生活经验愈丰富，你愈觉得此话有意义。韩氏此四句不仅对未来有一种希冀（但若只希望还是消极，希望煮熟的鸭子飞到嘴边，那不成），而且是一种追求（找去）——"此生终独宿，到死誓相寻"，为将来而努力，对未来的追求，十个字真有力。"独""宿"连用两入声，浊得很。凡浊人都有一股牛劲——我吊死这棵树上，我非吊死这棵树上不可。聪明人不成功，便吃亏没有牛劲。"这回断了更相思，比似人间没你。"（石孝友《西江月》）西洋人吊死这棵树上，太不活动，中国人又太活动。韩诗"到死誓相寻"，五个

---

① "十岁裁诗走马成"：李商隐赞韩偓之诗句。诗题曰：《韩冬郎即席为诗相送，一座尽惊。他日余方追吟"连宵待坐徘徊久"之句，有老成之风，因成二绝寄酬，兼呈畏之员外》，诗云："十岁裁诗走马成，冷灰残烛动离情。桐花万里丹山路，雏凤清于老凤声。"

字除"到"字是舌头音,四个齿音字,真有力,咬牙说出的。"此生终独宿"一句,亦舌头音或齿音。

我们今天这样讲韩氏此诗绝不错,但韩氏当年或并未如此想,这只是诚于中而形于外。

韩偓的《香奁集》并不能一概说是轻薄,后来学他的人学坏了。他的诗"此生终独宿,到死誓相寻"写得真严肃。做事业、做学问,应有此精神,失败了也认了。他的诗"临轩一盏悲春酒"(《惜花》),如何是玩物丧志?接下去一句——"明日池塘是绿阴",大方,沉重。

第十九讲

宋诗讲略

第一节

唐情与宋思

古人说"文以载道""诗言志",故学道者看不起学文者(程伊川以为学文者为玩物丧志),学诗者又谓学道者为假道学——二者势同水火,这是错误。若道之出发点为思想,若诗之出发点为情感,则此二者正如鸟之两翅,不可偏废。天下岂有有思想而无情感的人或有情感而无思想的人?二者相轻是"我执","我执"太深。人既有思想与情感,其无论表现于道或表现于文,皆相济而不相害。

学道者贵在思多情少,即以理智压倒情感,此似与诗异。然而不然。《论语》开首曰:

> 学而时习之,不亦说乎?有朋自远方来,不亦乐乎?(《学而》)

曰"说"曰"乐",岂非情感?《论语·雍也》又曰:

> 一箪食,一瓢饮,在陋巷,人不堪其忧,回也不改其乐。

《论语·述而》则有曰:

> 饭疏食,饮水,曲肱而枕之,乐亦在其中矣。

此曰"乐",非情感而何?佛经多以"如是我闻"开首,结尾则多有"欢喜奉行"四字,不管听者为人或非人,不管道行深浅,听者无不喜欢,无不奉行。"信"是理智,是意志,非纯粹情感。然"信"必出于"欢喜",欢喜则为情感。可见道不能离情感。

理,即哲学(人生),本于经验、感觉。如此说理满可以;若其说理为传统的、教训的、批评的,则不可。要紧的是表现,而不是说明。老杜《秦州杂诗二十首》其五:

> 浮云连阵没,秋草遍山长。

不是说理,而其所写在于"哀鸣思战斗"的人生哲学。人在社会上生活,是战士,然人生哲学不是教训、批评。至表现,则必须借景与情。如此可知唐人说理与宋人不同;且有的宋人说理并不深,并不真,只是传统的。

诗人达到最高境界是哲人,哲人达到最高境界是诗人,即因哲理与诗情最高境界是一。好诗有很严肃的哲理,如魏武、渊明,"譬如朝露""人生几何"(曹操《短歌行》)等,宋人作诗一味讲道理,道理可讲,唯所讲不可浮浅;若严肃深刻,诗尽可讲道理,讲哲理,诗情与哲理通。

常人皆以为唐人诗是自然,是情感,宋人诗是不自然,是思想。若果然,则何重彼而轻此?唐人情浓而感觉锐敏。说唐人诗首推李、杜,而人不甚明白李白乃纨绔子弟,云来雾去;老杜则任感情冲动,简直不知如何去生活,其情感不论如何真实,感觉不论如何锐敏,总是"单翅"。

唐人重感,宋人重观,一属于情,一属于理智。宋人重观察,观察是理智的。简斋有句:

> 蛛丝闪夕霁,随处有诗情。
> (《春雨》)

此诗即从观来,是理智。若其:

谈余日亭午,树影一时正。

……………

微波喜摇人,小立待其定。

(《夏日集葆真池上》)

此则更是理智者矣,似不能与前"蛛丝"二句并论,盖"蛛丝"二句似感。而余以为"蛛丝"二句,仍为观而非感。必若老杜:

重露成涓滴,稀星乍有无。
暗飞萤自照,水宿鸟相呼。

(《倦夜》)

此四句,始为感。"暗飞萤自照",似观而实是感;"蛛丝闪夕霁"句太清楚,凡清楚的皆出于观。"暗飞"句则是一种憧憬,近于梦,此必定是感,似醉,是模糊,而不是不清楚。

老杜诗有点"浑得",而力量真厚、真重、真大,压得住。后人不成,则真"浑得"矣。正如老妪为独子病许愿,是迷信,而人不敢非笑之,且不得不表同情,即其心之厚、重、大,有以感人。老杜之诚即如此,诚于中而形于外。吾人尽管比老杜聪明,但无其伟大。"重露成涓滴,稀星乍有无。暗飞萤自照,水宿鸟相呼",四句厚、重、大,不"浑得"。

宋人作诗必此诗,唐人则有一种梦似的模糊。宋人诗有轮廓,以内是诗,以外非诗。唐人诗则系"变化于鬼神",非轮廓所可限制。可见诗内非不容纳思想。

第二节

宋诗之完成

宋初西昆体,有《西昆酬唱集》,内有杨亿①、刘筠②、钱惟演③等十七人。说者谓"西昆"完全继承晚唐作风。晚唐诗感觉锐敏而带有疲倦情调,与西洋唯美派、颓废派(decadent)颇相似。诗有"思"(思想)、"觉"(感觉)、"情"(情感)(此三点,俟后详言)。晚唐只是感觉发达,而西昆所继承并非此点。感觉是个人的,而同时也是共同的。有感觉即使不能成为伟大作家,至少可以成功。宋人并非个个麻木,唯西昆感觉不是自己的,而是晚唐的,只此一点,便失去了诗人创造的资格。

传统力量甚大,然凡成功的作家皆是打破传统而创立自己面目者。退之学工部,然尚有自己的"玩艺儿"在。韩致尧学义山,虽小,但不可抹煞。不过西昆体亦尚有可得意之一点,即修辞上的功夫。于是宋以后诗人几无人能跳出文学修辞范围。后人诗思想、感情都是前人的,然尚能像诗,即因其文学修辞尚有功夫。

西昆体修辞上最显著一点即使事用典(用典最宜于应酬文字)。此固然自晚唐来,而晚唐用故实乃用为譬喻工具,所写则仍为自己感觉。至宋

---

① 杨亿(974—1020):字大年,建宁蒲城(今福建蒲城)人。宋初西昆体代表诗人,又以骈文名世,著有《武夷新集》。
② 刘筠(971—1031):字子仪,大名(今属河北)人。宋初西昆体代表诗人,文与杨亿齐名,著有《册府应言》《荣遇》等集。
③ 钱惟演(977—1034):字希圣,临安(今浙江杭州)人。宋初西昆体代表诗人,著述颇丰,今多散佚。

初西昆体而不然,只是一种巧合,没有意义,虽亦可算作譬喻,然绝非象征,只是外表上相似,玩字。故西昆诗用典只是文字障,及至好容易把"皮"啃下,到"馅"也没什么。(余作诗用典有二原因:一即才短,二即偷懒。)

仁宗初年盖宋最太平时期,当时有二作家,即苏舜钦子美①、梅尧臣圣俞②。欧阳修甚推崇此二人,盖因欧感到西昆之腐烂。梅、苏二人开始不作西昆之诗,此为"生",然可惜非生气(朝气),而为生硬。同时,苏、梅生硬之风气亦如西昆之使事然,成为宋诗传统特色。宋诗之生硬盖矫枉过正。苏、梅二人开宋诗先河,在诗史上不可忽略,然研究宋诗可不必读。

此为宋诗萌芽时期。

至宋诗发育期,则有欧阳修。欧在宋文学史上为一重镇,其古文改骈为散,颇似唐之退之,名复古,实革新。欧阳修文章学韩退之,但又非退之。桐城派以为韩属阳刚,欧属阴柔③,是也。欧散文树立下宋散文基础,连小型笔记《归田录》皆写得很好。后之写笔记者盖皆受其影响,比韩退之在唐更甚。此并非其诗文成就更大,乃因其官大。

欧文不似韩而好,诗学韩似而不好,其缺点乃以文为诗。此自退之、工部已然,至欧更显,尤其在古诗。故宋人律、绝尚有佳作,古诗则佳者颇少,即因其为诗的散文,有韵的散文。此在宋亦成为风气。欧氏作有《庐山

---

① 苏舜钦(1008—1049):字子美,祖籍梓州铜山(今四川中江)。北宋诗文革新运动中坚人物,著有《苏学士文集》。
② 梅尧臣(1002—1060):字圣俞,宣州宣城(今安徽宣城)人。因宣城古名宛陵,世称宛陵先生。北宋诗文革新运动中坚人物,与苏舜钦合称"苏梅",著有《宛陵先生集》。
③ 姚鼐《复鲁絜非书》:"文者,天地之精英,而阴阳刚柔之发也。""宋朝欧阳、曾公之文,其才皆偏于柔之美者也。"曾国藩《圣哲画像记》:"西汉文章,如子云、相如之雄伟,此天地遒劲之气,得于阳与刚之美者也,此天地之义气也。刘向、匡衡之渊懿,此天地温厚之气,得于阴与柔之美者也,此天地之仁气也。东汉以还,淹雅无惭于古,而风骨少矣。韩柳有作,尽取扬马之雄奇万变,而内之于薄物小篇之中,岂不诡哉。欧阳氏、曾氏皆法韩公,而体质于匡刘为近。文章之变,莫可穷诘。要之不出此二途,虽百世可知也。"

高》,自以为非李太白不能为也①——人自负能增加生活勇气,然亦须反省——可是太白诗真不像欧。

欧后有王安石。苏东坡见其词谓为"野狐精"。② 实际观之,诗、文、词、字皆野狐精,然足以代表其个性。虽缺乏共同性,不过真了不起。俗语曰,反常为贵;而又曰,反常为妖。一人在某行做事多年,不带习气,这人必有点儿特殊之处。(点道之见。)美人无脂粉气,高僧无蔬笋气(或曰酸稻气),这样反常是矛盾的调和,生活艺术的成功。

元遗山《论诗三十首》有云:

奇外无奇更出奇,一波才动万波随。
只知诗到苏黄尽,沧海横流却是谁。

(其廿二)

至苏、黄,宋诗是完成了,而并非成熟,与晚唐之诗不同。

凡是对后来发生影响的诗人,是功首亦罪之魁。神是人格最完美的,人是有短处、劣点的,唯其长处、美处足以遮盖之耳,然此又不易学。创始者是功首也是罪魁,法久弊生。

宋之苏、黄似唐之李、杜而又绝不同。苏什么都会,而人评之曰:凡事俱不肯著力。"问君无乃求之欤,答我不然聊尔耳。"(苏轼《送颜复兼寄王巩》)人之发展无止境,而人之才力有限制。余以为苏东坡未尝不用力,而是到彼即尽,没办法。

---

① 叶梦得《石林诗话》卷中:"前辈诗文,各有平生自得意处,不过数篇,然他人未必能尽知也。毗陵正素处士张子厚善书,余尝于其家见欧阳文忠公子棐以乌丝栏绢一轴,求子厚书文忠《明妃曲》两篇,《庐山高》一篇。略云:先公平日,未尝矜大所为文,一日被酒,语棐曰:'吾《庐山高》,今人莫能为,唯李太白能之。《明妃曲》后篇,太白不能为,唯杜子美能之;至于前篇,则子美亦不能为,唯我能之也。'"

② 《历代诗余》引《古今词话》语:"金陵怀古,诸公寄调于《桂枝香》者,凡三十余家,唯介甫为绝唱。东坡见之,叹曰:'此老乃野狐精也!'"所谓野狐精,盖指其人之言行做派虽非正宗,但十分精灵。

>>> 凡是对后来发生影响的诗人,是功首亦罪之魁。神是人格最完美的,人是有短处、劣点的,唯其长处、美处足以遮盖之耳,然此又不易学。创始者是功首也是罪魁,法久弊生。苏东坡什么都会,而人评之曰:凡事俱不肯著力。他未尝不用力,而是到彼即尽,没办法。图为金武元直《赤壁图》。

东坡有《郭祥正家醉画竹石壁上,郭作诗为谢且遗二古铜剑》:

> 空肠得酒芒角出,肝肺槎牙生竹石。
> 森然欲作不可回,吐向君家雪色壁。
> 平生好诗仍好画,书墙涴壁长遭骂。
> 不嗔不骂喜有余,世间谁复如君者。
> 一双铜剑秋水光,两首新诗争剑铓。
> 剑在床头诗在手,不知谁作蛟龙吼。

苏写酒"芒角出",陶公写酒"悠悠迷所留,酒中有深味"(《饮酒二十首》其十四)。陶诗十个字调和,无抵触;苏诗"空肠得酒芒角出,肝肺槎牙生竹石",不调和。"平生"以下四句是有韵的散文,太浮浅。苏此诗思想、感觉、感情皆不深刻,只是奇,可算得"奇外无奇更出奇",而"奇"绝站不住。然是宋诗,非唐诗。新奇最不可靠,是宋诗特点,亦其特短。此诗感觉不锐敏,情感不深刻,是思想,然非近代所谓思想。诗中思想绝非判断是非善恶的。苏东坡思想盖不能触到人生之核心。苏公是才人,诗成于机趣,非酝酿。

苏之成为诗人因其在宋诗中是较有感觉的。欧阳修在词中很能表现其感觉,而作诗便不成。陈简斋、陆放翁在宋诗人中尚非木头脑袋,有感觉、感情。苏诗中感觉尚有,而无感情,然在其词中有感情——可见用某一工具表现,有自然不自然之分。大晏、欧阳修、苏东坡词皆好,如诗之盛唐。

苏之"雨中荷叶终不湿"句出自其《别子由三首兼别迟》(迟:子由之子)。其第二首:

> 先君昔爱洛城居,我今亦过嵩山麓。
> 水南卜筑吾岂敢,试向伊川买修竹。
> 又闻缑山好泉眼,傍市穿林泻冰玉。

> 遥想茅轩照水开,两翁相对情如鹄。

没味儿,感觉真不高。第三首:

> 两翁归隐非难事,唯要传家好儿子。
> 忆昔汝翁如汝长,笔头一落三千字。
> 世人闻此皆大笑,慎勿生儿两翁似。
> 不知樗栎荐明堂,何以盐车压千里。

这是说明,是传统的、教训的、批评的,很浅薄,在诗中不能成立。要说到"沧海横流却是谁",学诗单注意及此便坏了。

想象盖本于实际生活事物,而又不为实际生活事物所限,故近于幻想而又与之不同。老杜:

> 浮云连阵没,秋草遍山长。
> 闻说真龙种,仍残老骕骦。
> 哀鸣思战斗,迥立向苍苍。
> 　　　　　　(《秦州杂诗二十首》其五)

数句是想象而非幻想,想象非实际生活而本于实际生活。死于句下是既无想象又无幻想。宋诗幻想不发达,有想象然又为理智所限,妨碍诗之发展。

东坡好为翻案文章,盖即因理智发达,如其"武王非圣人也"(《武王论》),然亦只是理智而非思想。思想是平日酝酿含蓄后经一番滤净、渗透功夫,东坡只是灵机一动,如其《登州海市》(七言古)引退之诗"岂非正直能感通"(《谒衡岳庙遂宿岳寺题门楼》)。苏写登州海市,海市冬日不易有,而东坡于冬日一祷告,便有海市出现:

岁寒水冷天地闭,为我起蛰鞭鱼龙。
重楼翠阜出霜晓,异事惊倒百岁翁。

于是联想到韩诗:

潮阳太守南迁归,喜见石廪堆祝融。
自言正直动山鬼,岂知造物哀龙钟。

前曰"异事惊倒百岁翁",此又曰"岂知造物哀龙钟",此比韩近人情味,亦翻案。又:

天门夜上宾出日,万里红波半天赤。
归来平地看跳丸,一点黄金铸秋橘。
          (《送杨杰》)

"万里红波半天赤"句没想象,而老杜"秋草遍山长"好。由此可知,文学注意表现更在描写之上。作诗时更要抓住诗之音乐美。苏之"万里"句,既无威风又无神韵。再如其"魂飞汤火命如鸡"(《狱中寄子由》),真幼稚。老杜则虽拙而不稚。

宋诗无幻想,想象力亦不够,故七古好者少,反之倒是七绝真有好诗。如东坡《赠刘景文》:

荷尽已无擎雨盖,菊残犹有傲霜枝。
一年好景君须记,最是橙黄橘绿时。

有想象。秋景皆谓为衰飒、凄凉,而苏所写是清新的,亦如"秋草遍山长",字句外有想象。至其《惠崇春江晚景》:

竹外桃花三两枝,春江水暖鸭先知。

蒌蒿满地芦芽短,正是河豚欲上时。

"竹外桃花三两枝",直煞;而"春江水暖鸭先知"句,有想象;惠崇春江绝不能画河豚,而曰"正是河豚欲上时",好,有想象。

黄山谷有《题阳关图》:

断肠声里无形影,画出无声亦断肠。

想见阳关更西路,北风低草见牛羊。

着力,真是想疯了心。找遍苏集无此一首。然山谷乃 second-hand 之诗人,第二手,间接得来,拿人家的——北朝民歌《敕勒歌》"风吹草低见牛羊",整旧如新。凡山谷出色处皆用人之诗,整旧如新。

诗有诗学,文有文法。有文然后有法,而文不必依法作。读诗非读玄。

诗之工莫过于宋,宋诗之工莫过于江西派——山谷、后山、简斋。

宋人对诗用功最深,而诗之衰亦自宋始。

凡一种学说成为一种学说时,已即其衰落时期。上古无所谓诗学反多好诗,既有诗学则真诗渐少,伪诗渐多。老子说"大道废"然后"有仁义"(《道德经》十八章)——顺言;庄子说"圣人不死,大盗不止"(《庄子·胠箧》)——反言。大道不衰,何来仁义?凡成一种学问即一种口号——有了口号就不成。"掊斗折衡,而民不争"(《庄子·胠箧》)。

凡一种名义皆可作伪。所谓伪诗,字面似诗,皆合格律,而内容空虚。后人之陈旧不出前人范围,盖俗所说"太阳底下没有新鲜的事"。不讲货,但注意"字号",此诗之所以衰。故说"具眼学人",学人须具眼,始能别真伪。大诗人应如工厂,自己织造,或不精致而实在自己出的。伪诗人如小贩,乃自大工厂趸来,或装潢很美丽,然非自造。诗应为自己内心真正感生出来,虽与古人合亦无关。不然虽不同亦非真诗。

第二十讲

陈与义诗简讲

第一节

陈诗之"诗味"

陈与义,字去非,号简斋,汝州叶县人。生于洛阳,故又为洛人。政和初登第,绍兴中官至参知政事。《宋史》有传。《四库全书总目提要》言简斋尝以《墨梅》诗受知于徽宗,又言高宗尤喜其"客子光阴诗卷里,杏花消息雨声中"(《怀天经智老因访之》)之句。

简斋之生,较元祐诗人稍晚,故吕本中①《江西诗社宗派图》中不列其名。至方回②《瀛奎律髓》言诗当以杜甫为一祖,以黄庭坚(山谷)、陈师道(后山)、陈与义(简斋)为"三宗"。③ 简斋自言曰:诗至老杜极矣,苏黄公后振之而正统不坠。东坡赋才大,故解纵绳墨之外而用之不穷;山谷措意深,故游咏玩味之余而索之益远。要必识苏黄之所不为,然后可以涉老杜之涯涘矣。④

简斋"客子光阴诗卷里,杏花消息雨声中"二句并不伟大,而是诗,此必

---

① 吕本中(1084—1145):字居仁,号紫薇,世称东莱先生,祖籍寿州(今安徽寿县),自高祖徙居开封(今属河南)。南北宋之交诗人,著有《东莱先生诗集》。
② 方回(1227—1307):字万里,号虚谷,徽州歙县(今属安徽)人。宋末元初诗人,论诗推崇江西派诗风,编选《瀛奎律髓》四十九卷。
③ 方回《瀛奎律髓》卷二十六评陈与义《清明》有言:"古今诗人,当以老杜、山谷、后山、简斋四家为一祖三宗,余可预配飨者有数焉。"
④ 《简斋集原引》:"诗至老杜极矣,东坡苏公、山谷黄公奋乎数世之下,复出力振之,而诗之正统不坠。然东坡赋才也大,故解纵绳墨之外而用之不穷;山谷措意也深,故游咏玩味之余而索之益远,大抵同出老杜而自成一家,如李广、程不识之治军,龙伯高、杜季良之行己,不可一概语也。近世诗家知尊杜矣,至学苏者乃指黄为强,而附黄者亦谓苏为肆,要必识苏黄之所不为,然后可以涉老杜之涯涘。"

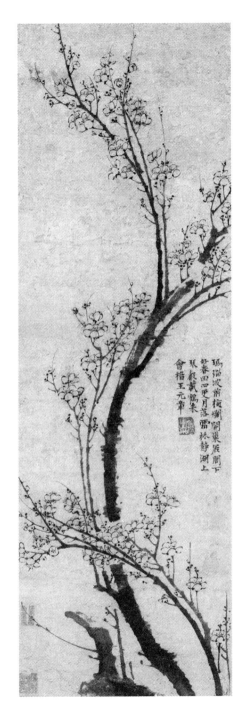

>>> 陈与义尝以《墨梅》诗受知于宋徽宗,又传宋高宗尤喜其"客子光阴诗卷里,杏花消息雨元声中"的诗句。图为元朝王冕《墨梅图轴》。

心思细密之作,绝非浮躁之言。支撑国家和社会的青年,是中坚,是柱石,不可心浮气粗,要心思周密,而心胸要开扩。着眼高,故开扩;着手低,故周密。对生活不钻进去,细处不到;不跳出来,大处不到。《离骚》我们学不了,而应读,读之可开扩心胸。

前所言"客子"二句,全诗是:

今年二月冻初融,睡起苕溪绿向东。
客子光阴诗卷里,杏花消息雨声中。

此诗实前二句更好,三、四句小气,此才力、体力不够故也。王维《奉和圣制从蓬莱向兴庆阁道中留春雨中春望之作应制》:

云里帝城双凤阙,雨中春树万人家。

京城春色,大气。(北京真如山。)"春色满园关不住,一枝红杏出墙来"(叶绍翁《游园不值》),亦小气。简斋诗就全体看似不深刻、不伟大,而总有一二句真深刻伟大。才力不够可以学力济之,而体力不够便没法。此首诗后二句该拼命了,若老杜就拼了,而简斋则不成了。诗人中有志之士原亦想有一番作为,而结果不成,其志可嘉,其力不足。

Human, All Too Human,尼采(Nietzsche)著作。俗人、世人,太人味。Superman(超人)。大诗人、大思想家,其感觉、思想往往与吾辈凡人不同,是超人。凡优柔寡断之人一事无成,就是太人味了。中庸之士只在古人圈套中转,是诗人也不好。

简斋,poet, too poetic(诗人,太诗味)。

简斋有《试院书怀》:

细读平安字,愁边失岁华。

疏疏一帘雨,淡淡满枝花。

投老诗成癖,经春梦到家。

茫然十年事,倚杖数栖鸦。

这样的诗放在谁的集子里都成,只"疏疏一帘雨,淡淡满枝花"一联,尚颇可代表简斋作风,近于晚唐,与两宋其他作家不同。简斋诗学晚唐而清新。

作诗太诗昧了,是因为诗的情调太多而生的色彩太少。陶渊明、杜工部诗,生的色彩浓厚、鲜明而生动。晚唐诗生的色彩未尝不浓厚、不鲜明,而不生动。如李义山有诗的情调,也有生的色彩,但不太生动,只是静止。如:

君问归期未有期,巴山夜雨涨秋池。

何当共剪西窗烛,却话巴山夜雨时。

(《夜雨寄北》)

这首诗技术非常成熟,情调非常调和,可代表义山。诗如燕子迎风,蜻蜓点水,方起方落,真好。① "君问归期"后若接"情怀惆怅泪如丝"便完了。义山接"巴山夜雨涨秋池",好,自己欣赏、玩味自己(欣赏还不是观察研究)。欣赏外物容易,欣赏自己难。诗人之艺术但有"觉"(感觉)还不成,还要有自我欣赏。自我欣赏从自觉来。平常自赏是自喜,风流自赏(喜),孤芳自赏。余所说自赏有自觉、自知的根基。人有感觉、思想,必更加以感情的催动,又有成熟的技术,然后写为诗。义山写此诗有热烈感情而不任凭感情泛滥。写诗无感情不成,感情泛滥也不成,当有轨道。所以诗人当能支配自己感情,支配感情便是欣赏。在"君问归期"我说"未有归期"时,

---

① 叶嘉莹此处有按语:比喻好。

正是"巴山夜雨涨秋池",说"涨"非肉眼所见,是心眼见。后两句绕弯子欣赏,把感情全压下去了。然而太诗味了,不好。感情热烈还有工夫绕弯子?冲动不够,花样好,欣赏多。

中国一切都是技术成熟,冲动不够。生的色彩浓厚、鲜明、生动,在古体诗当推陶公、曹公,近体诗则老杜。如:

哀鸣思战斗,迥立向苍苍。

（杜甫《秦州杂诗二十首》其五）

老杜七绝,人多选《江南逢李龟年》一首,此乃晚唐作风所由出,非老杜之所特长,老杜七绝之好处在于其他诗人以为可笑之处。蛟龙在云中是飞腾变化,世人为所震撼;而世人见池龙便笑之,其实池龙之蟠屈亦胜于鱼虾远矣。老杜《江畔独步寻花七绝句》:

走觅南邻爱酒伴,经旬出饮独空床。

（其一）

生的色彩浓厚、生动。老杜也有自我欣赏,而其中仍有生的色彩。花开何可不看?不几日花便落了。看花何可不饮酒?故不惜"经旬出饮"也。平常诗是音乐的演奏,老杜诗虽也有音乐美,而尚不失生命的颤动。普通写诗只是技术的训练,而诗人的修养是整个的生活,要在行住坐卧上下功夫。佛家说"转烦恼成菩提（智慧）",则其中有乐,以明照破黑暗,以乐打破烦恼,非另外有菩提。菩提种子愈大,烦恼愈多。

转世法为诗法。陶公、曹公转世法为诗法是有办法,老杜转世法为诗法则是无办法——"此身饮罢无归处,独立苍茫自咏诗"（《乐游园歌》）。曹公是英雄中的诗人,老杜是诗人中的英雄。老杜"此身饮罢"二句,实与简斋"一壶不觉丛边尽,暮雨霏霏欲湿鸦"（《微雨中赏月桂独酌》）一鼻孔出气,而一大一小,相同是欣赏自己的悲哀,而不是有办法,生的色彩不鲜明、不浓厚,便只有诗法没有世法。

前讲诗法、世法时曾说:诗法离开世法站不住。人在社会上不踩泥、不吃苦、不流汗,不成。人穿鞋是为踩泥,何可惜鞋而不踩泥?老杜什么都写,有时也太不自爱惜,别人是太爱惜了,这年头儿不能干净而要干净。

可以入佛而不可以入魔,人要经得起魔鬼试验。有人是世法根本就不深,如孟浩然、韦应物,既未如曹之带兵,又未如陶之种地,当然只有诗法,没有世法。而简斋则不然,简斋经过困苦艰难,身经"靖康之乱",颇似老杜经"天宝之乱"。原为老杜之世法,而写孟、韦之诗法,此不是天才不够不能写,便是胆量不够不敢写。人遇困苦艰难要担起来,既上阵便须冲锋,"鞠躬尽瘁,死而后已"(诸葛亮《后出师表》),不可逃避,临阵脱逃。逃避艰难困苦的诗人,便是人生阵头的逃兵。孟浩然、韦应物则根本未上阵,用不着冲锋。

第二节

陈与义长题诗

简斋在乱中有诗《正月十二日自房州城遇金兵至奔入南山,十五日抵回谷张家》(题目中"金兵"字,依四库本,他本又作"虏"),此长题岂非老杜世法题目?诗之首二句曰:

久谓事当尔,岂意身及之。

这两句真沉痛,但不颤动。此是散文不是诗,诗可有此意,而不可如此写。(陶渊明写绝不然。)就此二句可看出简斋受黄山谷、陈后山影响,山谷、后山是要将长句缩短,用锤炼的功夫。此不能不说是修辞上的功夫,而若认定该如此便毫无生动了,无水流花开之美。简斋"疏疏一帘雨,淡淡满枝花",虽不是水流花开,也绝不似山谷、后山之如石如铁。

"斗酒双柑,往听黄鹂",记六朝戴颙事。① 此是"出",摆脱尘世,跳出人生,没入自然,整个人格与大自然融为一体。诗中富于人生色彩的未必是积极的,有的是伤感、消极,停顿在一点,咀嚼、玩味自己的悲哀(此较欣赏更深入)。此虽非积极,然尚能咀嚼玩味。后之诗人多不免沾染佛家皮毛、道家糟粕,能免乎此者不是糟得要不得,必是伟大的诗人,如曹公。愈到后世,对人生愈进不去,不能入;不能入也不能出。进,需要点力量;出,

---

① 唐朝冯贽《云仙杂记》卷二"俗耳针砭诗肠鼓吹"条引《高隐外书》:"戴颙春携双柑斗酒,人问何之,曰:'往听黄鹂声。此俗耳针砭,诗肠鼓吹。汝知之乎?'"戴颙,字仲若,谯郡铚(今安徽宿州)人。晋宋之际以隐逸闻世,善鼓琴,工书画。

需要点才气。吾辈凡人既无进去的力量,又无出来的才气,陈简斋盖即如此。末流诗人多是未能入,何论出?在人生旁观地位而又不能清楚观察,如西洋作家之冷嘲热讽。站在旁观地位去写人生,能入能出,仍当推陶公。太白则视人生如敝屣,长篇诗火气未退,太白绝句好。

说到"出",一是轻视,一是厌恶。轻视亦有二种:一种是自欺,吃不到葡萄说葡萄酸;一种是根本生来就看不起。神+兽=人,二者一偏,一去不返。轻视是天生没看起,厌恶是醉饱后的呕吐,再见后看也不看,不见时想也不想。天生轻视者少,厌恶者多。鲁迅先生说释迦牟尼对人世享受是醉饱后的呕吐。①《佛本行经》记,释迦幼年时极天下之养。佛之出家是败子回头,由低反高;而若忠臣惜死,则是由高反低。进入得愈深,出来得愈高,凡人世所必有的条件,出家后都不该有。只在人世浮沉,入得也不深,出来得也不会高。某禅宗大师曰:"人冷一晌热一晌,便了却一生。"平常人三天打鱼,两天晒网,一曝十寒,冷一晌,热一晌,了却一生。若如班超之投笔从军,扔下后再也不干了,也使人佩服。

简斋《正月十二日自房州城遇金兵至奔入南山,十五日抵回谷张家》诗中又有句:

> 避兵连三年,行半天四维。
> 我非洛豪士,不畏穷谷饥。
> 但恨平生意,轻了少陵诗。
> 今年奔房州,铁马背后驰。
> 造物亦恶剧,脱命真毫厘。
> 南山四程云,布袜傲险巇。
> 篱间老炙背,无意管安危。

---

① 鲁迅《三闲集·柔石作〈二月〉小引》:"但是,瞿昙(释迦牟尼)从夜半醒来,目睹宫女们睡态之丑,于是慨然出家,而霍善斯坦因以为是醉饱后的呕吐。"

简斋才真短,"今年奔房州,铁马背后驰",不只模糊,简直空洞。苏子由曰:"气可以养而致。"(《上枢密韩太尉书》)余以为"力可以养而致"。且看老杜《彭衙行》:

> 忆昔避贼初,北走经险艰。
> 夜深彭衙道,月照白水山。
> 尽室久徒步,逢人多厚颜。
> 参差谷鸟吟,不见游子还。
> 痴女饥咬我,啼畏虎狼闻。
> 怀中掩其口,反侧声愈嗔。
> 小儿强解事,故索苦李餐。
> 一旬半雷雨,泥泞相牵攀。
> 既无御雨备,径滑衣又寒。
> 有时经契阔,竟日数里间。
> 野果充糇粮,卑枝成屋椽。
> 早行石上水,暮宿天边烟。

此在老杜尚非精心结撰之作,老杜真会写,也真卖力气。简斋不是不会,便是不卖力气。简斋写一条线,老杜写一片。

做诗人是苦行,一起情绪须紧张(诗感);又须低落沉静下去,停在一点;然后再起来,才能发而为诗。诗的表现:(1) 诗感,(2) 酝酿,(3) 表现。首先,诗感是诗的种子,佳种;其次,冷下去则为酝酿时期,冷下去酝酿(发酵);然后才能表现。

事、生活(酵母)——→ 酝酿(发酵)——→ 文(作品)

简斋《正月十二日自房州城遇金兵至奔入南山，十五日抵回谷张家》一诗，根本未发酵。诗是表现（expression），不是重现（re-appearance），事的"真"不是文学的真，作品不是事的重现，是表现。

陈简斋《十月》有：

睡过三冬莫开户，北风不贷芰荷衣。

此二句中"芰荷衣"，出于楚辞《离骚》：

制芰荷以为衣兮，集芙蓉以为裳。

《离骚》二句是象征，是幻想。

象征非幻想，而必须有幻想、有联想的作家才能有象征的作品。象征多是幻想，譬喻多是联想，如"眉似远山山似眉"，"眉"与"远山"二者皆实有，唯诗能联不相干之二者为一身。至于象征、幻想，根本无此事物，"芰荷为衣""芙蓉为裳"乃现实中所不能有，而诗人笔下有，且是真实的有。

幻想又非理想。理想是推理，有阶段性；幻想无阶段，是跳跃的。幻想非理想，而其中又未尝不有理想，否则不会成为象征。诗人笔下之幻想若无象征意味，不成其为诗。

屈子的象征司马迁能懂，其《屈原列传》曰：

其志洁，故其称物芳。

"物芳"象征的是"志洁"，亦即不同于流俗，高出于尘世。此二句志洁、物芳互为因果。作者：志洁──→物芳；读者：物芳──→志洁。此非世法，亦非出世法，是诗法。

简斋亦有此意否？

第二十一讲

真实诗人陆放翁

明"前后七子"①有复古运动,提倡汉魏盛唐文学,如唐代韩愈之"非三代两汉之书不敢观"(《答李翊书》),而其创作离所提倡的标准甚远。清以后盛行宋诗,多学江西诗派黄山谷。通常所谓宋诗乃江西诗派之专称,西昆体及陆游不在内。如唐人称"花"专指牡丹,成都称"花"指海棠。故若以江西诗派为宋诗代表,乃去北宋之西昆与南宋之放翁言之。

陆放翁诗七律、七绝好,尤以七绝为佳。在江西派后出陆一人,真为了不起人物。实则陆乃大师,量亦多,六十年来万首诗(廿岁——八十岁),陆廿岁以前之诗皆不要。西洋人往往四十岁后不作,或此前不作,老来忽作。中国如此者甚少,唯高适,五十后始学为诗。通常人只要不死,一直作。放翁亦如此,唯更忠实一点,而又以多故易流于滥,可以不作而仍作,如标题中类有"久不作诗,吟成一首"之语。

放翁虽非伟大诗人,而确是真实诗人,先不论其思想感染,即其感情便已够得上真的诗人。忠实于自己感情,故其诗有激昂的,也有颓废的;有忙迫的,也有缓弛的。别人有心学渊明、浩然,于是不敢写自己忙迫、激昂之情感,此便算他忠于陶、孟(其实也难说),但他不忠于他自己。天下没有不忠于自己而能忠于别人的。若有,真是奇迹。放翁忠于自己,故其诗各式各样。因他忠于自己,故可爱,他是我们一伙儿。俗说"他乡遇故知",难

---

① 前后七子:明朝中叶两个文学复古流派,"前七子"以李梦阳、何景明为代表,后七子以李攀龙、王世贞为代表。前七子强调文章学秦汉,古诗崇汉魏,近体宗盛唐;后七子很大程度上承接了前七子的文学思想。

道他乡人不是人么？但总觉不亲近。一个诗人有时候之特别可爱，并非他作的诗特别好、特别高，便因他是我们一伙儿。

放翁忠实于自己。但放翁诗品格的确不太高。品格是中国做人最高标准，一辈子也做不完、行不尽。放翁诗品格不高，或因其感情丰富，不能宽绰有余。"六十年间万首诗"（《小饮梅花下作》），便因其忠于自己，感情丰富，变化便多，诗格不高而真。

魏武帝诗云：

> 老骥伏枥，志在千里；
> 烈士暮年，壮心不已。
>
> （《步出夏门行·龟虽寿》）

放翁诗云：

> 心如病骥常千里，身似春蚕已再眠。
>
> （《赴成都泛舟自三泉至益昌谋以明年下三峡》）

放翁为此诗时或尚未甚老，故不曰"老骥"，而曰"病骥"。病骥虽志在千里，而究竟已不能行千里；蚕再眠后便已无力，有心无力。除非是行尸走肉那样的人，否则人到老年、病中，总有"心如病骥"二句之心情。放翁此二句真实。

在中国诗中最讲诗品、诗格。中国人好讲品格，是好。西洋有言曰：我们需要更脏的手，我们需要更干净的心。更脏的手什么事都能做，扫地、除厕所。中国人讲究品格是白手，可是白得什么事全不做，以为这是有品格，非也。所以中国知识阶层变成身不能挑担，手不能提篮。鲁迅先生说的，给你四斤担能挑么？三里路能走么？老夫子说："吾少也贱，故多能鄙事。"(《论语·子罕》)此不言,岂为老夫子?现在人只管手,手很干净,他心都脏了、烂了,而只要身上、脸上、手上干净。我们讲品格,可是要讲心的品格,不是手的干净。书亦有书的品格,好书"天""地"都宽,宽绰有余。此是中国艺术文学的灵魂。现在书是黑纸,新五号字,没有"天""地"头,真是败态子。鲁迅先生生前印书,铅字间夹铅条。鲁迅先生富于近代精神,而他有中国传统美德。下棋亦有品格,棋品高的不但输了不急,赢了也不赶尽杀绝。"其争也君子"(《论语·八佾》),要强是要强,要好是要好,而心要宽绰。然而若转下去,便流于阿 Q,差以毫厘,谬以千里。

"如病骥""似春蚕"二句,格虽不高但真。放翁此种诗最易学。余有旧作"心似浮云常蔽日,身如黄叶不禁秋"(《病中作》[①]),"浮云蔽日"是说常有乱七八糟思想。人要有思想、感想、联想,这是好的;而妄想、眩想、胡想要不得,所以说"浮云蔽日"。余之二句即学放翁此二句。

读诗须有入处,余之七律自宋诗放翁入,后不能改。律诗原不好作,余有时作诗故意倒字[②],因平稳易入放翁路数。余七律有二句"巷后巷前泥滑滑,城南城北雨茫茫"[③],"巷后巷前"是因平仄,否则当为"巷前巷后"。"城南城北",杜诗有"欲往城南望城北"之句。余住城北。或拟以前句为"巷尾街头",对下句"天涯地角",如此则一是说得雨太大,二是对得太工。太工,在词中可,在诗中不可。《十四日又雨,归自西城再赋》[④]较前一首好:

青杨叶重柳枝低,门外方塘水漫堤。

卖菜呼声巷前后,断云分雨市东西。

愁边心绪浑无那,高处楼台望欲迷。

---

① 《病中作》(1923),见《顾随全集》卷一,石家庄:河北教育出版社,2014 年第 1 版,第 366 页。
② 叶嘉莹此处有按语:谓拗字。
③ 此二句出于《五月十二日雨中到校,青峰索阅近作,归来成句四韵》(1943),见《顾随全集》卷一,石家庄:河北教育出版社,2014 年第 1 版,第 450 页。
④ 《十四日又雨,归自西城再赋》(1943),同上书,第 450 页。唯"无那"作"无赖"。

泥滑早知行不得,鹧鸪犹自尽情啼。

"青杨"句,乃自韩愈"芭蕉叶大栀子肥"(《山石》)句变来;"无那",那,"奈何"之谐声;"泥滑滑""行不得",皆鸟啼声。宋人诗云:"贪多要自难割爱,爱好何尝非是贪。"学七律当少读放翁诗,盖放翁诗少唐人浑厚之味,而人最易受其传染。应小心。余当日恨学不像,今日恨去不尽。俗所谓"见猎心喜",佛家所谓"积习难改"。

梁襄王问:"天下恶乎定?"孟子曰:"定于一。"(《孟子·梁惠王上》)固然孟子所说"定于一"是王天下,吾所言"定于一"是学道学文,"颠沛必于是""造次必于是"(《论语·里仁》)。放翁非圣贤仙佛,心不能"定于一",有时就痛快,有时就别扭。如不是心特殊平静,很难不如此。

放翁忠实于自己的感情,其诗多,诗的方面也多,有什么说什么。

儿童冬学闹比邻,据案愚儒却自珍。
授罢村书闭门睡,终年不著面看人。

(《秋日郊居》其七)

现在先不讲其思想,讲其作诗时的心情。此情尚无人道及——自珍,自己爱惜自己。以放翁之脾气,侍候于公卿之门,奔走于势利之途;一个人除非没品格,稍有品格,便知恭维人真是面上下不来,心上过不去。放翁有感觉,必有感于此。但既做官便不免如此,不如村夫子尚能自珍,保存自己天真——"终年不著面看人"! 从此诗中看出放翁有消极,但放翁是意在恢复、有志功名的。他羡慕那个村夫子但做不到,既有心恢复、志在功名,怎能"不著面看人"? 连"不著面"也做不到!

一个人要向上向前,但我们也爱一个忠于自己感情的人,虽然在理想上稍差,但是可爱。一个小孩子没有理想可言,但是可爱。放翁虽志在恢复、有意功名,而有时也颇似小孩子可爱。

> 著囊药笈每随身,问病求占日日新。
> 向道不能渠岂信,随宜酬答免违人。
>
> >（《甲子秋八月偶思出游,往往累日不能归,或远至傍县。凡得绝句十有二首,杂录入稿中,亦不复诠次也》其五）

人有时真要脸皮厚一点儿,心未免歪一点儿。这是平常人。一个非常人心永远正,平常人到某种场合,脸不免老,心不免歪,而吃亏在有感觉。自此首观之,这老人很随和,并非那样偃老头子。

在我们看来,天真是很可爱的。但处世还不可太天真了。一个诗人要天真,你想做什么做什么,想说什么说什么。但若如此,便不免碰钉子、吃苦。放翁天真、诚实（没有天真不诚实的）,但就因此吃苦、碰钉子。

> 志士山栖恨不深,人知已是负初心。
> 不须先说严光辈,直自巢由错到今。
>
> >（《杂感》其一）

> 劝君莫识一丁字,此事从来误几人。
> 输与茅檐负暄叟,时时睡觉一频伸。
>
> >（《杂感》其二）

一个小孩子在家庭中总受虐待,若软弱者则不免消极颓丧;其强者虽也不言不语,但长大了可做一番事业。动心忍性,此非身体不健,乃心理不健,甚至会由愤慨变为左性。若由左性而为变态,更了不得。（如张献忠之好杀人,盖亦心理变态。）

"志士"一首诗,简直有点左性了。至若"劝君"一首品格虽不高,但不能说不真。像这样的诗,放翁写得不是不天真、不诚实,但少诗味。"劝君"

一首情感仍是此情感,而作风变了。"巢由",巢父、许由,尧时人。"尧让天下于许由。"(《庄子·逍遥游》)"频伸",动作不好看。有许多自己舒服的事不好看,好看的事并不舒服。

诗本是抒情的,但近来余觉得诗与情是不两立的。小诗本是抒情的,但情太真了往往破坏诗之美,反之,诗太美了也往往遮掩住诗情之真,故情真与辞美几不两立,必求情真与辞美之调和。古今诗人中很少有人能做到此点之完全成功。余赞美"三百篇",并非开倒车,实在是它情既真而写得也美。至于《离骚》,虽千古佳作,而到情感真实热烈时,写的不是诗;到写的是诗的时候,又往往被诗之美遮掩了情之真。如放翁之诗,虽不限制你有此感情,但不能老写这样诗,这样使你诗没有长进。

姜愈老愈辣,放翁亦然。

> 黍醅新压野鸡肥,茆店酣歌送落晖。
> 人道山僧最无事,怜渠犹趁暮钟归。
> （《杂题》其四）

放翁诗到晚年有一特殊境界,即意境圆熟、音节调和。若前所举"志士""劝君"二首则不免锋芒毕露,是矛盾抵触的,又可谓之为"撑拒",意境撑拒,不圆熟。放翁晚年圆熟,但诗品仍不高。此诗"黍醅""茆店"二句是说,日尽管落,我喝我的、吃我的;"人道""怜渠"二句是说,你出家人还是免不了烦恼,还不如我,比闲人还闲。一个人老在愤慨情形(矛盾、撑拒)之下,往往成为左性,成为变态。此种人至社会,往往生出一种不良影响。先不用说张献忠,即如尼采(Nietzsche),有思想、有诗情,而他也有点心理不健康。这种人先不用说他给世人不良影响,他自己便活不了;先不用说活着苦,压根儿就不能活长。一个人性情不平和与吃东西不消化一样。放翁活那么大年纪,可见其心情不老是愤慨矛盾,也有调和之时。

>>> 姜愈老愈辣,放翁亦然。放翁诗到晚年有一特殊境界,即意境圆熟、音节调和。他晚年圆熟,但诗品仍不高。他活那么大年纪,可见其心情不老是愤慨矛盾,也有调和之时。他活到八九十岁,必于愤慨激昂外有和谐健康之时。图为宋朝陆游的行书《自书诗卷》。

原上一缕云,水面数点雨。
之觉春耕迟,耦行欲何处。
村父老可呼,陇上多故桑。
衣出迎宾,芋栗旋烹煮,为具白鸡。

小艇上时皆绿水,短筇到处即青山。
二十四考中书令,不换先生半日闲。

(《闲中自咏》)

我游南宾春暮时,蜀船曾系挂猿枝。
云迷江岸屈原塔,花落空山夏禹祠。

(《三峡歌》其九)

放翁内心有愤慨,是否也有和谐健康的时候?"二十四考中书令,不换先生半日闲"二句,虽明挑出一个"闲"字,似乎是和谐,实在不然,此亦自暴自弃(关于自暴自弃以下还要讲到)。唯前两句写得好——"小艇上时皆绿水,短筇到处即青山";"此岂无得而然哉?"(苏轼《方山子传》)这真有点健康和谐。不唯健康和谐,而且有文字美。杜甫《冬至》诗有两句:"年年至日长为客,忽忽穷愁泥杀人。"夏至,短至;冬至,长至。此二句为一诗首联,可是"对"着呢!放翁《秋夜将晓出篱门迎凉有感》,此诗为绝句,而"三万里河东入海,五千仞岳上摩天"两句,恰似律诗后半。李义山"浮世本来多聚散,红蕖何事亦离披"(《七月二十九日崇让宅宴作》),看似不对,其实对。又如老杜之"酒债寻常行处有,人生七十古来稀"(《曲江二首》其二),此二句及前义山二句都是流水对。(常,used to;尝,sometimes;长,always。)放翁"小艇上时皆绿水,短筇到处即青山"亦对得美,只"三万里河"二句,纯为骈句。

放翁活到八九十岁,必于愤慨激昂外有和谐健康之时,如上所举《三峡歌》,原写去国离乡之情,但他写得多美。暮春时节,先不用愤慨,已多伤感情调。中国古人真是有感觉,先不用说思想。人在暮春原是伤感情调,何况放翁离乡去国?"云迷江岸"尚是具体的,到"花落空山"则一片空灵。放翁诗中盖无美过此二句者。此仍为中国诗传统,无所谓善恶、是非、美丑、悲喜,就是一个东西。不能下一批评,一说就不是,纯乎其为诗。

西洋有所谓素诗(naked poetry)，朴素的诗，"云迷"二句不朴素，但一点别的成份没有，纯乎其为诗。即前说"二十四考中书令"一首也非纯诗，更无论"故旧书来"一首了：

> 故旧书来访死生，时闻剥啄叩柴荆。
> 自嗟不及东家老，至死无人识姓名。
> 　　　　　　　　　　　　（《杂感》其九）

即使不是纯诗，但真把一样不是诗的东西写成诗了，这不过是诗人本领技术高才写成诗了。大诗人无所不能写，但不写事物本身非诗者。"云迷""花落"，即使放翁不写，此事物也仍是诗。"云迷江岸屈原塔"，非屈原不可，如此伟大人物，塔在云迷之江岸；"花落空山夏禹祠"，非夏禹不可，如此伟大人物在空山中之祠住，暮春花落……真是诗。放翁此时真是健康。

放翁诗方面很多，虽不伟大，而是一诚实诗人。

中国自古便说"修辞立其诚"（《易传·文言传》），诚，从"言"义"成"声，而以兼士先生右文说，则"成"亦兼有义，不诚不成。放翁诚实，见到就写，感到就写，想到就写，故其诗最多，方面最广，不单调。初读觉得新鲜，但不禁咀嚼，久读则淡而无味。即使小时候觉得好的，现在也仍觉得好，所懂也仍是以前所懂，并无深意。

放翁诗多为一触即发，但也是胸无城府，是诚，但偏于直。老杜之诚是诚实，如"国破山河在，城春草木深"（《春望》），读之如嚼橄榄。放翁诗一触即发，可爱在此，不伟大亦在此。"水之积也不厚，则其负大舟也无力。"（《庄子·逍遥游》）

世家子弟也许其祖或父留给他许多财产、名誉、地位，但这些子弟多半不能自立，不是没有天才，只是懒了，坐吃山空。在周秦诸子因祖上无所遗留，故须自己思想，自己感觉，自己酝酿；有的作品，读后人感觉心太粗、太浮，便因古人留下的东西太多。

创作需要酝酿。如托尔斯泰、但丁(Dante)、歌德(Goethe),其伟大著作皆经若干年始能完成,"水之积也不厚,则其负大舟也无力"。可是,没等成功死了,怎么办?那也没办法。宁可不作,不可作了不好。所以我们想学文学,亦须注意身体。道家讲长生,佛家讲无生。但佛家生时也求延长寿命,不过与道家之求长生不同:佛之求长生是手段,长生以吃苦、得道;道家则是以长生为目的。(东方之人念佛求生西土,西方之人念佛求生何地?)

创作贵在酝酿,然而苏东坡又说"兔起鹘落,少纵则逝"(《文与可画篔筜谷偃竹记》),日人鹤见祐辅(原为 free thinker,但后来也转为法西斯了)《思想·山水·人物》(鲁迅译)其书亦曾言:"思想是小鸟似的东西。"此岂非与酝酿冲突?我们要用两方面的功夫。尤其是写大著作,必须要有酝酿功夫,至如写抒情诗 lyric,还须一触即发。《水浒》中的鲁智深是即兴诗人。即兴诗即抒情诗,但即兴诗绝不宜于长,绝不宜于多。如唐之即兴诗人(抒情诗人)王、孟、韦、柳,其诗集多为薄薄一本。孟浩然诗集最薄,但几乎每首都是好诗。即兴诗要作得快,不宜多,多则重复;不宜长,长则松懈。放翁便是如此,"水之积也不厚,则其负大舟也无力"。唐人绝句尤其五言,何以是古今独步?"兔起鹘落",唐人于此真是拿手。唐人每人都有五言绝句,但绝不多。创作愈短愈快,愈长愈慢。宋人不会作五言诗,不知何故。

放翁诗盖七言绝句最好。放翁诗修辞、技巧、音节好。在七律中修辞有重复之处,并非无变化,而万首诗安得不有重复?谭叫天唱戏有时减戏词儿,即避免重复。创作上之重复过多则可厌。七律八句,而中间四句又须对仗,原少变化,故易重复。

放翁诗中找不到奇情壮采。太白诗中奇情多,如《梦游天姥吟留别》,是奇情;老杜《观公孙大娘弟子舞剑器行》,是壮采。

放翁诗有奇气,如"早岁那知世事艰,中原北望气如山"(《书愤》)。放翁活的年岁大,到死气不衰,"王师北定中原日,家祭无忘告乃翁"(《示儿》)。放翁好使气而有时断气,老杜诗气不断。太白飞而能沉,飞而能镇纸,如《蜀道难》;老杜沉而能飞,如"天地为之久低昂"(《观公孙大娘弟子舞剑器行》),即此皆中气足;放翁飞不起来,沉不下去,有时气一提要断。鲁迅先生不喜听戏,有一篇文《社戏》,其中提到有唱老旦的龚云甫[①],他有时唱不接气。

今天要说放翁是有希望、有理想的,但他的理想未能实现,希望也成水月镜花。如此,则弱者每流于伤感、悲哀,强者则成为愤慨、激昂。放翁偏于后者,且由愤慨走向自暴自弃。(人劝他,他说,自当我死了!用硬话刺人。)放翁有自暴自弃的心情,此心情甚有趣:

拂剑当年气吐虹,喑呜坐觉朔庭空。
早知壮士成痴绝,悔不藏名万衲中。

(《观华严阁僧斋》)

此是放翁自暴自弃。前二句是自暴,后二句是自弃;早知如此还不如做个出家人!《杂感》中"故旧书来"一首亦然。但一个人老在愤慨心情下,且抱有自暴自弃心理,这样人便不能活了。所以一个人要健康,健康指灵、肉两方面(或曰心、物),有此健康才能生出和谐(调和),不矛盾,由此才能生出力量(集中)来。此点与宗教之修养同。此种力量才是真正力量。如放翁之愤慨、自暴自弃,是不健康、不调和,但他也有力量,而他的力量不是矛盾的,便是分裂的。没有一个矛盾不是分裂的,分裂的力量较集中的力量为小。特别是一个诗人,必要得到心的和谐,即使所写是矛盾、是分裂,而心境也须保持和谐。

[①] 龚云甫(1862—1932):名世祥,北京人。京剧演员,工老旦,唱腔新颖,做功细腻,代表剧目有《钓金龟》《六月雪》等。

鲁迅先生译厨川白村《苦闷的象征》，开篇曰：有二物摩擦时便有力。①摩擦是矛盾、是分裂，此岂不异于余之前说？然余在年轻时亦甚以为然，以为如水之激石，但近时对此颇不以为然。大河之水并无东西阻碍，只在堤中流，它的力量便已够大了，可以灌溉，可以行船。放翁愤慨，甚至有时自暴自弃。信陵君之"饮醇酒，多近妇女"（《史记·魏公子列传》），固是自杀，愤慨激昂是有志之士，但不是有为之士。

王荆公云："文章尤忌数悲哀。"（《李璋下第》）于此，恨不能起荆公于九原而问之：文忌悲哀，是否因悲哀不祥？先生莫不是写过这样文字而倒霉？其实是倒霉之人才写悲哀文字。不过，余之立意仍不在此。一个有为之士是不发牢骚的，不是挣扎便是蓄锐养精，何暇牢骚？

放翁诗写自己的悲剧也是真诚的。他的"菊枕"诗：

采得黄花作枕囊，曲屏深幌闷幽香。
唤回四十三年梦，灯暗无人说断肠。

少日曾题菊枕诗，蠹篇残稿锁蛛丝。
人间万事消磨尽，只有清香似旧时。

（《余年二十时尝作菊枕诗颇传于人，今秋偶复采菊缝枕囊，凄然有感》）

此二首诗有其不可磨灭的价值在，不伟大，亦可存在、流传——以其真，真的情感、真的景致。前无古人，后人学亦不及。虽小而好，虽好而小。多而好，唯李、杜能之，他人不可求全。

---

① 厨川白村《苦闷的象征》第一部分《创作论》开篇指出："有如铁和石相击的地方就迸出火花，奔流给磐石挡住了的地方那飞沫就现出虹彩一样，两种的力一冲突，于是美丽的绚烂的人生的万花镜，生活的种种相就展开来了。"

此二诗有本事,即《钗头凤》词。① 词并不好,事是悲剧。八十余岁时作诗提到沈园还难过,此二首乃六十余岁作。有时有沉痛情感而不能诗化、升华为诗,而陆放翁成功了。"七阳"韵是响韵,而陆此诗不响。四十三年前事同谁说?后妻、儿女皆不可与言,限于礼教、名誉、感情。不能说而说出一点,真好。"灯暗无人说断肠",泪向内流。打掉门牙向肚里咽,尚不令人难过;唯此诗不逞英雄,更令人难过。次首句子更平常而更动人。二十岁时旧稿,今则蛛丝皆满,况枕乃唐氏所缝,唯清香似四十三年前情味。第二首结句,"只有清香似旧时","支"韵是哑韵,句中用"香"字,"香"字响;第一首结句"灯暗无人说断肠","阳"韵是响韵,句中用"暗""无"。此乃调和之美。

放翁此二诗真,平易近人,人情味重。

"菊枕"诗之前三年,放翁有《沈园》二首:

城上斜阳画角哀,沈园非复旧池台。
伤心桥下春波绿,曾是惊鸿照影来。

梦断香消四十年,沈园柳老不吹绵。
此身行作稽山土,犹吊遗踪一泫然。

此二首较前所举"菊枕"二首露骨。此二首比前二首差三年,六十岁作,不如"菊枕"二首。第一首次句"沈园非复旧池台",是说什么都完了。第二首较第一首好,亦因次句好,"沈园柳老不吹绵",真令人销魂、断肠,树犹如此,人何以堪。(沈园乃鲁迅先生故乡,今有春波桥、禹迹寺。)

---

① 周密《齐东野语》卷一:"陆务观初娶唐氏,闳之女也,于其母夫人为姑侄。伉俪相得,而弗获于其姑。既出,而未忍绝之,则为别馆,时时往焉。姑知而掩之,虽先知挈去,然事不得隐,竟绝之,亦人伦之变也。唐后改适同郡宗子士程。尝以春日出游,相遇于禹迹寺南之沈氏园。唐以语赵,遣致酒肴。翁怅然久之,为赋《钗头凤》一词,题园壁间……实绍兴乙亥岁也。……未久,唐氏死。"

放翁八十岁后,梦过沈园,又有《十二月二日夜梦游沈氏园亭》二首:

> 路近城南已怕行,沈家园里更伤情。
> 香穿客袖梅花在,绿蘸寺桥春水生。
>
> 城南小陌又逢春,只见梅花不见人。
> 玉骨久成泉下土,墨痕犹锁壁间尘。

前首"绿蘸寺桥春水生","蘸",好在此,亦坏在此。次首较前首好,尤好在次句,"只见梅花不见人"!"沈园"之四绝即放翁了不起处,虽无奇情壮采而真,乃江西诗派所无。江西诗派但为理智,无感情。而诗究为抒情的,太理智了不是诗。西洋有哲学思想诗人,中国理学家诗好的少,即因无感情。放翁有真感情,对江西派革命,虽佩服而不走其路子。

平常人崇拜圣贤、英雄、仙佛,而与之相处必不舒服。世上无此等人则干燥寂寞,故需要英雄、圣贤、仙佛点缀,而吾辈俱是凡夫,不易与之相处。诗中有李、杜,如世之有仙佛,仙佛是好,而其所想离吾人太远,犹河汉之无极也。放翁则如老朋友辈谈心,即所谓平易近人,即所谓前所说他是"我们一伙儿"。

后人读放翁诗容易爱好,故易学成其味道。放翁以后之诗人,不管他晚年有何成就,他早年学诗初一下手时,必受放翁影响,不知不觉学放翁,其他显而易见专学放翁者更多,而后人学之者很难如陆之圆。

第二十二讲

词之三宗

江西诗派有"一祖三宗"之说,"一祖"为杜甫,"三宗"为黄庭坚(山谷)、陈师道(后山)、陈与义(简斋)。词史亦有"一祖三宗",词之"一祖"乃李后主,词之"三宗"乃冯延巳(正中)①、晏殊(同叔)、欧阳修(六一)。

词之"一祖"乃李后主。开山大师多是天纵之才,无师自通。李后主于词,可说是"先孔子而圣者,非孔子无以明;后孔子而圣者,非孔子无以法"(《孔子大成至圣文宣王碑》)。词之"一祖"姑不论,今且略说其"三宗"。

冯正中,沉着,有担荷的精神。中国人多缺少此种精神,而多是逃避、躲避,如"因过竹院逢僧话,又得浮生半日闲"(李涉《题鹤林寺僧舍》)。宁愿同学不懂诗,不作诗,不要懂这样诗,作这样诗。人生没有闲,闲是临阵脱逃。冯正中"和泪试严妆"(《菩萨蛮》),虽在极悲哀时,对人生也一丝不苟。

---

① 冯延巳(903—960):一名延嗣,字正中,广陵(今江苏扬州)人。南唐元老,工于词,著有《阳春集》。

第一节

晏殊清丽

胡适之讲大晏：

闲雅富丽之中带着一种凄惋的意味。(《词选》)

"闲"，安闲自在。"闲雅富丽"是外形，"凄惋"是内容。然胡氏所言只对一半，闲雅、富丽、凄惋之外还有东西。

金风细细。叶叶梧桐坠。绿酒初尝人易醉。一枕小窗浓睡。
紫薇朱槿花残。斜阳却照阑干。双燕欲归时节，银屏昨夜微寒。
(《清平乐》)

大晏此首除外表闲雅、内容凄惋外，则毫无可取。文学要"心物一如"，生活亦然，物质、心灵打成一片。作这样的词没这样的生活环境不成——物；有此生活而没这样心灵修养也不成——心。(虽陶、杜亦不成。)

大晏的特色乃是明快。此与理智有关。平常人所谓理智不是理智，是利害之计较，或是非之判别。文学上的理智是经过了感情的渗透的，与世法上干燥、冷酷的理智不同，这便是明快。如其《少年游》下片：

霜前月下，斜红淡蕊，明媚欲回春。莫将琼萼等闲分。留赠意中人。

冯正中对人生只是担荷，大晏则是有办法。《珠玉词》乃是《阳春词》的蜕化，并非相反。冯氏有担荷的精神，大晏有解决的办法。

韦端己有词：

> 春日游。杏花吹满头。陌上谁家年少、足风流。妾拟将身嫁与、一生休。纵被无情弃，不能羞。（《思帝乡》）

冯正中有词：

> 春日宴，绿酒一杯歌一遍。再拜陈三愿：一愿郎君千岁，二愿妾身常健。三愿如同梁上燕，岁岁长相见。（《长命女》）

善善从长，责备贤者。韦、冯写这样词是偶然的，大晏写"莫将琼萼等闲分。留赠意中人"不是偶然的，是意识了的。它如：

> 满目山河空念远，落花风雨更伤春。不如怜取眼前人。（《浣溪沙》）

> 不如怜取眼前人，免使劳魂兼役梦。（《木兰花》）

> 不如归傍纱窗，有人重画双蛾。（《相思儿令》）

> 闲役梦魂孤烛暗，恨无消息画帘垂。且留双泪说相思。（《浣溪沙》）

诗中非不能表现理智，唯须经感情之渗透。文学中之理智是感情的节制。感情是诗，感情的节制是艺术。（即如说话，人在得意时要少说话，在失意时也要少说话，在感情高潮时说话要小心，否则易伤别人感情。）普通人不是过，便是不及。李义山在某种程度上比老杜高就在此。义山诗"五更疏欲断，一树碧无情"（《蝉》），上句尚不过写实而已，下句真好，是感情的节制，诗之中庸。①

陶渊明诗有丰富热烈的感情，而又有节制，但又自然而不勉强。大晏词感情外有思力；"满目山河空念远"三句可为大晏代表，理智明快，感情是节制的，词句是美丽的。人生最留恋者过去，最希冀者将来，最悠忽者现在——现在在哪？没看见。人真可怜，就如此把一生断送了。"满目山河空念远，落花风雨更伤春"是希冀将来，留恋过去，而"不如怜取眼前人"是努力现在。"无可奈何花落去，似曾相识燕归来"二句，像小可怜儿，不如此三句。这样作品不但使你活着有劲，且使你活着高兴。（现在中国作品不但读后没劲，连读后使人自杀的作品都没有。）你不要留恋过去，虽然过去确可留恋；你不要希冀将来，虽然将来确可希冀。我们要努力现在。尽管留恋过去，希冀将来，而必须努力现在。这指给我们一条路。

大晏说"不如怜取眼前人"；"不如归傍纱窗，有人重画双蛾"，假如"眼前"无人可"怜"，"窗下"也无人"画双蛾"，则"且留双泪说相思"。义山有诗句：

可能留命待桑田。

（《海上》）

只论"留"字，义山此"留"字与大晏的"留赠意中人""且留双泪说相思"二"留"字同，而义山用"可能"二字是怀疑的；不如大晏，大晏是肯定的，不论成功、失败，都如此做。"正其谊不谋其利，明其道不计其功"（董仲舒语）②，

---

① 叶嘉莹此处有按语："一树"句是感情之艺术的表现，此即顾先生所谓"节制"，并非压抑。又按：大晏之节制有理性的反省、安排，与义山之纯指艺术表现者又有不同。

② 《汉书》卷五十六《董仲舒传》："夫仁人者，正其谊不谋其利，明其道不计其功，是以仲尼之门，五尺之童羞称五伯，为其先诈力而后仁谊也。苟为诈而已，故不足称于大君子之门也。"

道家有取无与,而真正的爱是给予、牺牲而非取得。大晏所表现的境界与渊明相似。

王国维《人间词话》云:

> 《诗·蒹葭》一篇,最得风人深致。晏同叔之"昨夜西风凋碧树。独上高楼,望尽天涯路",意颇近之。但一洒落,一悲壮耳。

《诗经·秦风·蒹葭》:

> 蒹葭苍苍,白露为霜。
> 所谓伊人,在水一方。
> 溯洄从之,道阻且长。
> 溯游从之,宛在水中央。

真是诗味。后人皆不免装腔作势,古人则自然,不假修饰。《蒹葭》首二句是兴,后六句说"伊人",并非实有其人,乃伊人之幻影,是幻影(幻想、幻象)之追求,故"宛在水中央"。《蒹葭》是平的,顶多有向背、顺逆之分而已。[1] 而晏同叔之:

> 昨夜西风凋碧树。独上高楼,望尽天涯路。(《蝶恋花》)

则更多一手——上下,真是悲壮、有力。此可代表中国文学之最高境界。张炎[2]"折得一枝杨柳,归来插向谁家"(《朝中措》),未尝不表现人生,非纯写景,而所表现是多么没出息、多么软弱之人生;大晏所写是多么有

---

[1] 叶嘉莹此处有按语:诗中所表现的是平面的追寻。
[2] 张炎(1248—1320?):字叔夏,号玉田,又号乐笑翁,凤翔府成纪(今甘肃天水)人,寓居临安(今浙江杭州)。南宋词人、词论家,著有《山中白云词》《词源》。

力、上进、有光明前途的人生。而好坏之相差,说远,远在天边;说近,其间不能容发。

上所举大晏一类词是好的,有希望,有前途;而此类最容易成为叫嚣。文学不是口号、标语。文学中最高境界往往是无意。《庄子·逍遥游》所谓"无用之为用大矣",无意之为意深矣——意,将就不行,要有富裕。无意之为意深矣,愈玩味,愈无穷;愈咀嚼,味愈出。有意则意有尽,其味随意而尽。要意有尽而味无尽。大晏便是如此。意——只此"昨夜西风凋碧树。独上高楼,望尽天涯路"三句十六字,而味无穷。作者是不得不如此写,以为必如此写始合于其心,而在读者看来,此种技术真是蛊惑,叫我们向右不能向左,叫我们向左不能向右,不仅是感动,简直被缠住了。正如歌德(Goethe)《浮士德》一出,唤起德国之魂,千百年以前的作品,到现在还生气虎虎。

最初所举大晏词尚是消极的,今所举"昨夜西风凋碧树"三句则是进取的。

大晏词尽管有无意义、无人生色彩的,而照样好、照样蛊惑人的。如其两首《破阵子》:

> 忆得去年今日,黄花已满东篱。曾与玉人临小槛,共折香英泛酒卮。长条插鬓垂。　人貌不应迁换,珍丛又睹芳菲。重把一尊寻旧径,所惜光阴去似飞。风飘露冷时。

> 燕子来时新社,梨花落后清明。池上碧苔三四点,叶底黄鹂一两声。日长飞絮轻。　巧笑东邻女伴,采桑径里逢迎。疑怪昨宵春梦好,元是今朝斗草赢。笑从双脸生。

"忆得去年今日"一首中,"长条插鬓垂"原是很平常,但写得好,说"长条"便"长条",说"插"便"插",说"垂"便"垂",此便是蛊惑。自大晏一传而为欧阳,再传而为稼轩。"折得一枝杨柳,归来插向谁家"便小气;而大晏"重把一尊寻旧径",真洒落。天下事无不可说,人大方说出来便大方。

"燕子来时新社"一首中,写东邻女伴"笑从双脸生",亦平常,但亦写得好。唐代李端①有《拜新月》诗:

> 开帘见新月,即便下阶拜。
> 细语人不闻,北风吹裙带。

诗不见佳,但意境好。拜月真是美事,女儿拜新月真是美的修养。每夜拜月,眼见其日渐圆满,心中将是何种感情?但李端"开帘见新月,即便下阶拜",写得像李逵,真写坏了。男女在意义上、人格上、地位上是平等的,但各有长短,如老杜与李白之各有长短(人各有长短,不以是分优劣),虽然女人也有男性化的,男人也有女性化的。纤细中要有伟大,宏大中要有纤细;纷乱中要有清楚,清楚中要有模糊。女性纤细,不害其伟大,但其纤细处男性绝到不了。(莎氏作品便失之粗,如中国老杜。)李诗接下"细语"句尚可,"北风吹裙带",用"东风""南风""西风"都不成,然亦绝不可用"北风"。易安②词不甚佳,但有时她所写的,男人绝写不出来:

> 海燕未来人斗草,江梅已过柳生绵。黄昏疏雨湿秋千。(《浣溪沙》)

无论从修辞上、从女性美上说,都较前一首李端诗为高。真调和,真美,尤其后一句"黄昏疏雨湿秋千",不是女孩子不会感到这些。

---

① 李端(738? —786):字正己,赵郡(今河北赵县)人。中唐"大历十才子"之一,才思敏捷,著有《李端诗集》。
② 易安:即李清照。李清照(1084—1155?),自号易安居士,济南章丘(今属山东)人。南宋女词人,著有《漱玉词》。

《珠玉词》选目：

1.《浣溪沙》（淡淡梳妆）

2.《浣溪沙》（一向年光）

3.《采桑子》（阳和二月）

4.《采桑子》（时光只解）

5.《清平乐》（金风细细）

6.《相思儿令》（春色渐芳）

7.《少年游》（重阳过后）

8.《玉楼春》（帘旌浪卷）

9.《凤衔杯》（青蘋昨夜）

10.《破阵子》（忆得去年）

11.《破阵子》（湖上西风）

12.《山亭柳》（家住西秦）

上选十二首，可分为三类：

A型：伤感词。大晏的伤感词如《浣溪沙》（一向年光）、《采桑子》（阳和二月）、《采桑子》（时光只解）、《凤衔杯》（青蘋昨夜）、《破阵子》（忆得去年）、《破阵子》（湖上西风）、《山亭柳》（家住西秦）。

B型：蕴藉词。大晏之蕴藉词如《清平乐》（金风细细）。此取其颇似晚唐诗者，在集中尚有。词比诗含蓄性差，词中此类作品少。现在新诗晦涩，（胡适新诗太显露。）矫枉过正。晦涩若只是作风上晦涩尚可，今之新诗则为意义上的晦涩，此要不得。废名①讲新诗举冰心②女士《父亲》请你"出来坐在明月里，我要听你说你的海"，说好只在此两句，虽然短，装下一个

---

① 废名(1901—1967)：原名冯文炳，湖北黄梅人。现代作家、诗论家，著有《谈新诗》。
② 冰心(1900—1999)：原名谢婉莹，笔名冰心，福建长乐人。现代作家、翻译家。著有诗集《繁星》《春水》、小说《超人》等。

海。① 诗人要说什么是什么,使人相信,而且明知是假也信;不然明知是真也不信。

词比诗显露,不含蓄,而其好亦在此。如"折得一枝杨柳,归来插向谁家",我们尽管轻它的无意义,平常的伤感,而忘不了,有魔力。《珠玉词》之蕴藉作品可以说是前无古人,后无来者。至于词是否当如此写,乃另一问题。(五言古最当蕴藉,故唐宋不及六朝,唐人尚可,宋人就不成。近人唯尹默先生五言古真好。)

C型:明快词。大晏之明快词如《浣溪沙》(淡淡梳妆)、《相思儿令》(春色渐芳)、《少年游》(重阳过后)、《玉楼春》(帘旌浪卷)。情、思,原是相反的,而在大晏词中,情、思如水乳交融。

鲁迅先生书简以为:读书不可只看摘句,如此不能得其全篇;又不能读其选本,如此则所得者乃选者所予之暗示。② 如张惠言③《词选》,寓言;胡适《词选》,写实;朱彊村④《宋词三百首》,晦涩。一个好的选本等于一本著作,不怕偏,只要有中心思想。

读词听人说好坏不成,须自己读。"说食不饱"。禅宗大师往往至要紧关头不说,讲懂了不如悟会了。

---

① 废名《谈新诗》第十二章《冰心诗集》中评论《父亲》一诗:"这首小诗,却是写得最完全,将大海与月明都装得下去,好像没有什么漏网了。"
② 鲁迅《且介亭杂文二集·题未定草六》:"选本所显示的,往往并非作者的特色,倒是选者的眼光。""还有一样最能引读者入于迷途的,是'摘句'。它往往是衣裳上撕下来的一块绣花,经摘取者一吹嘘或附会,说是怎样超然物外,与尘浊无干,读者没有见过全体,便也被他弄得迷离惝恍。"
③ 张惠言(1761—1802):字皋文,江苏武进(今江苏常州)人。清朝词学家,常州词派创始人,论词强调比兴寄托,编选《词选》。
④ 朱彊村(1857—1931):朱祖谋,一名孝臧,字古微,号彊村,浙江归安(今浙江湖州)人。"晚清四大词家"之一,著有《彊村语业》,编选《宋词三百首》。

第二节

欧阳修的清狂

宋代之文、诗、词三种文体,皆奠自六一。文,改骈为散;诗,清新;词,开苏、辛。欧文学之不朽,在词,不在诗、文。①

"晏欧清丽复清狂。"②晏,清丽;欧,清狂。清狂非狂妄。恶意的狂,狂妄,疯狂;好意的狂,"狂者进取"(《论语·子路》),狂者是向前的、向上的。"苏辛词中之狂"(王国维《人间词话》),而六一实开苏、辛之先河。

或以为苏、辛豪放,六一婉约,非也。词原不可分豪放、婉约,即使可分,六一也绝非婉约一派。胡适以为欧阳修词承五代作风,不然,不然。大晏与欧比较,与其说欧近于五代,不如说大晏更近于五代,欧则奠定宋词之基础。

若说大晏词色彩好,则欧词是意兴好。如其《采桑子》:

春深雨过西湖好,百卉争妍。蝶乱蜂喧。晴日催花暖欲然。
兰桡画舸悠悠去,疑是神仙。返照波间。水阔风高飏管弦。

清明上巳西湖好,满目繁华。争道谁家。绿柳朱轮走钿车。
游人日暮相将去,醒醉喧哗。路转堤斜。直到城头总是花。

---

① 叶嘉莹此处有按语:此盖谓以文学不朽论之,欧之作用在词,不在诗文。
② 此句出于《〈荒原词〉既定稿手写六绝句附卷尾》其三(1931),见《顾随全集》卷一,石家庄:河北教育出版社,2014年第1版,第89页。

>>> 宋代的文、诗、词三种文体，皆奠自欧阳修。他的不朽之处，在词，不在诗、文。图为明朝唐寅描绘欧阳修与文人雅士会集的《醉翁亭雅集图》。

中国诗偏于含蓄蕴藉,西洋诗偏于沉着痛快。词自五代至于北宋,多是含蓄。"二主"(南唐二主李璟[①]、李煜)沉着而不痛快,此盖与时代有关。(南宋稼轩例外。)六一以沉着天性,遇快乐环境,助其意兴,"狂"得上来。

"江碧鸟愈白,山青花欲燃"(杜甫《绝句二首》其二),语意皆工,句意两得。六一词"晴日催花暖欲燃",或曾受此影响,而意境绝不同。"江碧"二句是静的,六一词是动的,一如炉火,一如野烧。吾人读古人作品当如此。

"清明上巳西湖好"一首,前半阕蓄势,后半阕尤佳。此所谓"西湖",指安徽颍州西湖。(现在西湖都成平地了,一点水也没有了。)六一此首调子由低至高,是动的、热的。

静中之动,动中之静。文学创作是静,而又必须有静中之动。韦庄有词:

> 绿槐阴里黄莺语。深院无人春昼午。画帘垂,金凤舞。寂寞绣屏香一炷。 碧天云,无定处。空有梦魂来去。夜夜绿窗风雨。断肠君信否。(《应天长》)

静中之动。六一词是动的、热的;韦庄词是静的、冷的,静中有动。"绿槐阴里"是静,"黄莺语"是动。静中之动偏于静,动中之静偏于动。

能说极有趣的话的人是极冷静的人;最能写热闹文字的人是极寂寞的人。写热烈文字要有冷静头脑,寂寞心情,动中之静。或者说热烈的心情,冷静的头脑。因为这不是享受,是创作。只作者自己觉得热不行,须写出给人看。无论色彩浓淡、事情先后、音节高下,皆有关。

六一词调子由低至高,只稼轩一人似之。六一词能得其衣钵者,仅稼轩一人耳。

[①] 李璟(916—961):字伯玉,彭城(今江苏徐州)人。五代十国时期南唐第二位君主,世称南唐中主,存词四首。

六一亦有其寂寞的、静的词,不过静中仍是动。如《采桑子》:

画船载酒西湖好,急管繁弦。玉盏催传。稳泛平波任醉眠。
行云却在行舟下,空水澄鲜。俯仰留连。疑是湖中别有天。

群芳过后西湖好,狼藉残红。飞絮濛濛。垂柳阑干尽日风。
笙歌散尽游人去,始觉春空。垂下帘栊。双燕归来细雨中。

何人解赏西湖好,佳景无时。飞盖相追。贪向花间醉玉卮。
谁知闲凭阑干处,芳草斜晖。水远烟微。一点沧洲白鹭飞。

六一写动固然为他人所无,其写静亦与他人不同。欲解此"垂柳阑干尽日风",须想:"柳"是何生物?"阑干"是何地?"尽日风"是何情调?吹人?吹柳?人柳皆吹?人柳合一?"垂柳阑干尽日风",愈静愈动。韦庄之"绿槐阴里黄莺语",愈动愈静。大晏词"清丽"是一绝;六一词"清狂",此景亦无人能及。稼轩只得其三四,失之粗,如其"不知筋力衰多少,但觉新来懒上楼"(《鹧鸪天·鹅湖归病起作》)。(余《无病词》中有句"未衰筋力懒登楼"[《浣溪沙》]①,时年廿九。)

观延巳、大晏、六一,三人作风极相似,而又个性极强,绝不相同。如大晏之蕴藉,冯便绝无此种词。唯三人伤感词相近,其实其伤感亦各不同:

冯之伤感,沉着。(伤感易轻浮。)清朝三大词人之一项莲生②作有《忆云词》,其词中有句"夕阳红到马缨花"(《浣溪沙》)、"嫌漏短,漏长却在,者边庭院"(《玉漏迟》),也是伤感,而没劲。唐人裴夷直③诗中有句"病来帘外

---

① 《浣溪沙》(恻恻轻寒似早秋)(1927),见《顾随全集》卷一,石家庄:河北教育出版社,2014年第1版,第27页。
② 项莲生(1798—1835):项鸿祚,又名廷纪,字莲生,浙江钱塘(今浙江杭州)人。清朝词人,著有《忆云词甲乙丙丁稿》。清朝词评家谭献评项鸿祚、纳兰性德与蒋春霖"三家为词人之词"。
③ 裴夷直(787—859):字礼卿,吴(今江苏苏州)人。唐朝诗人,多感怀酬赠之作,体制多为绝句。

是天涯"(《病中知皇子陂荷花盛发寄王缋》),项氏写入《浣溪沙》,读来真是可怜。余之诗句"夜合花开夏已深"(《夜合花开三首》其一①),亦伤感。正中之伤感则是沉着。

大晏之伤感,是凄绝,如秋天红叶。抒情诗人多带伤感气氛。别人写秋天是衰飒的,大晏是明丽的,虽然也有伤感作品,但只是一部分。

六一之伤感,是热烈。伤感原是凄凉,而六一是热烈。故胡适以为欧词承五代,非也。

一本《六一词》不好则已,好就好在此热烈情调,不独伤感词为然。大晏词是秋天,欧词是春、夏,所惜以春而论则是暮春。六一词之热烈,也是比较言之,其中亦有衰飒伤感作品。艺术之能引人都不是单纯的,即使是单纯的也是复杂的单纯,如日光七色合而为白;如酒,苦、辣而香、甜,总之是酒味。有人喝酒上瘾,没人吃醋上瘾。六一词热烈而衰飒,衰飒该是秋天,而欧词是春天。

六一,不许其沉着,不许其明快,乃"继往开来"。"继往开来"四个字是整个功夫。一种文学到了只能"继往",不能"开来",便到了衰老时期了。六一词若但是沉着,但是明快,则只是"继往",何得为"三宗"之一?

"不胜古人,不足以与古人并。"(《人间词甲稿》樊志厚序。樊序盖曾经静安印可,与静安一鼻孔出气。或曰:樊志厚即王之托名。)写得少也罢,小也罢,不怕,主要是古人所没有的才行。六一词不欲以沉着名之,不欲以明快名之,名之曰热烈,有前进的勇气。大晏是正中的蜕化,六一是冯、晏二人之进步。没有苦闷,就没有蜕化和进步,"不愤不启,不悱不发"(《论语·述而》)。大晏只是蜕化而已,如蝉,由蛹蜕化为蝉;六一则上到高枝大叫一气。如其《采桑子》下片:

---

① 《夜合花开》其一(1946),见《顾随全集》卷一,石家庄:河北教育出版社,2014年第1版,第465—466页。

> 游人日暮相将去,醒醉喧哗。路转堤斜。直到城头总是花。

这即是大叫。再如《浣溪沙》上片:

> 堤上游人逐画船。拍堤春水四垂天。绿杨楼外出秋千。

"逐画船","逐"字浊。第一句"堤上游人逐画船",步步行之;第二句"拍堤春水四垂天",平着发展;第三句"绿杨楼外出秋千",向高处发展。打气要足,而又不致"放炮"。(放炮谓车胎打气太多爆裂。)人由蝉往往只想到吸风饮露的清高而不想到热烈。余之《荒原词》有"蝉声欲共夏天长"(《浣溪沙》①)之句,意思是对而写得不好。一个大词人的作品不是使读者知,是要使读者觉到同感。六一词如夏天的蝉,秋蝉是凄凉的,夏蝉是热烈的。又如六一词《玉楼春》:

> 人生自是有情痴,此恨不关风与月。……直须看尽洛城花,始共东风容易别。

是纯粹抒情,而却是用过一番思想的。"恨"是由于"情痴",与"风月"无关,即使无风月也一样恨。"东风"者,春天代表。春不长久也罢,须离别也罢,虽然短,总之还有。不是你(春天)来了么?则虽是短短几十天,我还要在这几十天中拼命地享乐。此非纯粹乐观积极,而是在消极中有积极精神,悲观中有乐观态度。

人生不过百年,因此而不努力,是纯粹悲观。不用说人生短短几十年,即使还剩一天、一时、一分钟,只要我有一口气在,我就要活个样给你看

---

① 《浣溪沙》(享受宵来雨后凉)(1929),见《顾随全集》卷一,石家庄:河北教育出版社,2014年第1版,第78页。

看,决不投降,决不气馁。"洛城花"不但要看,而且要看尽,每园、每样、每朵、每瓣。看完了,你不是走么?走吧!

木槿(舜华),朝开暮落,如昙花之一现。落地时花尚鲜,何妨多看一会儿?这种欣赏一方面是浪费,一方面是爱好。(昙花一现可象征北平的春天。然则北平春天之所以好,亦在其短,故不能放过。)人的寿命是不长的,但人生之所以可贵亦在此,此是自欺自慰、无可奈何的。因为生命短促,故须赶快努力。老年去日苦多,来日无多。

冯正中、大晏、欧阳修三人共同的短处是伤感。无论其沉着、明快、热烈,皆不免伤感。善善从长,责备贤者,不是吹毛求疵,是希望他更好。长处、短处,二者并行而不悖。伤感,此盖中国诗人传统弱点。伤感不要紧,只要伤感外还有其他长处;若只是伤感,便要不得。

抒情诗人之有伤感色彩是先天的、传统的,可原谅,唯不要以此为其长处。而平常人最喜欣赏其伤感,认短为长,把绿砖当真金。

人一生伤感时期有二:一在少年,一在老年。中年人被生活压迫,顾不得伤感,而有时就干枯了。伤感虽是短处,而最滋润,写出最诗味。前所举《浣溪沙》(堤上游人)之后半阕是伤感的:

> 白发戴花君莫笑,六幺催拍盏频传。人生何处似尊前。("六幺"假作"绿腰",以对"白发"。)

三句一句比一句伤感。第一句伤感中仍有热烈;第二句也还成;至第三句,人生有许多路可走,许多事可做,何可说"人生何处似尊前"?

《定风波》乃欧阳修伤感词之代表作。前所举《浣溪沙》(堤上游人)伤感中仍有热烈在。别人是临死咽气,六一至少还是回光返照,虽距死已近,而究竟还"回"一下,"照"一下。《定风波》则纯是伤感。《定风波》共六首,前面四首一起照例是"把酒花前欲问",前四首还没什么,至五、六首突然一转,真了不得——怎么办哪!第五首上片:

> 过尽韶华不可添。小楼红日下层檐。春睡觉来情绪恶。寂寞。杨花缭乱拂珠帘。

前两句一读,如暮年看见死神影子。没想到死的人,活得最兴高采烈。即使下一分钟就死,而现在没想到死。人过得最没劲的是时时看见死神的来袭。六一作此词在中年后转进老年时。春天只剩今天一天,而今天又是"小楼红日下层檐"。此是写实,又是象征人之青年是"过尽韶华不可添",渐至老年是"小楼红日下层檐",一刻比一刻离黑暗近,一刻比一刻离灭亡近,这便是看见死神影子。"杨花缭乱拂珠帘"句亦非写实,是写内心之撩乱。这才是"情绪恶",是"寂寞",而又不能说。最寂寞是许多话要说,找不到可谈的人;许多本事可表现,而不遇识者。第六首上片:

> 对酒追欢莫负春。春光归去可饶人。昨日红芳今绿树。已暮。残花飞絮两纷纷。

此虽是伤感词,然而瘦死骆驼比马还大,百足之虫,死而不僵,劲还有。

> 大都好物不坚牢,彩云易散琉璃脆。
>
> （白居易《简简吟》）

"世间好物不坚牢,彩云易散琉璃脆",明人小说、戏曲常引用。余之四弟六吉①喜此二句,然前句实非诗,没有诗情,只是说明。一切美文该是表现,不是说明。即使报告文学,写得好也是表现,不是说明。表现是使人觉,说明是使人知,而觉里也包括有知。觉,亲切,凡事非亲切不可。

---

① 四弟六吉:即顾谦。顾谦(1915—1966),字六吉,辅仁大学美术系毕业,后任教济南,死于"文革"中。

第一句"世间好物不坚牢",只是让人知;第二句"彩云易散琉璃脆",是使人觉,唯嫌失之纤仄耳,太瘦太窄,像"玻璃粉儿"一样。(凉粉,既不能嚼,也不能"化",余不喜欢吃。)虽然感觉纤仄的人往往有点偏,但总比没有感觉好。因为一般人评判是非多不是生于良知,而是由传统来的观念。若自己有感觉,但能打破传统,比人云亦云实在。大家都以为然的,不一定不对,但也不一定都对。"彩云易散琉璃脆",是说人生一切好的事情都是不耐久的。

欧词之版本:《六一词》(汲古阁六十家词本),《近体乐府》(全集本,双照楼影印本,林大椿校本,商务排印本),《琴趣外编》(双照楼影刻本)。《琴趣外编》所收非皆欧作,中有极浅薄者。俗非由于不雅,乃由于不深。①

欧词选本以宋曾慥《乐府雅词》②所选最精且多。有商务印书馆四部丛刊影印本,亦有刻本,在《词学全书》中。

此外,杂志公司珍本丛书有《六一词》,较汲古阁本误更多。又有翻刻本《六十名家词》本,亦不佳。

---

① 叶嘉莹此处有按语:此句所言极是。
② 曾慥(? —1155):字端伯,号至游子,晋江(今福建泉州)人。南宋学者、诗人,其编选的《乐府雅词》为中国今存最早一部宋人选编的宋词总集。

第二十三讲

《樵歌》闲讲

第一节

乐天自适

《樵歌》,朱敦儒(希真)①一生第三个时期——晚年闲居时期的词。胡适先生说朱敦儒:

> 这时候,他已很老了,饱经世故,变成一个乐天自适的词人。……这一个时期的词,有他独到的意境,独到的技术。(《词选》)

然而,"独到"未必就是好了。胡适先生所谓"独到"是好,这不见得。"乐天自适",人应该乐天,要老是怨天尤人,何必活呢?乐天是好,然而可千万不要成为阿Q式的乐天。乐天绝非消极,消极的乐天是没出息。一个民族要如此,非消灭之不可。

克鲁泡特金(Kropotkin)②《俄国文学史》(*Russian Literature*)论及伟大的诗人涅克拉索夫(Nekrasov),曾有言曰:

> Toward the end of his life, he did not say: "Well, I have done what I could... But till his last death, his verses were a complaint about not having been enough of a fighter."

---

① 朱敦儒(1081—1159):字希真,号岩壑,洛阳(今属河南)人。南宋词人,获"词俊"之名,著有词集《樵歌》。

② 克鲁泡特金(1842—1921):俄国19世纪无政府主义者、作家,著有《伦理学史》《互助论》等。

我国近代与翻译界甚有关者,鲁迅与严复①。严复谓"译事三难:信、达、雅"(《天演论》释例言)。其实,岂但译文,创作亦当如此。"信",便是自己不欺骗自己,不欺骗别人。"达",创作总是希望人懂,没有一个伟大作品是不"达"的。"雅",对俗而言。余不喜说雅,盖俗人把"雅"字用坏了。其实,"雅"是好的。中国字方块单音,好合二字为一词。"雅",或曰雅正。正,不邪。"诗三百,一言以蔽之,曰:思无邪。"(《论语·为政》)"思无邪",即"诚"之意。又,"雅",或曰雅洁,就正而言是诚,就洁而言是简当。

不仅翻译、创作,讲书亦然,要信、达、雅。诗人不能讲诗给人,何以不能?便是不信、不诚。再说达。要想到哪说到哪,而且使人讲到哪懂到哪。说到雅,余以为自己言辞已经缺乏雅洁、雅正,絮絮叨叨、邋邋遢遢。莎氏作品虽好,可惜教者讲糟了。我们不要因为讲得不好而毁了作品本身。今日所讲不敢说雅,差可信、达耳。

N氏直到死都是热烈的,精力弥漫。精力饱满,真有劲,比热烈还好。N氏直到死不但像年轻时一样热烈,一样精力弥漫,还唯恐不够一个十足的战士。他生于俄国帝政时代,政治是堕落的,社会是黑暗的,但他并不消极、失望,他相信俄国前途是光明的,所以乐天,所以要干,什么都可以干。中国人消极的乐天是什么都不干,所以要不得。

既然乐天是可以的,而"乐天自适"便安于此不复求进步了,这是没出息。朱氏之词亦然。如其《感皇恩》:

> 一个小园儿,两三亩地。花竹随宜旋装缀。槿篱茅舍,便有山家风味。等闲池上饮,林间醉。　　都为自家,胸中无事。风景争来趁游戏。称心如意,剩活人间几岁。洞天谁道在,尘寰外。

---

① 严复(1853—1921):原字又陵,又字几道,福建侯官(今福建福州)人。近代启蒙思想家、翻译家,首倡"信、达、雅"译文标准,译有《天演论》《原富》等。

做官只说在做一个清官不成，必须为别人、为大家做出一点好事来才成。人要只是自私的，不论在什么地方，只知有自己，这不成。固然，人无自己，不能成为生活；但不能只知自己，至少要为大众、为人类，甚至只为一个人也好。

人在恋爱的时候，最有诗味。如"三百篇"、楚骚及西洋《圣经》中的《雅歌》①、希腊的古诗歌，直到现在，对恋爱都是在那里赞美、实行。何以两性恋爱在古今中外的诗中占此一大部分？人之所以在恋爱中最有诗味，便因恋爱不是自私的。自私的人没有恋爱，有的只是兽性的冲动。何以说恋爱不自私？便因在恋爱时都有为对方牺牲的准备。自私的人是不管谁死都成，只要我不死。唐明皇在政治上、文学上是天才，但在恋爱上绝非天才，否则不能牺牲贵妃而独生。唐陈鸿②传奇③《长恨歌传》写明皇至紧要时期却牺牲了爱人，保全了自己，这是不对的。恋爱是宁牺牲自己，为了保全别人。孟子说：

> 推恩足以保四海，不推恩不足以保妻子。（《孟子·梁惠王上》）

孟子不会讲哲理，一个哲人写文章用字要一点毛病没有，要真，要切。孟子用"恩"字不好，只知有我，不知有人，势必至"不足以保妻子"。故恋爱是义务，不是权利；恋爱是给予，而非取得，并非要得到对方什么。恋爱如此，整个人生亦然，要准备为别人牺牲自己。而这样的诗人才是最伟大的诗人。

朱氏的《感皇恩》等，只知有己，不知有人。乡间俗语说：上炕认得妻子，下炕认得一双鞋。这样人，其结果是到紧要时连妻子都不认得了。当

---

① 《雅歌》：《旧约·诗歌智慧书》中之一卷，内容叙写男女情爱相思。
② 陈鸿（生卒年不详）：字大亮，约与白居易同时。唐朝传奇作家，著有《东城老父传》《长恨歌传》。
③ 传奇：文体之名，用以指称唐代文言小说。后世亦将宋元南戏、明清戏剧统称为传奇。

然,朱氏也有朱氏的生活方法,但谁没有自己的生活方法?猪也有,狗也有,阿Q也有。上引朱氏词中句:

> 风景争来趁游戏。称心如意,剩活人间几岁。

朱氏又言:

> 幸遇三杯酒好,况逢一朵花新。片时欢笑且相亲。明日阴晴未定。(《西江月》)

这真是及时行乐。记得一句明诗说:"青山个个伸头看,看我庵中吃苦茶。"(释圆信《天目山居》)① 这样生活,和尚可以,他是跳出三界外,不在五行中,是精神的自杀。好玩是你自己好玩儿,但有什么用?"雅人"便只是好玩,没他满成,一点用也没有。朱氏说"剩活人间几岁",但他这样活着干嘛?还不如死了。

---

① 查为仁《莲坡诗话》记雪峤圆信禅师隐居山中,曾有诗云:"帘卷春风啼晓鸦,闲情无过是吾家。青山个个伸头看,看我庵中吃苦茶。"

第二节

安闲

朱敦儒另有一词写安闲,其《临江仙》曰:

> 生长西都逢化日,行歌不记流年。花间相过酒家眠。乘风游二室,弄雪过三川。　　莫笑衰容双鬓改,自家风味依然。碧潭明月水中天。谁闲如老子,不肯作神仙。

朱敦儒讲安闲,"谁闲如老子,不肯作神仙"。宗教都是想为别人做事,只道教是为自己享福,真该活埋。长生不老,住在洞天福地,吃龙肝凤髓,饮琼浆玉液,这样的神仙要他何用?不如打死活埋。(开个玩笑。)朱氏"不肯作神仙",他想做也做不了哇。"欲作神仙无计作。偏说,安闲不肯作神仙。"(余之《定风波》①)

人是做到老,学到老,什么叫安闲?人活到老、做到老,只要活一天,有一份气力,便该做。尤其我们中国,现在支离破碎、风雨飘摇中,怎么能说"闲"?有什么人能说"闲"?有人说:

---

① 《定风波》(扰扰纷纷数十年)(1928),见《顾随全集》卷一,石家庄:河北教育出版社,2014年第1版,第53页。唯"作神仙"作"做神仙"。

仁民利物非吾事,自有周公孔圣人。(无云和尚语)①

即使"仁民利物非吾事",可是还有别的事呢。一个人不能做大齿轮,而做个小螺丝钉也有小螺丝钉的事呀。适之先生很想做事,不知何以喜欢这样的词?

胡适《词选》说:

> 词中之有《樵歌》,很像诗中之有《击壤集》(邵雍的诗集)。但以文学的价值而论,朱敦儒远胜邵雍了,将他比陶潜,或更确切罢。

观此语,胡氏于朱、陶二人盖未能有深切认识,否则绝不能将二人并论。陶氏狂狷。《论语》有言"狂者进取,狷者有所不为"(《子路》)、"吾党之小子狂简"(《公冶长》,简=狷),"诸善奉行"是狂,"诸恶勿作"是狷。不但人人不同,即其一个人自己本身也有狂、狷两种心理。人心中亦自有其轩轾。人在身体、精神、气力不及时,自己常落到狷。陶渊明最初是狂,而后归于狷。胡适以朱氏比陶潜,此亦非也。世之论陶者多误于其"采菊东篱下,悠然见南山"(《饮酒二十首》其五)二句,认渊明不可从此认。以断句评人,最不可如此。陶氏有时慷慨激昂,朱子说他豪放却令人不觉,②说的是。

---

① 纪昀《阅微草堂笔记》卷一《滦阳消夏录一》:"无云和尚,不知何许人。康熙中,挂单河间资胜寺,终日默坐,与语亦不答。一日,忽登禅床,以界尺拍案一声,泊然化去。视案上有偈曰:'削发辞家净六尘,自家且了自家身。仁民爱物无穷事,原有周公孔圣人。'佛法近墨,此僧乃近于杨。"

② 朱熹《朱子语类》卷一百四十:"陶渊明诗,人皆说是平淡,据某看他自豪放,但豪放得来不觉耳。"

>>> 人是做到老，学到老，什么叫安闲？人活到老、做到老，只要活一天，一份气力，便该做。即使"仁民利物非吾事"，可是还有别的事呢。胡适对于朱、陶二人盖未能有深切认识，否则绝不能将二人并论。陶氏有时慷慨激昂，朱子说他豪放却令人不觉，说得对。图为宋朝朱熹及其《行书翰文稿》。

第三节

纤巧

朱敦儒有《清平乐》一首：

> 春寒雨妥。花萼红难破。绣线金针慵不作。要见秋千无那。
> 西邻姊妹丁宁。寻芳更约清明。画个丙丁帖子，前阶后院求晴。

胡适《词选》将能代表朱氏作风的词差不多都选了，而未选这一首。朱敦儒词是多方面的，其可取亦在此：有乐天自适之作，有豪放之作，而此外尚有纤巧之作，如此首《清平乐》。（"要见秋千无那"，"那"，奈何。）

词中纤巧尚可，诗中一露纤巧便要不得。世上之有小巧，原也可爱，如草木初生之嫩芽。"小荷才露尖尖角，早有蜻蜓立上头"（杨诚斋《小池》），这也的确是诗，但一首诗要只写这个便没意思了。可是人若连这个也不懂，又未免太可怜。人要懂这个，又不能只玩这个。而纤巧也不容易。陆放翁《吴娘曲》有句：

> 睡睫矇矇娇欲闭，隔帘微雨压杨花。

放翁亦有纤巧之作，而也有豪放之作，有时十分力量要使十二分，然如此二句真是纤巧。诗人力如牛、如象、如虎，好，而感觉必纤细。老杜感觉便不免粗，晚唐诗人感觉纤细。晚唐诗只会"俊扮"[①]，不会"丑扮"，李义山诗：

> 黄叶仍风雨，青楼自管弦。
> （《风雨》）

原是很凄凉的事，而写得真美，圆润，是俊扮。再如：

> 懒卸凤凰钗，羞入鸳鸯被。
> 时复见残灯，和烟坠金穗。
> （韩偓《懒卸头》）

感觉真细，真写得好。老杜诗有"丑扮"，而老杜的"丑扮"便是"俊扮"，丑便是美。如杨小楼唱金钱豹[②]，勾上脸，满脸兽的表情，可怕而美。晚唐诗表现的是美，老杜表现的是力。老杜粗，有时也有细，如：

> 圆荷浮小叶，细麦落轻花。
> （《为农》）

老杜那么笨的一个人，还有这一手！不过，纤巧之句与其作入诗中，不如作入词中。如上所举韩偓四句，与其说是古诗，不如说是一首《生查子》。

[①] 俊扮：戏曲术语，指戏曲的美化化妆，特点是略施彩墨以达到美化效果，一般用于生、旦角色所扮演的各种人物，着力表现人物面貌之端正、俊秀。相对于净、丑的大小"花面"而言，又称"素面"或"洁面"。丑扮，为顾随仿"俊扮"而自造之词。

[②] 《金钱豹》：又名《红梅山》，叙红梅山妖金钱豹欲强娶邓洪之女，唐僧师徒寻宿知情，剪除恶豹。

北宋初词人张先(子野),人称"张三影"①,有词句:

> 沙上并禽池上暝。云破月来花弄影。(《天仙子》)

余谓此二句并不太好,干嘛这么费劲?沙、禽、池、云、月、花,写作怕没东西,而东西太多又患支离破碎,损坏作品整个的美。人各有其长,各有其短,应努力发现自己长处而发展之。如唱戏老谭大方,马连良小巧,而小弯儿太多,支离破碎,把完整美破坏了。"三影"中,余喜欢"中庭月色正清明,无数杨花过无影"(《木兰花》),大方,从容,比放翁"睡睫朦朦娇欲闭,隔帘微雨压杨花"二句还好,不但纤巧,而且轻妙。张先这两句又比韩偓"时复见残灯,和烟坠金穗"句大方,"睡睫"二句是明使劲,"和烟坠金穗"句是往下来,而"无数杨花过无影"飘逸,不见使力。朱氏《清平乐》(春寒雨妥)一首有情致,上所举各诗词皆有情态。文人要有这个,而不能只是这个。

---

① 胡仔《苕溪渔隐丛话》前集卷三十七引《古今诗话》云:"有客谓子野曰:'人皆谓公"张三中",即心中事、眼中泪、意中人也。公曰:'何不目之为"张三影"?'客不晓,公曰:'"云破月来花弄影";"娇柔懒起,帘压卷花影";"柳径无人,堕风絮无影",此余平生所得意也。'"又引《高斋诗话》云:"子野尝有诗云'浮萍断处见山影',又长短句云'云破月来花弄影',又云'隔墙送过秋千影',并脍炙人口,世谓'张三影'。"李调元《雨村词话》卷一:"张三影已胜称人口矣,尚有一词云:'无数杨花过无影。'合之应名四影。"

第四节

摆脱

朱敦儒的《临江仙》:

> 堪笑一场颠倒梦,元来恰似浮云。尘劳何事最相亲。今朝忙到夜,过腊又逢春。　流水滔滔无住处,飞光忽忽西沉。世间谁是百年人。个中须著眼,认取自家身。

"飞光忽忽西沉",何以曰"西"? 或以春日多东风邪?

此词是写人生,但他是出世的,是消极,是摆脱。"世间谁是百年人。个中须著眼,认取自家身",他的"认取"是认取自家的一切浮名浮利都是假的。世间唯有自己与自己亲,不要说至亲莫过父母,至近莫过妻子,且问:若从别人身上割肉,你觉得痛吗? 但若拔去你一根毫毛,你便觉得痛也。可见最亲莫过自己——这是小我。出世的思想作风乃中国所独有,外国虽也有出世思想,但不是摆脱,中国则出世的目的多在摆脱。西洋人出家是积极的,中国出家是消极的。摆脱,可说是聪明的,然也是没出息的。释迦牟尼,众生有一不成佛我誓不成佛。在小我者看来,岂不是傻子? 西洋虽也有只管自己摆脱的,如易卜生(Ibsen)说,天塌了要救出你自己来。[①] 但他的意思不是救出自己便不管别人,易卜生是要把自己救出好去救别

[①] 易卜生1871年9月24日致勃兰兑斯书信:"有的时候我真觉得全世界都像海上撞沉了船,最要紧的还是救出自己。"

人,此则东西方哲学之分野、分水岭。小我者之为人生,是为自己偷生苟活。

朱希真是小我,总想自己安闲。辛稼轩是英雄,总想做点事,不肯闲的。一个英雄与佛不同,且与伟人不同。伟人是为人类做事的,英雄是为自己。如拿破仑是英雄,不是伟人,是小我,只是为增加自己的光荣,是小我扩张,并非真为人类。这样的英雄太多,真想为人类做点事的伟人很少。大禹治水在外十三年,三过家门而不入,不是为自己名誉、地位或利益,这样的伟人很少。稼轩说伟人达到不了,然亦颇相近矣。他是在象牙之塔居住,但伸头一看,外面人原来如此受苦,便待不住了。

你便是如来佛,也恼下了七宝楼台。(《元曲选》)

便是活佛也忍不得。(《水浒传》)①

稼轩词一读,真让人待不住、受不了,而读《樵歌》则不然。《樵歌》所写是小我,你们尽管受罪,我还要活着,而且要很舒服地活着。伸出头一看,待不住,但也得待,你别怪!有道是"人同此心,心同此理",便是你享福,你看到别人受苦也该同情;但又道"人心不同,有如其面"。道理是一个,有有同情心者,便有无同情心者。不过,像《樵歌》那样活法很聪明。对外界的黑暗,我们没有积极挽回的本领,亦应有消极忍耐的态度,但不是只管自己,麻木不仁。

古人讲正心、诚意、修身(对己)、齐家、治国、平天下(对人),人什么都要能做。知行合一,"一事不知,儒者之耻",也可说"一事不行,儒者之耻","一事不知"即等于"一事不行"。

---

① 金圣叹批本《水浒传》第五十一回:"李逵道:'柴皇城被他打伤,怄气死了,又来占他房屋,又喝教打柴大官人,便是活佛也忍不得!'"

余想做一个书呆子,可是又不能做一个书呆子,同时也不甘心做一个书呆子。果戈理(Gogol)有中篇小说《外套》,小说中笑料很多,但意义很深刻,使人下泪。这笑与哭恰似《西游记》中行者说的:"哭不得了,所以要笑也。"《外套》中主人公为一抄书小职员,后转以别职,反而不成。① 余不甘心做个书呆子,总想伸出头来往外看看,而结果还得重新埋下头去做书呆子——"一夜思量千条路,明朝依旧磨豆腐。"

不甘心长久居于艺术之宫、象牙之塔,要进行为人生的艺术改革,必先在人生中达到理想境界。中国旧诗多只是"为艺术而艺术",西洋有诗是"为人生而艺术"。由"为艺术"转向"为人生",不容易。一个人思想的变化若果真是由甲变到乙也好,而不能是思想上的分裂——技术上为艺术而艺术,内容上为人生而艺术。这二者,在诗人往往前者(为艺术)是无意的,后者(为人生)是有意的。如柳永②《八声甘州》(对潇潇暮雨)一首便是如此:

> 对潇潇暮雨洒江天,一番洗清秋。渐霜风凄紧,关河冷落,残照当楼。

柳三变何尝不有身世之感?(身,身体;世,生路。)读者若真能了解其意,便取之不尽,用之不竭。本是为人生而艺术,但他把人生一转而为艺术,为艺术而艺术。"霜风凄紧"之实景必为败叶飘零,"关河冷落"之实景必为水陆行人稀少,"残照当楼"之实景必为白日西沉,楼中或有人卧病。

---

① 果戈理《外套》:"有一个司长是一个好人,为他长期服务而想重赏他一下,命令给他一件比普通的抄写重要一点的事情做,就是教他根据现成的公事拟一封公函送给另外一个衙门。全部的工作只是换一换上款,再把几个第一人称的动词换成第三人称就行了。这件工作弄得他满身是汗,不断擦头上的汗珠。终于说道:'不行,还是给我抄点什么好了。'从那时起,他就永远干着抄写的工作了。"

② 柳永(987?—1053):原名三变,字景庄,后改名永,字耆卿,崇安(今福建武夷山)人。因排行第七,人称柳七。因官屯田员外郎,又称柳屯田。北宋词人,著有《乐章集》。

>>> 在诗人往往为艺术是无意的,为人生是有意的,如柳永《八声甘州》(对潇潇暮雨)一首便是如此。柳永何尝不有身世之感?图为清朝费丹旭所作的诗意画。

实景难堪,而他写的词真美,将喜怒哀乐都融合了。他的确是从喜怒哀乐出发,而最后去掉喜怒哀乐之行迹了,如做菜然,各种作料,总合是好吃,而不见作料之行迹。再如易安词《如梦令》之:

> 知否。知否。应是绿肥红瘦。

此亦不能算是为人生,仍是为艺术。为艺术而艺术很近于唯美,"绿肥红瘦"修辞真好,真美。"绿肥红瘦"是词,而说"叶多花少"便不成了。余近得诗一句——"天高素月流"①,这是诗,而说"天上有月亮"便不成了:此与人之感觉有关。西洋有言曰:"艺术模仿自然。"又曰:"要做自然的儿子。"而又有言曰:"艺术自有其价值。"艺术不但是模仿,更有其自己的创造。如"绿肥红瘦"比"叶多花少"好。

胡适说,词即宋人新诗。② 此语甚有眼光。

诗之好在于有力。天地间除非不成东西,既成东西本身必定皆有一种力量,否则必灭亡,不能存在。有"力",然而一不可勉强,二不可计较。不勉强即非外来的,一勉强,便成叫嚣;不计较,但不是糊涂。不勉强不是没力,不计较不是糊涂。普通人都是算盘打得太清楚。尽三分义务享一分权利,这样还好;而近来人之计较都是想少尽义务,多享权利,这样便坏了。享权利唯恐其不多,尽义务唯恐其不少,大家庭中便多是如此。所谓"九世同堂,张公百忍"③,一个"忍"字已是苦不堪言,何况"百忍"? 要想不计较,非有"力"不可。所谓不计较,不是胡来,只是不计算权利、义务。栽树的人不是乘凉的人,而栽树的人不计较这个。一个人只计较乘凉而不去栽树,

---

① 此一句,或为佚诗中句,或仅为断句而未成诗,未见于《顾随全集》。
② 胡适《词选》评论苏轼言:"到苏词出来,不受词的严格限制,只当词是诗的一体。"评论辛弃疾言:"苏轼、辛弃疾作词,只是用一种较自然的新诗体来作诗。"
③ 《旧唐书·孝友传·张公艺》:"郓州寿张人张公艺,九代同居。北齐时,东安王高永乐诣宅慰抚旌表焉。隋开皇中,大使邵阳公梁子恭亦亲慰抚,重表其门。贞观中,特敕吏加旌表。麟德中,高宗有事泰山,路过郓州,亲幸其宅,问其义由。其人请纸笔,但书百余'忍'字。"

便失掉了他存在的意义。一个民族若如此,便该灭亡了。古人栽树不计较乘凉,看似傻,但是伟大。有力而不勉强、不计较,这样不但是自我扩大,而且是自我消灭。(与其说"扩大",不如说"消灭"。)

文人,特别是诗人,自我中心。人说话总是三句话不离本行,一个诗人写诗也有个范围,只是这个范围并非别人给他。试将其全集所用名词录出来,如夕阳、残阳、斜日、晚日……可见其不说什么,爱说什么,其所用词语范围之大小,其中皆不离"我"。黄山谷不好说女性,工部、退之、山谷,一系统;义山、韩偓便不然,(李长吉、李商隐、韩偓,可谓唐代唯美派,惜李长吉尚未成立。)不但写女性写得好,即其诗的精神也近女性。杜、韩、黄便适当其反,是男性的。美的花,山谷也不以美女比而比为美男子,如"露湿何郎试汤饼,日烘荀令炷炉香"(《观王主簿家荼䕷》)。由此归纳可考察其生活之范围,他只在范围中活动,还是有一个 center,自我中心。

文人是自我中心,由自我中心至自我扩大,再至自我消灭,这就是美,这就是诗;否则但写风花雪月,专用美丽字眼,也仍不是诗。我们与其要几个伪君子,不如要几个真小人。"月白风清夜"是伪君子,"月黑杀人地"是真小人。伪君子必灭亡,还不如真小人,真有点力量。官兵比土匪人数多、兵器好,而官兵与土匪交战多是官兵败,便因官兵多是伪君子,怕死;土匪是真小人,真拼。人既为人,便要做个真人。

第二十四讲

稼轩词心解

一个天才是一颗彗星,不知何所自来,不知何往而去。西洋常称天才为彗星;在中国,屈原是一颗彗星。此外,诗中太白,词中稼轩。

辛稼轩,山东人,性情豪爽、热烈,少年带兵,而读书甚多,写词有特殊作风,其字法、句法便为他词人所无。辛词如生铁铸成,此盖稼轩一绝。虽然有时也写糟了,鲁莽灭裂。

稼轩是极热心、极有责任心的一个人,是中国旧文学之革命者。我们看不出这个是我们对不起稼轩,不是稼轩对不起我们。

余欲以新眼光、新估价去看稼轩词。

第一节

健笔与柔情

稼轩有一首《江城子》(江城子,或称江神子):

> 宝钗飞凤鬓惊鸾。望重欢。水云宽。肠断新来,翠被粉香残。待得来时春尽也,梅著子,笋成竿。　　湘筠帘卷泪痕斑。珮声闲。玉垂环。个里柔温,容我老其间。却笑平生三羽箭,何日去,定天山。

稼轩此首《江城子》以辞论,前片佳;而以意论,其用意盖在后片。

"凤钗""鸾鬓"在词中用得非常多,但都是死的,而稼轩一写,"宝钗飞凤鬓惊鸾",真动,活了,真好。中国词传统是静,而辛词是动。这是以《水浒传》笔法写《红楼梦》,以画李逵的笔调画林黛玉。这真险,很容易失败,但他成功了,而且是最大成功。如戏中老谭有时有衫子(青衣)腔,花脸走女子步,将女性美加在男人身上,能增加男性的美;但此一点还无人知道:将男性美加在女性身上,能增加女性美。词中只稼轩一人知道,他有极健康的体魄,而同时又有极纤细的感觉。《红楼梦》中写女性感觉,真是够纤细。中国现代应该有一部书写现代女性。丁玲①要将男性美写在女性身上,但失败了;冰心写女性的锐敏纤细是旧式的,不是现代的。我们虽知道这个道理,也写不出来,真没办法。若有人能写出现代女性,一定是一绝。

---

① 丁玲(1904—1986):原名蒋冰之,湖南临澧人。现当代作家,著有《莎菲女士的日记》《太阳照在桑干河上》等。

一切文学作品都是不可无一,不可有二,虽然在创作之先必须学。《江城子》"宝钗飞凤鬓惊鸾",字或句是写钗么?是写鬓么?不是,是写女性,以部分代表全体。因为"全体"太多,势不能"全"写。一个"飞"字,一个"惊"字,所写是一个活泼泼的健康女性,绝非《红楼》上病态女子可比。此句"言中之物"甚好,而又有"物外之言",真美。

　　"望重欢,水云宽","水云宽"言空间距离,天涯海角。"肠断新来,翠被粉香残",初离别时翠被尚有余香,今则并余香亦"残"矣。"水云宽"是二人空间距离的远,"粉香残"是二人分离时间的久,以前还可闻见粉香,现在连粉香也闻不到了,非"肠断"不可——写柔情而用健笔。"望重欢",希望她来,但即使待得她来,也是"春尽也,梅结子,笋成竿",好时候都过去了。这是说根本你就不该走。你走了,漫说不再来,就是来了,把好时候也过去了,正如元曲所言"欢欢喜喜盼的他回来,凄凄凉凉老了人也"(刘庭信《双调·折桂令·忆别》)。古语云:"一回相见一回老,能得几时为弟兄。"一回相见一回老,亦是一回相见一回冷。稼轩不但带山东气,且带梁山水泊气,写来赶尽杀绝。看其写柔情百折,不用《红楼》笔法,而用《水浒》笔法,此稼轩所以为稼轩。

　　一切文学都是象征,用几句话象征一切。写什么要是什么,而此外还要生出别的东西来。稼轩《江城子》后片之"湘筠帘卷泪痕斑。珮声闲。玉垂环",仅此三句,尽显出四周环境之调和,二人相见之美满。个个字不但铁板钉钉,而且个个字扔砖落地。"湘筠帘卷泪痕斑",用湘妃竹之典,湘妃竹故事不可信,但真美。此句修辞与"绿肥红瘦"同样好。"珮声闲","闲"字真好,两人已见面,心满意足,该过幸福生活了,心自然"闲"而不慌——"个里柔温,容我老其间"。"柔温"一词,出典于汉文帝"温柔乡",不知稼轩何以说"柔温"?但"个里柔温",真是柔温,而且"容我老其间",定是要老于此了。而稼轩不然。就算不嫌晚,回来了,过上这样美满快乐生活,但我还不能心满意足,"却笑平生三羽箭,何日去,定天山"!一个凡人得到美满快乐就会满足,就完了,但稼轩不但有思想,而且有理想,有理想的人永远不满足于现在。"定天山"三字真好。"三羽箭""定天山"的原是薛仁贵。"三羽箭"象征本领,稼轩一身本领,羡慕薛仁贵为国"定天山",但现在国家不用我,我老于柔温,便这样死了,但我这"三羽箭"怎么办哪?"何日去,定天山"呢!

前所曾说,一个凡人得到美满快乐就满足了,稼轩不肯如此,朱希真即此种。如其《朝中措》:

> 先生馋病老难医。赤米屡晨炊。自种畦中白菜,腌成瓮里黄齑。
> 肥葱细点,香油慢炒,汤饼如丝。早晚一杯无害,神仙九转休痴。

齑乃酸菜,汤饼乃面条。

稼轩有"效樵歌体"一首《丑奴儿令》。① 朱氏这么点儿事就自笑数天,稼轩不可同日而语。但稼轩是大傻瓜,朱希真真聪明。

稼轩是英雄,不是伟人,他是要为人类,但又总是想显显自己的本领。放翁亦有诗句云:

> 圣时未用骁腾将,虚老龙门一少年。
> (《建安遣兴》)

放翁与稼轩是好朋友,一个面貌,一鼻孔出气。然以艺术论,放翁不及稼轩。

[附]《江城子》格律形式:

---

① 今所见稼轩词《丑奴儿令》数首,并无标明"效樵歌体"者。而其《念奴娇》(近来何处)一首,自序有言曰:"赋雨岩,效朱希真体。"

句式

上片:七(四+三)、三、三、九(四+五)、七(四+三)、三、三。

下片:同上片。

平仄

上片:＋－＋∥－－(韵)。∣－－(韵)。∣－－(韵)。＋－＋∣,＋∥－－(韵)。＋∣＋－－∥,－∥,∣－－(韵)。

下片:同上片。

填词有字数、平仄的限制,而稼轩用来,却那么巧而且就那么巧,可又自自然然,平仄规矩不但不限制他,反帮他忙了。

第二节

文辞与感情

余近有戏言二句：

心气与天气反比，车价与粮价齐高。

此效《滕王阁序》之"落霞与孤鹜齐飞，秋水共长天一色"。"落霞"二句，实不甚高、不甚好，就算好，也是第三等句子，连二等都够不上。一个大天才，不但不能学人，且不能与人以可学处。某禅师曰：一个人不能落地，落地便有人学在头里。①

一个天才是不能有二的，普通一事物尚不可能有二相同者，况天才诗人？人谓文学创作乃参天地之造化，天造地化生，如何能相同？

人各有个性，写好了，是此作风；写坏了，也还是此作风。如稼轩《卜算子·饮酒成病》：

一个去学仙，一个去学佛。仙饮千杯醉似泥，皮骨如金石。
不饮便康强，佛寿须千百。八十余年入涅槃，且进杯中物。

这首词写糟了，鲁莽灭裂。初学词者，往往喜欢此类词。然此在词中乃是邪道，非正宗。承认其为文学作品已是让步，何况说是好的作品？其

---

① 《宗门武库》："宗师为人，只不得有落地处。若有落地处，便被学家在面前行也。"

实最终说来,这样词连文学作品都够不上。

文学作品好坏之比较,可就内容与外表两方面看。一种作品,内容读了以后令人活着有劲,有兴趣,这便是好的作品;当然还要外表——文辞表现得好、合适,即文辞与所描写之物及心中感情相合。但有外表没有内容,不成;但有内容没有外表,也不成,如人有灵有肉,不可或缺。叶天士①说:"六脉平和,非仙即怪。"人只有肉无灵,不是真正的人;而若有灵无肉,亦非仙即怪,灵、肉二元,但必须调和为一元。如"孔子成《春秋》,而乱臣贼子惧"(《孟子·滕文公下》),但也必须有《左传》才行,《左传》是《春秋》的血肉,《春秋》是《左传》的灵魂,二者相得益彰。《春秋》一字之褒,荣于华衮;一字之贬,严于斧钺。散文尚且如此,何况韵文?韵文乃一切文学之根本。故广义言之,一切文学作品中皆有诗的成分,皆须讲"美",何况韵文?何况词?

此首《卜算子》与前首《江城子》,实为一个写法,而一真好,一真糟。

文学作品要有言中之物,又要有物外之言。言中之物与物外之言,缺一不可。适之先生有一口号:

不作言之无物的文字。(《建设的文学革命论》)

胡先生乐观,然有时易陷于武断。说"言中有物",而什么是"物"呢?文学要有思想、感觉、感情,但只有这个还不成。《庄子》云:"为善无近名,为恶无近刑。"(《养生主》,"近",一解作立刻,一解作接近,今取前者之意。)(自"五四"胡适倡"八不主义"②,不作言之无物之文章,要求文中要有内容、

---

① 叶天士(1667?—1746):叶桂,字天士,号香岩,江苏吴县(今江苏苏州)人。清朝医学家,著有《临症指南医案》《温热论》等。
② "八不主义":胡适《文学改良刍议》指出当时的文学改良,当从"八事"入手:一曰,须言之有物;二曰,不摹仿古人;三曰,须讲求文法;四曰,不作无病之呻吟;五曰,务去滥调套语;六曰,不用典;七曰,不讲对仗;八曰,不避俗字俗语。

有思想,有所为而为。中国对一切事都任其自消自散,但这要经过一相当长时间。淘汰,往往是自然无意的淘汰,现在文章久之自被淘汰,所以形成这种风气,便因胡氏之说使人忽略了文字美。但这不易讲。)如稼轩"湘筠帘卷泪痕斑",只是说把珠帘卷起来,而稼轩说"湘筠帘卷泪痕斑",他说得好,说得好能使别人相信,能蛊惑人。文学尤其如此,要说得好。但前所举朱希真《感皇恩》(一个小园)与《临江仙》(堪笑一场),可说是有言而无物。稼轩可以说是"不作言之无物的文字",但其失败有时候便在只剩言中之物而没有物外之言了。其《卜算子·饮酒成病》没味儿。味儿从哪儿来?从物外之言来。

稼轩又有《沁园春·将止酒,戒酒杯使勿近》:

> 杯汝前来,老子今朝,点检形骸。甚长年抱渴,咽如焦釜,于今喜睡,气似奔雷。汝说刘伶,古今达者,醉后何妨死便埋。浑如许,叹汝于知己,真少恩哉。　　更凭歌舞为媒。算合作平居鸩毒猜。况怨无大小,生于所爱,物无美恶,过则为灾。与汝成言,勿留亟退,吾力犹能肆汝杯。杯再拜,道麾之即去,招则须来。

此首亦是糟的作品。《江城子》一首以内容论,亦较《卜算子》《沁园春》二首深,灵肉调和,物言并备;若《卜算子》《沁园春》,则有肉无灵,有物无言。

第三节

"通"与"不通"

胡适《词选》论苏轼词有言曰：

> 凡是情感，凡是思想，都可以作诗，就都可以作词。从此以后，词可以咏史，可以吊古，可以说理，可以谈禅，可以用象征寄幽妙之思，可以借音节述悲壮或怨抑之怀。这是词的一大解放。

胡氏言词"可以咏史，可以吊古"，词之咏史以人事为主；吊古以地理上古迹为主，虽然亦往往与史事有关。胡适言词"可以说理，可以谈禅"，其实谈禅亦说理，虽然说理不一定是谈禅。胡适言词"用象征寄幽妙之思"，"幽"，深，不浅；"妙"，精，不粗，"妙"可感觉不可言说。语言文字常有不足表达之感，所以旧写实非转到新写实不可，物以外更有物焉，故须"用象征寄幽妙之思"。胡适言词"借音节述悲壮或怨抑之怀"，其实凡文学皆借音节以表现，岂独词？又岂独东坡之词乎？如《离骚》之：

> 老冉冉其将至兮。

"冉冉"，感得到，说不出。语言最贫弱，文字亦有时而穷（白话文须扩张字汇）。以考据讲，冉冉、奄奄、晻晻（或菴晻，此盖假借）近义，其实冉冉、奄奄、晻晻，并没讲儿，只是以音节代表感觉、感情，如"夕阳冉冉"。再如"杨柳依依"（《诗经·小雅·采薇》）之"依依"，"雨雪霏霏"（《诗经·小雅·

采薇》)之"霏霏",没讲儿,只是以音节代表感觉、感情。或曰:西方文字重在音,中国文字重在形(象征)。其实,欲了解中国文字之美,且要使用得生动、有生命,便须不但认其形,还须认其音。西洋字是只有"音"而无"形",不要以为中国文字只是形象而无声响,如中国字"乌",一念便觉乌黑乌黑,一点儿也不鲜明,且字形亦似乌鸦。若西洋之raven,则就字形看,无论如何看不出像乌鸦来。中国字则形、音二者兼而有之。然若"冉冉""奄奄"则只有"声"而无"形"了。"依依"盖亦与"冉冉"有关,都表示慢慢地、一点一点地,不是决绝的象征。音节多关乎表现之技术,文学但有内容不行,需有表现的技术。

稼轩一首《玉楼春》,词有小序:

> 乐令谓卫玠:人未尝梦捣虀、餐铁杵、乘车入鼠穴,以谓世无是事故也。余谓世无是事而有是理。乐所谓无,犹云有也。戏作数语以明之。

词云:

> 有无一理谁差别。乐令区区浑未达。事言无处未尝无,试把所无凭理说。　伯夷饥采西山蕨。何异捣虀餐杵铁。仲尼去卫又之陈,此是乘车入鼠穴。

"区区",琐屑、计较。"未达",不通。不通之人好抬杠。"乘车入鼠穴",行不通也。

乐令,名广,晋人,最喜谈玄。卫玠问梦,广曰是想。[①] 古人脑筋简单,

---

① 刘义庆《世说新语·文学》:"卫玠总角时,问乐令梦,乐云:'是想。'卫曰:'形神所不接而梦,岂是想邪?'乐云:'因也。未尝梦乘车入鼠穴,捣齑噉铁杵,皆无想无因故也。'卫思因经日不得,遂成病。乐闻,故命驾为剖析之,卫即小差。乐叹曰:'此儿胸中当必无膏肓之疾。'"

思想少，故不作是梦。（其实难说。）我们生在此世，是忙碌的，也是幸福的。

稼轩此《玉楼春》词未必佳，而小序文真作得好。"无是事而有是理"，此是通人语。

文学就是一个理。文人有他自己境界，此境界也许是事实所有，也许是实际所无。真正创作都不见得事实有据，往往加以作者之想象。《水浒传》梁山泊有其地，宋江有其人，然《水浒》所写绝与事实不同，梁山水泊未必有一百零八好汉，若有，便该如彼《水浒传》所写；《红楼》未必有大观园、有林黛玉，然若有，便该如彼《红楼梦》所写。此是理。又如《阿Q正传》，未必专写某人，无是事，有是理。不但文学，即哲学，亦是如此。哲学亦是想象（理想亦由想象而来），不但天堂、净土不在人间，世界大同亦是想象。大观园、梁山泊不但从前没有，将来盖亦不会有。人类当然最好是在世界上建筑起从来没有的乐园，人也知道在自己生存期间不会有此乐园，但偏偏要想、要写。这是个"空"，但亦是人之最高创造。无是事，有是理。未到庐山，满眼是庐山；一到了，反而不见庐山。①

"无是事而有是理"，稼轩这位山东大兵，说出话来真通。而社会上的人都是半通半不通，有许多馊见解、馊主意，一知半解而自以为无所不解。稼轩不通时真不通，通时真通，"梅结子，笋成竿"也罢，"个里柔温，容我老其间"也罢，还是要"三羽箭，何日去，定天山"（《江城子》）！他是叼着人生不放嘴。虽说出话来未免不通，却有他的热心，如不会打牌的人，有时对打牌也爱。朱希真不然，自以为聪明，其实他的聪明，是自笑生活舒服，此乃别人所唾弃的，不要的。智慧是好，聪明讨厌。

稼轩有时真通，而有时不通，通有通的好，不通有不通的好，但真可爱。一部稼轩词可作如是观。

文学所追求的即矛盾的调和，是一，是复杂的单纯。说此是一也成，

---

① 金圣叹批本《西厢记》第一本第四折："吾友斲山先生尝谓吾言：匡庐真天下之奇也。江行连日，初不在意，忽然于晴空中劈插翠嶂，平分其中，倒挂匹练。舟人惊告，此即所谓庐山也者，而殊未得庐山也至。更行两日，而渐乃不见，则反已至庐山矣。"

一以贯之;说是佛家的禅也成、道家的玄也成。总之,在文学上、哲学上矛盾的调和乃是很要紧的一点。既曰有便非无,既曰无便非有;既无,他何能作如是想?故辛谓"乐所谓无,犹云有也"。有这么一个小故事:某人欲作辟佛论,入夜沉思不寐。其妻曰:"有何为?"曰:"为辟佛,盖世原无佛。"其妻曰:"原无佛,何用辟?"某人恍然大悟,乃信佛。① ——既无,凭理说是有。

《玉楼春》词,简直不是词。以稼轩之天才学问,难道不知道不是词吗?真不能算词,简直不是韵文。有韵的散文还不如无韵的散文,它根本连散文也不成。词之后半阕合平仄,而"葡萄拌豆腐"。所以韵文不合平仄不成,但合平仄也还不成。稼轩之《玉楼春》既不成韵文,也不成散文。

禅语曰:大智慧人面前三尺黑暗。② 此言不假。

---

① 俞文豹《唾玉集》记载:"张商英,字天觉,号无尽。尝见梵册整齐,叹吾儒之不若。夜执笔,妻向氏问何作,曰:'欲作无佛论。'向曰:'既曰无,又何论?'公骇其言而止。后阅藏经,翻然有悟,乃作《护法论》。"
② 《宗门武库》:"延平陈了翁,名瓘,字莹中,自号华严居士。立朝骨鲠刚正,有古人风烈,留神内典,议论夺席,独参禅未大发明,禅宗因缘多以意解。酷爱南禅师语录,诠释殆尽,唯金刚与泥人揩背,注解不行。尝语人曰:此必有出处,但未有知之者。谚云:大智慧人面前有三尺暗,果不诬也。"

第四节

才气与思想

人多说稼轩长调好。

南宋写长调者甚多,如姜白石(《白石道人歌曲》)、吴文英[①](《梦窗词》甲乙丙丁稿),然彼等所走乃北宋之路子。北宋长调作者有柳永(《乐章集》)、周邦彦(《清真词》)。周清真在北宋词中地位甚重要,北宋词结束于周,南宋词发源于周。宋人词史中有两大作家不在此作风内,一苏东坡,一辛稼轩。苏东坡在周前,自不似周,且周亦不曾受东坡影响,二人水米无交,互不相干。周清真吸收了许多北宋词人的好处,独于东坡未得其妙处。(东坡"大江东去"颇负盛名,然实不见佳。)东坡在北宋词中是特殊者。稼轩亦写长调,然亦不继承谁。人必性情相近始能受其影响。稼轩在南宋虽不受别人影响,但他影响到别人了,如刘过[②](《龙洲词》,刘乃辛之门客)及陆游。陆受苏、辛二家影响,而自在不及苏,当行不及辛,精彩不及苏、辛二人。辛所影响的又一人则刘克庄[③](《后村先生长短句》),在南宋可以学辛者盖克庄一人。刘过与陆游乃因与辛同时同好,故受其影响;克庄则有意学辛,然未得其好处,只学得其毛病。

天下凡某人学某人,多只学得其毛病,故于学时不可一意只知模仿,

---

① 吴文英(1200?—1260?):字君特,号梦窗,又号觉翁,四明鄞县(今浙江宁波)人。南宋词人,一生倾力于词。

② 刘过(1154—1206):字改之,号龙洲道人,吉州太和(今江西泰和)人。南宋辛派词人,著有《龙洲词》。

③ 刘克庄(1187—1269):字潜夫,号后村居士,莆田(今福建莆田)人。南宋辛派词人,著有《后村长短句》。

不知修正。文学上不许模仿,只许创作,止于受影响。受影响与模仿不同,模仿是有心的,亦步亦趋;影响是自然的,无心的,潜移默化的——此为中国教育说。模里脱①的教育非打倒不可。即如我教书,自然有我的目标,我的理想,我只是领大家一齐往那儿走,但不必说,不必让,做着看,而同学自受其影响。(今所说潜移默化,乃指学者一面,非指教者一面。)

稼轩长调前无古人,后无来者。此不关乎好坏。凡天地间大作家作品皆不可无一,不可有二,何况稼轩这样了不得的人物!

胡适讲朱希真词与余真不合,讲辛词则十八相合。胡氏谓辛词:

> 才气纵横,见解超脱,情感浓挚。无论长调小令,都是他的人格的涌现。(《词选》)

"才气纵横"即天才特高,"见解超脱"即思想深刻。"超脱"即不同寻常,而普通人讲超人便不是人了。尼采(Nietzsche)所说"超人"即与中国道家"超人"之说不同,尼采所说"超人"是人,而他做的事别人做得了;中国道家所说"超人"是超脱人世,超脱人世离我们太远了。有这样一个故事:某僧行脚,遇一罗汉,度化之行水面。僧曰:早知你如此,我用斧将你两脚剁下去。② 僧之话真是大善知识。我们何以看中国人便比看外国人亲切?便因他是我们一伙儿,故亲切。稼轩词亦然。有些作品,我是有时喜欢,有时不喜欢;有些作品,小时也喜欢,年长也喜欢,便因他是我们一伙儿。在诗中,余喜陶渊明、杜工部,便因他是我们一伙儿。太白便不成,他是出世。即如上所说:早知你腿如此,我早砍下来了。屈原真是天才,真高,虽然写

---

① 模里脱:英文 model 音译。Model,模型、模仿,按模型制作。
② 《五灯会元》卷四载黄檗禅师不唯自渡事:"后游天台逢一僧,与之言笑,如旧相识。熟视之,目光射人,乃偕行。属涧水暴涨,捐笠植杖而止。其僧率师同渡,师曰:'兄要渡自渡。'彼即褰衣蹑波,若履平地,回顾曰:'渡来!渡来!'师曰:'咄!这自了汉。吾早知当斫汝胫。'其僧叹曰:'真大乘法器,我所不及。'言讫不见。"

得腾云驾雾,作风是神的,而情感是人的。但究竟有时觉得离得太远,不及稼轩离得近。胡氏言稼轩词是他"人格的涌现"。人格的涌现,其实每一人之作品都有其人格的涌现,岂独稼轩?如柳永之滥,刘过之毛,亦人格涌现。人说话不对不成,太对了也不成;太对了,便如同说吃饱了不饿。

稼轩是有思想、有感情的,才气尚或有人知,思想便无人了解,情感浓挚更不了解。学之者,非鲁莽灭裂即油滑起哄。

辛稼轩有《贺新郎》一首,词前有小序云:

> 邑中园亭,仆皆为赋此词。一日,独坐停云,水声山色,竞来相娱,意溪山欲援例者,遂作数语,庶几仿佛渊明思亲友之意云。

词云:

> 甚矣吾衰矣。恨平生、交游零落,只今余几。白发空垂三千丈,一笑人间万事。问何物、能令公喜。我见青山多妩媚,料青山、见我应如是。情与貌,略相似。　　一尊搔首东窗里。想渊明、停云诗就,此时风味。江左沉酣求名者,岂识浊醪妙理。回首叫、云飞风起。不恨古人吾不见,恨古人、不见吾狂耳。知我者,二三子。

辛为此《贺新郎》词时,盖在江西信州。

稼轩最能作《贺新郎》,一个天才,总有几个拿手调子。辛之拿手调子如《贺新郎》,两宋无人能及,后人作此亦多受辛影响,如蒋捷《竹山词》有几首尚佳,惜有点贫气、单薄。

此词序中说"仿佛渊明思亲友之意"。罗大经[①]《鹤林玉露》卷十二

[①] 罗大经(1195?—1252?):字景纶,吉州吉水(今江西吉水)人。南宋学者,能诗文,著有笔记《鹤林玉露》。

记载:

> 法昭禅师偈云:"同气连枝各自荣,些些言语莫伤情。一回相见一回老,能得几时为弟兄。"词意蔼然,足以启人友于之爱。

"思亲友",陶公是思人,思志同道合者;辛之"仿佛思亲友",是象征的,思山、思水亦是念志同道合者。词中"白发空垂",言一事无成。而"一笑人间万事",真是稼轩。见青山"妩媚","妩媚",日本作"爱娇",盖译自英文charming,"得人意"①近之矣,但"得人意"三字不太好。"情与貌",情是内心,貌是外表。稼轩才气大,思想深刻,感情热烈;然太热烈,作长调便不免后继不健。渊明《停云》诗言"思亲友",但真有亲友可思得?谁是渊明真知己?故用"此时风味"一句拉回来。"回首叫、云飞风起",后学稼轩者多学稼轩此处,此实稼轩太过出力处,不可学。"不恨古人吾不见,恨古人、不见吾狂耳",常人多喜此数句,实际前边已经写完了,后边非使劲不可,故不好。

---

① 得人意:《红楼梦》第五十六回,贾母对前来请安的甄府四个女人说贾宝玉:"就是大人溺爱的,也因为他一则生的得人意儿;二则见人礼数,竟比大人行出来的还周到,使人见了可爱可怜,背地里所以才纵他一点子。"

第五节

性情与境界

辛稼轩《祝英台近·晚春》：

> 宝钗分，桃叶渡。烟柳暗南浦。怕上层楼，十日九风雨。断肠片片飞红，都无人管，更谁唤、啼莺声住。　　鬓边觑。试把花卜归期，才簪又重数。罗帐灯昏，哽咽梦中语。是他春带愁来，春归何处。却不解、带将愁去。

"怕上"一作"陌上"，"更谁"一作"倩谁"。

茅盾[①]有一文说，要有安定生活，才能有安定心情，而创作必要有安定心情。然则没有安定心情、安定生活便不能创作了么？不然，不然。没有安定生活，也要有安定心情。要提得起，要放得下。而现在是想要提起，哪能提起；想不放下，不得不放下。

在不安定的生活中，也要养成安定心情，许多伟人之成功都是如此，如马克辛（Mark Twain）[②]、如莎士比亚（Shakespeare）。列夫·托尔斯泰（Lev Tolstoy）是大富翁，晚年欲出家，自以为一切皆很好，名誉、地位、创作、宗教，只有一种遗憾，太有钱，总想离开家。高尔基（Gorky）对托尔斯泰

[①] 茅盾（1896—1981）：原名沈德鸿，字雁冰，浙江桐乡人。现代作家、文学评论家，主编《小说月报》，著有长篇小说《幻灭》《子夜》等。

[②] 马克辛（1835—1910）：今译马克·吐温，美国短篇小说巨匠，批判现实主义奠基人，著有《百万英镑》《汤姆·索亚历险记》《竞选州长》等。

很佩服、敬仰,但有时总要讽刺他一下,便是托氏总想把自己表现得伟大。高尔基的《文录》(鲁迅编)其中有一篇关于托尔斯泰的回忆录,高尔基在文中讽刺他,说他想作一种 man-god。我们虽无托尔斯泰的富裕,便不写了么?莎士比亚与马克辛虽穷,不是也写出那样不朽的东西么?此虽关乎天才,但我们不能只靠天。人应该发掘自己的天才,发掘不出也要养成,尤其干才,原是训练出来的。

稼轩无论政治、军事、文学,皆可观,在词史上是有数人物。

说稼轩似老杜也还不然,老杜还只是一个秀才,稼轩则"上马杀贼,下马草露布"①。辛氏做官虽也不小,但意不在做官,是要做点事,有才能的人闲不住。他有两句词:

此身忘世浑容易,使世相忘却自难。(《鹧鸪天·戊午拜复职奉祠之命》)

这样一个热心肠、有本领的人,而社会不相容。

若以作风论,辛颇似杜,感情丰富,力量充足,往古来今仅稼轩与杜相近。但稼轩有一着老杜还没有,便是辛有干才。我们感情丰富才不说空话,力量充足才能做点事情。但只此还不够,还要有干才。稼轩真有干才,自其小传可看出这点。老杜不成。稼轩此点颇似魏武帝老曹。老曹原也感情丰富,只是后来狠心狠得把感情压下去了。世上本没有办不成的事情。(而现在中国几十年教育的失败,便是书本与生活打不到一块。)稼轩有干才,其伟处在有性情、有境界,即以气象论,亦有扬素波、干青云之概,岂后世龌龊小生所可拟耶!

《祝英台近》写"晚春",一提"晚春",便都想到落花飞絮,想到的是景。

---

① 《魏书》卷七十《傅永列传》:"高祖(魏孝文帝)每叹曰:'上马能击贼,下马作露布,唯傅修期耳。'"露布,汉代一种朝廷发布制书、诏书或臣僚上呈奏章的特殊方式,尚未成为独立文体。所以谓之"露布"者,盖因其不封检,露而宣布。至后魏,"露布"转变为一种军事报捷文书。

而稼轩是最不会写景的,他纯粹写景的作品多是失败的。但如:

点火樱桃,照一架荼蘼如雪。(《满江红》)

如此之开端,真好,真响。《满江红》该用入声韵,而除稼轩外,别人作出多是哑的。稼轩词,即其音之饱满便可知其内在力量是饱满的、是诚的。("月黑杀人地,风高放火天"二句,亦然。)《水浒传》写武松鸳鸯楼上杀完人,"蘸着血,去白粉壁上大写下八字道:杀人者打虎武松也"。金圣叹批:"卿试掷地,当作金石声。"(第三十回)辛此"点火樱桃,照一架荼蘼如雪",亦然。写景没有写得这么有力的。魏武、老杜也有力,但他们是十分力气使八分,稼轩十二分力气使廿四分。但写景不能这样写,前边使力太多,后边无以为继。

稼轩词中有写景之语,但他的写景都是情的陪衬,情为主,景为宾。北宋词就景抒情,至稼轩、白石一变而为即事叙景。北宋清真(周邦彦)写景写得真好:

人去鸟莺自乐,小桥外、新绿溅溅。(《满庭芳》)

真新鲜,真是春天印象,水清且绿。此是纯写景,无情。又如:

水面清圆,一一风荷举。(《苏幕遮》)

静安先生说此二句"真能得荷之神理者"(《人间词话》),非荷之形貌外表,然而无情。作品是人格表现,周清真之词曰"清真",美得不沾土,其人盖亦然。稼轩不写这样词。周是女性的,辛是男性的。

辛不能写景,感情太热烈,说着说着自己就进去了。如其《江城子》(宝钗飞凤)上片:

宝钗飞凤鬓惊鸾。望重欢,水云宽。肠断新来,翠被粉香残。待得来时春尽也,梅著子,笋成竿。

"水云宽"岂非写景,而"望重欢"是写情;"翠被粉香残"是景,而"肠断新来"是情;"梅结子,笋成竿"是景,而"待得来时春尽也"是情。情注入景,情胜过景,诗中尚有老杜、魏武,词中无人能及。他感情丰富,力量充足,他哪有心情去写景?写景的心情要恬淡、安闲,稼轩之感情、力量,都使他闲不住。稼轩词专写景的多糟,其写景好的,多在写情作品中。

稼轩此首《祝英台近》写"晚春",不是小杜之"绿叶成阴"(《叹花》),也不是易安之"绿肥红瘦"(《如梦令》)。先不论辛之"晚春"词为象征抑写实。若说为象征,是借男女之思写家国之痛。英雄是提得起、放得下的,稼轩是英雄,其悲哀更大,国破家亡,此点是提不起、放不下。宋虽未全亡,但自己老家是亡了。这样讲也好,但讲文学最好还是不穿凿,便是写实,写男女二性之离别,也是很好的词。

"宝钗分,桃叶渡","桃叶",晋王献之爱妾,献之曾为"桃叶歌"送之。"南浦",江淹《别赋》:"送君南浦,伤如之何?""烟柳暗南浦",真远。

"怕上层楼,十日九风雨",按《祝英台近》之格律,此句应为:仄仄平平,仄仄去平上。可是"九"是上声。此词中"暗南浦"是去平上,"又重数"是去平上,只有"九风雨"是上平上,而"九"字好。在中国旧的韵文,平仄与内容、情感有关。上楼是登高望远。没有一个诗人、没有一个有理想的人而不喜欢登高望远的,有人味、有诗味。何尝不爱上楼?"怕上层楼,十日九风雨"。十个理想顶多有一个可以实现。立志稍有不坚,便不行。不这样活,没有意义;这样活,活不下去。一个庸碌的人随便怎样都好,一个有感觉、有思想、有见解的人见此,便当觉伤感、悲哀、气愤。"怕上层楼,十日九风雨",无可奈何。能使稼轩那样英雄说出这样可怜话来,真是无可奈何。要提起,如何能提起?要放下,如何能放下?了解此二句,全部辛词可做如是观。

>>> "点火樱桃,照一架荼蘼如雪。"如此之开端,真好,真响。辛弃疾不能写景,感情太热烈,说着说着自己就进去了。图为清朝汪圻《踏雪寻梅图》。

宋人词中有句云：

拼则而今已拼了，忘则怎生便忘得。（李甲《帝台春》）

词不见得好，但是两句老实话。稼轩也写这种心情，比他写得还诗味：

天远难穷休久望，楼高欲下还重倚。拼一襟、寂寞泪弹秋，无人会。（《满江红》）

前面"拼则而今已拼了"二句，还有点散文气，辛此词较之更富于文学意味，他说"无人会"，真是"无人会"，无可奈何。

"宝钗分"一首词缠绵得很，在稼轩词中很少见，不过真好。词中写到"片片飞红""啼莺声住"，飞红也拉不住，啼莺也劝不住，只好让它飞、让它啼。"更谁劝、啼莺声住"与"怕上层楼，十日九风雨"二句一样，无可奈何。飞者自飞，啼者自啼，而人是无可奈何。

此词若讲作男性之言，与后片不合，不如全当作女性之言。"鬓边觑""花卜归期"，感情很热烈，很忠实，不用说，而且也美。辛词往往以力代替美，清真词以美胜于力。前所举"天远难穷休久望"之一首《满江红》就代表力量，这样词要没有劲，非糟不可，而"花卜归期，才簪又重数"，真美。

稼轩虽是老粗，但真能写女性，了解女性，而且最尊重对方女性人格。此一点两宋无人能及，便苏髯①亦不成。辛写女性总将对方人格放在自己平等地位，周清真、柳耆卿都把女性看成玩物，而稼轩写得严肃。"花卜归期，才簪又重数"，可见心不在花。清醒时是"花卜归期"，睡梦中是"哽咽梦中语。是他春带愁来，春归何处。却不解、带将愁去"。

在中国词史上，所有人的作品可以四字括之——无可奈何。后主李

---

① 苏髯：亦作"髯苏"，苏轼别称。以其多髯，故称。

煜"梦里不知身是客,一晌贪欢"(《浪淘沙》);"多少恨,昨夜梦魂中"(《望江南》),是无可奈何。稼轩乃词中霸手、飞将,但说到无可奈何,还是传统的,所以"试把花卜归期,才簪又重数"。这个无可奈何,这个忧、惧。

人生悲哀是失望、失败,但还不是最大悲哀,最大悲哀是忧、是惧。《论语》曰:"仁者不忧,勇者不惧。"(《子罕》)"夫何忧何惧?"(《颜渊》)夫子之言绝非无的放矢。古今才人志士悲哀的还不在事业失败、理想不能成功。此还都不及忧、惧。对任何人或事怀疑是最大痛苦、悲哀,再连自己都不相信更是痛苦、悲哀。不管对己、对人、对事业,在你失掉信心时便是失掉勇气时,人没勇气,力量从何来?如此便是活着最没意义时,只有自杀的份了。人对自己:第一,要做到使人相信我们的品格、本领。哪怕担水扫地,要叫人相信。第二,要竭力可使自己相信的人集合成力量。人人若都能使人相信,岂非天下太平?忧、惧虽为二,而忧之来惧而随之。忧,力不集中;分裂了,惧就来了。忧是惧的先导,惧是忧的结果。

如辛氏之人物,他也有忧、也有惧吗?据人考据,在南宋时,朝廷对南、北之人看得很重,对北方人总带歧视心理,尤其稼轩带兵从北而南,被看为他类,有事时用他,不用时便叫他走。这时最难过,心里冷一阵热一阵,上一阵下一阵。

稼轩最佩服渊明:"岁岁有黄菊,千载一东篱"(《水调歌头》);"我愧渊明久矣,独借此翁湔洗,素壁写归来"(《水调歌头》);"若教王谢诸郎在,未抵柴桑陌上尘"(《鹧鸪天》)。辛氏热、真、直,如何会喜欢陶?虽然陶亦有其热、其真、其直在,但二人个性究竟不同。陶之处世无论如何得算情多,而稼轩怎么那么佩服他?稼轩以黄菊比陶,一方面是联想,一方面是象征。"岁岁有黄菊,千载一东篱"二句,有真感情、真感觉,比老杜诗还好。老杜吃鸡蛋,还捡四方的,掉在地上都不打滚。真笨!"宝钗飞凤鬓惊鸾",老杜作不出。"我愧渊明久矣",是从心里说出,一念便觉他佩服渊明,便因渊明放得下,说不干就不干了。可是稼轩放不下,"挥之即去,招亦须来"。稼轩有时对自己怀疑,这是真可怜。

稼轩又有《鹧鸪天》词二首：

晚日寒鸦一片愁。柳塘新绿却温柔。若教眼底无离恨，不信人间有白头。　　肠已断，泪难收。相思重上小红楼。情知已被山遮断，频倚阑干不自由。

有甚闲愁可皱眉。老怀无绪自伤悲。百年旋逐花阴转，万事长看鬓发知。　　溪上枕，竹间棋。怕寻酒伴懒吟诗。十分筋力夸强健，只比年时病起时。

看其第一首，亦是忧、惧，无可奈何。前二句"晚日寒鸦一片愁"，凄凉、寒冷、黑暗；"柳塘新绿却温柔"，温暖、光明。这是人生妙言。学之者学前二句。别学后二句"若教眼底无离恨，不信人间有白头"，后二句用力用努了，不过真结实、有力。"相思重上小红楼"，一字比一字上去了。"情知已被山遮断"，看不见，不用看了，但不由己。稼轩《鹧鸪天》(有甚闲愁)，晚年写这样词，真是霸王在九里山前。事业失败是悲哀，但年老更可悲。"百年旋逐花阴转，万事长看鬓发知"，二句伤感，但是两句好词。百足之虫死而不僵，看他伤感到底有力。别人伤感是赏玩的，辛不然。

回到《祝英台近·晚春》，此是稼轩代表作，至少是代表作之一。

余初读时喜欢后三句，"是他春带愁来，春归何处。却不解、带将愁去"，此少年人伤感；其后略经世故，知道世事艰难，二三十岁喜欢"怕上层楼，十日九风雨"二句；四十多岁以后才真懂得"鬓边觑。试把花卜归期，才簪又重数"三句是最美的。

第六节

英雄的手段与诗人的感觉

辛稼轩《满江红》：

> 家住江南,又过了、清明寒食。花径里、一番风雨,一番狼藉。红粉暗随流水去,园林渐觉清阴密。算年年、落尽刺桐花,寒无力。
>
> 庭院静,空相忆。无说处,闲愁极。怕流莺乳燕,得知消息。尺素如今何处也,彩云依旧无踪迹。谩教人、羞去上层楼,平芜碧。("彩云",又本作"绿云"。)

木叶落,长年悲。(《淮南子》)

木叶落可悲,尤其在长年,以其来日无多,去日苦多。

古人弄诗词,因他有闲情逸致;而现在世界,不允许我们如此了。

善恶是非,现在已成为过去的名词。现在世界,不但不允许我们有闲情逸致,简直不允许我们讨论是非善恶。我们一个人要做两个人的事情,纵使累得倒下、趴下,但一口气在,此心不死,我们就要干。这不是正义,不是是非善恶,是事实,铁的事实。你不把别人打出去,你就活不了。[①] 惜老怜贫是古时的仁义道德。在现在,要说"我不想忙""我不想负责任",便如同说"饿了不想吃饭",不是胡涂,便是骗人。要说没饭可吃便赶快要想法

---

① 按:此二句就抗日战争而言。

吃饭,说别人是有慈悲的、有同情的,这话很可怜。(别人无所用其慈悲。)世上仗着别人同情、慈悲活着的,是什么人哪!我们不能这样活着。

与其满腹勾心斗角而满口风花雪月,还不如就把他的勾心斗角写出来呢。"月黑杀人地,风高放火天"之好,便因其有力,诚。

诚,不论字意,一读其音便知。学文学应当朗读,因为如此不但能欣赏文字美,且能体会古人心情,感觉古人之力、古人之情。

前人将词分为婉约、豪放二派,吾人不可如此。如辛稼轩,人多将其列为豪放一派。而我们读其词不可只看为一味豪放。《水浒》李大哥是一味颟顸,而稼轩非一味豪放。即如稼轩之豪放,亦绝非粗鲁颟顸,而一般说豪放但指粗鲁颟顸,其实粗鲁颟顸乃辛之短处。人有不虞之誉,有求全之毁。君子善善从长,稼轩是有短处,但不可只认其短处,而将其长处全看不出。

人都说辛词好,而其好处何在?一说满拧。

辛有英雄的手段,有诗人的感觉,二者难得兼而有之。这一点辛很似曹孟德,不用说心肠、正义、慈悲,但他有诗人的力、诗人的诚、诗人的感觉。在中国诗史上,盖只有曹、辛二人如此。诗人多无英雄手段,而英雄可有诗人感情,曹与辛于此二者盖能兼之。老杜不成。老杜也不免诗人之情胜过英雄手段,便因老杜只是"光杆儿"诗人。

稼轩是承认现实而又想办法干的人,同时还是诗人。一个英雄太承认铁的事实,太要想办法,往往不能产生诗的美;一个诗人能有诗的美,又往往逃避现实。只有稼轩,不但承认铁的事实,没有办法去想办法,实在没办法也认了;而且还要以诗的语言表现出来。稼轩有其诗情、诗感。中国诗,最俊美的是诗的感觉,即使没有伟大高深的意义,但美。如"杨柳依依""雨雪霏霏"(《诗经·小雅·采薇》),若连此美也感觉不出,那就不用学诗了。

> 莫避春阴上马迟,春来未有不阴时。(《鹧鸪天·送欧阳国瑞入吴中》)

"明日阴晴未定"(朱敦儒《西江月》),"其雨其雨,杲杲出日"(《诗经·卫风·伯兮》),可"谁见苍天曾坠地,杞人忧思一何深"(余之《江头》①)! 既如此,无须挣扎,"莫避春阴上马迟,春来未有不阴时",及时行乐。

此二句,连老杜也写不出来。清周济(止庵)②论词,将词分为自在、当行。③ 自在是自然,不费力;当行是出色,费力。又当行又自在、又自在又当行,很难得。如,清真词自在而不见得当行。稼轩当行,如"点火樱桃,照一架荼蘼如雪"(《满江红》),但又嫌他太费力。辛词当行多,自在少,而若其"莫避春阴上马迟,春来未有不阴时"二句,真是又当行又自在。若教老杜,写不了这样自在。

"莫避春阴上马迟",不用管阴不阴,只问该上马不该,该走不该,该走该上马,你就上马走吧,"春来未有不阴时"! 我们不生于华胥之国④,不能为葛天氏⑤之民,便不能等太平了再读书,这是铁的事实。一般人都逃避现实,逃避现实的人便是不负责任的人,偷懒的人,不配生在此世的人。我们要承认现实中铁的事实,同时要在此铁的事实中想办法。如人病入膏肓,没有办法了,等法子,不可为;没办法,想办法去实行;实在没办法,只好悬崖放手了。"莫避春阴上马迟,春来未有不阴时",认了!

---

① 《江头》(1945),见《顾随全集》卷一,石家庄:河北教育出版社,2014年第1版,第463页。
② 周济(1781—1839):字保绪,一字介存,号未斋,晚号止庵,江苏荆溪(今江苏宜兴)人。清朝词人,常州派词论家,著有《止庵词》《词辨》等。
③ 周济《介存斋论词杂著》论苏辛词云:"世以苏辛并称,苏之自在处,辛偶能到;辛之当行处,苏必不能到。"
④ 华胥之国:《列子·黄帝》:"(黄帝)昼寝而梦,游于华胥氏之国……其国无帅长,自然而已。其民无嗜欲,自然而已。不知乐生,不知恶死,故无夭殇;不知亲己,不知疏物,故无爱憎;不知背道,不知向顺,故无利害;都无所爱惜,都无所畏忌。入水不溺,入火不热。斫挞无伤痛,指擿无痟痒。乘空如履实,寝虚若处床。云雾不硋其视,雷霆不乱其听,美恶不滑其心,山谷不踬其步,神行而已。"
⑤ 葛天氏:上古氏族部落首领,传说为华夏乐舞文化创始者。

稼轩有时亦用力太过,如其咏梅之《最高楼》"换头":

甚唤得雪来白倒雪,便唤得月来香煞月。

中国咏梅名句是:

疏影横斜水清浅,暗香浮动月黄昏。

(林逋《山园小梅》)

林氏此二句实不甚高而甚有名。余不是不欣赏静的境界,但不喜欢此二句。此二句似鬼非人,太清太高了,便不是人,不是仙便是鬼,人是有血有肉有力有气的。如说"疏影横斜"二句是清高,恐怕也不见得。

"甚唤得雪来白倒雪,便唤得月来香煞月",不能只看其捣乱,似白话,要看其力、诚、当行。胡适先生谓其好乃因其"俳体",余非此意。它的确是"俳体",是活的语言,而它最大的力量是诚,但太不自在。别人作"俳体",易成起哄、拆烂污①,发松,便因其无力。人一走此路便是下流,自轻自贱,叫人看不起。人必自侮而后人侮之,是自轻自贱,这样"俳体"不成。稼轩不然,稼轩心肠热,富于责任心,他有力、有诚,绝不致被人看不起,而且叫人佩服,五体投地,这便由于他里面有一种力量,为别人所无。

读稼轩若只以豪放、俳体去会,便错了。不要以为"白倒雪""香煞月"是起哄,也不要以"落日楼头,断鸿声里,江南游子"(《水龙吟·登建康赏心亭》)一首为豪放,尤不可认为是颠顸。

辛稼轩这首《满江红》(家住江南)不是大声吆喝着讲的。"甚唤得雪来白倒雪"二句、"莫避春阴上马迟"二句可以讲,"杨柳依依""雨雪霏霏",怎么讲?念一念就觉得好。(还不只是念,其实看一看便觉得好。)"家住江

---

① 拆烂污:南方方言,意思是指做事苟且马虎,不负责任,致使事情糟到难以收拾。

南,又过了、清明寒食",一起便好。绝非粗鲁,尤其前片。"又过了、清明寒食",什么都没说,而什么全有了。清明寒食,对得起江南,江南也对得起清明寒食,好像只有在江南,才配过清明寒食,说"家住北京"便不成,这没道理,这是感觉。有什么条文纪律?没有,就凭我嘴一说,你心一感。我说了,你不感不成;你感了,可以我不说。"花径里、一番风雨",还没什么,"一番狼藉"(仄平平入),真好,用得真好,便看见满地落花,雨打风吹。"红粉暗随流水去,园林渐觉清阴密",二句不见佳。"算年年、落尽刺桐花,寒无力",真好,一念便觉无力。此是诗人感觉。说到感觉,需要静,需要细。体会时如此,创作时也需如此。

第七节

含笑而谈真理

辛稼轩有《西江月》两首,一题《遣兴》,一题《示儿曹,以家事付之》。

> 醉里且贪欢笑,要愁那得功夫。近来始觉古人书。信着全无是处。　　昨夜松边醉倒,问松我醉何如。只疑松动要来扶。以手推松曰去。(《西江月·遣兴》)

> 万事云烟忽过,百年蒲柳先衰。而今何事最相宜。宜醉宜游宜睡。　　早趁催科了纳,更量出入收支。乃翁依旧管些儿。管竹管山管水。(《西江月·示儿曹,以家事付之》)

《西江月》一调之格律：

上片：+|+ーー|,+ー+|ーー(平韵)。
　　　+ー+||ーー(平韵)。
　　　+|ーー+|(仄韵)。
下片同。

上下片同。或曰仄韵宜叶去,但亦不尽然。曲中平仄兼叶,词中如《西江月》即平仄兼叶,开曲之先声。

《西江月》调太俗,欧公、苏公所作尚佳,南宋而后则推稼轩。此调之俗,一因小说中用俗了；一因此调本身即俗,盖因六言之故。

王渔洋诗学王维,而口中捧老杜,实是挂羊头卖狗肉。姚鼐的《今体诗钞》以为王摩诘有三十二相。(姚氏此书只收五七律,不收五七绝,不知何故。)佛有三十二相,乃凡心凡眼所不能看出的。"望之俨然,即之也温"(《论语·子张》)是老夫子,摩诘有三十二相,则超人。于诗,摩诘不使力,老杜使力;王即使使力,出之诗亦高,而杜即使不使力,出之诗亦艰难。以王如此之天才,作六言诗也不成。如其《闲居》:

桃红复含宿雨,柳绿更带朝烟。
花落家童未扫,鸟啼山客犹眠。

俗。一样话看你怎么说法,创作如此,说话亦然!说得好,假,人都信;说得不好,真,人都不信。黄山谷与老杜争胜于一字一句之间,起初余颇不以为然,而近来颇以为然。盖对一字一句不注意,就是放弃了对文学之责任。同是这一点儿意思,说得好与不好,有很大关系。"桃红复含宿雨,柳绿更带朝烟",此境界的确不错,很有诗意,可惜写得俗。若把"复"字、"更"字去了,"家"字、"山"字去了,便不一样。改为:

桃红含宿雨,柳绿带朝烟。
花落童未扫,鸟啼客犹眠。

这便好得多,何故?此盖因中国诗不宜六言。

以王维三十二相写六言尚不免俗,何况我辈?然此乃就无天才者而言,假使真是天才,思想高深,虽顶俗的调子也能填得很好。如老谭(叫天)唱戏,《卖马》①《打渔杀家》②……人说原多是开场戏,可是被老谭唱成大轴

---

① 《卖马》:戏曲传统剧目,又名《天堂县》《当锏卖马》,叙秦琼解配军至潞州天堂县投文,困居客店。店主索房饭钱,秦琼忍痛欲卖黄骠马,遇单雄信借马而去。秦琼再欲卖锏,遇王伯当、谢映登资助,并代索回文。
② 《打渔杀家》:戏曲传统剧目,此戏原为《庆顶珠》中两折,叙梁山英雄萧恩与女儿桂英捕鱼为生,当地恶霸丁员外勾结官府,一再勒索渔税,滥施刑杖,父女被迫奋起抗争,杀死恶霸丁员外全家,远走他乡。

子了。《西江月》调原很俗,可是被欧、苏、辛作好了。

"俳体",含笑而谈真理,使读者听了有趣,可是内容是严肃的。

人同什么开玩笑都可以,绝不可同自己生活开玩笑,能同生活开玩笑的人非大英雄即大天才,我辈绝不可如此。战战兢兢,小心谨慎,这样或者还能做成像样人,做点儿像样事,绝不可开玩笑。人到刀子搁脖子上还能开玩笑么?若还能,则此精神当可佩服。若对惊天动地、惊心动魄的事,都能开玩笑,那么你就开玩笑,因为你有这天才。不过开玩笑的确是可赞成的,可以使我们活得有味儿。在现在之世界,诚如巴尔扎克(Balzac)所言,忙得使人没法活了。"尘世难逢开口笑"(赵善括《满江红》),现在尤其难,简直压得我们出不来气,所以我们要开玩笑,不过态度是要含笑而谈真理。稼轩这不同自己开玩笑了么?而又很富于幽默趣味。有的人非常忠厚,而说出话来真幽默,这样人可爱。一个人应该是认真的,但休息时要有孩子的天趣,是活泼泼的、幽默的。如人之饮食为解饥渴,而有时要喝咖啡、吃糖,这不是为了解饥渴,乃是生活的调剂。在某种情形下,滑稽、幽默、诙谐是需要,唯不可成为捣乱、拆烂污。

幽默有三种:

一种是讽刺。此种近于冷。如清人俞樾[①]的《一笑》记有一篇故事,写一个学生给老师戴高帽:

> 有京朝官出仕于外者,往别其师。师曰:"外官不易为,宜慎之。"其人曰:"某备有高帽一百,逢人则送其一,当不至有所龃龉也。"师怒曰:"吾辈直道事人,何须如此!"其人曰:"天下不喜戴高帽如吾师者,能有几人欤?"师颔其首曰:"汝言亦不为无见。"其人出,语人曰:"吾高帽一百,今止存九十九矣。"

[①] 俞樾(1821—1907):字荫甫,号曲园,浙江德清人。清朝学者、文学家,著有《春在堂全书》。

人没有不喜欢戴高帽的。此故事是讽刺,但近于冷。

又一种是爱抚。发现人类或社会之短处,但不揭破它,如父母之对子女,带着忠厚温情。人本来是不够理想的生物,上帝造人便有缺点。但有的人因有一点缺点反而更可爱了。

又一种是游戏(唯美)。如以前冯梦龙①《笑府》所讲过的故事:三人漫步,一人曰:"春雨如油。"第二人继曰:"夏雨如馒头。"第三人则曰:"周文王如塔饼。"(第二人故意将"油"之比喻义作为实义,故以"馒头"喻"夏雨",第三人故意将"夏雨"之谐音为"夏禹",方继之以"周文王"。)像这样的幽默既非刻薄,又非爱抚,只是智慧,如饮咖啡。

至于揭人阴私,血口喷人,品斯下矣。

稼轩此二首"俳体",非讽刺,而颇近于爱抚。尤其后一首《示儿曹,以家事付之》,此爱不仅是对其子女,对自己亦有点爱抚。前一首颇似小儿天真。世人有思想者多计较是非,无思想者多计较利害。无论是非或利害都是苦,只有小儿无是非、利害,只是兴之所至,尽力去办,此是最富于诗味的游戏。如一些课外娱乐团体中,小儿游戏很天真、很坦白,而且是很真诚的。前一首《遣兴》非讽刺亦非爱抚,只是游戏。但游戏要坦白、真诚,忌妄言,稼轩做到了。

---

① 冯梦龙(1574—1646):字犹龙,别号龙子犹、墨憨斋主人、顾曲散人等,长洲(今江苏苏州)人。明朝文学家,编撰"三言"(《喻世明言》《警世通言》《醒世恒言》)、《古今谭概》等。

第八节

余论

稼轩《满江红》(莫折荼蘼)下片：

> 榆荚阵,菖蒲叶。时节换,繁华歇。算怎禁风雨,怎禁鹈鴂。老冉冉兮花共柳,是栖栖者蜂和蝶。也不因、春去有闲愁,因离别。

这是生发,不是铺叙。生发与铺叙不同。生发是因果、是母子；铺叙是横的,彼此间毫无关系,只是偶然连在一起,摆得好看,有次序而已。"榆荚阵"与"菖蒲叶"两句是铺叙,"时节换"与"繁华歇"两句是因果,是生发。而一、二句又与三、四句并列：

```
一 二 （铺叙）⎫
              ⎬ ⟶
三 四 （因果）⎭
```

上两句是云中雁,下两句是鸟枪打。稼轩此下片每两句为一排,两两生发,其"时节换,繁华歇"二句虽是概念,而前边有印象"榆荚阵,菖蒲叶"。

稼轩有词《水龙吟·用"些"语再题瓢泉》,以体制论,自有《水龙吟》来,无有此等作。

稼轩《水龙吟·登建康赏心亭》一首,下片云:

休说鲈鱼堪脍。尽西风、季鹰归未。

"归未"下,不应标问号。"归未",只是未归之意,所以上句说"休说鲈鱼堪脍"也。说了亦是归不得,不如不说之为愈也。

后人学稼轩多犯二病:一为忘掉稼轩才高,二为不能"入"。忘掉稼轩才高,则学之乱来。稼轩"才气纵横",绝非鲁莽,不是《水浒》中李大哥蛮砍,忘此而学之乃乱来。稼轩能"入",深入人心,深入人生核心,咀嚼人生真味。(朱希真便不能入,杀人不死。)常人但见稼轩词中说理,不知稼轩所说是什么理;他也说理,也不思量自己说的什么理。即如上述《玉楼春》(有无一理),稼轩说理还不是作"砸"了?不过英雄虽失败,到底是英雄;庸人到成功,也还是饭桶。项王临死乌江自刎还那么大方。常人既不了解稼轩之才气,又不了解稼轩之思想,所以胆大敢学。然而,要紧之处还在"感情浓挚"。

稼轩最多情,什么都是真格的。此直似杜工部、陶渊明、屈灵均,天才的精神多有相通处。"情感浓挚"作不出来,所以千百年后读稼轩词仍受其感动。

附一:辛弃疾词选目(27首)

1. 《贺新郎》(下马东山路)
2. 《贺新郎》(甚矣吾衰矣)
3. 《念奴娇》(洞庭春晚)
4. 《念奴娇》(君诗好处)
5. 《沁园春》(老子生平)
6. 《沁园春》(有美人兮)
7. 《沁园春》(我试评君)
8. 《沁园春》(叠嶂西驰)
9. 《沁园春》(一水西来)
10. 《水调歌头》(白日射金阙)
11. 《水调歌头》(寒食不小住)
12. 《水调歌头》(长恨复长恨)
13. 《水调歌头》(唤起子陆子)
14. 《水调歌头》(渊明最爱菊)
15. 《水调歌头》(我亦卜居者)
16. 《满江红》(莫折荼蘼)
17. 《满江红》(几个轻鸥)
18. 《木兰花慢》(路旁人怪问)
19. 《木兰花慢》(可怜今夕月)
20. 《水龙吟》(听兮清珮琼瑶些)
21. 《水龙吟》(只愁风雨重阳)

22.《喜迁莺》(暑风凉月)

23.《醉翁操》(长松之风)

24.《踏莎行》(夜月楼台)

25.《踏莎行》(弄影阑干)

26.《西江月》(八万四千偈后)

27.《生查子》(悠悠万世功)

附二:辛弃疾浪漫主义词选目(25首)

1. 《六州歌头》(晨来问疾)
2. 《兰陵王》(恨之极)
3. 《贺新郎》(云卧衣裳冷)
4. 《贺新郎》(凤尾龙香拨)
5. 《贺新郎》(甚矣吾衰矣)
6. 《沁园春》(叠嶂西驰)
7. 《水调歌头》(落日塞尘起)
8. 《木兰花慢》(可怜今夕月)
9. 《水龙吟》(听兮清珮琼瑶些)
10. 《水龙吟》(举头西北浮云)
11. 《摸鱼儿》(望飞来半空鸥鹭)
12. 《摸鱼儿》(问何年此山来此)
13. 《永遇乐》(千古江山)
14. 《归朝欢》(我笑共工缘底怒)
15. 《八声甘州》(故将军饮罢夜归来)
16. 《最高楼》(花好处)
17. 《千年调》(左手把青霓)
18. 《青玉案》(东风夜放花千树)
19. 《破阵子》(醉里挑灯看剑)
20. 《南乡子》(何处望神州)
21. 《鹧鸪天》(壮岁旌旗拥万夫)

22.《鹊桥仙》(溪边白鹭)

23.《西江月》(醉里且贪欢笑)

24.《柳梢青》(莫炼丹难)

25.《生查子》(悠悠万世功)

第二十五讲

说竹山词

蒋捷,字胜欲,自号竹山,宜兴人。有《竹山词》。

胡适之《词选》说,蒋捷宋末德祐年间曾中进士。宋亡之后,隐居不仕。元成宗大德年间,有许多人推荐他,他总不肯出来做官。

南宋末词家多走入纤细、用典之路,而多咏物之作。(同学不喜咏物之作最好,若喜欢,最好抛掉此种爱好。)宋末词路自北宋清真(周邦彦)一直便至南宋白石(姜夔),其后则梅溪(史达祖)[①]、梦窗(吴文英)、碧山(王沂孙)[②]、草窗(周密)[③]、玉田(张炎),此为一条路子。南宋除此六家外,无大作者。清人戈载[④]辑《宋七家词选》,即收此七家之词。江西诗派有一祖(杜甫)、三宗(黄庭坚、陈师道、陈与义),南宋词一祖(周邦彦)、六宗(白石、梅溪、梦窗、碧山、草窗、玉田)。如果算上竹山,则是一祖七宗。

自清以来,词人多走此路子。余不喜此路。用鲁迅先生话,一言以蔽之曰:党同伐异而已矣。[⑤]

---

① 史达祖(1163—1220?):字邦卿,号梅溪,汴州(今河南开封)人。南宋词人,以咏物见长,著有《梅溪词》。
② 王沂孙(?—1291?):字圣与,号中仙,又号碧山,会稽(今浙江绍兴)人。南宋词人,以咏物见长,著有《花外集》。
③ 周密(1232—1298):字公谨,号草窗,又号四水潜夫、弁阳老人,吴兴(今浙江湖州)人。南宋词人,著有词集《草窗词》、笔记《武林旧事》等。
④ 戈载(1786—1856):字宝士,号顺卿,又号弢翁,江苏吴县(今江苏苏州)人。清朝学者、诗人,著有《词林正韵》,编选《宋七家词选》。
⑤ 鲁迅《集外集拾遗补编·新的世故》:"凡有人要我代说他所要说的话,攻击他所敌视的人的时候,我常说,我不会批评,我只能说自己的话,我是党同伐异的。"

第一节

伤感

胡适之评蒋捷词曰：

> 蒋捷受了辛弃疾的影响，故他的词明白爽快，又多尝试的意味。(《词选》)

此胡氏自道也。连风格、体裁都没有，还不用说内容。胡氏之推重竹山，盖因胡氏与之相似。胡氏又谓蒋捷词在其中颇能"自造新句""自出新意"(《词选》)，此谓外表辞句与内容意义皆与人不同也。

余于胡适之说多不赞成，论词尚有可取之处。(余之说，实亦党同伐异而已。)

胡氏谓蒋捷词有新句、新意。且看其《贺新郎·秋晓》中句：

> 起搔首、窥星多少。月有微黄篱无影，挂牵牛、数朵青花小。秋太淡，添红枣。

写牵牛写出"月有微黄篱无影，挂牵牛、数朵青花小"，真是不能再好了。"月有微黄篱无影"，不是牵牛；至"挂牵牛"，始写牵牛，但上句绝不可去——无下句，上句无着落；无上句，下句也没劲。如照相之有阴阳影，即所谓明暗，这是艺术。文学描写亦然。"挂"字用得好。"数朵青花小"是牵牛(那开大朵红色或五彩斑烂的盖来自外国)，这是明面，是牵牛面貌，而牵牛精神全在上句——"月有微黄篱无影。"①

胡适先生说这样词好,固然,但余之介绍蒋词,不单为此。余之喜竹山词,因他有几首很有伤感气。(余有一时期最富伤感气,虽然此时想来,那时是最幸福的时期。)竹山之伤感词如"二十年来,无家种竹,犹借竹为名"(《少年游》)。

除掉伤感气,在文学表现上,各家各有其表现法。在此点上,竹山与南宋六家不同。白石等六人总觉不肯以真面示人,总不肯把心坦白赤裸给人看,总是绕弯子,遮掩。其实毫无此种必要。先不用说别人把我爱的拿了去,即使不拿何必叫你们看,而他们的遮掩,遮掩什么?是实在写得没什么看头儿,没什么听头儿,所以不得不遮掩装饰。一言以蔽之曰:党同伐异而已矣。

蒋词之好,诚如胡氏所言"明白爽快"。如"月有微黄篱无影"数句,南宋六家根本就无此等句,根本就看不出来,所以脑里没有,笔下也写不出来,正是禅宗所谓"眼里无筋,皮下无血"(应庵和尚语)②。蒋氏真有眼,如"月有微黄篱无影,挂牵牛、数朵青花小";真有血,如"二十年来,无家种竹,犹借竹为名"。然而此词还不能说是蒋氏伤感词中好的代表作品,还有更好的。但最早感动余的是"二十年来"三句,觉得南宋还有这么写的哪,明白爽快,简单真切;又不明白,不真切,不简单,不爽快。人皆知复杂为美,其实简单亦为美。或曰:有一人自号为青躬道人,或询其意,曰:没米没穴,精穷而已。③ 这是幽默。中国人若说可爱真可爱,若说该打真该打。幽默固然可以,但不要成为起哄、耍贫嘴。人到活不下去而又死不了的时候,顶好想一个活的办法,就是幽默。这是一种法宝。竹山词即有此种写法(此点以后还要说)。

---

① 叶嘉莹此处有按语:此仍是纤巧之技。
② 《五灯会元》卷二十记应庵和尚语:"三世诸佛,眼里无筋。六代祖师,皮下无血。"
③ 清朝梁绍壬《两般秋雨庵随笔》卷三:"仁和王健庵先生,随园老人之甥也。家贫,以诸生老。……晚年自号青躬道人。或问其故,曰:'无米无穴,精穷而已。'"

余对竹山词之爱好始于"二十年来"三句,但其最好的伤感作品非此,乃《虞美人》:

> 少年听雨歌楼上。红烛昏罗帐。壮年听雨客舟中。江阔云低断雁叫西风。　而今听雨僧庐下。鬓已星星也。悲欢离合总无情。一任阶前点滴到天明。

"虞美人"与"菩萨蛮"是最古的调子。稼轩有一首《菩萨蛮》可称前无古人之作,能自出新意,自造新词:

> 青山欲共高人语。联翩万马来无数。烟雨却低回。望来终不来。(《金陵赏心亭为叶丞相赋》)

自有《菩萨蛮》以来都是写得很美、很缠绵。其实稼轩也仍然是美丽缠绵,但别人是软弱的,稼轩是强健的。北京有口语:"这多没劲呢!"没劲真不成,稼轩真有劲。姑不论其好坏,总之只此一家,别无分号。

"问君能有几多愁"(李煜《虞美人》),差不多人所作《虞美人》都是这味儿的。竹山盖曾受稼轩影响。南宋词人好绕弯子,遮掩模糊。而稼轩写"烟雨",字不迷糊,写得多清楚。竹山的"月有微黄篱无影"也是清清楚楚,把朦胧端出来了。稼轩《菩萨蛮》是只此一家,竹山此首《虞美人》也是前无古人。

"少年听雨歌楼上"一句,字很普通,而把少年的心气——什么都不怕及其高兴都写出来了。"红烛昏罗帐",不仅写灯昏,连少年的昏头昏脑、不思前想后的劲都写出来了。"壮年",挑上担子,为家为国为民族,"江阔云低","江阔",活动地面大,"云低",非奋斗不可,"断雁叫西风"写自己感情。而且"壮年"二字一转,便从少年转过来了。这比"起搔首、窥星多少"和"二十年来,无家种竹"二首都好。那多小,多空虚;这多大,多结实,连稼轩都

>>> "少年听雨歌楼上"一句,字很普通,而把少年的心气——什么都不怕及其高兴都写出来了。图为明朝姚绶《独坐听雨图》。

不成。稼轩也许比他还有劲,但没有他的俊,句子不如他干净。近代白话文鲁迅收拾得头紧脚紧,一笔一个花。即使打倒别人,打一百个跟头要有一百个花样,重复算我栽了。别人则毛躁,稼轩不毛躁,但绝没有竹山收拾得那么干净。

竹山此词细。"细"有两种说法,一指形体之粗细,一指质地之精细、糙细。蒋氏此词在形上够大的,不细;但他是细,此乃质上的细,重箩白面,细上加细。

竹山《虞美人》上半阕,没有商量的,没一字不好,可惜下半阕糟了。稼轩有时亦然,其《菩萨蛮》下半阕是捣乱:

人言头上发。总是愁中白。拍手笑沙鸥。一身都是愁。

蒋氏后半阕是泄气了。好仍然好,可惜落在中国传统里了。"少年……",买笑、快乐;"壮年……",悲愤;"老年……悲欢离合总无情",一切不动情,不动心,解脱、放下,凡事要解脱、要放下。其实人到老年是该解脱、放下,但生于现代,解脱也解脱不了,放也放不下,不想扛也得扛,不想干也得干。

第二节

情致

竹山词中情致最高者,要属《少年游》:

> 梨边风紧雪难晴。千点照溪明。吹絮窗低,唾茸窗小,人隔翠阴行。　而今白鸟横飞处,烟树渺江城。两袖春寒,一襟春恨,斜日淡无情。

人生一切好的事情都是不耐久的,人生所以值得留恋(流连)。努力,为将来而努力;留恋,对过去而留恋——这是人生两大诗境。这两种境界都是抓不住的,而又是最美的时期。无论古今中外写爱写得美的诗文,他所写不是对过去的留恋,就是对将来的努力。诗人的幸福不是已失的,便是未得的,没有眼下的。若现在正在爱中,便只顾享受,无暇写作。

中国人写爱,多是对过去的留恋。晚唐诗人李义山(唯美派作家),代表作《锦瑟》,"锦瑟无端五十弦","无端",好;"一弦一柱思华年","华年",真好。平常把好的名词、美的句子、好文好书都马虎过去了,如猪八戒吃人参果。《锦瑟》诗之美,便因其所写为回想当年情事。

写对未来的爱,对未来的爱的奋斗,是西洋人多。虽然中国亦非绝对没有,韩偓有诗即对将来爱之追求:

> 菊露凄罗幕,梨霜恻锦衾。
> 此生终独宿,到死誓相寻。
> 　　(《别绪》)

诗人写爱,不要以为是只写人生一部分,乃是写整个人生。爱是人生一部分,诗是象征整个人生。可惜中国人写爱多只是对过去之留恋。竹山此词即是。

首句"梨边风紧雪难晴",写梨花,非真雪;"雪难晴",花且落不完哪。"千点照溪明",好,水净花白。这是写过去。(虽然中国动词没有时间性。)"人隔翠阴行",这么平常而这么美。字是平常字,句是简单句,但有真情实感,有悠长意味。(现代人写白话文,非写成烂棉花不止。)虽中国式的表现手法,真写得好。温柔敦厚,中国传统之美。如朱竹垞(彝尊)[①]词:

共眠一舸听秋雨,小簟轻衾各自寒。(《桂殿秋》)

朱氏一部词没什么好,但有此二句便可以了。"小簟轻衾"句是那么好,把秋天味全写出来了。"佯佯脉脉是深机"(韩偓《不见》,但此句成为说明了),所谓不言而喻,要心相会,莫逆于心。诗中好的境界即是如此。(此问题太大,留待将来讲。)"人隔翠阴行","人",不是不相干之人,而又不在一处,"佯佯脉脉"(谓在若有意若无意之间),如饮酒到好处,不是"过"也不是"不及"。

写散文有层次,写诗亦有层次。但不见得在前者先说,在后者后说。有时前者在先而并不明说:一种是前后颠倒写;一种是前边写得不明,要看后边。蒋氏此《虞美人》过片一个"而今",知道前面是过去的事情。以前"吹絮窗低,唾茸窗小,人隔翠阴行",而今呢?是"而今白鸟横飞处",再没有比这无聊的了,"白"也没什么难过,只是"白"得无可奈何。但若没有前面"人隔翠阴行",也显不出这句好。韩偓的"梨霜恻锦衾"是痛苦,痛苦都能忍受,淡漠不能忍受。没人,也不要紧;有人,骂我也好。但偏是:有人,

---

[①] 朱彝尊(1629—1709):字锡鬯,号竹垞,浙江秀水(今浙江嘉兴)人。清朝词人,浙西词派开创者,著有《江湖载酒集》《茶烟阁体物集》等。

可是对我没表情。明明彼此可以互相帮助,谈话,互相爱;可是不相爱助,淡漠,不能忍受。"白鸟横飞处",幸有"横飞",但也够淡漠。他对我们既渺不相干,我们对他也无可奈何。"而今白鸟横飞处",这句好;"烟树渺江城",这句不好。

"两袖春寒,一襟春恨,斜日淡无情",三句真好,有力。何以故?"两袖春寒",身体所感;"一襟春恨",心灵所感。"襟",胸襟;心,精神。但若写"满胸春恨",完了,凶倒是真凶。用"一襟"好,用"满胸"不成,"满胸",浊。有时浊好,有时浊不成。有某氏治外国文学,欲写中国诗,诗境对而用字不对,"波追塔影证旧梦",影不动,波动。"追"字不成,太尖,不如改"浪逐","浪逐塔影证旧梦"。其实"浪逐"不就是"波追"么?"斜日淡无情"一句是绚烂后归于平淡,与欧阳修之"月明正在梨花上"(《蝶恋花》)之淡淡不同;与清人朱竹垞(彝尊)"共眠一舸听秋雨,小簟轻衾各自寒"(《桂殿秋》)之平淡也不同,朱氏根本就是平淡。

第三节

记事

竹山词，人多谓其学稼轩，其实他不尽受稼轩影响，也受梦窗影响。词中晦涩当以梦窗为第一，余不喜梦窗词，喜欢的也非其本色。余于词讲究清楚，然要讲清楚梦窗词，很痛苦。梦窗词太黏糊，不但是胶，而且是膘①。竹山有的词，就简直不知他说的什么。草窗比梦窗还浮浅，而且散，与其读草窗，还不如读梦窗。（南宋周密[公谨]有《草窗词》，与吴文英[梦窗]之词合称"二窗词"。草窗亦山东人，与稼轩同乡。）竹山也受草窗影响，没有自己作风。如前所举"人隔翠阴行"一首，虽好，而较稼轩单薄，较清真清苦，没有辛之力，没有周之圆。他的词真正能表现他自己本色作风的不在此。

若从人事一方面看，中国记事之作在韵文中不发达。诗中尚有之，词中则甚少见。竹山记事词虽不多，但有，长调短词均有。长调者：

> 深阁帘垂绣。记家人、软语灯边，笑涡红透。万叠城头哀怨角，吹落霜花满袖。影厮伴、东奔西走。望断乡关知何处，羡寒鸦、到著黄昏后。一点点，归杨柳。　　相看只有山如旧。叹浮云、本是无心，也成苍狗。明日枯荷包冷饭，又过前村小阜。趁未发、且尝村酒。醉探枵囊毛椎在，问邻翁、要写牛经否。翁不应，但摇手。（《贺新郎·兵后寓吴》）

---

① 膘：指膘胶，一种品质较佳的黏胶剂。

这首词真不能算好。此盖亡国后作。

其实,词中还有无"事"的吗?余之所谓记事,要有头有尾,像史传、小说、戏曲,写出人的个性来,这样才是记事之作。此首思想不深刻,情韵不深刻,意趣也不见得出众,都不怎么样。只是他是个有趣的人,他把他的悲哀、可怜幽默化了。

"望断乡关知何处。羡寒鸦、到著黄昏后"二句,不甚好,但颇得一点稼轩味道。"枯荷包冷饭",真贫,但不如此写不出他的贫困来。"村酒",味最薄。末句写邻翁之"不应",答一句何妨?而不答,"但摇手"。

穷与贫不同。老杜诗穷,可是不贫。"自去自来梁上燕,相亲相近水中鸥"(《江村》),"但觉高歌有鬼神,焉知饿死填沟壑"(《醉时歌》),"此身饮罢无归处,独立苍茫自咏诗"(《乐游原歌》),虽穷不"贫"。陶诗"三旬九遇食,十年著一冠"(《拟古》其四),真穷,可还是不"贫"。而竹山词怎么这么贫呢!(上星期所说"梨边风紧"一首,在竹山词里要算最高,不是说最好,是说情致要算最高。情是情感,致是姿态。)或曰:此所写乃失意时。其实,他写得意也仍是"贫"。如他的短词记事之作:

人影窗纱。是谁来折花。折则从他折去,知折去、向谁家。

檐牙。枝最佳。折时高折些。说与折花人道,须插向、鬓边斜。(《霜天晓角》)

此亦记事之词,以如此短词记事,不易。写女性折花该多缠绵,可写得怎么那么"贫"?好,好在下半,贫也如此。词写得怪清楚、怪生动、怪具体,只是贫。这种词初读时喜欢,有点功夫以后就不喜欢了。

余有一首《浣溪沙》[①]:

[①] 《浣溪沙》(乍可垂杨斗舞腰)(1944),见《顾随全集》卷一,石家庄:河北教育出版社,2014年第1版,第234页。

乍可垂杨斗舞腰。丁香如雪逐凤飘。海棠憔悴不成娇。　　有鸟常呼泥滑滑,残灯坐对雨潇潇。今年春事太无聊。

"乍可",止可之意;"泥滑滑",音古,鸟鸣声。
"有鸟""残灯"二句,盖从王荆公诗句来:

山鸟常呼泥滑滑,行人相对马萧萧。
(《送项判官》)

荆公盖先有后句。行人相对中有千言万语,千头万绪,但若写"行人相对泪涟涟",完了!"行人相对马萧萧",好,心中万马奔腾。其实王安石,才,不论从哪方面说都比欧、苏不弱,只是太拗。拗,自是。如其力行新法。自信是好,因人生活最怕失去勇气,"心未动,意先懒"(刘后村《贺新郎·席上闻歌有感》)。(刘后村诗学放翁,词学稼轩,但单弱浅薄,还不说其幼稚。)若一个人失掉自信,虽不能说失掉生活的意义,而已经失掉了生活的勇气同乐趣了,生不如死。不能戒烟的人,便因他太相信鸦片的力量而不相信自己。我们要反省自己,怀疑自己,但同时还要有勇气、自信,要把这两方面打成一片。

余之填词养成这么一种本领——捆起来打,则大概因为天才差。"今年春事太无聊"一句把前面句子捆起来打——"今年春事",捆;"太无聊",一棍打死。"今年春事太无聊",干净倒干净,太没劲,顶得太死。其实还是不捆起来打得好。

宋人词真了不得,千变万化。余之《浣溪沙》词写得既无变化,又不长进,有什么意思?要写词,与其写余《浣溪沙》那样的词,不如写蒋捷这样的词①;但与其写这样词,不如写这样曲。如此才能训练多观察,这样便会发

---

① 按:指上首《霜天晓角》折花词。

现人生之可憎与可爱;愈这样愈觉得人生可憎,人生可爱。

李之仪①《姑溪词》中有一首《卜算子》最有名:

我住长江头,君住长江尾。日日思君不见君,共饮长江水。

真是太自然了,词作到这样不易。此词比竹山《霜天晓角》折花词大方。其一是内容,竹山说的是折花,这是大江;其次是韵味,这首味长。竹山"人影窗纱"一首似"河鲜儿",鲜,未始不好,可是味太薄;如果藕,一股水儿,一闪过去了,完了。果藕水多,可还不如大柿子味长呢!(人偷狗用驴肉,驴肉味长!)"鲜"的路子经明清两代而死,这条路子一弄坏便是浮浅,故须以严肃深刻救之。

---

① 李之仪(1038—1117):字端叔,号姑溪居士、姑溪老农,沧州无棣(今属山东)人。北宋词人,著有《姑溪词》。

第四节

贫与瘟

竹山词中有一首以《冰》为题的《木兰花慢》:

> 傍池阑倚遍,问山影、是谁偷。但鹭敛琼丝,鸳藏绣羽,砑浴妨浮。寒流。暗冲片响,似犀椎、带月静敲秋。因念凉荷院宇,粉丸曾泛金瓯。　　妆楼。晓涩翠罂油。倦擘理还休。更有何意绪,怜他半夜,瓶破梅愁。红裯。泪干万点,待穿来、寄与薄情收。只恐东风未转,误人日望归舟。

汲古阁本"裯"作"稠",今依彊村本作"裯"。

余讲词取"第一义"。

像这样词不能说没工夫,但绝不好。《霜天晓角》(人影窗纱)一首是"贫",这首是"瘟"。普通贫则不瘟,瘟则不贫,独竹山有此二病。此原因贫为其天性,瘟为其功夫。

我们创作不能学别人,我们的东西也不能叫别人学得去。(王献之[①]字与王羲之不同,不学他老子。)一个天才可受别人影响,但受影响与模仿不同,受影响是启发。模仿也可算受影响,但受影响不是模仿。每个人心灵上都蕴藏有天才,不过没开发而已。开发矿藏确是别人之力,而自己天

[①] 王献之(344—386):字子敬,琅琊临沂(今属山东)人。东晋书法家,被誉为"小圣",与其父王羲之合称为"二王"。因官至中书令,为与族弟王珉区分,世称大令。

才的开发是自己的事,受影响是引起开发的动机。(如余之"什刹海边行不得,晴天飞下濛濛雪"[《蝶恋花》①],以雪比絮。古人以盐拟雪太笨;以絮比雪,似固似,是则非是。下雪毕竟是下雪,飞絮毕竟是飞絮。)以矿山喻天才之蕴藏,也只是比喻而已。所谓受影响,是引起人的自觉,某一点上相近,觉得行,喜欢,喜欢是自觉之先兆、开发之先声。假如不受古人影响,引不起自觉来,始终不知自己有什么天才。(人活着要有自觉不错的劲儿,但不可使之成为狂妄自大。)天才在自觉地开发之后,还要加以训练,这样才能有用。我们读古人的作品并非要模仿,是要以此引起我们的自觉。一个人有才而无学,只有先天性灵,而无后天修养,往往成为贫;瘟是被古人吓倒了。不用功不成,用功太过也不成。这多难哪!难,才见真本领。

竹山生于南宋,南宋词一天天走上瘟的路。梦窗瘟得还通,草窗则瘟得不通了。竹山之贫打破当时瘟的空气,而究竟生于那个瘟的时候,非上智下愚,岂能不受环境影响?

柳耆卿《八声甘州》有句"误几回天际识归舟",若写作"江头错认几人船",词填到这样就成刻板文字了。柳氏这种词初学不喜欢,有点功夫后就喜欢。竹山这首词,结句曰"误人日望归舟",死板,少情意。《论语》云:"乡愿,德之贼也。"(《阳货》)韵文要有感情,而不但要有感情,还要有思想,如稼轩之"莫避春阴上马迟,春来未有不阴时"(《鹧鸪天》)。

竹山有时用典亦瘟。平常人用典多是再现,用典该是重生,不是再现,要活起来。如同唱戏,当时古人未必如此,而我们要他活,他就得如此活。这好不好?好。好,不就得了么!竹山《喜迁莺》有句:

> 车角生时,马足方后,才始断伊漂泊。闷无半分消遣,春又一番担阁。

---

① 此词未见于《顾随全集》。

"车角"之"车"字便不好。《古意》:"君心莫淡薄,妾意正栖托。愿得双车轮,一夜生四角。"(唐陆龟蒙)车轮生四角,想得笨。古人老这么笨,但笨得好玩。竹山之"车角"便不通,该说"轮角"。"马足方后",盖古人有"郎马蹄不方"(陆游《玻璃江》自注引唐人诗)之句,是说马蹄印太多,不好寻。竹山用典不当。"别浦。云断处。低雁一绳,拦断家山路"(《喜迁莺·金村阻风》),此用典亦不恰。这样用典,瘟极了,只是再现。纵非点金成铁,也是冷饭化粥。竹山用典还有比这坏的。

竹山的《木兰花慢·冰》是有敷衍(铺叙)而无生发。铺叙是横向的,彼此之间毫无关系,只是偶然相遇在一起,其摆得好看,只是有次序而已。生发则与铺叙不同,生发是因果、母子。张炎有《高阳台·西湖春感》:

当年燕子知何处,但苔深韦曲,草暗斜川。见说新愁,如今也到鸥边。无心再续笙歌梦,掩重门、浅醉闲眠。莫开帘。怕见飞花,怕听啼鹃。(下片)

张炎"苔深韦曲"亦是铺叙敷衍,只不过竹山《木兰花慢》是有劲儿用得不是地方,他是根本就没劲。张炎,字玉田,有《山中白云词》。(张炎词细,周密词疏。)张炎词如中晚唐人诗,只有"俊扮",没有"丑扮"。如"鱼没浪痕圆"(《南浦·春水》),真好。(美与丑,丑亦是一种美。一切世法皆是佛法,所谓佛法便非佛法。)但写沉痛写不出来,"折得一枝杨柳,归来插向谁家"(《朝中措》),欣赏自己的悲哀,颇似拿肉麻当有趣,拿悲哀当好玩。老杜的"国破山河在,城春草木深"(《春望》),便令人不敢想;张炎"只有一枝梧叶,不知多少秋声"(《清平乐》),沉痛。而其"见说新愁,如今也到鸥边",真瘟。文学之好是在要给人以印象。"见说新愁"句,用稼轩"拍手笑沙鸥。一身都是愁"(《菩萨蛮·金陵赏心亭为叶丞相赋》)。稼轩此词虽不见得好,但给人的还是印象。"见说新愁,如今也到鸥边","新愁""到鸥边",该是什么形象呀？只给人概念，不给人印象。还有像"评花猿意知"①这样的句子，先不说猿"不知"，就算他"知"，你怎么知他知？而且他知道什么？怎么知？不能给人印象，还是瘟。

另：诗人伤春悲秋该是自然的，后人多成为做作，倒因为果。元人有词云："百年枉作千年计。今日不知明日事。春风欲劝座中人，一片落红当眼坠。"（刘因《玉楼春》）如此伤春，是自然？是做作？

---

① 李汝珍《镜花缘》第九十回："道姑道：'评花猿意知。'闺臣道：'此句对的既甚工稳，而且这个仙猿非比泛常，此时点出，断不可少。'"

第五节

感觉与印象

竹山词《南乡子》：

> 泊雁小汀洲。冷淡湔裙水漫秋。裙上唾花无觅处，重游。隔柳唯存月半钩。　　准拟架层楼。望得伊家见始休。还怕粉云天末起，悠悠。化作相思一片愁。

竹山是有亡国之痛，可惜说不出来，真的也成了假的，不能取信于人（取信，"取"字好）。稼轩未必然真，但能取信于人，欺骗是艺术。"荡气回肠"，这四个字真好，被稼轩作绝了，往古来今一人而已。竹山"准拟架层楼"二句，尚好，至"化作相思一片愁"便是给人概念，没有印象。"相思一片愁"该是什么样？如同张炎《高阳台·西湖春感》的"见说新愁，如今也到鸥边"，真瘟。"新愁""到鸥边"只给人概念，不给人印象。文学好，是要给人印象，不是概念。

竹山词《燕归梁·风莲》：

> 我梦唐宫春昼迟。正舞到，曳裾时。翠云队仗绛霞衣。慢腾腾，手双垂。　　忽然急鼓催将起。似彩凤，乱惊飞。梦回不见万琼妃。见荷花，被风吹。

① 感觉──→② 情感──→③ 思想

佛家所谓"五蕴",乃色、受、想、行、识——空;"六根",乃眼、耳、鼻、舌、身、意——无。(佛家亦有"四苦",乃生、老、病、死。)他哲学家之结果归于思想,佛则连理智也推翻不要。"色"不专指颜色,凡目所见,形形色色,皆曰"色"。"受"是感觉,而"识""意"之出发点,亦仍是感觉。现在总以为思想是硬性,情感是软性。其实二者非背道而驰,乃相济而成。

眼、耳、鼻、舌、身、意
  外   内
  有形 无形

"六根"次序有定:一个比一个深,一个比一个神秘。感觉中最发达的乃是眼,诗人写眼(色)写得最多而且好。"六根"中眼最容易写,容易写得好;耳则稍差。声音尚易写,有高低、大小、宏纤、长短,只要抓住这个字,就是那声音。鼻不易写。老杜"夜雨剪春韭,新炊间黄粱"(《赠卫八处士》)、"心清闻妙香"(《大云寺赞公房四首》其三),这只是说明,不是表现。我们并感不到"香"是怎样"妙","心"是怎样"清"。宋人"青杏园林煮酒香"(晏殊《浣溪沙》)、"荼䕷压架清香散"(欧阳修《渔家傲》),亦只是说明。(荼䕷花开重重,太甜,没品。大概一甜就没品。)味最难写。《吕氏春秋》有《本味篇》写水之美者、菜之美者、和之美者。晋有张翰因秋风起思吴中菰菜(茭白)鲈鱼羹。① 而诗人最不爱写味,因舌与身太肉感了。(固然我们并不主张二元论,灵肉对峙;主张一元论,灵肉合一。《宗门武库》载,冯济川有颂曰:尸在这里,某人何在? 乃知一灵,不居皮袋。宗杲大师曰:即此形骸,便

---

① 刘义庆《世说新语·识鉴》:"张季鹰辟齐王东曹掾,在洛见秋风起,因思吴中菰菜羹、鲈鱼脍,曰:'人生贵得适意尔,何能羁宦数千里以要名爵?'遂命驾便归。"

是其人。一灵皮袋,皮袋一灵。①)眼之于色,耳之于声,鼻之于香,中间是有距离的,并非真与我们肉体发生直接关系。至于舌、身则不然,太肉感了,没有灵,只剩肉了,一写就俗。舌,吃东西是俗事倒不见得,总之难把它写成诗。感觉愈亲切,说着愈艰难,还不仅是因为俗,太亲切便不容易把它理想化了(理想化,idealize)。

《风莲》是纯写实题目,而竹山把它理想化了,想成舞女。此盖源于白居易《霓裳羽衣歌》诗中"小垂手后柳无力,斜曳裾时云欲生"羽衣舞一节,"小垂手后""斜曳裾时"二句所写即眼之于色,而至"柳无力""云欲生"则是理想化了。因眼之于色有相当距离,故容易把它理想化了。竹山词之"正舞到,曳裾时。翠云队仗绛霞衣,慢腾腾,手双垂"即霓裳羽衣舞,不但有形,而且有色(词中"翠云队仗"乃是荷叶)。"似彩凤,乱惊飞"写"琼妃"急舞之美。琼妃,美女,不但形貌,而且品格也完美。外国无字可译。玉人,灵肉皆完美。写风莲之形、色,因有距离,容易理想化。

真说到文学修养,那真是一部"廿四史",从何说起。创作时要写什么,你同你所写的人、事、物要保持一相当距离,才能写得好。经验愈多,愈相信此语。读者非要与书打成一片才能懂得清楚,而作者却须保有一定距离。所以最难写的莫过于情书。凡情书写得好的多不可靠,那是写文章,不是说爱情。感情热起来是在"发烧",写得一定乱。白朗宁(Browning)②与他夫人比赛写情书,白朗宁输了,大概白朗宁是在"发烧"。白朗宁夫人是常年生病的人,她能驾驭自己的感情,所以不致于"发烧"。

竹山思想肤浅,品格也不甚高,然仍不失为一词人,虽为第二流——几入第一流,就因为他有一点感觉——眼、耳之于色、声之感觉,所以写得

---

① 《宗门武库》:"师一日到明月庵,见壁间画髑髅,冯济川有颂云:'尸在这里,其人何在?乃知一灵,不居皮袋。'师不肯,乃作一颂云:'即此形骸,便是其人。一灵皮袋,皮袋一灵。'"冯济川,南宋居士,曾参谒宗杲禅师,得其心印。

② 白朗宁(1812—1889):英国19世纪诗人、剧作家,与丁尼生(Alfred Tennyson)齐名,著有《戏剧抒情诗》、长诗《环与书》等。白朗宁夫人,著有抒情诗集《葡萄牙十四行诗》。

生动鲜明。

词的开头写"我梦唐宫",最后是"梦回",词乃梦回之梦,over dream。

此词最后点出风中之荷——"见荷花,被风吹",其实你不用点,我们自然知道你写的是风莲。即如谭叫天唱完《卖马》,我们好容易都见得这是秦琼了,他又摘下胡子,说我是谭叫天,这是干嘛!

《燕归梁·风莲》偏于写形,竹山还有一首是写色的,《一剪梅》:

一片春愁待酒浇。江上舟摇。楼上帘招。秋娘渡与泰娘桥。风又飘飘。雨又潇潇。　　何日归家洗客袍。银字笙调。心字香烧。流光容易把人抛。红了樱桃。绿了芭蕉。

《一剪梅》是七、四、四、七、四、四,七、四、四、七、四、四句式。词人把握这样调子,不熟不好,太熟又俗了。此首难得是每两个四字句有变化。竹山另有一首《一剪梅·宿龙游朱氏楼》:

小巧楼台眼界宽。朝卷帘看。暮卷帘看。故乡一望一心酸。云又迷漫。水又迷漫。　　天不教人客梦安。昨夜春寒。今夜春寒。梨花月底两眉攒。敲遍阑干。拍遍阑干。

此首中四字句"朝卷帘看。暮卷帘看"等四组,则重。前首末二句"红了樱桃。绿了芭蕉"写色,真写得好。只是此词写得太传统味,静了起不来(稼轩不然),说好是平静,说不好是衰颓。

第二十六讲

宋词短讲

第一节

从程垓《小桃红》说到咏夏

程垓,字正伯,有《书舟词》,汲古阁《宋六十名家词》辑入。其《小桃红》曰:

> 不恨残花鞞。不恨残春破。只恨流光,一年一度,又催新火。纵青天白日系长绳,也留春得么。　　花院从教锁。春事从教过。烧笋园林,尝梅台榭,有何不可。已安排珍簟小胡床,待日长闲坐。

词,偶尔读一读,写一写,当无不可,但不可以此安身立命,算"文章事业词人小"(余之《采桑子·题因百词集》①)。若性之所近,习之所好,偶尔一填,第一须摸着词的调子。所谓调子即音节,每词有每词的音节,比如《鹧鸪天》《采桑子》《浣溪沙》,各有各的音节。想填某一调子,最好取所爱词人之词先念几遍。俗说"鸳鸯绣出从君看,不把金针度于人",就因社会爱笑人,使得想说实话的人都不敢说了。

余前数年有《灼灼花》②:

> 不是昏昏睡。便是沉沉醉。谁信平生,年来方识,别离滋味。更那堪酒醒梦回时,剩枕边清泪。　　此恨何时已。此意无人会。南

---

① 《采桑子·题因百词集》(1927),见《顾随全集》卷一,石家庄:河北教育出版社,2014年第1版,第94页。
② 《灼灼花》(不是昏昏睡)(1938),见《顾随全集》卷一,石家庄:河北教育出版社,2014年第1版,第152页。词牌《灼灼花》,即《小桃红》。

望中原,青山一发,江湖满地。纵相逢已是鬓星星,莫相逢无计。

此词即从程词变来,但比他有力。程氏"纵青天白日系长绳,也留春得么",系不住,不禁放下了。这是中国人看家本领——顺应。顺应不是反抗。余词"南望中原,青山一发",由东坡诗"杳杳天低鹘没处,青山一发是中原"(《澄迈驿通潮阁》)之后句而来。唯东坡是北望,余是南望。苏东坡有时太不在乎,但此首字音好。

"首夏犹清和。"(谢灵运《赤石进帆海》)

中国旧诗写夏的少,纵有也只是写天之舒长、人之安闲,如"麦天晨气润,槐夏午阴清"(宋人诗句);要不然就是对不得安闲者的怜悯。天气可影响人的性情、思想。冬天虽有严寒压迫,还可干点什么,夏天人精神易涣散,故有此等作。(对天气坏不理会,有二因:其一身体好,其二心情好。)

程垓《小桃红》从春归写到夏至,写到天之舒长、人之安闲。写夏天的词,即如东坡名作之《洞仙歌》,也仍只是天之舒长、人之安闲:

冰肌玉骨,自清凉无汗。水殿风凉暗香满。

全词也只是这三句好。前二句写人,至于写夏景,第三句真绝了。李之仪《鹧鸪天》下片云:

随定我,小兰堂。金盆盛水绕牙床。时时浸手心头熨,受尽无人知处凉。

这是对夏之安闲的享受。"受尽无人知处凉",差不多福都是如此,除此,就不是福。夏天什么地方最凉快?是高粱地头,是厨房门口。所以说,福看你会享不会享。虽然福不多,可是人人都有,但说到享福,却是"受尽无人知处凉",没法告诉人。现在人不会享福,享福是受用,现在只知炫耀,不知享福。现在人最自私,可又不会自私。(汲古阁《宋六十名家词》跋谓程乃苏之表弟,非也。至李氏则言为苏之好友,字端叔,有《姑溪词》。)

中国传统写诗是要能忍受、能欣赏,故写夏亦然。

> 锄禾日当午,汗滴禾下土。
> （李绅《悯农》）

> 赤日炎炎似火烧,野田禾稻半枯焦。
> 农夫心内如汤煮,公子王孙把扇摇。
> （《水浒传》）

这是对不得安闲者的怜悯。郭沫若[①]题己集之扉页有言:

> 炎炎的夏日当头。[②]

此言不是安闲,不是怜悯,是担当。余之《浣溪沙》[③]:

> 赤日当头热不支。长空降火地流脂。人天鸡犬尽如痴。　已没半星儿雨意,更无一点子风丝。这般耐到几何时。

此既非安闲之享受,也非对不得安闲者之怜悯,然此亦尚与郭氏之担当不同,此乃描写,前人不但不敢担当,且不敢描写。

郭氏扉页题辞非传统境界,余之《浣溪沙》亦非传统境界。

[①] 郭沫若(1892—1978):原名郭开贞,字鼎堂,号尚武,四川乐山人。现代诗人、剧作家,著有剧作《屈原》《棠棣之花》等,诗集《女神》为中国现代新诗奠基作。

[②] 郭沫若题己集之扉页,即郭沫若小说集《塔》前言,文中有言:"啊,青春呦! 我过往了的浪漫时期呦! 我在这儿和你告别了! 我悔我把握你得太迟,离别你得太速,但我现在也无法挽留你了。以后是炎炎的夏日当头。"

[③] 《浣溪沙》(赤日当头热不支)(1928),见《顾随全集》卷一,石家庄:河北教育出版社,2014年第1版,第59页。

第二节

姜白石之"干净"

姜白石是太"干净"。其《扬州慢》写"黍离之悲",云:

过春风十里,尽荠麦青青。

白石太爱修饰,没什么感情。白袜子不踩泥,此种人不肯出力、不肯动情。姜白石太干净了,水清无大鱼。人太干净了,不能干大事,小事留心,大事不成。《西游记》猪八戒过稀柿衕(第六十七回),不干净,真出力,可佩服。"春风十里""荠麦青青"句后,写战后扬州:

自胡马窥江去后,废池乔木,犹厌言兵。

此时是动心了,可依然是太干净。"自胡马窥江去后",挑得好;但"废池乔木,犹厌言兵",多少兵火乱离不敢说,而说"废池乔木",别的不敢说,太干净。老杜诗句权权枒枒,有时毛躁而可爱:

麻鞋见天子,衣袖露两肘。
朝廷愍生还,亲故伤老丑。
　　　　(《述怀》)

天下之丑有多种,老即其一。未有老而不丑者,老而不丑,不是妖精就是神仙,非常人也。"亲故伤老丑",老杜敢说,白石便不敢说。老杜不干净而好,老杜如树木之老干,有力。姜白石没劲,就因为干净。

>>> 姜白石是太"干净",太爱修饰,没什么感情。图为近代潘振镛所绘姜夔诗意图。

附一:梅溪词选目

1. 《绮罗香》(作冷欺花)
2. 《杏花天》(软波拖碧蒲芽短)
3. 《临江仙》(草脚青回细腻)
4. 《临江仙》(愁与西风应有约)
5. 《燕归梁》(独卧秋窗桂未香)

附二：宋词俗语举例[①]

1. 撑断

   赋得送春诗了，夏帷撑断绿阴成。
   ——史邦卿《庆清朝》(坠絮孳萍)

2. 抟搦

   心情虽软弱，也要人抟搦。
   ——史邦卿《菩萨蛮·赋软香》(广寒夜捣玄霜细)

3. 猴儿

   识尽千千并万万，那得恁、海底猴儿。这百十钱，一个泼性命，不分付、待分付与谁。
   ——石孝友《亭前柳》(有件伴遮)

4. 存济

   教俺两下不存济。
   ——石孝友《夜行船》(昨日特承传诲)

[①] 此一篇为顾随书成以赠弟子叶嘉莹者。

忆时教人片时存济不得。
　　　——秦少游《促拍满路花》(露颗添花色)

5. 脾鳖

只是有些脾鳖。
　　　——石孝友《好事近》(幸自得人情)

见说那厮脾鳖热。
　　　——黄庭坚《少年心》(心里人人)

6. 忔憎

看你忔憎模样。
　　　——石孝友《清平乐》(见时怜惜)

思量模样忔憎儿,恶又怎生恶。
　　　——黄庭坚《好事近》(不见片时霎)

7. 奴哥

相逢后会知何日。去也奴哥,千万好将息。
　　　——石孝友《醉落魄》(鸾孤凤只)

8. 擱就

惜你十分擱就。
　　　——石孝友《西江月》(拽尽风流露布)

  我当初不合苦揝就。
    ——秦少游《满园花》(一向沉吟久)

  是人惊怪,冤我忒揝就。
    ——黄庭坚《归田乐引》(暮雨濛阶砌)

9. 禁持

  把人一味禁持。
    ——石孝友《西江月》(拽尽风流露布)

  日长早被酒禁持。
    ——秦少游《阮郎归》(退花新绿渐团枝)

10. 看承幸

  看承幸厮勾,又是樽前眉峰皱。
    ——黄庭坚《归田乐引》(暮雨濛阶砌)

11. 佛头青

  山露佛头青。
    ——黄庭坚《满庭芳》(修水浓青)

12. 收了孛罗罢了

  待收了孛罗罢了从来斗。
    ——秦少游《满园花》(一向沉吟久)

13. 罗皂

　　近日来、非常罗皂丑。
　　　　——秦少游《满园花》(一向沉吟久)

14. 鞴

　　晓月将沉，征骖已鞴。
　　　　——柳永《赠人娇》(当日相逢)

15. 瞅

　　近来憔悴人惊怪，为别后、相思瞅。
　　　　——柳永《迎春乐》(近来憔悴人惊怪)

第二十七讲

元曲指要

第一节

元剧中之悲剧

> 人生实难,死如之何。(陶渊明《自祭文》)

《梧桐雨》①《汉宫秋》②《赵氏孤儿》③等,元剧中之悲剧。

悲剧中人物有两种:

(1) 强者,与命运战斗(反抗);(2) 弱者,为命运所支配。

中国悲剧中人物多属后者,如《梧桐雨》之唐明皇、《汉宫秋》之汉元帝。——人之可爱有时不在长处,在短处。

悲剧中人物在强、弱而外,又有人、我之分:

(1) 我,自己的悲剧,与人无干;(2) 人,为他人而牺牲。

唐明皇、汉元帝是为自己而牺牲他人。《赵氏孤儿》是为他人牺牲自己,此在中国少见。以悲剧意义论,《梧桐雨》《汉宫秋》不及《赵氏孤儿》;然以技术论,则过之。文学除注意内容、意义外,更当注意其技术表现。如马致远④《任风子》之[正宫·端正好]:

---

① 《梧桐雨》:元朝曲家白朴代表剧目,叙唐明皇与杨贵妃之爱情生活与政治遭遇。

② 《汉宫秋》:元朝曲家马致远代表剧目,叙汉元帝受匈奴威胁被迫送爱妃王昭君出塞和亲之故事。

③ 《赵氏孤儿》:元朝曲家纪君祥代表剧目,叙春秋时期晋国贵族赵盾被屠岸贾陷害而惨遭灭门,程婴、公孙杵臼冒死保存赵孤之故事。

④ 马致远(1250?—1324?):字千里,号东篱,大都(今北京)人。元朝曲家,著有杂剧十五种,今存《汉宫秋》《任风子》等七种。《任风子》为神仙道化剧,叙仙人马丹阳度化屠夫任风子之故事。

添酒力,晚风凉,助杀气,秋云暮。尚兀自脚趔趄、醉眼模糊。他化的俺一方之地都食素,单则是俺这杀生的无缘度。

"他化的俺一方之地都食素,单则是俺这杀生的无缘度。"——丈六金身做一枝草用。此不是说内容意义多么深广,但好。使酒杀人顶不可为法,而写得好,美化了。文学之了不得便在此。

第二节

说《西厢》

戏曲分案头、舞台两种。

西厢故事平凡,王西厢①如写诗,少戏剧性。

心理描写乃中国文人所最忽略者,《西厢记》亦能写人心理的转变。《红楼梦》《水浒传》之不可及,即因除事实描写外,更有心理的描写。中国人明于礼义,暗于知人心,以礼教制人,以求自己利益,这便要不得。而中国人好以公式量人,老杜诗是忠君爱国,而其诗好,绝不在此。

赵州从谂禅师曾说:

老僧把一枝草作丈六金身(佛身)用,把丈六金身作一枝草用。(《五灯会元》卷四)

儒家有此胆量,便是胡来,以无此见识;普通人便无此胆量。而智者不惑,赵州见得明,故胆子大。

《西厢》"请宴"能写成一折,"送别"中〔耍孩儿〕一曲皆"一枝草作丈六金身":

淋漓襟袖啼红泪,比司马青衫更湿。伯劳东去燕西飞,未登程先问归期。虽然眼底人千里,且尽生前酒一杯。未饮心先醉,眼中流

---

① 王西厢:元朝曲家王实甫所著杂剧《西厢记》,叙张珙与崔莺莺之爱情故事。

血,心内成灰。

上所举马致远《任风子》之[端正好]亦"一枝草作丈六金身",其《汉宫秋》[得胜令]:

> 那里也架海紫金梁,枉荐着那边庭上铁衣郎。您也要左右人扶持,俺可甚糟糠妻下堂。您但提起刀枪,却早小鹿儿心头撞。今日央及煞娘娘,怎做的男儿当自强。

亦然。

>>> 西厢故事平凡,王实甫如写诗,少戏剧性。心理描写乃中国文人所最忽略者,《西厢记》亦能写人心理的转变。《红楼梦》《水浒传》之不可及,即因除事实描写外,更有心理的描写。图为明朝文徵明《西厢记》。

第三节

《东堂老》

《东堂老》,元代秦简夫[①]杂剧。

凡一种文体之末期,非圆熟即晦涩。秦简夫晦涩,《太和正音谱》[②]评秦简夫曲"如峭壁孤松"。

《东堂老》词语解释:

第一折:

"只思量倚檀槽听唱一曲桂枝香","倚",和声而歌,或依谱而弹。"檀槽",琵琶,以紫檀为之,中空,故云。

"你少不的撒摇槌学打几句莲花落","撒",不作"抛"解,摇意。

"那虔婆一对刚牙爪","虔",虔刘,杀也。

"遮莫你手轻脚疾","遮莫",anyway。

"一半儿",曲名。北曲之《一半儿》即词中之《忆王孙》,词末句平仄:| | — —①| —;曲末句句式:一半儿□□一半儿□("儿"为衬字)。

"到那榻房里","榻房",堆房。

"你把住那楼胡梯门","楼胡梯","胡"疑"扶"之转。

"着我那大姐宜时景","宜时景",妓名,元妓多以"景"名。

---

① 秦简夫(生卒年不详):大都(今北京)人。元朝杂剧家,著有《东堂老》《赵礼让肥》等。《东堂老》叙商人李实不负友人临终所托,苦心教诲其子扬州奴浪子回头之故事。

② 《太和正音谱》:明朝戏曲家宁献王朱权著,分上下二卷,内容分为戏曲理论与史料、北杂剧曲谱两部分。

"带舞带唱华严的那海会","海会",出自佛经,犹言大会也,又曰无遮大会。"华严",经书。佛于法会说经,盖华严会最大,所说经最长。

"怎生把邓通钱","邓通",人名,汉文帝赐以铜山。

第三折:

"扬州奴同旦儿携薄篮上","薄篮",一作"叵罗",见宋人词,或亦可作"簸篮"。

"卖茶的,支揖哩","支揖"或作"祇揖",即"唱喏"。宋人谓不唱而揖谓之哑喏,不揖而唱谓之唱喏。

"这钱财是倘来之物","倘",有"偶"意,倘来,不能持久也。

"你却怎生背地里闲言落可便长语","落可",当一如"也啵""也哪"之类词也。

"青菜白菜赤根菜,芫荽胡萝卜葱儿呵","芫荽",宋人笔记作"园荽",香菜也。

"你醒也波高阳哎酒徒","高阳酒徒",汉郦食其自称高阳酒徒。

第四折:

"则管花白我","花白",数落,即数。

"我只着你受尽了的饥寒敢可也还正的本","正的本"即"正本",证本。

"结末了东堂老劝破家子弟","结末",结果,而专指好结果。

作文作诗讲开合、擒纵。太史公《史记》、杜甫诗《春望》句"国破山河在,城春草木深"皆有开合。开合,兼纵横言之,只讲纵横不知开合,必出毛病。擒纵,擒,关上门死打,一杖一条痕,一掴一掌血。作曲亦讲究开合。

古人修辞亦讲避复。用笔犹用兵也,虚者实之,实者虚之。然诸葛亮遇曹操,则实者实之,虚者虚之。胜者所用,即败者之兵。用兵无死法,行文亦然,死店活人开。修辞避复,有时故意"犯"。作曲亦须注意。

第四节

曲少文字障

"三百篇"、唐诗虽好,而距今太远,又加以文字障碍,读之遂如隔靴搔痒,虽是痒处,究隔一层。如《诗》:

> 心之忧矣,如匪澣衣。
> 　　　　(《邶风·柏舟》)

衣,明知其脏,不能不穿;忧便是如此,明知无益,不能不忧。说得真好,但有文字障。又如杜诗:

> 忧端齐终南,澒洞不可掇。
> 　　　　(《自京赴奉先县咏怀五百字》)

"澒洞"即混沌。忧愁、烦恼有时可整理,有时一片,简直不可整理。此二句之不易理会,便因文字障碍。

曲则文字障碍少,可直接不"隔",达到文学核心。上所举马致远的[端正好],去"隔",与老杜诗一样好。

先生所讲唯力求去其障碍耳。

静安先生以元曲比莎氏戏剧,何可比?盖元曲甚简单,而好在无中生有及简单、单纯中有味。一变而为南戏,太长,没味。

第二十八讲

王静安讲论

第一节

"境界"说我见

诗之体裁有二重性格：一为文字表现，不限写在纸上者，口语、歌谣并算文字；一为音声表现。上古两者相合，汉以后有"徒诗"。徒，但也，但为"诗言志"而不能"歌永言"（《尚书·尧典》）。"徒诗"之外，尚有乐府，不在吾人讨论之列。（郭茂倩①有《乐府诗集》，即自汉魏至唐之乐府。）今所谓诗未尝不包括乐府，而究以徒诗为主。李太白《远别离》等篇皆乐府题，而实亦徒诗。唐以后诗分二种：一为古体诗，五七言或杂言；一为近体诗（成立于唐），只限于五七言，又分律、绝。一本万殊，六朝、唐宋之诗体各不同。近人作旧诗多受唐宋影响，前不能及六朝、汉魏，近不能以新诗入旧体裁。诗以唐为盛。

于诗，论之者约可分为三种：

(1) 兴趣，(2) 神韵，(3) 境界

兴趣：严羽②《沧浪诗话》；神韵：王士禛《渔洋诗话》；境界：王国维（静安）《人间词话》。静安先生论词可包括一切文学创作，自谓"境界"二字高

---

① 郭茂倩(1041—1099)：字德粲，郓州须城（今山东东平）人。北宋学者，编撰《乐府诗集》100卷。

② 严羽（生卒年不详）：字仪卿，一字丹邱，自号沧浪逋客，世称严沧浪，邵武莒溪（今福建莒溪）人。南宋诗论家，论诗主兴趣说、妙悟说，著有《沧浪诗话》。

于"兴趣""神韵"二名。既称为学,所有东西皆是假名,为方便起见。假名是代表真的东西,应认识真东西,不可但认假名,假名有本义。

一 认识"境界"

严羽所谓"兴趣":(1)"无迹可求",(2)"言有尽而意无穷"。
天下事莫过于"日用而不知"(《易传·系辞传》)。
孔子曰:

> 民可使由之,不可使知之。(《论语·泰伯》)

或谓孔子为愚民政策。不然,不然。孔子之意盖亦"日用而不知"之意。如中国之用"箸"取食,紧、狠、稳、准,正对夹菜之难——碎、硬、滑。诗虽要讲,而妙处在"日用而不知"。讲是低能,而不得不尔。

诗本身即带有一点"玄",微妙,神秘。死人什么都不缺,只是无生命、灵魂。而什么是生命?什么是灵魂?六朝人以为"玄"乃刀之刃,然而尚病其非天然而有,仍为具体而非"玄"。"玄"乃先天聪明、后天智慧想不到的,文字、语言说不出的,然而的确是有。老子曰"恍兮惚兮,其中有物"(《道德经》廿一章),释迦曰"有"(不无)、曰"一"(无二)、曰"如","般若波罗密",不可译。"一""有",日用为"常",此"常"与"玄"并无二意。

诗原是"常",唯吾人不体之耳。"日用而不知"里有体认即——"玄",如车夫休息时将"尘劳"一旦放下即诗。然如此,则诗为享乐;而彼吟弄风月者绝非诗人,不合乎人生的意义。古圣贤教训,没有许人白吃饭的,然工作完了之后亦须有一种休息享乐的心情,这样生活才算完成,更丰富,更有意义、有力量。诗之存在,即以此故。

有"玄"而无"常",是精灵、鬼怪;有"常"而无"玄",是苦人、罪人。此乃以诗法与世法混合言之,然就"无迹可求"及"言有尽而意无穷"言之,非兴趣。余以为兴趣乃诗之动机,但有兴趣尚不能使诗成为"无迹可求"或"言有尽而意无穷"。兴趣(动机)在诗本体之前,而非诗。若兴趣为米,诗则为饭,是二非一,不过有关系。

王渔洋所谓神韵与严同意,亦玄。兴趣、神韵,名异而实同。宋人诗皆是有迹可求,言尽意穷,意止于言。其无迹可求者犹推唐人,如孟浩然之"微云淡河汉,疏雨滴梧桐",可懂不可讲,而是好,此即"无迹可求""言有尽而意无穷"。兴趣、神韵,是"无迹可求""言有尽而意无穷",然非虚无境界,而是真实。神韵虽是,而不便以之为口号,功到自然成。然神韵亦非诗,神韵由诗生。饭有饭香而饭香非饭。

"兴趣""神韵""境界",三者总名之为"诗心"。严之兴趣,乃诗之成因,在诗前;王渔洋之神韵,乃诗之结果,在诗后,皆非诗之本体。王静安之境界非前非后,是诗的本体。诗之本体当以静安所说为是。且沧浪之所谓兴趣,渔洋之所谓神韵,皆重在"言有尽而意无穷"、在"无迹可求",故还是在有诗之后,二者所说一也。吾辈学人欲求入门,还当以境界为先。

静安所谓境界者,边境、界限也。(境者,如言竟也、止也;界者,疆也、限也。)过则非是,然不可说。"境界"二字最恰当,而等于没说。诗有境界,即有范围。其范围所有之"合"(content,包藏、含蓄)谓之境界,如山东境界内有山、有水、有人……合言之为山东。平常所谓境界有迹,而诗之境界无迹,大无不包,细无不举。

静安先生所谓境界有二:(1) 外,唯物;(2) 内,唯心。境界含心与物,自然包含万物。凡身所涉者皆景物,花之开、云之变皆是,且景物亦即诗。大诗人所写亦不过景物,不能离物。静安先生说:

> 境非独谓景物也。喜怒哀乐,亦人心中之一境界。

内心之喜怒哀乐等情感(此与感情不同,情感应有思想感觉)亦谓之

境界。大诗人所写亦不过此二境界。如此言之,则人人皆可成诗人。静安先生又说:

> 有有我之境,有无我之境。……有我之境,以我观物,……无我之境,以物观物。

境界是"常",即"常"即"玄"。只要有境界,则所谓兴趣及神韵皆被包在内。且兴趣、神韵二字,"玄"而不"常",境界二字则"常"而且"玄",浅言之则"常",深言之则"玄",能令人抓住,可作为学诗之阶石、入门。

体,体认。读文学作品或创作应先心有戥秤,然此仍为第一步功夫。第二步为体会,体认是感觉上的问题,会是以心会。会,除"了解"及"能"二义之外,尚作"会合"解。第三步要体验,必须亲自经验,非人云亦云。体认是识,体会是学,体验是行。所谓学问、道理、生活皆须用此三功夫始不空虚。三者实在是一个(壹)。常之转为玄,玄之转为常,即看吾人用体之三者如何矣,须能掌其权。以体认、体会、体验为工具,以境界为对象(先不必管兴趣、神韵),以工具治对象,功行圆满,兴趣、神韵自来。

认识一个人必须熟悉后认识其性格,非表面认识。认识诗亦然。因取二王及严氏之说,而抓住静安"境界"二字,以其能同于兴趣,通于神韵,而又较兴趣、神韵为具体;且于静安先生所说不完满处加以补充。

二 说"因"与"缘"

境界是诗的内容,境界以外的不是诗。虽如此说,而诗并非孤立的,与境界以外的不能脱离关系。

西洋有所谓自我(唯我)主义,egoism(ego,我),"摆脱万缘",绝非可能。我们可以吸收外界的知识,接受他人的教训,而形成吾人自己的思想与精神,但绝不能脱离"万缘",否则便没有诗存在,人便不能生存。

人言"欲穷千里目,更上一层楼"(王之涣《登鹳雀楼》),然欲至楼顶必先求楼门。王静安所谓境界即方便之门,余可以"因""缘"二字来说。

"欲知佛性义,当观时节因缘。"(《涅槃经》)

因:是种子(谷粒是米的种子),是内心。

缘:是扶助(下谷粒于土未必长稻,必假之雨露、人的耕种、土地的滋养,方能发生滋长。凡此土地、人力、雨露皆"缘"也),是外物。

"因"是内在的,"缘"是外在的。只有外在的"缘",是不能发生的;只有内在的"因"而无外在的"缘",也不能发生滋长。诗人之自命风雅者,其"因"既不深,"缘"亦甚狭,故其发生滋长亦不会茂盛。往古来今之大诗人,盖其"因"甚深,其"缘"甚广,其根基深,故能成就大。试观老杜,凡世界万物万事无不可入诗。一般诗人既轻且单,轻则贱,单则弱,其何能成为诗?是以古称"骨重神寒",人要凝重、博大,诗亦如此。① 一般所谓风雅,大都是单弱,犹之盆景,甚雅致而单弱,不如山中枫林、松林之伟大也。

诗之境界不但不能摆脱万缘,恐怕一切有缘。然而有缘无因则不可。"因"是什么?就是"诗心"。

人人有诗心,在智不增,在愚不减。凡身心健康,除白痴、疯癫之外,俱有诗心。吾人日常喝不为解渴的茶,吃不为充饥的糖果,凡此多余的、不必需的东西便是诗心。人生到只有必需没有多余,则距禽兽不远矣,其可怜已极矣。禽兽日谋食而归栖,人亦如此,其不为禽兽也几希?其为万物之灵者安在?人要在必需之外有"敷余""富裕",才有诗;到了无"敷余""富裕"的地步,吾辈凡人恐怕百分之百是没有诗了。否则除非圣人或非人。孔子说:

> 行有余力,则以学文。(《论语·学而》)

---

① 李长吉《唐儿歌》:"骨重神寒天庙器,一双瞳人剪秋水。"王琦汇解:"骨重,言其不轻而稳也。"王士禛《香祖笔记》卷八:"李长吉诗云'骨重神寒天庙器','骨重神寒'四字可喻诗品。"

>>> 人人有诗心,在智不增,在愚不减。凡身心健康,俱有诗心。图为元朝 朱德润《松下鸣琴图》。

吾人衣食除保护饥寒之外,尚求色味之美,美便是诗。吾辈俱是凡夫,生活中皆有诗,在必需条件之外的便是诗心。所谓"在智不增,在愚不减",并非夸大之词。便是此诗心(种子),尚要雨露、土地之缘使之发生滋长;若平常洒落土地,摧残之,闭锢之,则不能滋长。

因是本有,不能再说。诗心是本有,本有不借缘,不能发生。如眼是因,能见而无象(缘),则不能显。无缘则不显因,诗心本有而要假之万缘。如此,则境界之由来:

```
因(种子) —— 内 —— 心 ⎫
                        ⎬ 境界
缘(扶助) —— 外 —— 物 ⎭
```

因,本,种子;缘,扶助。若没有"因""缘",境界根本不能成立。

静安先生自己解释:"境非独谓景物也。喜怒哀乐,亦人心中之一境界。"所谓境界,包括外物、内心二者。静安先生语是,而少一"转语"。王先生似以外物、内心二者对举(如甜苦、长短),既曰对举,则非一而二。今下二转语:其一,心为主而物为辅,不是对举。① 《论语·为政》云:

譬如北辰,居其所而众星共之。

北辰为主(内心),是"因";众星为辅(外物),是"缘"。所谓内心即诗心,简称曰心。若此心健全、洁净且旺盛之时,则"譬如北辰",众星自来"共之"。俗语说:太平天子当中坐,清慎官员四海分。既曰"主"、曰"辅",自有轻重之分,而非对举。本因愈强,则外缘愈富(盛)。老杜诗"缘"富即以其"因"强。天地间万物加以本心哀乐,无一非诗。别人诗比老杜总显贫弱,

---

① 顾随"对静安先生语""下二转语",笔记仅见"其一","其二"阙如。

即以其对外物有"是诗""非诗"之主见,故范围狭,老杜则无不可入诗,即以其本因(心)强。

余先由因说到缘。曰"本"、曰"本有",根本、为主之意;一则本来之意,人人可有。《大乘起信论》曰:

> 是心从本以来,自性清净而有无明,为无明所染,有其染心。

《大乘起信论》乃马鸣菩萨所作,今借其言以论诗。佛经真见得明白,故说得透彻。小儿诗心多,即因性情净,兴趣多;年岁长为物质牵扯则有染心,不是自性清净之心。小儿心常在活动(activity),是由兴趣所发,不是由计较、打算而发。由计较生出之活动是染心。计较之对象即无明(不智慧),而人人自性清净即有无明,为无明所染,有其染心,则本心、清净之心丧。

无明及染心由物来,如此岂非应抹杀外物、专要内心?岂非但有因即可、何必缘?然而不然,吾人既承认心与物为主及辅,则内心与外物不能隔离。诗与外物有密切关系,仅有诗心尚不是诗;正如米之非饭,而稻之非米。欲使米成饭,使诗心成诗,即须借外缘。不有外缘,何显心?借外物表现内心。概须本心有主,必为"北辰",然后"众星共"。只要内心旺盛,外物不但不能减损之,且能增加之。

《道德经》第一章云:"名可名,非常名。"诗心本有,盖非言大而夸。不懂诗但听讲,亦不能明白;能明白,则诗心本有,本无者不能使之有。天地间非心即物,非物即心,"法尔如然"(《阿弥陀经》),并非诡辩。若曰物,则何者非物?喜、怒、哀、乐亦物。物亦假名,含义甚广。若有心,除非不是诗;若是诗,则凡物皆心。心若不能转物,物绝不会入诗。心的喜、怒、哀、乐是本分上事,心若不能转物,不但物不能入诗,喜、怒、哀、乐,亦不能入诗。

三　诗之"体"与"真"

"在智不增,在愚不减",诗本身每人皆有,唯在表现如何耳。理学家所谓"道",禅家所谓"法",皆如此,讲诗亦然。禅门白槌①言:

> 法筵龙象众,当观第一义。

"龙象"指学法者,龙能变化,象能负担,如龙始能思想,如象始能读书。"第一义"是无上,没对。下座时说:

> 谛观法王法,法王法如是。

"谛观",细观;"法王",指佛。佛所说甚深之稀有之法,乃别人看不到、懂不到之法。诗"如中原之有菽"(陆机《文赋》)②,此四句即诗。

字句乃集合而成,集字成句,集句成篇,是世俗所谓诗法。今超过此一层研究之。无字无句,照样有诗,月自圆,花自开,可见字句乃假诗,非诗法第一义。抓住此义,始可读古人诗,始可写自己诗;否则读时无深的体认、体会,写时无真的体验。我们不要找世俗,要找稀有。

沧浪所谓"兴趣",渔洋所谓"神韵",静安所谓"境界",皆余所谓"体",名异而实一。沧浪以为可自兴趣得诗法(兴趣即诗之本体),二王亦然,而

---

① 白槌:又称白椎,一种佛教仪式,办佛事时由长老持白杖以宣示始终。禅宗仅于开堂称为白槌。《祖庭事苑》八曰:"白槌,世尊律仪,欲辨佛事,必先秉白,为穆众之法也。今宗门白槌,必命知法尊宿以当其任。长老才据座已,而秉白云:'法筵龙象众,当观第一义。'长老观机法会酬唱既终,复秉白曰:'谛观法王法,法王法如是。'此盖先德之真规皆不失佛意。且见丛林多举'世尊升座,文殊白槌。'"

② 陆机《文赋》:"彼琼敷与玉藻,若中原之有菽。"

三说有深浅高下之分,然仍为三而一、一而三者也。所谓"一"即诗法,即"体"。

追诗之本体即追其"一"。所谓本体,即严、二王所谓兴趣、神韵、境界。诗教、诗学、诗法皆非诗本体。

一切法皆是佛法。(《金刚经》)

所言一切法者即非一切法。(《金刚经》)

一切法皆是佛法,一切法皆是诗法。吾根据若干年之体会、体验,可如此肯定。(吾所说若对,是佛说;若非,是波旬①说。波旬者,魔也。)

诗法可以一字包之——即"体"。此"体"非体认、体会、体验之体,彼为动词,此为名词;然又非形体之体,盖形体以肉眼看,此体则须以诗眼体认,以诗心体会。此所谓"体"乃本体之体,非形体之体,形体是外观的,本体是内在的;又可谓为体性之体,甚似宋理学家所谓道、佛所谓法。各物形不同而有相同处——即"一",所谓"一"即佛说之"无常"。"无常"者,有坏也,所谓有坏即和合。盖物皆为物质之集合——即和合,凡天地间集合而成之物皆有坏,都不是一。科学所谓原子、电子,都是"一",是不能分的,无坏。

人世间是一个矛盾,吾人欲将此矛盾转为调和;人世间是一个虚伪,吾人欲将此虚伪转成真实;人世间是一个无常,吾人欲将此无常转成不灭,天地间一切学问皆是此三意,总言之即求真。既曰真,无不调和,无不真实,无不不灭,诗所求亦真。一切法皆佛法,一切法皆诗法。若心有不快必有抵触,不是调和。所谓调和是"无入而不自得"(《中庸》十四章),是最大调和,如家人父子之间毫无成见,是无入而不自得。

---

① 波旬:古印度佛教中的魔,居于欲界第六天"他化自在天",常采取各种方式诱惑、阻碍佛教徒修行。

调和一切皆是,矛盾一切皆非。苦即从矛盾、虚伪、无常而出,而把苦写成诗时,则不是矛盾、虚伪、无常了。至少心里是调和,才能写出诗;心里矛盾时,不能写。心,方寸之间,顷刻万变。写矛盾时内心亦须调和,心能调和写矛盾也得,不写矛盾也得。内心调和,则字句自然调和,转虚伪为真实。

境由心造,万法唯心。(《华严经》)

既曰"境由心造,万法唯心",就不是真实。尤其诗人笔下之景物,更是"由心造",读诗时很受感动,真看来反未必受感动,故俗曰"看景不如听景"。看牡丹花不如读李太白《清平调》,诗中其实才是真正真实,花之实物若不入诗不能为真正真实。真实有二义:一为世俗之真实,一为诗上之真实。且平常所谓真实,多为由"见"而来,见亦由肉眼,所见非真正真实,是浮浅的见,如黑板上字,一擦即去。只有诗人所见,是真正真实,如"月黑杀人夜,风高放火天",在诗法上、文学上是真的真实,转无常成不灭。世上都是无常,都是灭,而诗是不灭,能与天地造化争一日之短长。万物皆有坏,而诗是不坏。俗曰"真花暂落,画树长春"①,然画仍有坏,诗写在上面不坏。太白已死,其诗亦非手写,集亦非唐本,而诗仍在,即是不灭,是常。纵无文字而其诗意仍在人心,"在智不增,在愚不减"。

禅家主"直指本心,不立文字","即心即佛",然尚有心。

矛盾——调和
丑恶——美丽
虚伪——真实
无常——不灭

---

① 庾信《至仁山铭》:"真花暂落,画树长春。"

佛家之《金刚经》可等于儒家之《论语》(可代表孔子整个思想)。(佛经只对"阿耨多罗三藐三菩提"一名词未说,译为中文乃"无上正遍知"。)"所言一切法者即非一切法"(《金刚经》),我可说什么不是什么,而绝不能说诗不是诗。不要以为矛盾外另有调和,丑恶外另有美丽,虚伪外另有真实,无常外另有不灭。所谓矛盾即调和,丑恶即美丽,虚伪即真实,无常即不灭,一而二,二而一。在人世间何处可求调和、美丽、真实、不灭?而调和、美丽、真实、不灭即在矛盾、丑恶、虚伪、无常之中。唐以后诗人常以为诗有不可言。此非"无上正遍知"。所谓风花雪月、才子佳人的诗人,所写太狭窄,不是真的诗。彼亦知调和、美丽、真实、不灭之好,而不知调和、美丽、真实、不灭即出于矛盾、丑恶、虚伪、无常。"诗三百""十九首"、魏武帝、陶渊明、杜工部,古往今来只此数人为真诗人。陶有《乞食》诗,而吾人读之只觉其美不觉其丑。

凡天地间所有景物皆可融入诗之境界。鲁迅先生说,读阿尔志跋绥夫(Artsybashev)①作品《幸福》,"这一篇,写雪地上沦落的妓女和色情狂的仆人,几乎美丑泯绝,如看罗丹(Rodin)②的雕刻"(《现代小说译丛·幸福》译者附记)。此乃最大的调和、最上的美丽、最真的真实、永久的不灭。

四 "有我之境"与"无我之境"

静安先生说:

> 有有我之境,有无我之境。"泪眼问花花不语,乱红飞过秋千

---

① 阿尔志跋绥夫(1878—1927):俄国颓废派作家,著有小说《萨宁》《狂人》等,鲁迅称其作品为"被绝望包围的书"。

② 罗丹(1840—1917):法国19世纪艺术家、雕塑家,主要作品有雕塑《青铜时代》《思想者》等,又有文艺论著《艺术论》。

去";"可堪孤馆闭春寒,杜鹃声里斜阳暮",有我之境也。"采菊东篱下,悠然见南山";"寒波澹澹起,白鸟悠悠下",无我之境也。有我之境,以我观物,故物皆著我之色彩。无我之境,以物观物,故不知何者为我,何者为物。

静安先生云"有我之境""无我之境",此语余不赞成。若认为"假名"尚无不可,若执为"实有"则大错。心是自我而非外在,自为有我之境,而无我之境如何能成立?盖必心转物始成诗,心转物则有我矣。

王先生讲无我之境,举陶诗"采菊东篱下,悠然见南山"(《饮酒二十首》其五)。不然。采谁采?见谁见?曰"采"、曰"见",则有我矣。又举元遗山"寒波澹澹起,白鸟悠悠下"(《颖亭留别》),此二句似较前二句无我,然尚不能谓无我,"寒波""白鸟",谁写?诗人写,诗人写则经心转矣,不然何以他人不写成诗?既曰无我,而谁见?既见则有我,无我则无诗。而若为"假名"则允许。

王先生之立此二名义者,以其觉得境界确分为心、物二者,故其所谓有我乃主观,无我即客观,故王先生讲无我,说:

以物观物,不知何者为我,何者为物。

然此语矛盾。禅宗好说"败阙",静安先生此处是大大的败阙。既曰"不知何者为我",可见仍有我,唯不"知"而已。有而不知,非无也。自己矛盾。充其量言之不过客观而已,而纯粹客观绝不成立,亦"假名",盖"无我"何来"客"?王先生好学深思,法尔如然,是学者,唯此语不圆满。以物观物,绝非客观。盖客观虽非个体,而根本不在全体中。客观但观察,而诗人应观察后还须下场进入其中,不可立于其外。客观亦非无我,无我何观?王先生所说"无我"绝非客观之意,乃庄子"忘我""丧我"之意。(忘形、忘情、忘我,并非无形、无情、无我。忘我——意志、精神极集中便是忘我,不是把我没有了,是把我都拿来。)

《庄子·齐物论》有几句比《逍遥游》好得多:

> 枢始得其环中,以应无穷。

> 天下莫大于秋毫之末,而太山为小;莫寿乎殇子,而彭祖为夭。天地与我并生,而万物与我为一。

《庄子·逍遥游》是一篇序论,不能知,不能行。佛、孔、耶、老,皆尚有得其一点的,而吾人能得庄,知尚可,绝不能行。夫子其"不知而不以为知"①,道不可离,可离非道,故道必不难知。庄子之道则难知。道必求真、一,"余二则非真"(《法华经》)。庄子亦抓真、一,而庄子之道难知,难言,玄言,善名理者亦不能通。

"枢""始",或谓始亦枢。"枢",中也,不偏。"始",是一,先天,故始亦可为名词。"枢始得其环中"是心,"无穷"是物,得中执一,以应无穷,"譬如北辰,居其所而众星共之"(《论语·为政》)之意。"应"是呼应、应合,是"固然",绝不矛盾。如此,则无我可通,乃物我混一,与其说不知,不如说不分。"以应无穷"者,即"天地与我并生,而万物与我为一"。"秋毫""太山"二句,即众相非相之意,凡一切相皆是虚妄。所谓诗心,即"枢始得其环中"以为吾心,即"天地与我并生,而万物与我为一"。如:

> 落叶满空山,何处寻行迹。
>
> (韦应物《寄全椒山中道士》)

不说心,心即在其中;无哀乐,而哀乐在其中。何者为我,何者为物?

---

① 《论语·为政》:"子曰:'由,诲女知之乎?知之为知之,不知为不知,是知也。'"

有我无我,皆不能成立,只可以万物与我为一解之。又如"有我"者:

> 秋气集南涧,独游亭午时。
> 回风一萧瑟,林影久参差。
>
> (柳子厚《南涧中题》)

韦应物"落叶满空山,何处寻行迹"二句可以"无我"为假名,此则有我。柳乃聪明且热中的人,凡此种人必多抵触,即今所谓矛盾,即佛法所谓"我执"。此种人我执最深。既曰我执,则必有对人、有对物,而与人、物又多有抵触。少年时碰钉子,我执的人最受不了,而其诗文以贬官后所作为佳,有点见道。柳子厚之游山水非闲情逸致,乃穷极无聊,如此则有我,而写得真好,只美不足以尽之,真是微妙。此时则我执化去。"独游"时尚有我执,至"回风"则将我执化去,此有我的诗而无我了。

王静安先生"有我之境""无我之境"不能成立,故不能自圆其说。盖王先生总以为心是心,物是物,故有"有我",有"无我"。余则以为是心即物,是物即心,即心即物,即物即心,亦即非心非物,非物非心,必将心与物混合为一,非单一之物与心。余颇不以其无我之境为然,亦犹余之对新文学反对所谓"客观"者。文学上客观的描写是不可能的,终有"我"在。无我之境不能成立,无我,谁写出的作品?

然"无我"二字亦可用,唯很难。

im-personality 非我的
non-personality 无我的

诗人所写必与自己思想感情有关,何能无我?唯所写有时"非我"耳,不是我而非"无我"。老子"吾所以有大患者为吾有身"(《老子》十三章)——此为反面。庄子"吾丧我"(《庄子·齐物论》)——此为正面。("吾丧我",即香严禅师所谓贫无立锥,连"锥也无"。①)如此讲,则"采菊东篱下,悠然见南山"虽是有我,而真是无我境界,是"非我",我与大自然合而为一,我成为大自然的一分子。如中国山水画中之人,是"非我",不画眉目。画中人物之在彼,皆与画山画水同,将人物自然化了。"无个性",即是"无我"。孟浩然诗即"非我"。李白有才,不怪其狂,然太白对孟浩然真佩服。因孟诗是"非我",太白不成,一写"我"便出来了——"李白乘舟将欲行"(《赠汪伦》),"我"的意识甚强。王维亦有"我",而此"我"与自然同化。

《醉菩提》②,传奇名,即《济公传》,讲道济和尚借色身而度世、仗痴颠而说法。诗人应不畏困苦艰难,非必花朝月夕始有诗,故曰"心转物则圣"。物,things,含义甚广,"物物而不物于物"(《庄子·山木》),支配物而不为物所支配。故济公拿华云龙说,上淋下泞,比在床上躺着有意思。③ 后之小诗人境界狭小,即因其为物所限,故不免狭小空虚。吟风弄月是诗,而诗不仅是吟风弄月。

零件之对全体,皆是相反而又相成。余之不赞成静安先生"无我"之说,非反对之,乃加补充、注解,恐学人不明白、有误会也。实则诗中似乎真有无我之境,如陶诗即近无我,老杜则"我执"太强,心与物摩擦愈甚,我执愈强。

19世纪后期文人多写变态心理,人谓之"世纪末",可译为"日暮途穷""倒行逆施",世纪末乃法文 fin de siècle。自文艺复兴而后至19世纪末成世纪末现象,人谓为文人之病态,曾有人作《近代文人之病态》;又有人以为乃健康,作《近代文人之健康》。此病态之发生,即因物心摩擦过甚。若十

---

① 香严智闲(?—898):唐朝禅师。《五灯会元》卷九记载有香严智闲所作颂偈:"去年贫未是贫,今年贫始是贫。去年贫,犹有卓锥之地,今年贫,锥也无。"
② 《醉菩提》:道济和尚故事,见于戏曲、小说者颇多。明末清初张大复编有传奇《醉菩提》三十龄,天花藏主人编有章回小说《醉菩提》二十回,清朝郭小亭编有小说《济公传》二百四十回。
③ 郭小亭《济公传》第五十八回,济公对柴元禄、杜振英二班头说:"我叫你两人起来逛逛雨景,上头下雨,底下踏泥,这比睡觉还好。"

指皆全无所谓,若忽然丢一个必留意之,因受伤而有指头之观念愈盛,丢失后然后知物之存在。庄子谓鱼在陆地"相濡以沫",此时期之互助精神固可佩服,而实在太苦;"不如相忘于江湖"(《庄子·大宗师》),江湖中无所缺,自无须帮助。

西洋似乎不太留意无我,自我中心。中国曰心转物亦自我中心,而与西洋世纪末之自我中心不同,彼为矛盾,此为调和;彼为分离的,此为浑融的。"采菊东篱下,悠然见南山"(陶渊明《饮酒二十首》其五)二句,曰"采"曰"见",而物我混一。"若见诸相非相,即见如来"(《金刚经》),对。可讲之名辞,不可认定其相,应看作"诸相非相",不可死于句下。

五 境界之由来

静安先生解释"无我""有我"二境界之何由来:

> 无我之境,人唯于静中得之;有我之境,于由动之静时得之。故一优美,一宏壮也。(《人间词话》)

王氏确为学人,善体会、善思想,以除此之外更无别法,故曰"唯"!

所谓静,静始能"会",静绝非死。说为佛法,绝非佛法。文学所谓静与佛所谓"如""真如""如如""如不动"同。而"如不动",非死,极静之中有个动在。王先生见得明、说得切,而学者不可死守"静"字。所有一切名辞皆是比较言之,凡对的名辞皆如此。不可抓住"静"字不撒手。

王先生讲"有我之境",讲得真好。一个诗人必写真的喜怒哀乐,而所写已非真的喜怒哀乐。盖常人皆为喜怒所支配,一成诗则经心转,一"观"、一"会"便非真的感情了。喜怒时"有我",写诗时"无我",乃"由动之静"。如柳宗元游南涧诗《南涧中题》,诗即"由动之静时得之",游时偶感是动,而写时已趋于静。

"有我"曰"由动之静",难道"无我"便不可说"静中之动"吗?静中有东西。如王摩诘诗云:

高馆落疏桐。

(《奉寄韦太守陟》)

此可谓为无我之境,高馆是高馆,疏桐是疏桐,而用一"落"字连得好。此是静的境界而非死;若死,则根本无此五字诗矣,此静即静中之动。据说某人咏月自初一至三十,每日一首,共三十首,末二句:"却于无处分明有,恰似先天太极图。"[①]诗并不好,而可断章取义即——"却于静中分明动,却于动中分明静"。

渔洋之"神韵",沧浪之"兴趣",有义而不具条目。静安先生所谓"境界",则细目甚多:

(1)内心(喜怒哀乐……);(2)外物(花月风雪……);(3)有我(以我观物);(4)无我(以物观物)。

"有我"不是无物,"无我"亦非纯物无我,故曰"观"。"无我之境,人唯于静中得之",唯此一法别无他途。无我之"以物观物",解释不通,非王先生观察、见解不透彻即解释不切。王先生说无我之境于静中得之,所谓"静",由静生"无我"。若于静中得静固然,而做学问不可如此。何以静?如日光七色一归于白,白是单纯,而有七色则非单纯。若但认为单纯的静不对,乃诸事物(连我亦在其中)之总合成为静。静是总名,境物中之一切事物为个体,欣赏静之我是否亦静中之个体?用世谛讲,以肉眼看,我亦为静之个体,同是、各是静之个体。但在诗学上或本着哲学来看则非。一切花鸟、建筑是静的个体,而我非静的个体。

---

① 清朝钱德苍《解人颐·超群类》:"潮阳苏福,年八岁,赋《新月》诗云:'气朔盈虚又一初,姮娥底事半毫无。却于无处分明有,恰似先天太极图。'"

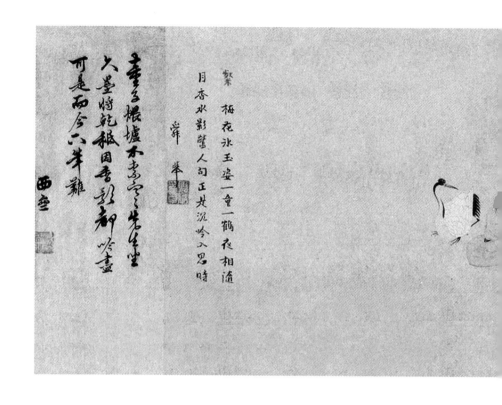

>>> "无我之境,人唯于静中得之;有我之境,于由动之静时得之。"所谓静,静始能"会",静绝非死。说为佛法,绝非佛法。文学所谓静与佛所谓"如""真如""如如""如不动"同。而"如不动",非死,极静之中有个动在。一个诗人必写真的喜怒哀乐,而所写已非真的喜怒哀乐。盖常人皆为喜怒所支配,一成诗则经心转,一"观"、一"会"便非真的感情了。喜怒时"有我",写诗时"无我",乃"由动之静"。图为明朝钱选《西湖吟趣图》。

佛说：

> 若有情若无情，若有生若无生。

佛以有情、无情对举，有意。人若亦为静之个体，则人与花草土木何异？人之为人者何在？何得有诗？人可以写"高馆落疏桐"，而"高馆""疏桐"绝不会说出此诗句。孟浩然之"微云淡河汉"亦然，乃"我"写出来的。盖我为有情，"高馆""疏桐""微云""河汉"为静之个体，可助成静，其能仅止助成而已，是无情。人则不然，人是有情，与高馆疏桐不同，不能列为静的个体之一。耳目五官助成脸面，而但认个体则无总合。人是静的总合，而非个体，故人列为"三才"之一，与天地并列；分，助成天地之个体，故说人是小天地；人与天地是合的，并非人之外另有天地，天地之外另有人，三者合一。

近代哲学树立下二名词（名义），一为宇宙观，一为人生观。宇宙观偏于静，人生观偏于动。实则中国之宇宙观即人生观，人生观即宇宙观，二者打成一片。故孟子曰：

> 万物皆备于我。（《孟子·尽心上》）

曰"皆备"，岂非万物与我合成一片？庄子之"万物与我为一"（《齐物论》），亦然。人处此万物之中，若不能领略欣赏，则根本无诗，此即庄子所谓"蓬心"（《逍遥游》）。有"蓬心"之人处世中，但觉麻乱，根本无诗，更不会写"高馆落疏桐"之句。

人有时损坏天地，有时亦帮助天地。庭院中有花始有生气。人之与宇宙即如家庭中之有儿童，园中之有花。无建筑花草，在野外星垂平野亦可成"静"，而无人则不成"静"。静中有生机，故不是死，死是无生机的。静中有动，非静中不得见高馆疏桐、微云河汉，然必须静中有动，始能写成诗。

(而动与世俗之乱动不同。)如此释静始可补足王先生的话,如此则"无我"可成立。唯"无我"之"无"字易引起人误会,反是庄子之"丧我"较恰,丧非无。"楚人遗弓,楚人得之"(《说苑·至公》),我虽失弓,而弓自在。然"丧我"之"丧"字仍太重,太着痕迹,不如庄子又说之"忘我"较圆满,忘亦非无。(事做过忘了,而的确做过。)与其用"无我",不如说"忘我"。我与万物为一,与天地一体,故"采菊东篱下,悠然见南山",曰"采"曰"见"而归入无我,实为忘我。必须恬静宽裕始能成为大诗人。恬静然后能会,流水不能照影,必静水始可,亦可说恬静然后能观;宽裕然后能容,诗心能容则境界自广,材料自富,内容自然充实,并非但得所谓"雅"而已。小诗人是真诗人而绝不能大。小器非不成器,如《论语》曰:"管仲之器小哉!"(《八佾》)大诗人上下与天地同体,而万物皆备于我,诗人之心无不覆、无不载,岂非宇宙观与人生观混而为一?故人是静的全部,而非助成静的个体。

六 "动"与"静"

诗法虽非出世法(佛法),然亦非世法。佛于肉眼外有慧眼、佛眼、天眼、法眼,共五眼。吾人读诗亦须有诗眼、具诗心。

静安先生言:"无我之境,人唯于静中得之;有我之境,于由动之静时得之。"王先生建立此二名义必有含义。其实,名义之定立甚难,多为比较的,而非绝对的。

佛说:

> 于法不说断灭相。(《金刚经》)

佛教自称为正教、大教,称婆罗门为外道,婆罗门中亦出过圣贤,而说法有时有断灭相。佛所谓空乃实有,静乃真如,真如是生而非死。王先生

所谓"无我之境于静中得之",近于禅家所谓空。禅家所谓空非顽空,王先生所谓静非死静,即静中有动之静,以图示则:

魏文帝《与吴质书》"乐往哀来,怆然伤怀"即静中之动,鲁迅先生说"听到静的声音"①亦静中之动。非静不能写出"微云河汉""高馆梧桐"之句,然静中无动亦不能写成诗。如"薰风自南来,殿阁生微凉"(柳公权《夏日联句》),亦此境界。

开合变化、壮美之境可谓为动,精美、优美之作品则为静的功夫。所谓动、静,非世俗之动、静,动中有静,静中有动,非绝对的动、静。静:酝酿,长养,长使其生,养使其大。酝酿是发酵之意。如发面,亦酝酿,静中之动。本动、静回到王静安先生有我、无我境界。如杜工部之"暗飞萤自照"(《倦夜》),即静中之动,曰"飞"曰"照",虽不言寂寞而寂寞自见,因动而益见其静。如冬夜之闻梆声自远而近,自近而远,是动,而愈显其静。鲁迅先生小说《示众》(收入《彷徨》)写夏天之正午,简直是诗的描写:

> 火焰焰的太阳虽然还未直照,但路上的沙土仿佛已是闪烁地生光;酷热满和在空气里面,到处发挥着盛夏的威力。……但是,自然也有例外的。远处隐隐有两个铜盏相击的声音,使人忆起酸梅汤,依稀感到凉意,可是那懒懒的单调的金属音的间作,却使那寂静更其深远了。

---

① 鲁迅《彷徨·孤独者》:"下了一天雪,到夜还没有止,屋外一切静极,静到要听出静的声音来。"

其写夏午阳光中能转烦恼成菩提,与"薰风自南来,殿阁生微凉"不同,此诗虽好,然非就夏写热,乃写凉;鲁迅先生《示众》乃就夏写热,热中有凉。铜盏声响是诗。城市中是动,鲁迅先生把它写成静,静中又有动,因动益显其静。

王先生谓"有我之境,于由动之静时得之",动趋于静时而成诗,静中益显其动。以图示则:

心若慌乱,绝不能作诗,即作亦绝不深厚,绝不动人。如黄仲则其《两当轩集》有诗云:

> 寒甚更无修竹倚,愁多思买白杨栽。
> 全家都在风声里,九月衣裳未剪裁。
> 　　　　　　　　（《都门秋思》）
>
> 收拾铅华归少作,屏除丝竹入中年。
> 茫茫来日愁如海,寄语羲和快着鞭。
> 　　　　　　　　（《绮怀十六首》其十六）

此二诗前首"寒甚更无修竹倚"句,用杜诗"天寒翠袖薄,日暮倚修竹"(《佳人》);"愁多思买白杨栽"句,用《宋书·萧惠开传》[①];后二句用《诗经·

---

① 《宋书·萧惠开传》:"惠开素刚,至是益不得志,寺内所住斋前,有向种花草甚美,惠开悉划除,列种白杨树。每谓人曰:'人生不得行胸怀,虽寿百岁,犹为夭也。'"

豳风·七月》"无衣无褐,何以卒岁"。用典应如此,虽不知典而亦知其好。黄之处境甚可怜,而写出如此之诗。单就这四句与放翁"箧有吴笺三百个,拟将细字写春愁"(《无题》)二句比,黄比陆高。"因"是一个,都是愁;而"缘"不同,陆之缘小、狭,黄则缘比陆广。事实上"无修竹",而诗中明明"有";"白杨"亦"无",而"思买白杨"白杨就"来"了,这就是诗与事实之不同处。这点是诗人与上帝争权的地方。而"寒甚更无修竹倚,愁多思买白杨栽"与放翁二句都寒酸;"全家都在风声里,九月衣裳未剪裁",更寒酸。次首末句用古代神话羲和驾六龙以御日之典。欲了解黄诗必知此[①],此即静安先生所谓"隔"。

二诗前两句是象征。诗归于一本,此本即孔子所谓"兴",近世所谓"象征",即此物非此物。如"十"有圣之意,"卍"有佛之意(善、德、全)。此即为象征,其意甚深且多,包罗万有,一言难尽。看诗应如此看。黄非大诗人,而有诗之天才,其"修竹""白杨"皆象征,此即非以世眼看,非世法;次首之"铅华""丝竹"亦象征,乃去兴奋而入平静。初读诗之人易受此种诗传染、感动,即因其静的功夫不够。不必举王、孟之"高馆""微云",即老杜之:

竹凉侵卧内,野月满庭隅。
重露成涓滴,稀星乍有无。
暗飞萤自照,水宿鸟相呼。
万事干戈里,空悲清夜徂。

(《倦夜》)

较之如何?稍具眼者,高下立分。此诗不隔,令人一读如见老杜之生活,每每颠沛而此夜暂停,寂寞恨更长,字句上稳且厚。味固重鲜,而鲜味最不持久,如梨与苹果。梨,到口痛快,而苹果味长。老杜最偏于动,而此

[①] 按:此,指使事用典。

首极稳,即静中之动达于极点。吾人从此看出老杜功夫,非以毛躁心情写出。黄则以伤感心情写出。勉强并论,可见其静、动功夫。老杜乃静中之静,细中之细;黄则细中之粗。曰"细"、曰"静",而此中有酝酿、发酵,非绝对静。诗之所以推盛唐,亦因太平时代人容易用静的功夫,故质量俱优。英国则维多利亚朝(Victorian Age),诗人最多,且各有各的好处,即因此朝乃英国政治最昌明、最太平时期。而老杜身经天宝之乱,非静,而乱后写出的诗仍是静。如前诗《倦夜》虽在乱中写,而有"暗飞萤自照,水宿鸟相呼"二句,其静乃是动中之静。老杜之生活在乱中能保持静,在静中又能生动而成诗。(人说老杜没情操,即因其有时有情操,而不能保持。)在"万事干戈里,空悲清夜徂"的境遇里不能写出诗来。"暗飞萤自照,水宿鸟相呼",真好,眼之所见即耳之所闻,打成一片,好像天地之间只有"萤"和"鸟",但一切痛苦皆在其中。这是什么"缘"? 因缘打成一片,且扩而充之。

动中得静,是诗的功夫;静中有动,是诗的成因。陶诗如:

饥来驱我去,不知竟何之。

(《乞食》)

此既动中有静而静之中又有动。虽乞食中心不乱,所谓动中静也;写出诗,可谓静中动也。如大将出征,心不可乱,然后攻守始能得法,始可言战。人之生活是苦,而我们要能担荷,或者解脱。

静安先生又谓:无我之境优美,有我之境宏壮。有我之境既曰宏壮,故其气象海立云垂。李、杜之异于上古,即因其宏壮(动),海立云垂,龙跳虎卧。李、杜皆如此,故老杜能了解太白之诗,曾赠以诗曰:"痛饮狂歌空度日,飞扬跋扈为谁雄。"(《赠李白》)曰"飞扬跋扈"岂非动?然此动的诗亦须有静的观察,静中功夫。

理学家所谓静中功夫,学诗亦为必须。向外为观察,向内为体会,然后再发挥,至发挥则非静矣。因此:

静,不是动,而静中有动;
动,不是静,而动中有静。

狂喜极悲时无诗,情感灭绝时无诗,写诗必在心潮渐落时。盖心潮最高时则淹没诗心,无诗;必在心潮降落时,对此悲喜加以观察、体会,然后才能写出诗。

动、静是一而二、二而一,如白乐天之《琵琶行》,自"转轴拨弦三两声"至"四弦一声如裂帛"一段,写弹琵琶声,弹是动,故其所写,亦有宏壮处,如"银瓶乍破水浆迸,铁骑突出刀枪鸣"二句。中国画画印象(写生画画实物),出而观,归而画,静中有动,动中有静。

故有我、无我不能分;然则动、静根本不能成立。

第二节

说《静安词》

一 从静安词《浣溪沙》(天末同云)说起

静安先生词不敢说首首,至少有一两首、至少有一两句是前无古人、后无来者。此非超越众人,每个人都是前无古人、后无来者,因任何人都是不可无一,不可有二。静安先生词的长处说前无古人、后无来者,有二意义:一说其词与古今皆不同,一说其词之长处为古今词人所无。

    天末同云暗四垂。失行孤雁逆风飞。江湖寥落尔安归。 陌上金丸看落羽,闺中素手试调醯。今宵欢宴胜平时。(《浣溪沙》)

余廿年前读此词,觉与别人不同而不能言其故,今日始知静安先生乃以作诗法作词,且以作古诗法作词。

宋以后之人写诗都似词,故不佳。少游①词没力气,诗尤甚。如"有情芍药含春泪,无力蔷薇卧晓枝"(《春日五首》其二)二句,直似《鹧鸪天》。

讲到诗,诗要有诗格,如人有身份、品格。如此说颇有布尔乔亚气,暂时借用。诗是有阶级之分的,如穿大褂。难道人以大褂为标准而衡量么?但不穿不成,习惯最了不得。修养训练就是要养成好的习惯。其实身份不

---

① 秦观(1049—1100):字太虚,后改字少游,号淮海居士,别号邗沟居士,高邮(今属江苏)人。北宋词人,"苏门四学士"之一,著有《淮海居士长短句》。

在衣服,老先生宁可湿衣,不可乱步。人的身份、品格与身心似而还高。某一阶级其身心,在外表是身份,在精神上说便是品格。

就广义言,词、曲皆诗;就狭义言,诗有诗格。如此则词、曲亦有格,不敢分高低,唯可言词曲格比诗更平民一点,不古典一点。(曲兼诗词之长处,而曲之长处为诗词所没有。)

余所谓诗之"古典",指唐宋而后。盖吾人今日之诗,并未继承"三百篇""十九首"、乐府,至早继承六朝。作者纵非有意,但无论如何总在继承。中国诗自六朝而后,渐渐变为古典的,非平民的。

秦观诗以六朝诗格绳之,不够格,太小器。不但此也,即如老杜之"穿花蛱蝶深深见,点水蜻蜓款款飞"(《曲江二首》其二),亦不免小器,有时真觉得老杜失身份,像老杜这样人不该有,在初盛唐诗中亦不当有。这两句怎这么"瘦"呢?"国破山河在,城春草木深"(《春望》)是一大片,"穿花蛱蝶"两句是一条条。

"花近高楼伤客心,万方多难此登临。"(《登楼》)老杜作品该如此。唐人许浑①有句云:"山雨欲来风满楼。"(《咸阳城西楼晚眺》)大雨下了也许没什么,而雨前倏来一阵风,可怕。最可代表老杜诗格者,"山雨欲来风满楼"七字可矣。霭飙,storm,老杜总带霭飙之气。"深深""款款"尚可,怎么说"穿花""点水"? 如须生反串青衣。

余总觉老杜该写"星垂平野阔,月涌大江流"(《旅夜书怀》);"哀鸣思战斗,迥立向苍苍"(《秦州杂诗二十首》其五)之类的句子,不该写"细雨鱼儿出,微风燕子斜"(《水槛遣心二首》其一);"圆荷浮小叶,细麦落轻花"(《为农》)等句,太小巧,不像老杜的诗。

静安先生词之所以超越古今,便因词本较接近平民,王先生虽生于清末民初,为晚出词人,但他反把词之地位抬高到诗那样古典贵族,非平民,

---

① 许浑(791?—?):字用晦,祖籍安州安陆(今湖北安陆)人,寓居润州丹阳(今江苏丹阳)。唐朝诗人,与杜牧有唱和,著有《丁卯集》。

不但像近体诗,甚至像古体诗那样贵族古典。前所举杜甫"穿花蛱蝶""细雨""圆荷"诸句,是老杜近体,其古体不然。可见古体诗更古典贵族。

"天末同云暗四垂。失行孤雁逆风飞。江湖寥落尔安归",词中无论晏、欧、苏、辛,无此种作品,因他们不曾意识到这一点,而静安先生意识到此,故意要把词作成这样。由此可知,可入词之句不见得可入诗,而可把诗之意境装入词中,并不毁坏词之形式,虽不见得不能使诗不灭亡。(此就广义诗之前进言。)

一切治文学的伟大创作家往往易成为曲高和寡,得不到一般人欣赏,虽成功等于失败。那么我们是降低身份俯就一般人呢,还是把一般人提高到作者境界来呢?后者在势有所不能,一作家之天才、功夫、修养如何能使一般人都有?然则此为不可。然前者之俯就又为作者所万万不肯作。这一点可苦了。

"兰生幽谷,不为莫服而不芳。"(《淮南子·说山训》)此可送给每个大天才作家,即使无人欣赏,它照样香它那香。静安先生亦有其自己之悲哀:"且自簪花坐赏镜中人"(王静安《虞美人》),这真是静安先生的悲痛。像静安先生那样古板厚重,能写出这样美的句子,"自簪花"而且"坐赏",此便是"不为莫服而不芳"。有人看是为人,没人看反而更要好。真美。

静安先生不但美且太孤高了。一般人不肯走的路子他走,不肯做的东西他做,虽明知这条路是冷清的,但总这么悲哀。人是不该这样活着的,无论在家庭、社会,在我们的国家,不当这样孤僻冷淡地生活,因此为寂寞的境界。

现代青年人心中有苦不说。心中未尝没有,虽不见得欢迎,但不怕。精力饱满,前途光明。(什么叫光明?你认为光明即是光明。)有苦也不怕,有也能打破。觉得寂寞压迫最甚者,一个是小孩子,如失掉父母的孤儿。小孩子该是活泼的,无论其做事淘气、讨厌,但脸上没寂寞痕迹。没父母的孩子做事安详、有分寸、斟酌,真寂寞。小孩子不能忍受。还有老人不能忍受,而且他的寂寞是最深的寂寞。老友亲故都不在了,说不寂寞要有伴侣,而他的原有伴侣凋零了,新的接不上。某人说他的年青朋友总觉得他是"有须类",有许多话不肯说;他也许未尝不想说,而听者也不能接受。如父与子,彼此想了解而不能的,他儿子有伴侣,父亲没伴侣。长江后浪催前浪。然则此为自然现象,无所谓寂寞悲哀。若以此为悲寂,欲打破之有三条路,一成仙成佛,二如木如石。这两路都不可能,人总是人,总是生物,有感情的。还有一条路,应该变成铁的神经,算不了什么,认了。不见得没人能做到,但很少人能做到。(索菲亚[Sofia]①,固暗杀团领袖,人谓其有花的外貌,有铁的神经。)可这又不是叫你干枯、麻木,当然活得像无线电机一样不可能,而能神经坚硬,可活得有力,打破悲寂。

静安先生于"一"未尝想,于"二"也不肯,所以五十几岁自杀了。他或者想练成铁的神经,但后来也受不了,自杀了;如锻炼成功,便不会自杀了。不过,他未尝不想锻炼,他的思考力同创作力同样高,而晚年走入考校之路未始无因。

说到文人、文学家、创作家是要俯就别人还是要提高别人,这一点非常难解决,而又不能不解决。这其中多少要讲点方法。

中国向来不大讲方法,总是主自然,行所行,止所止,瓜熟蒂落。治文学倘有此境是最快乐的境界,如佛家涅槃,道家忘我,耶教真乐。这是圣谛,这是最成熟(先不要说伟大)的境界。然此则一丝一毫勉强不得,俗所谓火候是也。火候不到,不是不熟,而味道总不圆满。然余今日说此亦是画饼充饥,望梅止渴。纵非画饼,亦是望梅。如此亦只好尽人力听天命。既曰人事,便要讲意识、讲方法。

现在科学时代要讲方法,作文亦然,不得纯任自然。我们不能降低我们天才功夫俯就人,最好引一般人到我们境界来。先要有此意识,然后讲

---

① 索菲亚(1853—1881):即索菲亚·别罗夫斯卡娅,俄国近代女革命家、民意党领导人,因参与暗杀沙皇亚历山大二世被捕遇害。鲁迅《南腔北调集·祝中俄文字之交》:"那时较为革命的青年,谁不知道俄国青年是革命的,暗杀的好手? 尤其忘不掉的是苏菲亚,虽然大半也因为她是一位漂亮的姑娘。"

方法,达到此目的。就是利用他们所能接近之文体,来装进我们自己的意境。就仿佛是小孩子有病不肯吃药,我们放上糖一样。这样使接受者不感困苦,而无形中(硬说)就接受而且了解我们这意境了。

接受与熟习有关,不熟不行。了解对欣赏是重要的,欣赏以了解为基础。在未了解前至少要熟习,否则一切都谈不到。大天才所写,常人连接近都做不到,更无论了解、欣赏。所以要用与大众接近的文体。各种文体都可以拿来用,而意境是我们的。然此亦需天才修养,否则意境不足不能引人以靠近于我。

二 孤高·深刻·伤感

文学之演变是无意识的,往好说是瓜熟蒂落,水到渠成。中国文学史上有演进,无革命,有之则如韩退之之在唐,胡适之之在民初,二者皆为有意识的,与诗之变为词、词之变为曲之变不同。

evolution,演变,无意识
innovation,革命,有意识

冯正中、大晏、六一的作品皆是个性流露,自与古人不同。不用说不学古人,就是学了也淹没不了自己本来面目,此即因个性太强。学古人而失去自己本来面目的,他自己根本没有本来面目。大令字不似右军,非不"知"学、不"能"学、不"肯"学,乃大令个性太强而自然不似。在文学史上,这种情形、现象必发生于一种文体最盛时期,如盛唐诸公之诗个个不同,词在北宋,曲在元初,皆然。及其既衰,或者学而不能似;或者得其一二,而不出古人范围;或者于模仿学习之外,参入自己个性。

学古人有三种境界:(1) 不能学;(2) 能学,无生发;(3) 能学,有生发。

静安先生早年治文学、哲学,颇受西洋文学影响、叔本华(Schopenhauer)悲观哲学影响;生于北宋千百年后而能学,不但能学而且有生发。唯王氏之学与生发皆是有意识的。樊志厚《〈人间词乙稿〉序》论静安词:

> 静安之为词,真能以意境胜。夫古人词之以意胜者莫若欧阳公,境胜者莫若秦少游,至意境两浑,则唯太白、后主、正中数人足以当之。静安之词,大抵意深于欧,而境次于秦。至其合作,如甲稿《浣溪沙》之"天末同云",《蝶恋花》之"昨夜梦中",乙稿《蝶恋花》之"百尺朱楼"等阕,皆意境两忘,物我一体,高蹈乎八荒之表,而抗心乎千秋之间,骎骎乎两汉之疆域广于三代,贞观之政治隆于武德矣。

静安《人间词话》独标境界,与渔洋之神韵说对抗。"神韵"是两个空洞的字、一个空洞的名词,"境界"又何尝不也是如此?

境界,又或谓之意境,"意""境"又可分开来讲。

意就是思想,思想与回想不同,思想是前进的,是理想。如韦庄《思帝乡》之"妾拟将身嫁与、一生休。纵被无情弃,不能羞",冯延巳《菩萨蛮》之"和泪试严妆",大晏《浣溪沙》之"满目河山空念远,落花风雨更伤春。不如怜取眼前人",即个人之思想、理想。再如欧阳修《玉楼春》之"直须看尽洛城花,始共东风容易别",虽纯是抒情,而却是用过一番思想的。

《人间词话》云"境非独谓景物也",而其中究有景物。少游写景之作如"斜阳外、寒鸦万点,流水绕孤村"(《满庭芳》),"虽不识字,亦知是天生好言语"(魏庆之《诗人玉屑》引晁无咎语)。欧阳永叔"一点沧洲白鹭飞"(《采桑子》),写得大,自在。少游此词清冷荒凉,可代表秋天凄凉的一面。"境非独谓景物也。喜怒哀乐,亦人心中之一境界。"(《人间词话》)"欲见回肠,断尽重炉小篆香"(秦观《减字木兰花》),若说柔肠寸断则只是说明,不是表现,不成文学。

若说静安词"意深于欧""境次于秦"。不然,静安词有时境比少游还好。静安先生受西洋文学影响,词意思深刻,有的人以为不似词了。如其《鹊桥仙》:

沉沉戍鼓,萧萧厩马,起视霜华满地。猛然记得别伊时,正今夕、邮亭天气。　　北征车辙,南征归梦,知是调停无计。人间事事不堪凭,但除却、无凭两字。

"意深于欧"而不见得"境次于秦"。当时虽然离别,眼中尚有伊在;今日则回想当时,眼中已无伊在,此情此景,何以为情?静安词《鹧鸪天》(阁道风飘)结篇二句曰:

人间总是堪疑处,唯有兹疑不可疑。

此二句不如《鹊桥仙》词结篇二句"人间事事不堪凭,但除却、无凭两字"好,盖音节关系("无凭"两字,声调去上)。《鹊桥仙》词境不次于秦。

静安先生论词喜五代北宋之作,于有清一代,独推纳兰《饮水词》,谓:

纳兰容若以自然之眼观物,以自然之舌言情。此由初入中原,未染汉人风气,故能真切如此。北宋以来,一人而已。(《人间词话》)

然而,小孩子毕竟要长大。"大人者,不失其赤子之心者也"(《孟子·离娄下》);"词人者,不失其赤子之心者也"(《人间词话》)。但只有赤子之心还不成,还要加上成人的思想,"不失"只是消极一面。纳兰词只是"不失其赤子之心",此外更无什么东西。①

---

① 叶嘉莹此处有按语:此语极是。

纳兰《菩萨蛮》词云:"深巷卖樱桃,雨余红更娇。"最容易引起人爱好的是鲜,(鲜,又腥又羶,弄得好易引起人爱好。)而最不耐久的也是鲜。果藕、鲜菱,实在没什么可吃,没有回甘。作品要耐咀嚼,非有成人思想不可。

静安先生能欣赏纳兰词,而他自己是富于成人思想的。这也许正是静安先生伟大处。一个常人爱忽略或抹煞别人长处,常人就如此浮浅、可怜、没出息。静安先生有自己短处,而对别人长处反而赞美,君子人也。

纳兰词除去伤感外,没有一点什么;除去鲜,没有一点回甘。新鲜是好,同时我们还要晓得苍秀。如静安词:

> 山寺微茫背夕曛。鸟飞不到半山昏。上方孤磬定行云。　试上高峰窥皓月,偶开天眼觑红尘。可怜身是眼中人。(《浣溪沙》)

静安先生词五、七言句好,因其深于诗,尤其七言。静安先生不仅有修辞功夫(只有此点已能成两宋后一大词人),而又加以近代思想,故更成为一大词人。"试上高峰窥皓月",一字比一字向上;"偶开天眼觑红尘",一字比一字向下。有此思想者不知填词,会填词者无此思想,有此思想能填词者,无此修辞功夫。天之生"才"不易,一个天才应自己成全自己。我们平常理想太高,而无法实现此理想,眼高手低。一般人可怜,自己又何尝不可怜?一般人没出息,自己又何尝有出息?分析一下,自己和别人一样——"可怜身是眼中人"!别人的词何尝有此悲哀,有此伤感!

> 天末同云暗四垂。失行孤雁逆风飞。江湖寥落尔安归。　陌上挟丸公子笑,座中调醢丽人嬉。今宵欢宴胜平时。(《浣溪沙》)①

首三句是静安自道。一个人只要有思想;岂但有思想,只要有点感

---

① 此首《浣溪沙》与前所举"天末同云"一首四、五两句不同,乃静安词之两种不同版本。

情;岂但有点感情,只要有点感觉,便不能与一般俗人共处。一个词人即使没有伟大思想,也要有点真情实感,最不济也要有点锐敏感觉。静安先生名气很大,而同时在中国很难有人了解他,但使有一个人了解他,也不会写出这样伤感的作品。岂是写"失行孤雁",简直写他自己!在社会上是个"畸零人",在"天末同云暗四垂"时,看不见光明,也看不见道路。静安先生有感觉、有思想。"失行孤雁逆风飞"(凡"失行孤雁"没有一个不是"逆风飞"的),此种精神力量最可佩服,而如此行去,结果非失败、幻灭、死亡不可。故静安先生曰"江湖寥落尔安归"。静安先生是怀疑哲学。

静安先生与前代词人比,不一定比前人好,而真有前人没有的东西。(老谭未必胜过大老板①,而真有一点过之。)静安以前人无此思想,无此意境。

至"陌上挟丸公子笑"之句,缩得真紧,用少字表多意。"今宵欢宴胜平时",以别人的性命为自己的快乐,一将功成万骨枯。我们并不反对人找快乐,不过我们所找的快乐,万不可是别人的痛苦和悲哀。

若以"词"论,前三句胜过后三句多了。六七四十二个字的小词,而表现得深刻,有曲折。若再责备贤者,似太苛刻。前所举"试上高峰窥皓月,偶开天眼觑红尘。可怜身是眼中人"三句,言中之物、物外之言都好。此首"天末同云暗四垂"前三句亦然。后三句思想虽然亦深刻,而物外之言不够。《鹊桥仙》末二句"人间事事不堪凭,但除却、无凭两字"与《鹧鸪天》末二句"人间总是堪疑处,唯有兹疑不可疑"同意,而《鹊桥仙》的二句有音节美。"今宵欢宴胜平时"句,思想够深刻,文字不够美,没有逼人力。

静安先生表现伤感的词:

> 月底栖鸦当叶看。推窗跕跕堕枝间。霜高风定独凭栏。　　觅

---

① 大老板:即程长庚。程长庚(1811—1880),清朝京剧表演艺术家,工文武老生,代表剧目有《群英会》《捉放曹》《风云会》等。

句心肝终复在,掩书涕泪苦无端。可怜衣带为谁宽。(《浣溪沙》)

近代有两个寂寞的人,一个是静安,一个是鲁迅,我们从他们的作品中可以看出。鲁迅先生《彷徨》中写"孤独者",他最喜欢小孩,听见小孩来赶快拿糖出来,可小孩一见他都跑了。[①] 静安此词"霜高风定独凭栏",不但无人,连栖鸦都跑了。前两首《浣溪沙》(山寺微茫、天末同云)词似旧而意实新,此首写"悲剧"等等,词似新而意实旧,只表现无可奈何之境,伤感而已。

此外,静安先生有一种古人所无的词,就是象征的词:

本事新词定有无。斜行小草字模胡。灯前断肠为谁书。　　隐几窥君新制作,背灯数妾旧欢娱。区区情事总难符。(《浣溪沙》)

这首词很怪,余所懂者未必是静安先生原意。此词是代一女性所言,一个女性见丈夫写作而有此感。

一个伟大词人都要说他自己实在话,而结果,或环境上、传统上、习惯上不允许他说;或自己学问、才力不够,不能说。一个词人有两重人格,一个我在创作,一个我在批评。大作家都有此两重人格,否则不会好,因其没有自觉。你唬人成,还唬得了自己么?这首词也可视为静安自己批评自己之作,两重人格。

静安先生亦有快乐之作:

似水轻纱不隔香。金波初转小回廊。离离丛菊已深黄。　　尽

[①] 鲁迅《彷徨·孤独者》:"我正想走时,门外一阵喧嚷和脚步声,四个男女孩子闯进来了。大的八九岁,小的四五岁,手脸和衣服都很脏,而且丑得可以。但是连殳的眼里却即刻发出欢喜的光来了。""只见他侧耳一听,便抓起一把花生米,出去了。门外是大良们笑嚷的声音。但他一出去,孩子们的声音便寂然,而且似乎都走了。"

撒华灯招素月,更缘人面发花光。人间何处有严霜。(《浣溪沙》)

此词乃写月夜花间一美丽女性,也写得好。

静安先生词,有的时候似觉得不如《饮水词》来得那么容易,少自然之致。人受别人影响可以,对别人欣赏可以,然受天性所限,有学不来的。

附：静安词选目

1. 《蝶恋花》(暗淡灯花开又落)
2. 《虞美人》(纷纷谣诼何须数)
3. 《浣溪沙》(似水轻纱不隔香)
4. 《浣溪沙》(本事新词定有无)
5. 《菩萨蛮》(红楼遥隔廉纤雨)
6. 《清平乐》(斜行淡墨)
7. 《浣溪沙》(路转峰回出画塘)
8. 《浣溪沙》(草偃云低渐合围)
9. 《采桑子》(高城鼓动兰釭炧)
10. 《青玉案》(姑苏台上乌啼曙)
11. 《浣溪沙》(天末同云暗四垂)
12. 《浣溪沙》(山寺微茫背夕曛)
13. 《贺新郎》(月落飞乌鹊)
14. 《人月圆》(天公应自嫌寥落)
15. 《蝶恋花》(昨夜梦中多少恨)
16. 《临江仙》(闻说金微郎戍处)

第二十九讲

古代不受禅佛影响的诗人

中国诗与佛发生关系者固多,而不发生关系者亦能成诗人,且为大诗人。

东汉、魏、六朝人多信禅;诗人不在佛教禅宗之内者,数人,乃大诗人。

一　首推陶渊明

陶不受外来思想影响。人皆赏其冲澹,而陶之精神实不在冲澹,自冲澹学陶者多貌似而神非。

陶诗第一能担荷。其表现:

(一) 躬耕(力耕):凡有生者皆须求生,人亦然,故陶诗曰:"人生归有道,衣食固其端。"(《庚戌岁九月中于西田获早稻》)而佛但坐菩提树下冥想,盖印度物产丰富,不费力即可得食。若乃严寒不毛之地,但坐冥想,非冻死即饿死。

(二) 固穷:躬耕不足则固穷。孔子曰:"君子固穷。"(《论语·卫灵公》)躬耕乃求饱暖,而人力已尽天命不来之时,亦唯甘之而已。

"躬耕"是积极担荷,"固穷"是消极担荷,与后之诗酒流连的诗人不同,乃儒家思想,非佛家思想。

陶诗第二能解脱。

陶又颇有解脱思想,对人生之苦担荷,对生死之苦解脱,然亦非佛家思想,而为中国老庄思想。(此乃勉强说。后之道家皆失老庄原意,尤其与庄子不合。)有生必有死乃天理,好生而恶死为人情。求长生乃贪——但有贪生恶死之人情,而无必生必死之天理。陶则不求长生,看破生死。陶公曰:"纵浪大化中,不喜亦不惧,应尽便须尽,无复独多虑。"(《形影神三首·神释》)大化者,天地间并无"常",佛所谓"常"乃出世法,世法则无时不变。佛说有成必有坏,不必假人力摧残而自然变化,此所谓大化,如水之流,前波非后波。孔子曰:"逝者如斯夫,不舍昼夜。"(《论语·子罕》)庄子说"物化","化"有两种解释,一为由有到无,一为由新而旧或由旧而新。故陶曰"应尽便须尽",即所谓时至即行。此解脱绝非佛家,顶多是老庄。

至于唐,大诗人中不受佛教影响者:

二　太白

太白号为仙才,近于道家,又与陶之老庄不同。李所近乃汉方士之道,老庄是哲理,秦汉方士则有"服食求神仙"("古诗十九首"之《驱车上东门》))之道。太白之乌烟瘴气,忽而九天,忽而九渊,纵横开合变化,恰如道家之腾云驾雾。或谓出于《离骚》,非也。盖《离骚》之开合变化有中心,"吾将上下而求索",乃为求索而上下,非为上下而求索,乃有所追求,故有中心。李则为上下而上下,非有所求,不过好玩而已,无中心目的,故不免令学道者讥之为玩物丧志。治学切不可有好玩思想,因如此则不易有进步。太白不但风格近于方士神仙家,诗中亦常谈到方士神仙;虽亦有时谈及佛家,乃因受别人影响,非真谈禅、懂禅。

三　工部

杜工部不懂禅,亦不爱禅,乃人,非仙非佛。而其诗中亦有时谈到象教(印度佛教),[①]也不过偶而谈及而已,盖亦受当时一般思想影响,亦如今之言科学思想、科学方法然。

杜不但非佛,乃老小孩儿,说喜就喜,说悲就悲,真而是真,纯而是纯,乃地地道道活人。庄子有所谓"真人",指得道之人,吾今所谓真人乃真正的人。世人多不免做作,老杜则不然,"处世无奇但率真"。("传家有道唯

---

① 杜甫《同诸公登慈恩寺塔》:"方知象教力,足可追冥搜。"《山寺》:"虽有古殿存,世尊亦尘埃。如闻龙象泣,足令信者哀。"

>>> 太白号为仙才,近于道家,又与陶之老庄不同。李所近乃汉方士之道,老庄是哲理,秦汉方士则有"服食求神仙"之道。李白之乌烟瘴气,忽而九天,忽而九渊,纵横开合变化,恰如道家的腾云驾雾。图为明朝崔子忠《藏云图轴》。

存厚","厚",乃损己利人。)为真人须有勇气,不怕碰钉子。老杜当面骂人,可爱亦在此处,绝不受禅宗影响。

四 退之

韩退之绝不信佛,可自《原道》《谏迎佛骨表》看出。而韩信道,与孔子所谓"朝闻道夕死可矣"(《论语·里仁》)不同。韩谓延生可求,食硫磺而死。(韩服食硫磺死比老杜饫死可靠。)退之虽为有心人,但"客气"不除,"清明之气"不生。"客气"即佛所谓"无明","清明之气"即孟子所谓"平旦之气"(《孟子·告子上》)①。谓韩为近道,而其诗又有"我能屈曲自世间,安能从汝巢神山"(《记梦》),可见韩并不一定近道,而自食硫黄一点看又似近道。盖韩必遵其辟佛老之说。

一个人随波逐流固然不可,而成见太深则不能容受外来意见,截长补短。韩即病在成见太深,有时强不知以为知,故谓其"客气"不除。

其后不受佛教与禅宗影响者,两宋有:

五 欧阳修

欧与退之颇近。退之以孟子自命,"予岂好辩哉,予不得已也。"(《孟子·滕文公下》)韩在唐亦欲正人心,息邪说;欧则颇以退之自命,亦辟佛。

在诗史上,欧阳氏与宋诗的成立关系甚深,盖当时欧阳地位甚高,登高一呼,易成一种运动、一种风气。任何一种文学的改变皆如此。欧阳修

---

① 《孟子·告子上》:"其日夜之所息、平旦之气。"朱熹集注:"平旦之气,谓未与物接之时,清明之气也。"

当时亦欲倡诗之革新运动,于是有苏、黄辈出。然而不管其自命不凡,而以客观眼光观之,欧诗上既不能比唐,下又不能比苏、黄,反而是其词了不得,吾人对其诗可存而不论。

之后不受佛教禅宗影响之大诗人甚少,而词家中则甚多。然词人又多无中心思想,见鸡说鸡,见狗说狗。其有中心思想而又未受佛教禅宗影响者则有:

六　辛弃疾

辛词甚好,诗不甚佳。今列入者乃就诗之广义言之,散文尚可称诗,况韵文之词?胡适之先生以为宋之词即宋人之新诗,则辛稼轩自可归入六大诗人之内。

辛既不成佛作祖,亦不腾云驾雾,与老杜皆为真人,活人的生活,想人的思想。且别人入世仅为思想之入世,辛则入世有其成绩在、事业在。治兵、理财、政治,说办就办,皆有成绩可考。这一点比老杜高。老杜虽说"致君尧舜上,再使风俗淳"(《奉赠韦左丞丈二十二韵》),然此乃说说而已。老杜有时尚有"无明""客气";辛则不然,干什么是什么,颇近于陶公。陶公亲为田园生活,后之田园诗人乃立于客观地位,欣赏歌咏,并不为田园中一员。陶则自己实行,必真实行始为真的入世。稼轩乃真实行者。可惜陶未曾当权,不知其办政事能否亦确切实行。

稼轩词对陶公诗再三赞美。后之称陶诗者甚多,白乐天效陶,苏东坡和陶,皆不能得陶公精神。辛虽非田园诗人,而其词中对陶公之赞美,非人云亦云。辛之看陶盖另有看法,精神上有相通处,即真正入世精神。辛有词曰"岁岁有黄菊,千载一东篱"(《水调歌头》),可见其佩服陶公。

辛不信佛,有词谑佛。如:"不饮便康强,佛寿须千百。八十余年入涅槃,且进杯中物。"(《卜算子》)又如:"人沉下土,我上天难。"(《柳梢青·八难》)孔子曰"吾非斯人之徒与而谁与"(《论语·微子》),正辛此二句词之意。佛出世非圣人之意。

辛虽非纯粹儒家,而其入世之思想出于儒家,绝非佛道。

陶渊明、李太白、杜工部、韩退之、欧阳修、辛弃疾,六人中陶乃晋人,不在唐宋诗人之内,欧阳修且不足论,所余四人各人有各人风格,作风不同,而万殊归于一本,吾人欲求其共同点,则是——开合变化。

就一篇作品言之曰开合变化,此自非单纯而为复杂;就其全集而论则产量丰富。这就是他们不与禅、佛发生关系之最大证明、最大效果。盖人禅愈深则产量、变化愈少,故王、孟、韦、柳作品皆少。佛乃万殊归于一本,是"反约",故易成为单纯。而"反约"亦有其优点,虽不能变化丰富而易有精美作品;变化丰富则易有壮美作品,有海立云垂气象,风雷俱出,有山雨欲来风满楼之势。王、孟、韦、柳集中无此种表现,其作品偏于优美。如孟浩然之"微云淡河汉",王维之"高馆落疏桐"(《奉寄韦太守陟》),"反约"功夫太深,故缺少壮美。

可本此语研究此数家诗,看其是否与之相合。再看自己性情功夫,选择学诗途径。

第三十讲

古典诗词的知、觉、情、思

冯文炳(废名)有《谈新诗》①一文,文中主张新诗与旧诗不应只是形式的不同,乃内容的不同,谓旧诗中往往有诗的散文,如黄山谷"俯仰之间已陈迹,暮窗归了读残书"(《池口风雨留三日》);又如义山"历览前贤国与家,成由勤俭败由奢"(《咏史》);牧之"江东子弟多才俊,卷土重来未可知"(《题乌江亭》)。② 如上所举,实则皆非纯诗。牧之二句较义山二句富于音乐性,故似诗。山谷则以文为诗之祖,苏、辛以文为词。

废名主张新诗要有新诗的境界,而又无确切界说。余以为,诗可以禅宗语解之:

> 若也会得,便甜瓜彻蒂甜;若也不会,便苦瓠连根苦。(天衣义怀禅师语)③

---

① 《谈新诗》:冯文炳20世纪30年代于北京大学国文系开设现代文艺课之讲义,共12章,后由其学生黄雨君编定,1944年列为艺文社"艺文丛书五",由北平新民印书馆发行。

② 《谈新诗》第一章讨论胡适《尝试集》,冯文炳指出:"我以为新诗与旧诗的分别尚不在乎白话与不白话,虽然新诗所用的文字应该标明是白话的。旧诗有近乎白话的,然而不能因此就把这些旧诗引为新诗的同调。"《谈新诗》第三章《新诗应该是自由诗》一文中,冯文炳指出:"如果要做新诗,一定要这个诗是诗的内容,而写这个诗的文字要用散文的文字。已往的诗文学,无论旧诗也好,词也好,乃是散文的内容,而其所用的文字是诗的文字。我们只要有了这个诗的内容,我们就可以大胆的写我们的新诗,不受一切的束缚,'不拘格律,不拘平仄,不拘长短;有什么题目,做什么诗;诗该怎样做,就怎样做。'我们写的是诗,我们用的文字是散文的文字,就是所谓自由诗。"

③ 《五灯会元》卷十六记载天衣义怀上堂说法:"青萝夤缘,直上寒松之顶。白云淡泞,出没太虚之中。何似南山起云,北山下雨。若也会得,甜瓜彻蒂甜;若也不会,苦瓠连根苦。"

直饶有倾湫之辩、倒岳之机,衲僧门下一点用不着。(尼妙道禅师语)①

"会",天下无一事一物非诗;"不会",看天下无一事一物是诗。在城市中看不出诗,在风月场中也依然是门外汉,看不出诗。"微云淡河汉"(孟浩然语)、"悠然见南山"(陶渊明《饮酒二十首》其五),究竟说什么?真是"蚊子上铁牛,全无下嘴处"(药山惟俨禅师语)。

诗,本不可说。"父母所生口,终不为子道";"我若说似汝,汝已后骂我去";"莫道无语,其声如雷"(沩山禅师语)②。一切现成,更教谁"会"? 如人饥时吃饭,吃下受用便得。

虽说什么"卓拄杖下座,一时打散"③,然山僧④事不获已,不免再起一番葛藤⑤。(然自救不了,遑论救人?)

诗要有:(1)知,(2)觉,(3)情。

有人以为宋诗说理,唐诗不说理,故宋不及唐。此语不然。如陶诗亦说理而好,是诗。南泉说禅"不属知,不属不知"(《景德传灯录》卷十)⑥。小

---

① 妙道禅师:黄裳之女,大慧宗杲之弟子,宋朝女禅师。《五灯会元》卷二十载:"(妙道)开堂日。乃曰:'问话且止。直饶有倾湫之辩、倒岳之机,衲僧门下一点用不着。'"
② 沩山禅师(771—853):名灵祐,唐朝禅师,沩仰宗创始人。《五灯会元》卷九记载:香严智闲参沩山"父母未生时,试道一句看",竟不能得,乃自叹曰:"画饼不可充饥。"屡乞沩山说破,山曰:"我若说似汝,汝已后骂我去。我说底是我底,终不干汝事。"卷十三记载洞山良价与沩山事:"(洞山)师曰:'某甲未明,乞师指示。'沩竖起拂子曰:'会么?'师曰:'不会,请和尚说。'沩曰:'父母所生口,终不为子道。'"卷三载:"少间,沩山问侍者:'师叔在否?'曰:'已去。'沩曰:'去时有甚么语?'曰:'无语。'沩曰:'莫道无语,其声如雷。'"
③ 《古尊宿语录》卷二载黄檗禅师事:"师上堂,大众才集,师拈拄杖一时打散。"
④ 山僧:此为顾随自称。
⑤ 葛藤:佛禅用语,禅宗多以执着于言语解说而不能直捷见性者为葛藤。禅宗以"顿悟"为上,故有"打葛藤"之说。
⑥ 《景德传灯录》卷十:"(赵州)异日问南泉:'如何是道?'南泉曰:'平常心是道。'师曰:'还可趣向否?'南泉曰:'拟向即乖。'师曰:'不拟时如何知是道?'南泉曰:'道不属知不知。知是妄觉,不知是无记。若是真达不疑之道,犹如太虚,廓然虚豁,岂可强是非邪?'"《五灯会元》卷四:"(赵州)他日问泉曰:'如何是道?'……泉曰:'道不属知,不属不知。知是妄觉,不知是无记。若真达不疑之道,犹如太虚,廓然虚豁,岂可强是非邪?'"

孩子拿诗念，然写不出诗。可见不知不成，仅知亦不成。宋有诗学（知），而不见得有诗。花本身是诗，然无知写不出诗。人有知故能写花，然但有知不成，须有知且有觉。

知是理智的，觉是感官。如李义山：

> 历览前贤国与家，成由勤俭败由奢。
>
> （《咏史》）

二句但是知，故不能成为好诗。必须有感，始能成诗。如：

> 风里杨花虽未定，雨中荷叶终不湿。
>
> （苏东坡《别子由兼别迟》）

虽不好而是诗。二句写自己环境及立身，出发点亦理智。又如：

> 荷尽已无擎雨盖，菊残犹有傲霜枝。
> 一年好景君须记，最是橙黄橘绿时。
>
> （苏东坡《赠刘景文》）

"荷尽已无擎雨盖"与上所举"雨中荷叶终不湿"同义，比义山之"历览前贤"二句佳，在知外有觉。东坡本领即在"雨中荷叶终不湿"等句，有感觉。"一年好景君须记，最是橙黄橘绿时"二句，比"荷尽已无擎雨盖，菊残犹有傲霜枝"更似诗，盖前二句尚有知，而后二句只是觉。可见只有知，不能成诗；能成诗，亦须有觉动之。但有觉倒能成好诗，如韩偓《香奁集》中"手香江橘嫩，齿软越梅酸"（《幽窗》）二句，没意义，可是好。

古人写诗非无感情、思想，而主要还是感觉。从感触中自然生出情来，带出思想来。只要感触、感觉真实，写出后自有感情、思想。若没有感触、感觉,虽有思想、感情也写不出太好的诗。如《别赋》"春草碧色,春水渌波,送君南浦,伤如之何",四句所以能感人者,虽皆因感情、思想真实,其实还赖其真实感觉为媒介。

理智是冷静的,感觉是纤细的,情是温馨或热烈的。

老杜"浮云连阵没,秋草遍山长"(《秦州杂诗二十首》其五)中有感觉;"风吹草低见牛羊"(北朝乐府《敕勒歌》)亦妙在感觉。觉的结果常易流于欣赏。欣赏原是置身物外,而又与物为缘。矛盾中得到调和即是欣赏,其根在觉。"浮云连阵没,秋草遍山长",无马,不是马,然就是马。而但注意纤细的感觉又常流入浮而不实,出而不入。老杜也能欣赏,然另有东西,长于入,短于出,然非不能出。如写无寐:

暗飞萤自照,水宿鸟相呼。

(《倦夜》)

然老杜之与众不同,仍不在此而在情:

浮云连阵没,秋草遍山长。
闻说真龙种,仍残老骕骦。
哀鸣思战斗,迥立向苍苍。

情如火燃烧,江澎湃,回肠荡气。而后人之诗都不成,是否冷静的头脑及锐敏的感觉破坏了热烈的情?后人诗学、诗才都有,而往往没有诗情。普通把回肠荡气看成喊、豪气,而老杜不是豪气是真情。老杜此首五律非无"知",因此乃其人生观。人只要有一口气在,便当努力去生活。对自己不要太骄(娇)纵,太骄(娇)纵必无成就。而老杜人生观甚严肃,此在中国诗人、思想家中皆不多见。老杜此首五律亦非无感,"迥立向苍苍",形色、音色皆好。若感觉不锐敏,何能如此?长吉之"洞庭明月一千里,凉风雁啼天在水"(《帝子歌》),此诗句有感而无情;"露压烟啼千万枝"(《昌谷北园新笋四首》其二),有姿态而无情。

情莫切于自己,然而一大诗人最能说别人,说别人即说自己,说自己即说别人。老杜写马即把马的情写出,写马亦即写自己。

东坡《东栏梨花》诗云:

> 惆怅东风一株雪,人生看得几清明。

有人以此为东坡好诗,其实,此情感诗人写者太多了,太成熟。东坡"风里杨花虽未定,雨中荷叶终不湿"二句较此生硬。诗自然是成熟好,而与其那样成熟,反不如生硬。要在普遍中找出特别。

以上所说是诗前之功夫,诗的来源,如此方能开始写诗。(如不写诗,学道亦成功——闲时置下忙时用。)

成诗前——诗的来源:知、觉、情。

成诗后——诗的成分:觉、情、思。

觉──→情←──思

诗中最要紧的是情,直觉直感的情,无委曲相。无论何情,皆然。学禅的人要想多情少,理智胜过感情。佛讲慈悲,基督讲爱,孔子讲仁,若谓无情,何有慈悲仁爱?是学道亦由情而发,菩萨,觉有情。可见学道亦以情为本,何况学文、学诗?

> 采菊东篱下,悠然见南山。
> (陶渊明《饮酒二十首》其五)

> 树树皆秋色,山山唯落晖。
>
> （王绩《野望》）

> 微云淡河汉,疏雨滴梧桐。
>
> （孟浩然句）

> 如何得与凉风约,不共尘沙一并来。
>
> （陈简斋《中牟道中二首》其二）

一切有情,若无情便无诗了。河无水曰干河、枯河,实不成其为河。有水始可行船润物;然若泛滥而无归,则不但不能行船润物,且可翻船害物。诗中之情亦犹河中之水,旧诗"泛滥"不起来,新诗易"泛滥",词比旧诗易"泛滥"。

天地间无不可成诗的,只看你怎么写。如一新诗写行山遇雨,友人曰:

> 好雨！好雨！哈……哈……哈……

这也是诗,只是写得不好,嚷起来了。旧诗格律严,嚷不起来。南宋刘后村有词曰:

> 叹年光过尽,功名未立,书生老去,机会方来。使李将军,遇高皇帝,万户侯何足道哉。（《沁园春》）

后村诗不够调,这样的词简直不是诗。禅宗语曰:

> 郁郁黄花,无非般若（智慧）；青青翠竹,皆是菩提（觉有情）。

对是对的,而在禅宗中已失掉效力,在诗中则新鲜有力。一切皆可成诗,就怕写不出来;写不出来嚷出来也不成。

思,思想。思想不是构成文学的唯一要素,而是要素之一。然若义山"成由勤俭败由奢"句,不是思想,是格言。思想是生活经验的反响(回声),生活经验是向内的,反响是向外的。义山二句是化石的、凝固的、死的,没有生活经验的回响。思想要经过一番发酵,生出一种东西,否则只是因袭传统。诗的思想不是格言,格言只是格言,是凝固的,是化石,不是诗。如:

> 传家有道唯存厚,处世无奇但率真。

原是好话,有诗味,而化石了,不生反响。化石了,打一下顶多痛一下,痛过了便忘。经过感情的发酵,有反响,如此思想方为诗中思想,方可成为文学内容,而发酵一半在人,一半在己。

生活经验的反响、发酵与凝固的化石,究竟有何区别?思想要经过感情的渗透、滤过,其渣滓是化石,故思想皆要有感情的色彩,否则只是化石的传统格言而已。陶渊明"种豆南山下"(《归园田居五首》其三)一诗的思想,真是经过感情的渗透。陈后山《丞相温公挽词》云:

> 时方随日化,身已要人扶。
>
> (其二)

这是思想,但不可为诗之内容,以其未经过感情之渗透,是凝固的化石。陈简斋的诗句:

> 归鸦落日天机熟,老雁长云行路难。
>
> (《十月》)

这样的诗是有思想的,而简斋写得并不好,不是十分好诗。以"天机熟"解"归鸦落日",以"行路难"解"老雁长云",是心到物边,物上心来,只可惜心物没有"一如",上句太硬,下句太熟滑。又有诗云:

天机衮衮山新瘦,世事悠悠日自斜。

(《次韵周教授秋怀》)

这种诗皆是表现思想,后一联"天机衮衮山新瘦"句较前一联"归鸦落日天机熟"句好。简斋对山谷、后山有变化之意,有心经感情渗透、滤过,然渗而未透,滤而未过。

若但凭感觉而无思想,易写成肉感,写得浮浅,流于鄙俗,故"觉"亦要经过感情的渗透、滤过。

以情为主,以觉、思为辅,皆要经过情的渗透、滤过。否则,虽格律形式是诗,而不承认其为诗。人有感觉、思想,必加以感情的催动,又有成熟的技术,然后写为诗。

诗中觉、情、思之外,又有景、致。景、致决定于情、思。

景——物,除非无心,非心,否则非"情"即"致"、即"思"。

"池花对影落,沙鸟带声飞"(陈恭尹[①]诗句),此纯为景;放翁诗句"古砚微凹聚墨多"(《书室明暖终日婆娑其间倦则扶杖至小园戏作长句》),此乃"致"语。

纯景语难作,普通所写多景中有人,景中有情。曹子建有句"明月照高楼"(《七哀》),大谢有句"明月照积雪"(《岁暮》)。大谢句之好恐仍在下句之"朔风劲且哀";犹小谢之"大江流日夜"(《暂使下都夜发新林至京邑赠西府同僚》),纯景语而好,盖仍好在下句之"客心悲未央",以"大江流日夜"

---

① 陈恭尹(1631—1700):字元孝,初号半峰,晚号独漉子,广东顺德人。清朝诗人,与屈大均、梁佩兰并称"岭南三大家",著有《独漉堂集》。

写"客心悲未央"。《诗》"杨柳依依"（《小雅·采薇》）好，还在上句"昔我往矣"。

王维诗：

> 漠漠水田飞白鹭，阴阴夏木啭黄鹂。
>
> （《积雨辋川庄作》）

或曰此原用六朝诗[①]：

> 水田飞白鹭，夏木啭黄鹂。

而试问，此十字多死，"水田飞白鹭"必加"漠漠"，"夏木啭黄鹂"必加"阴阴"。"漠漠水田飞白鹭"是一片，"阴阴夏木啭黄鹂"是一团；上句是大，下句是深；上句明明看见白鹭，下句可绝没看见黄鹂。景语如此，已不多得。杜甫诗句：

> 无边落木萧萧下，不尽长江滚滚来。
>
> （《登高》）

说"落木"心不在落木，说"长江"心不在长江，如此说只是"催眠"，使读者动情。"漠漠""阴阴"二句，近于纯写景；"萧萧""滚滚"二句，纵使不是写情，也是见景生情。"漠漠""阴阴"是感，"萧萧""滚滚"是引起情来。何以

[①] 唐朝李肇《唐国史补》卷上："维有诗名，然好取人文章嘉句。'行到水穷处，坐看云起时'，《英华集》中诗也；'漠漠水田飞白鹭，阴阴夏木啭黄鹂'，李嘉祐诗也。"宋魏庆之《诗人玉屑》卷六："唐人记'水田飞白鹭，夏木啭黄鹂'为李嘉祐诗，摩诘窃取之，非也，此两句好处正在添'漠漠'、'阴阴'四字。此乃摩诘为嘉祐点化，以自见其妙，如李光弼将郭子仪军，一号令之，精彩数倍，不然嘉祐本句但是咏景耳，人皆可到。"自李肇以"水田飞白鹭，夏木啭黄鹂"归之李嘉祐，后世多从之，然李嘉祐集中并无此诗句。或为六朝诗句。

前面说"漠漠"句是大,"阴阴"句是深,便因是感。

"池花对影落,沙鸟带声飞",老实而不好。有本事的"坏人"比没本事的"好人"可爱得多。能叫人想的,未必是好的。《聊斋》里有一段写杀头,一刀砍下,人头落地,犹旋转而大叫曰:"好快刀!"①就是引起人的感,无情思可言。吃冰激凌、喝汽水,只是一时快感,无后味。真正景语难写,易成照像机,死的了。创作必须有余味。

放翁诗句"阿弟贪书下学迟,独拣诗章教鹦鹉"(《东吴女儿曲》),不好;"睡睫朦朦娇欲闭,隔帘微雨压杨花"(《吴娘曲》),亦是写女性,而比前二句有致。致语,似词。"独拣诗章教鹦鹉",无聊之聊,其为无聊深矣。诗中若无人,至少要有事,始能成致。"独拣诗章教鹦鹉"这种女性实是悲哀,而放翁所写只有致,并不表现哀乐。

---

① 《聊斋志异·快刀》:"明末,济属多盗。邑各置兵,捕得辄杀之。章丘盗尤多。有一兵佩刀甚利,杀辄导窾。一日,捕盗十余名,押赴市曹。内一盗识兵,逡巡告曰:'闻君刀最快,斩首无二割。求杀我!'兵曰:'诺。其谨依我,无离也。'盗从之刑处,出刀挥之,豁然头落。数步之外,犹圆转而大赞曰:'好快刀!'"

第三十一讲

古典诗词的欣赏、记录、理想

中国诗人对大自然是最能欣赏的。无论"三百篇"之"杨柳依依"(《小雅·采薇》)或楚辞之"嫋嫋兮秋风"(屈原《九歌·湘夫人》)等,皆是对大自然之欣赏。今所说在于对人生之欣赏,如李义山。

义山虽能对人生欣赏,而范围太小,只限自己一人之环境生活,不能跳出,满足此小范围。子曰:"力不足者,中道而废。今女画。"(《论语·雍也》)"女",同汝;"画",停止、截止,意谓"画地自限"。满足小范围即"自画"。此类诗人可写出很精致的诗,成一唯美派诗人,其精美真是前无古人,后无来者。而严格地批评又对他不满,即因太精致了。

义山的小天地并不见得老是快乐的,也有悲哀、困苦、烦恼,而他照样欣赏,照样得到满足。如《二月二日》一首。

> 二月二日江上行,东风日暖闻吹笙。
> 花须柳眼各无赖,紫蝶黄蜂俱有情。
> 万里忆归元亮井,三年从事亚夫营。
> 新滩莫悟游人意,更作风檐夜雨声。

此首是思乡诗,而写得美。看去似平和,实则内心是痛苦,何尝快乐?末尾二句"新滩莫悟游人意,更作风檐夜雨声",不要但看它美,须看他写的是何心情。"滩",山峡之水,其流顶不平和;"莫悟",不必了解;"游人",义山自谓。此谓滩不必不平和地流,我心中亦不平和,不必你给一种警告,你不了解我。然义山在不平和的心情下,如何写出此诗前四句"二月二日江上行,东风日暖闻吹笙。花须柳眼各无赖,紫蝶黄蜂俱有情"这么美的诗?由此尚可悟出"情操"二字意义。

观照欣赏,得到情操。吾人对诗人这一点功夫表示敬意、重视。诗人绝非拿诗看成好玩。我们对诗人写诗之内容、态度表示敬意。只是感情真实,没有情操,不能写出好诗。义山诗好,而其病在"自画",虽写人生,只限于与自己有关的生活。此类诗人是没发展的,没有出息的。

另一类诗人姑谓之曰:纪录。诗人所写非小天地之自我生活,而为社会上形形色色变化的人生。姑不论其向上、向前,而范围已扩大了。即如老杜所写,上至帝王将相,下至田父村夫。用"纪录"二字实不太好,太机械。其纪录非干枯、机械之纪录,写时是抱有同情心的。更进一步言之,只是同情还不够。在诗人写此诗时,乃是将别人生活自己再重新生活一遍,自己确有别人当时生活之感觉。如老杜《无家别》,别已可惨,何况无家?当其写其中主人公时,的确是观察了,而且描写了,即王静安先生所谓"能观、能写"。而老杜之"观""写"并非冷静的、客观的,而是同情的;并非照像,而是作者灵魂钻入《无家别》的主人公的躯壳中去了;是诗的观、写,不是冷酷的。故但用"纪录"二字,不恰。

近代西洋文学有写实派、自然派,主张用科学方法、理智,保持自己冷静头脑去写社会上形形色色。而老杜绝非如此,也可以说是《无家别》的主人公的灵魂钻入老杜的躯壳中,所写非客观而是切肤之痛。黄山谷之"看人秧稻午风凉"(《新喻道中寄元明》)不好,太客观,人该这样活着吗?诗该这样写吗?说这样话,真是毫无心肝。所以老杜伟大,完全打破小天地之范围。其作品或者很粗糙,不精美,而不能不说他伟大,有分量。西洋写实派、自然派如照像师;老杜诗不是摄影技师,而是演员。谭叫天演戏说我唱谁时就是谁,老杜写诗亦然。故其诗不仅感动人,而且是令人有切肤之痛。

旧俄朵思退夫斯基(Dostoyevsky)①(现实)说：

一个人受许多苦,就因他有堪受这许多苦的力量。(《穷人》)

老杜能受苦,商隐就受不了。商隐不但自己体力上受不了,且神经上受不了,如闻人以指甲刮玻璃之声便不好听,受不了；他不但自己不能受苦,且怕看别人受苦,不能分担别人苦痛。能分担(担荷)别人苦痛,并非残忍。老杜敢写苦痛,即因能担荷。诗人爱写美的事物,不能写苦,即因不能担荷。法国腓力普②(聪明)将朵思退夫斯基的话写在墙上而注曰：

这句话其实不确,不过拿来骗骗自己是很不错的。③

法国人聪明得像透明的空气。腓力普不信宗教,而颇有宗教精神。因人的生活必有信仰,如快要淹死的人见什么都抓,不论是一根草、一块木头,都要抓。人生亦如此,不论宗教、文学、艺术、富贵、功名,总要抓住点东西才能生活。腓力普想抓住朵氏之话而抓不住,不过知道拿来骗骗自己是很好的。

而对老杜一派尚有不满。此非"善善从长"(《公羊传·昭公二十年》),而是"春秋之法,常责备于贤者"(《新唐书·太宗本纪赞》)之意——老杜一

---

① 朵思退夫斯基(1821—1881)：今译陀思妥耶夫斯基,俄国19世纪作家,著有长篇小说《穷人》《被侮辱与被损害的》《罪与罚》等。

② 腓力普(1874—1909)：今译菲力普,法国作家,著有小说《母亲和孩子》《贝德利老爹》等。

③ 鲁迅《〈食人人种的话〉译者附记》："查理路易·腓立普(Charles-Louis Philippe 1874—1909)是一个木鞋匠的儿子,做到巴黎市政厅的一个小官,一直到死。他的文学生活,不过十三四年。

他爱读尼采,托尔斯泰,陀思妥夫斯基的著作；自己的住房的墙上,写着一句陀思妥夫斯基的句子道：

'得到许多苦恼者,是因为有能堪许多苦恼的力量。'

但又自己加以说明云：

'这句话其实是不确的,虽然知道不确,却是大可作为安慰的话。'"

派缺乏理想。

理想非幻想、梦想。理想者,是合理的梦想。幻想、梦想或者能吸引人,但不合理;理想是合理的,虽然现在未必现实,而将来必有一日能成为人生实际生活。总之,理想应该是能实现的。

吾人岂能只受罪便完了?应该有一个好的未来。外国语录说诗人都是预言家,预言家当然有理想。如此,则吾人对老杜诗自有不满。

纪录与欣赏近似,只不过把范围扩大而已,仍不能向上、向前,没有理想。有力量,则可以担荷现实的苦恼;诗中有理想,则能给人以担荷现实的力量。人说文学给人以力量,而中国旧诗缺乏理想,易于满足。《离骚》中屈原是追求理想的,而其所追求的理想究竟是什么,不可知。李白诗只是幻想、梦想,而非理想。义山对情操一方面用的功夫很到家,就因为他有观照、有反省。这样虽易写出好诗,而易沾沾自喜,满足自己的小天地,而没有理想,没有力量。老杜是伟大的纪录者,已尽了最大义务、责任,而尚缺少理想。

理想可使人眼光、精神向前向上。西班牙的阿佐林(Azorin)[①](梦想)说:

工作,没有它,没有生活;
理想,没有它,生活就没有意义。

老杜诗理想虽少,然尚有。这在唐朝是特殊的。凡一伟大诗人在当时都是特殊的,前无古人、后无来者,且不为时人所了解。老杜有理想的诗即余在《论杜甫七绝》中所举七绝:

---

① 阿佐林(1875?—1966):今译阿索林,西班牙19世纪晚期20世纪上半叶散文家、文学评论家,开西班牙现代文学先河,著有小说《意志》等、散文集《卡斯蒂亚》以及文学评论《读西班牙作品》等。

>>> "窗含西岭"是静,"门泊东吴"是动,岭之雪乃千秋以上之雪,船虽泊而自万里外来,在此表现老杜理想。图为宋朝王诜《渔村小雪图》。

两个黄鹂鸣翠柳,一行白鹭上青天。
窗含西岭千秋雪,门泊东吴万里船。

"两个黄鹂"是静,"一行白鹭"是动;"窗含西岭"是静,"门泊东吴"是动。诗人静时如黄鹂,动时如白鹭,而此静是点,动是线;至后二句之静是一片,动是无限。诗人动静应如此。岭之雪乃千秋以上之雪,船虽泊而自万里外来,在此表现老杜理想。以前无人做此解者,而以为四句皆不过老杜空说梦话。然四句的确有其理想,如此说,庶几得其诗情!而在老杜集中只此廿八字。

义山虽亦有时有一、二句有力量的诗,而究竟太少。韩偓《别绪》中有:

菊露凄罗幕,梨霜恻锦衾。
此生终独宿,到死誓相寻。

这四句真有力、有理想,而真美。正如金圣叹批"续西厢"曰:"若尽如是,我敢不拜哉!"惜其仅此耳!

第三十二讲

古典诗词的传统

《人物与批评》一文载《人间世》(1933年出版),作者列顿·斯特雷奇(Lytton Strachey)①,散文家。其中有一段对于中国诗的批评,可供参考。

西洋人不甚了解东方,总以之为神秘,尤其是中国思想及中国语言文字。S氏虽不曾说中国诗与希腊诗占有同等地位,但确曾以之与希腊诗比较,亦可见其对中国诗之重视。实则S氏所见,亦不过仅为一西洋人②所翻译之一部分,而其见解甚好。

S氏先说希腊的抒情诗都是些警句。此所谓警句,非好句之意,乃是说出后读者须想想,不可滑口读过,其中有作者的智慧、哲学,虽亦有感情、感觉,而其写出皆曾经理智之洗礼。鲁迅先生有一时期颇喜翻译匈牙利爱国诗人裴多菲(Petofi Sandor)③的诗,其中有句曰:

希望是甚么?是娼妓:

她对谁都蛊惑,将一切都献给;

待你牺牲了极多的宝贝——

---

① 列顿·斯特雷奇(1880—1932):英国传记作家、文学评论家,著有《维多利亚时代名人传》《伊丽莎白与埃塞克斯》等,评论文章收录于《书籍与人物》《人物与评论》等。
② 一西洋人:即翟理斯。翟理斯(Herbert A. Giles,1845—1935),英国汉学家,剑桥大学教授。著有《古文珍选》(*Gems of Chinese Literature*)、《古今诗选》(*Chinese Poetry in English Verse*)。
③ 裴多菲(1823—1849):匈牙利诗人,匈牙利民族文学奠基者,著有《雅诺什勇士》《民族之歌》《自由与爱情》等。

你的青春——她就弃掉你。

（《野草》引裴多菲《希望》）

人在青年时多有美好希望，而在老年时所得总是幻灭，如此之诗句是警句。希腊诗中多此种句，如曰"你生存时且去思量那死"，读之如一瓢凉水。希望是黑夜中一点光明，若无此光明，人将失去前行的勇气。裴多菲的诗真是"凉水"，而英人雪莱的诗"冬天来了，春天还会远吗"（《西风颂》）是给人以希望。一个消极，一个积极；一个诅咒希望，一个赞美希望，但皆为警句的写法。——今吾言此，尚非本题。

S氏对中国诗的评述，说中国诗是与警句相反的，中国诗在于引起印象。

这话是对的。如杜甫"干戈满地客愁破，云日如火炎天凉"（《夔州歌十首》其九），似警句而非警句，只是给人一种印象。老杜诗尚非中国传统诗，最好举义山之咏蝉：

五更疏欲断，一树碧无情。

（《蝉》）

蝉在日间叫，夜间叫，尤其月明时，而至五更则为露所湿，声不响矣。"五更"句是蝉；"一树"句似不是蝉，而又是蝉，且是"禅"。表面看似上句切，下句不切，实则懂诗的人觉得下句好。"一树碧无情"，无蝉实有蝉。尤其"碧"，必是"无情"的碧，才是蝉的热烈的叫声。又如义山之：

荷叶生时春恨生，荷叶枯时秋恨成。

（《暮秋独游曲江》）

并未言"恨"如何"生"，如何"成"，而吾人自可得一印象。生时尚有生气,枯时真是憔悴可怜。中主词"菡萏香销翠叶残,西风愁起绿波间"(《山花子》),可为"秋恨成"之注解。今天我讲这些,不是让同学信我的话,而是信义山的诗、中主的词。再如"采菊东篱下,悠然见南山"(陶渊明《饮酒二十首》其五),无意义,而能给人一种印象。若找不到印象,便是不懂中国诗。

然中国诗尚非仅此而已,又可进一步。故S氏又说:"此印象又非和盘托出,而只作一开端,引起读者情思。"

此说法真好。

平常说诗举渔洋"神韵"、沧浪"兴趣"、静安"境界",以及吾所说"禅",都太抓不住。虽然对,可是太玄,太神秘。若能了解,不用说;若不了解,则说也不懂。所以S氏说得好,只须记住给印象,又非和盘托出,而只作一开端。如曰"春恨生""秋恨成",不言如何生、如何成,只是开端,虽神秘而非谜语。后之诗人浅薄者浅薄,艰深(晦涩)者成谜语,都不是诗。

义山《锦瑟》之"蓝田日暖玉生烟"句,亦是印象。若义山之"身无彩凤双飞翼,心有灵犀一点通"(《无题》)实在不好,实即《诗》"爱而不见"四字而已,此二句即和盘托出者。"参"义山诗,若参此二句,参到驴年、猫年也不"会"。"一树碧无情",真好,可是是一触即来的。又如钱起①"曲终人不见,江上数峰青"(《湘灵鼓瑟》)比白居易《琵琶行》"大珠小珠落玉盘"如何?钱氏乃引起印象,更非和盘托出;《琵琶行》虽好,而似外国的。故译好《琵琶行》较译好"一树碧无情""江上数峰青"为易。

老杜有的诗,病在和盘托出,令人发生"够"的感觉,老杜是打破中国诗之传统者。

中国诗是简单而有神秘。如说"一",而"一"向后数目甚多,"一"字却甚简单。S氏只读少数中国诗,而有此批评,其感觉真是锐敏,尚非只理智之发达。

---

① 钱起:字仲文,吴兴(今属浙江)人。唐朝进士,"大历十才子"之一,著有《钱考功集》。

S氏之言,盖谓中国诗并非给与人一种印象,而是引起人一种印象。

清人徐兰《出居庸关》云:"马后桃花马前雪,出关争得不回头。"今天是"杨柳依依",明天是"雨雪霏霏"(《诗经·小雅·采薇》)。又如《诗》之"桃之夭夭,灼灼其华"(《周南·桃夭》),皆引起人一种印象。"采菊东篱下,悠然见南山"是抒情,亦是引起人一种印象。不但抒情,写景亦然。如曹子建"明月照高楼"(《七哀》)、大谢"池塘生春草"(《登池上楼》),好即因皆能引起人一种印象。江文通《别赋》:"春草碧色,春水渌波,送君南浦,伤如之何?"后人写"别"多用之,可见其动人之深,影响之大。始言"草碧""水渌",与"送""伤"有何关系?作者并未言,而人对此草、此水,送君南浦,一别定是悲伤。"春草"二句之下,准是"送君南浦,伤如之何",因此二句引起人送别的悲伤,引起人一种意象,尚不仅是"想",而是"感",由感而生出的,是自然的,引起人一种送别的悲伤印象。

中国诗写景抒情皆走此路。

又,《人间世》之"补白"举杨万里诗:

古寺深门一径斜,绕身萦面总烟霞。

低低檐入低低树,小小盆盛小小花。

经藏中间看佛画,竹林外面是人家。

山僧笑道知侬渴,其实客来例瀹茶。

(《题水月寺寒秀轩》)

"补白者"谓其非常活泼,盖指"低低"二句。"补白者"又称后二句尤好,实则和盘托出的,多么浅薄,能给我们什么印象?至如唐人写庙,曰"古木无人径,深山何处钟"(王维《过香积寺》),曰"竹径通幽处,禅房花木深"(常建《题破山寺后禅院》),给我们的但为印象。

参义山"身无彩凤"二句,越参越钝,结果"木"而已;若参诚斋"低低"二句,则不但不能成佛,简直入魔,比"木"还不如。杨此首诗绝不可参。学义

>>> 江淹《别赋》:"春草碧色,春水渌波,送君南浦,伤如之何。"后人写"别"多用之。可见其动人之深,影响之大。始言"草碧""水渌",与"送""伤"有何关系,而人对此草、此水,送君南浦,一别定是悲伤。"送君南浦,伤如之何"引起人一种送别的悲伤印象。图为明朝沈周《京江送远图》。

别院

山当参"一树碧无情"句。

书法有所谓"缩"字诀,曰"无垂不缩"。垂向外,缩向内,一为发表,一为含蓄。"永字八法"每笔是垂,而每笔又是缩。此法用于作诗,不好讲,一讲便为理智者矣。而作诗不得"缩"字诀者,多剑拔弩张,大嚼无余味。登上北海白塔,西看西什库教堂,东看故宫,二者作风截然不同。西洋建筑或者好玩;中国建筑不好玩,而庄严、美,就是因为后者有"缩"的好处。

李、杜二人皆长于"垂"而短于"缩"。前言老杜的诗打破中国诗之传统,太白诗不但在唐人诗中是别调,在中国传统诗上亦不为正统。盛唐孟浩然、晚唐李义山,皆走的是"缩"的一条路,引起人一种印象,而非和盘托出。李、杜则发泄过甚。杨诚斋那首七律《题水月寺寒秀轩》则每句皆"垂"而不"缩",读后人所得只是零碎破烂。零碎中或者有真大之物,无奈皆太零碎。若问诗人所写出者乃一篇,何谓残缺不完整?冬郎(韩偓)"菊露凄罗幕,梨霜恻锦衾。此生终独宿,到死誓相寻"(《别绪》)是完整的;前举江淹《别赋》四句,虽是两半截,而实在是整个的;义山《锦瑟》一首也是完整的。诚斋《题水月寺寒秀轩》一首,诗中东西真多,而太零碎,一句中至少有两个名词。任何一名词皆可加形容词,而其最适合者只有一个。明白这一点,则知近代白话文所用过多之形容词是太浪费、太零碎,不是完成,而是破坏;而且写文学作品应少用名词。然则义山之"沧海月明珠有泪,蓝田日暖玉生烟"(《锦瑟》)岂非一句四个名词?此则吾人不能比,后人皆学不好。且义山"沧海"二句只说一珠一玉,而诚斋"绕身紫面总烟霞"句多乱,如请某人吃饭,说"来"即可,何必说"来""坐下""张嘴""吃饭",等等。真是破坏。

至如老杜"荡胸生层云"(《望岳》),诚斋何能比?方才说老杜不能"缩",乃比较言之,如此句何尝不"缩"?此句也是引起人一种印象。谓之写实可,谓之幻想亦可,若谓山中灏气一动,则胸中之云亦生,则为幻想矣。然"荡胸"何尝不"荡头""荡脚"?但不能说,一说便完了。诗即在引起人的印象而非给与,只是引起印象故只说"荡胸",《别赋》亦只说"春草""春水"

便可。老杜一"荡"字、一"生"字,活泼泼地出来,诚斋"绕""萦"多死。正如说糖是甜的、盐是咸的,但又不纯是甜或咸。凡好的糖皆在甜之外另有别味,否则人不能满足。老杜"荡""生"二字在甜、咸之外,另能引起一种感觉。

诚斋"小小盆盛小小花"句更糟,若曰"栽"尚较好,因说"栽",则花、盆合一;说"盛",则花、盆分为两矣。诚斋之末二句只是仗着一点机智。机智可引人发笑,而绝非诗。机智只有"垂"而无"缩"。

说得远了,就此带住。

第三十三讲

漫议古典诗词之形式

人说话只是明白还不成,还要说得有劲。

旧俄诗人涅克拉索夫(Nekrasov),彼尝自谓:我有整三年,每天没有吃饱过,一年寒冬为房东所逐,宿于贫民窟(loss-house),以撰稿为生。N氏晚年聋而多病。死后朵思退夫斯基(Dostoyevsky)讲演,以之与普希金(Pushkin)与莱蒙托夫(Lermontov)并列。有人说N氏更胜于彼二人,这不敢说。N氏名诗《冻红了鼻子》,《世界文库》有译本而不佳。

诗只有本国语言写出来是诗,一翻译就不是了。N氏有些地方颇似老杜,生硬杈桠,完全失去文字之美,不成为诗而成散文,且为恶劣散文。盖散文之美者有时比诗更美,其美为诗所无,如《水经注》,如《洛阳伽蓝记》,皆写得好,虽不叶韵,而音节甚美,字形亦美,圆。N氏及老杜虽有时杈桠,不害其伟大;李白有时不免花花公子气。人要有天才,但绝不可以"显摆",一"显摆"就讨厌。老杜便无此恶习,N氏亦如此。

余曾译:(1) N氏生平,(2) N氏之诗,(3)克鲁泡特金(Kropotkin)氏对N氏之论,①克氏所论与余有暗合处。

克氏提出作诗当 with a purpose,有意。

诗的最高境界乃无意,如"雨中山果落,灯下草虫鸣"(王维《秋夜独坐》),岂止无是非善恶,甚至无美丑,而纯是诗。如此方为真美,诗的美。

---

① 顾随所译N氏生平及诗,未见于《顾随全集》。所译"克鲁泡特金对N氏之论",今存《论涅克拉索夫》残稿,见《顾随全集》卷二,石家庄:河北教育出版社,2014年第1版,第290—291页。

"孤莺啼永昼,细雨湿高城"(陈与义《春雨》),亦然。

但现在不允许我们写这样超世俗、超善恶美丑的诗了。因为我们没有暇裕。现在岂止不能写,就是欣赏也须有有心的暇裕方能欣赏。因此,古人作诗可以无意,而我们现在作诗要有意。这不但是抗战八年给我们的教训,而且是抗战之后给我们的教训,不允许我们再写那样无意的作品了。而说到有意,便使作品成为宣传;宣传对人固有很大功效,而在文学上,宣传最无价值。文学的确是宣传,而绝非现在一般人所说的文学宣传,因为他们太低能了。

克鲁泡特金说雪莱(Shelley)及勃朗宁(Browning)之诗大部分亦有意。故诗不在有意、无意,只在他有没有找到一个美丽的形式去表现此意。找到了,有意、无意都好;找不到,有意、无意都不好。

K氏又说,我们读一个人诗的时候,不能但欣赏其文字之美,同时也要注意其内容,不可只看其辞章。

今举一例。如丁尼生(Tennyson)①,乃英之桂冠诗人,人人皆知其辞章、形式、音节之美,但绝不能说T氏之作较雪莱为高,即因S氏之作品其内容确实高于T氏。故T氏死后不久,人多不读其诗,便因其浮浅,不禁咀嚼,没有内容。

我们不但要以此种态度去创作现在的诗,且可以此态度分析、解剖、欣赏古人的诗。较之李白,我们何以更喜欢老杜不喜欢李白,即此故。

---

① 丁尼生(1809—1892):英国19世纪诗人,其组诗《悼念》被视为英国文学史上最优秀的哀歌之一,诗人因之获"桂冠诗人"称号。

第三十四讲

杂谭古典诗境

第一节

神秘与玄妙

中国文学神秘性不发达。

中国文学发源于黄河流域,水深土厚,有一分工作得一分收获。神秘偏于热带,如印度、希腊。西洋大作家的作品皆有神秘性在内,而带神秘色彩之作品并不一定为鬼神灵异妖怪。如中国《封神榜》①之类,虽写鬼神而无神秘性;但丁(Dante)《神曲》、歌德(Goethe)《浮士德》亦写鬼神灵怪,则有神秘性。中国作品缺少神秘色彩,带神秘色彩的作品乃看到人生最深处。看到人生最深处可发现"灵",此种灵非肉眼所能见,带宗教性,而西洋有宗教信仰,看东西看得"神"。中国则少宗教信仰,近世佛教已衰,而宗教之文学又不发达。中国佛教虽有一时"煊赫",而表现在文学中的不是印度式极端的神秘,而是玄妙。

中国人之实际生活加上佛教思想即成为玄妙。

玄妙、神秘,二名词不同,神秘是深的,而玄妙不必深。神秘并非跳开人生之神秘,而是在人生中就有神秘。旧俄时代大小说家安特列夫(Andreev)之《红笑》《七个被绞死者》(《红笑》写日俄战争死人之多之惨,《七个被绞死者》写七个犯罪人的事。均无好译本)、朵思退夫斯基(Dostoyevsky)之《罪与罚》②(译本好)写到人生深处之灵。契柯夫(Chekhov)小说虽平易

---

① 《封神榜》:又名《封神演义》,明朝小说家许仲琳、李云翔据民间故事改编创作的长篇神魔小说。小说以姜子牙辅佐周室讨伐商纣的历史框架,叙写天上诸仙分阐教、截教两派卷入争斗,祭宝斗法、破敌斩将,最后商纣王失败自焚,姜子牙封双方战死诸将为神。

② 《罪与罚》:主要叙写大学生拉斯柯尔尼科夫犯罪及随后所受到的道德与良心上的惩罚。

>>> 中国人之实际生活加上佛教思想即成为玄妙.佛教之涅槃亦神秘,而传到中国来之后皆变为玄妙。"曲终人不见,江上数峰青。"此一句亦涅槃,是静,不是死,而此种境界距离人生甚远。图为明朝吴彬《涅槃图》。

而亦有神秘性。佛教之涅槃亦神秘,而传到中国来之后皆变为玄妙。

神秘是人生深处,玄妙则超出人生到混沌境界,二者有出入之别。

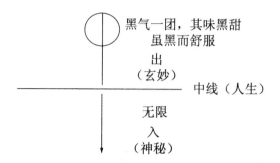

神秘之发展无限,而尚在人生内;玄妙则跳出人生,宁置生命于不顾而仍吸毒,其乐亦黑甜①之乐。中国人有抵抗麻醉之力,而中国喜近麻醉,诗是麻醉。玄妙近于涅槃。而涅槃究为何物?何以僧死曰涅槃?实则涅槃乃佛家最高境界,是寂,而绝不是死,中有生机。(此即中国诗之好处。)实则说生机并不太恰,应说"寂",中有"真如"。释参寥②《席上赠妓》云:

禅心已作沾泥絮,不逐东风上下狂。

禅最忌此语,此乃魔道,但有"寂",无"真如"。又曰"心如枯木死灰",此恶得有禅?六祖曾闻卧轮言:

卧轮有伎俩,能断百思想。
对境心不起,菩提日日长。

---

① 黑甜:俗谓睡为黑甜,后因称睡梦中的境界为"黑甜乡"。
② 参寥(1043—?):道潜,字参寥,自号参寥子,北宋诗僧,与苏轼诸人交好,著有《参寥子集》。

六祖乃亦曰：

> 慧能没伎俩，不断百思想。对境心数起，菩提作么长。(《坛经·机缘品》)①

卧轮乃死禅，心不起，菩提何得长？六祖则长菩提作么，然后得大自在。卧轮"断"，则使力；六祖不用力，故能得大自在。

诗原为静，而写静最难。韩愈《山石》写夜：

> 夜深静卧百虫绝。

此亦卧轮之禅而已。金圣叹写夜的诗：

> 夜久语声寂，萤于佛面飞。
> 半窗关夜雨，四壁挂僧衣。
> 　　　　(《宿野庙》)

此则近于涅槃。钱起《湘灵鼓瑟》：

> 曲终人不见，江上数峰青。

此一句亦涅槃，是静，不是死。而此种境界距离人生甚远。西洋宗教

---

① 卧轮：生平与师承无可考，《景德传灯录》卷五仅记："卧轮者，非名即住处也。"《坛经》为六祖惠能传法记录，中载六祖救卧轮之偈事："有僧举卧轮禅师偈云：'卧轮有伎俩，能断百思想。对境心不起，菩提日日长。'师闻之曰：'此偈未明心地，若依而行之，是加系缚。'因示一偈曰：'惠能没伎俩，不断百思想，对境心数起，菩提作么长。'"

有两种，一为积极救世精神；一为隐士，居深山沙漠，自鞭自击，乃救己。一救人，一救己，二而一者皆积极，而出发点皆人生。公教讲"永生"，肉体是暂时，灵魂是永生。涅槃是"无生"，而无生绝非不生，更非死。

中国诗自受佛教影响后，其最高境界欲了解之，必懂涅槃。这也影响到人的生活，且后人有感情、有思想者多走此路，是个人之"法喜"，即西洋宗教之 ecstasy。在个人说起来，如此未尝不好；而在整个民族中，人若皆超出现实，另筑空中楼阁，则不可。"楼台七宝起天外，一把尚无茅盖头"（茅盖头，茅屋也），此佛家语。凡人入玄妙境界者多如此。

世法——常法，出世法——佛法。若以世法为非诗法，出世法为诗法，此种出世法影响国家，故中国民族不振。就世法看，不可；而就诗法看，则此种境界真不得不谓之玄妙。神秘之深，说是无限，而实则有限。文字笔墨所表现是有限的，故中国诗最怕意尽于言，没有余味。西洋作品虽深而无余味。

中国玄妙境界没法讲，一讲就不对，可多读禅宗和尚之语录。若弟子问佛法是什么，其师必答"不是什么"，绝不可说"是什么"，故涅槃是寂而不是寂，有生机而非生机；故义玄禅师曰"西来无意"①；赵州和尚曰"庭前柏树子"②，非神秘，是玄妙。钱起的诗："曲终人不见，江上数峰青。"曲、人、江、峰，是实物，而凑在一起，神秘。（此诗写神不及楚辞之写神，故仍称之为人。）峰是否人？江是否曲之余音？是欲再见其人还是不见？是否有一点悲哀？是，又不是；也不是西洋所谓对比，乃玄妙。韦应物的诗句：

落叶满空山，何处寻行迹。
（《寄全椒山中道士》）

---

① 义玄禅师（？—867）：唐朝高僧，禅宗临济宗创始人。《古尊宿语录》卷四："问：'如何是西来意？'师云：'若有意，自救不了。'云：'既无意，云何二祖得法？'师云：'得者是不得。'"
② 《古尊宿语录》卷十三："时有僧问：'如何是祖师西来意？'师云：'庭前柏树子。'学云：'和尚莫将境示人。'师云：'我不将境示人。'云：'如何是祖师西来意？'师云：'庭前柏树子。'"

是悲哀,还是什么? 是超脱,单为一种境界,跳出人生。

中国诗人自六朝后,受佛教影响,好诗多走此路(指跳出人生)。诗人之讲锤炼者,多不懂佛法。王、孟、韦、柳四人,皆入禅理甚深,其好诗皆走此路。

第二节

恐怖

恐怖也是一种诗境,唯中国诗写此境界、情调者极少。西洋有人专写此境界,如法国恶魔派诗人波特来尔(Baudelaire),写死亡之跳舞,但写的是诗。

恐怖是一种诗情。如小时候听可怕故事,又怕又爱。人对没经验过的事,多怀有又怕又爱的心理,故能有诗情。但此种诗情在中国诗歌中缺少发展,大诗人不写此。只有在小说笔记中偶一见之。

唐人《博异志》载诗一首:

耶娘送我青枫根,不记青枫几回落。
当日手刺衣上花,今日为灰不堪着。

此为鬼诗,[①]唐人笔记多写此,但这首诗并不恐怖。清人笔记中有一首:

眼如鱼目竟宵开,心似酒旗终日挂。
月光照破十三楼,独自上来独自下。

---

① 《博异志》:"山人刘方玄,自汉南抵巴陵,夜宿江岸古馆之厅。其西有巴篱所隔,又有一厅,常扃锁,云多有怪物,使客不安,已十数年不开矣。……方玄固请开院视之,则秋草满地,苍苔没阶。中院之西则连山林,无人迹也。启其厅,厅则新净,了无所有,唯前间东面柱上有诗一首,墨色甚新。其词曰:'耶娘送我青枫根,不记青枫几回落。当时手刺衣上花,今日为灰不堪着。'视其书则鬼之诗也。馆吏云:'此厅成来,不曾有人入,亦并无此题诗处。'乃知夜来人也。复以此访于人,终不能知其来由耳。"

人谓此乃吊死鬼诗。① 后二句谓楼上无人,"独自上来独自下",有点鬼气,但也没什么。纪晓岚《阅微草堂笔记》亦载有诗句,云:

> 夜深翁仲语,月黑鬼车来。
> 　　　　　　　　(《如是我闻三》)

此亦为鬼诗,恐怖。这不行,使人受不了。但还过得去,因还不恶劣。又如黄仲则《点绛唇》:

> 鬼灯一线,露出桃花面。

或谓为凄绝。什么凄绝?简直是恶劣。

孟浩然诗句:

> 野旷天低树,江清月近人。
> 　　　　　　　　(《宿建德江》)

这两句是冷落,是荒凉,但并不恐怖,经过美化了。李义山诗:

> 夕阳无限好,只是近黄昏。
> 　　　　　　　　(《登乐游原》)

两句是悲哀。但读此"夕阳"二句,总觉得爱美情调胜过悲哀。

---

① 袁枚《随园诗话》卷十四:"刘介石请仙,忽乩盘大书云:'眼如鱼目彻宵悬,心似柳条终日挂。月明风紧十三楼,独自上来独自下。'众人惊曰:'此缢鬼诗也!'至夜,果有红妆女子犯之。乃急毁其盘而迁寓焉。"

第三节

伤感

涅克拉索夫(Nekrasov)说：

争斗使我不能成为诗人,诗歌使我不能成为战士。(《致济娜①》)

涅克拉索夫,北欧作家,他不但是奋斗且是战斗精神。挣扎是奋斗,不是战斗,揭穿社会黑幕的人类挑战是战斗。

易卜生(Ibsen)说：

我不是为妇女运动而写妇女问题的剧,我是写我自己的诗。②

又说：

最孤立者是最强者。(《人民公敌》)

易卜生此一点颇近于尼采(Nietzsche)。

斯提尔纳说：

---

① 济娜:今译津娜,涅克拉索夫之妻,原名费克拉·阿尼西莫芙娜·维克多洛娃。
② 此语出自易卜生1898年5月26日出席在克里斯蒂阿尼亚(即今奥斯陆)举行的挪威女权同盟庆祝会上的讲话。

I am my own God.（我是我自己的上帝。）

中国中正和平、温柔敦厚，没有歌咏战斗的作品，全民族亦缺乏战斗精神。中国的诗缺少筋骨，肉太多。《离骚》比"诗三百篇"有点奋斗、战斗精神，"路曼曼其修远兮，吾将上下而求索"，"三百篇"无此等句子。《离骚》固有奋斗精神，而太有点伤感。诗有伤感色彩乃不可避免，盖伤感性乃诗之元素之一，占多少，今尚难说。

渭城朝雨浥轻尘，客舍青青柳色新。
劝君更尽一杯酒，西出阳关无故人。
（王维《渭城曲》）

Pure poetry（纯诗）。
L'art pour l'art（法语：为艺术而艺术）。
Art for the art's sake（英语：为艺术而艺术）。

以纯诗而论，以为艺术而艺术而论，"渭城朝雨浥轻尘，客舍青青柳色新"两句，真是唐诗中最高境界。陶渊明"采菊东篱下，悠然见南山"（《饮酒二十首》其五），无人能知其意，不是纯诗，哲学、自然观、人生观都有了。至于孟浩然"微云淡河汉，疏雨滴梧桐"，则只是纯诗。《渭城曲》前二句是好诗，而人易受感动的是后二句——"劝君更尽一杯酒，西出阳关无故人"，西出阳关，荒草白沙，漠无人迹，其能动人即因其伤感性打动了人的心弦。

《诗经·王风·黍离》写亡国之痛，音节真动人：

彼黍离离，彼稷之苗。
行迈靡靡，中心摇摇。

"彼黍离离，彼稷之苗"，兼比兼兴；"行迈靡靡，中心摇摇"，一念便觉其

"靡靡""摇摇"了。此诗以纯诗论是前二句,以动人论是后二句。更其甚者是以下的"悠悠苍天,此何人哉",可为"三百篇"中最伤感者之一。而我们读"三百篇",研究精神超过于欣赏。

我们读《离骚》,易因其伤感忽略其诗的美,又因其伤感而妨害了我们了解它的战斗精神。而《离骚》的动人又在其伤感。我们不必说我们的欣赏被它侵入,我们一读《离骚》便先被它的伤感征服了,使我们忘记了它的真与它的战斗精神。

第四节

穷愁与愤恨

有人说:诗人是要人的。要人的,自有我在(self)。

戏剧中演员的表现(表演),所代表的是戏中人的动作感情,将戏中人的动作感情表而出之;而诗是表现自己的思想、感情、感觉。诗人是在表现自己。而读者读诗不觉得诗人是在说他自己,这是最高的了;若觉出诗人在说自己,结果便如乞儿叫化,惹人烦厌。

诗人写自己的穷愁悲哀,切不可有"叫化"相,应该泯去"我"的痕迹。

郑板桥诗、书、画均佳而怪。有词曰:

把夭桃斫断,煞他风景。鹦哥煮熟,佐我杯羹。焚砚烧书,椎琴裂画,坏尽文章抹尽名。(《沁园春》)

这是"苦恼子",而且是迁怒。又说:

难道天公,还箝恨口,不许长吁一两声。(同上)

这两句还好,前边气味不好,如小孩子好撒无赖,即迁怒。一个人要成这样就玄了。按世谛说,人若如此就完了,所以操守要紧,应放起来遮天盖地,收起来掩而藏之。放翁亦有说恨的两句,就比郑高:

箧有吴笺三百个,拟将细字写春愁。

(《无题》)

境界不扩大,气象不开展,此乃责诸贤者;然取其长则是好。郑板桥的站不住,不成诗(广义),批评什么;放翁二句格亦不高,而是诗。感情有一种训练,能把持住。水可以打岸拍堤,而不可以破岸决口。郑板桥简直是水灾。

第五节

招隐与游仙

诗中有"招隐"与"游仙"。

《昭明文选》中,诗即有"招隐"一类。

隐士,不成阶层,成为一类人,他们对现实不满,又感自身之无能为力,没有斗争的勇气,于是摆脱现实,与人世不接触。隐士由来已久,身份极高,"天子不得臣,诸侯不得友"(《后汉书·郭太传》)。"溥天之下,莫非王土;率土之滨,莫非王臣"(《诗经·小雅·北山》),而隐士例外。他们轻富贵,并非不欲富贵,而是不满现实。但隐士都独善其身,避人避事,活着是为了自己,于社会不起积极作用,虽不与统治者同流合污,于社会无补益。皇帝,尤其开国皇帝,都尊重隐士。这是一种手段,隐士在人们中有威望,为不办坏事的好人,皇帝借尊隐士得民心。再者,隐士对皇帝威胁性不大。

"招隐",一说是招抚隐士出而辅政,一说是社会政治腐败,召唤隐士出而避世。也有"反招隐",那是不以隐士为尊,认为隐士无意义。

古诗中亦有"游仙"诗。

游仙诗,赞羡仙人之诗。凡人来去不自由,寿命不满百,而仙人则遨游、百寿。游仙诗,以仙为主;后之游仙诗,以仙说人,以人为主,仙为辅。唐以后,游仙诗作得很少。

>>> 诗中有"招隐"与"游仙"。隐士,不成阶层,成为一类人,他们对现实不满,又感自身之无能为力,没有斗争的勇气,于是摆脱现实,与人世不接触。隐士由来已久,身份极高,他们轻富贵,并非不欲富贵,而是不满现实。但隐士都独善其身,避人避事,活着是为了自己,于社会不起积极作用,虽不与统治者同流合污,于社会无补益。图为五代王齐翰(款)《四皓图卷》。

形隐

第三十五讲

杂谭古典诗词之特质

开场辞——禅语:

饥来吃饭,困来打盹。(大珠慧海禅师语)①

眼在眉毛下。(《华严经题法界观三十门颂》)

师姑原是女人作。(智通禅师语)②

禅家所说是老实话,不可作老实话会。禅家不写世法,不是太老实,就是太不老实,如:

空手把锄头,步行骑水牛。
人在桥上过,桥流水不流。(傅大士③语)

---

① 大珠慧海禅师:名慧海,唐朝禅师,马祖道一弟子。《五灯会元》卷三记载慧海禅师事:"源律师问:'和尚修道,还用功否?'师曰:'用功。'曰:'如何用功?'师曰:'饥来吃饭,困来即眠。'曰:'一切人总如是,同师用功否?'师曰:'不同。'曰:'何故不同?'师曰:'他吃饭时不肯吃饭,百种须索;睡时不肯睡,千般计较。所以不同也。'律师杜口。"
② 智通禅师:自称大觉佛,唐朝禅师。《五灯会元》卷四载智通禅师事:"初在归宗会下,忽一夜连叫曰:'我大悟也。'众骇之。明日上堂众集。宗曰:'昨夜大悟底僧出来。'师出曰:'某甲。'宗曰:'汝见甚么道理,便言大悟?试说看。'师曰:'师姑元是女人作。'宗异之,师便辞去。"
③ 傅大士(497—569):本名傅翕,南北朝居士,世称善慧大士、双林大士或傅大士。

第一节

格物与物格

"格物","物格",出《礼记·大学》:

> 致知在格物,物格而后知至。

"格",朱熹注:"至也。""格物",朱注:"穷推至事物之理,欲其极处无不到也。"(《四书集注》)"穷极事物之理"(《朱子语类》卷十五),"事物"一词,事、物二字骈举,事、物对立;单举物,赅事而言。"格物",用朱注讲法最好。"穷极事物之理","理"字不可看得太板。理,不仅是道理,亦是文理、条理。

作人便当随时、随地、随物、随事留心,这样才能成通人。文人也要穷极事物之理,说话才能通。(思想不通比字句不通还要不得。)

诗,包含"心"与"物"。心,心到物边,是格物,如此才非空空洞洞的心;物,物来心上,是物格。心与物,如做饭,只有米不成,没有米也不成。即心即物,即物即心——心物一如,毫无扞格,毫无抵触、矛盾。

杜诗有句曰:

> 种竹交加翠,栽桃烂漫红。
> 　　　　　　(《春日江村五首》其三)

如此诗者,是真能格物也。"竹翠""桃红"人人知,不算格物。"交加",是老杜格物,必是"交加";"烂漫",是老杜格物,必是"烂漫"。"交加"便是

"翠"的"理","烂漫"便是"红"的"理"。一样说"翠"、说"红",而我们说不像,老杜说像。

在描写大自然之美这一点上,中国诗人自"三百篇"而后甚多。"微云淡河汉,疏雨滴梧桐"(孟浩然句),也是诗人的格物。

禅宗语录云:

> 公只知有格物,而不知有物格。(大慧宗杲禅师语)①

诗有六义:赋、比、兴、风、雅、颂。"物格",本义是说明了事物之理后而获得知识。从"诗六义"说,物格者,兴之义。

孔子论诗甚主"兴"字,"兴于诗"(《论语·泰伯》)、"诗可以兴"(《论语·季氏》)。兴,发之义,起之义。兴,即灵感 inspiration。作诗时要有心的兴发,否则不会好。

屈原《离骚》有句:

> 朝发轫于苍梧兮,夕余至乎县圃。
> 欲少留此灵琐兮,日忽忽其将暮。
> 吾令羲和弭节兮,望崦嵫而勿迫。
> 路曼曼其修远兮,吾将上下而求索。

屈原是兴,但还不是余所谓之"兴"。"发轫",将拴车木取开,即开始之意。"崦嵫",日落之处。"欲少留此灵琐兮,日忽忽其将暮。吾令羲和弭节

---

① 《五灯会元》卷二十载:"(张九成)至径山,与冯给事诸公议格物。慧曰:'公只知有格物,而不知有物格。'公茫然,慧大笑。公曰:'师能开谕乎?'慧曰:'不见小说载唐人有与安禄山谋叛者,其人先为闽守,有画像在焉。明皇幸蜀,见之怒,令侍臣以剑击其像首。时闽守居陕西,首忽堕地。'公闻顿领深旨,题不动轩壁曰:'子韶格物,妙喜物格。欲识一贯,两个五百。'"张九成(1092—1159),字子韶,号无垢,钱塘(今浙江杭州)人。南宋学者,精于义理之学,喜与僧众交往,禅学颇有造诣。

兮,望崦嵫而勿迫",象征人生只有进取,不可停留。鲁迅先生《呐喊》有自序,《彷徨》则无,只在扉页上题此数句《离骚》,鲁迅先生题此八句是物格。余之懂此、讲此八句是格物,不是物格。鲁迅先生以此八句题书是物格,由此八句而在自己心中生出一种东西,是"物格",兴也。鲁迅先生以此象征近代人生观是进取的、努力的,而非享乐的、颓废的。享乐的、颓废的人生,没劲,中国这一类的旧诗,人读后如同"失骨"。屈原是努力追求。鲁迅先生受了这八句的启发是物格,余如此讲,又是"格物"了。

老杜那两句"种竹交加翠,栽桃烂熳红"是格物,不是物格。竹翠、桃红是格物,由此"竹翠""桃红"引出自己心中的东西是物格。"格物"是向外的,"种竹交加翠",见竹而说;"栽桃烂漫红",见桃而说。"物格"是向内的,然后由内再向外,其"物"给我们一种灵感(不是刺激,不是印象,刺激、印象仍只是物,灵感是另外生出一种东西)。格物无兴发,只是反射。能"格物"且能"物格",这样看东西、作诗,才能活起来。

辛稼轩《夜游宫·苦俗客》上片:

几个相知可喜。才厮见、说山说水。颠倒烂熟只这是。怎奈向,一回说,一回美。

前二句是格物,后四句是物格。陶诗:

种豆南山下,草盛豆苗稀。
晨兴理荒秽,带月荷锄归。
道狭草木长,夕露沾我衣。
衣沾不足惜,但使愿无违。
　　　　　(《归园田居五首》其三)

此是物格。普通农人种地知道如何种是格物,只渊明是物格,陶诗象征人生。人生好逸恶劳、喜甜厌苦乃常情,所以能耐劳吃苦是为前途、为最高理想。能这样才不白活,不用说活着有力量,而且活着才有趣味。渊明"但使愿无违"所谓之"愿",即将来最高最美理想。

老杜"种竹"二句响而不圆,如石;陶诗如珠;屈赋如云。

刘勰《文心雕龙》曰:

> 窥情风景之上,钻貌草木之中。(《物色》)

若只如此写出来,还是死板的。大谢之"花上露犹泫"(《从斤竹涧越岭溪行》)即如此。(泫,眼含泪,即如放翁《沈园》诗"犹吊遗踪一泫然"之"泫"。)人都称大谢好,人言不足信。王荆公云:"天变不足畏,祖宗不足法,人言不足恤。"(《宋史·王安石列传》)治文学应当有王安石变法精神。大谢只是刻花,不是自己长出来的花。大谢诗正可以《文心雕龙》如上二句批评,除"花上露犹泫"之外,没给我们什么。大谢所写一点不差,只是一点不差。科学上对就是好,文学上可不成,只是对不见得好,好也是二等。大谢只是格物,不是物格。

将心(精神)逐物(物质),此乃学道人大忌。精神不能随物质跑,如此不能学道。凡哲学、宗教皆不能"将心逐物"。如《论语》又云:

> 一箪食,一瓢饮,在陋巷,人不堪其忧,回也不改其乐。(《雍也》)

姑不论其所乐为何,须先看其如何能乐。学文亦如学道,不可将心逐物。

学文有对象——"物",故须格物。既是物,非逐不可,而又不可止于逐物。禅语"终日吃饭,不曾咬着一粒米"(黄檗希运禅师语)①,逐物,逐物,结果不是逐物了。(读禅宗语录,如上堂课所举,"勿忘,勿助长"②。)陶渊明之"种豆南山下"一首(《归园田居五首》其三),明明说豆、说草、说月、说锄,而不都是物,其写物是所以明(显)心。大谢只是将心逐物,连老杜"种竹交加翠"二句也是格物,不是物格。"物色之动,心亦摇焉"(刘勰《文心雕龙·物色》),此"物色之动",是生发之意,如草之绿、花之红、树木之发芽。诗人所以写,不仅写花、写草,"心亦摇焉"。

中国古老民族传下风俗习惯,不仅要格物,而且要物格。仅有"格物",没有"物格",不能活动。吾人读书,也当如此,否则是读死书。读书不仅求通世情。鲁迅先生读《离骚》,找出八句题在《彷徨》扉页上,立即《离骚》便活起来了。这样才不是读死书。爱之极,恨不得一口把它吞下去,故民俗立春日要"咬春"。若只是因为别人如此,我也如此,便是不能格物,更何论物格。

杜甫《人日二首》其一:

元日到人日,未有不阴时。
冰雪莺难至,春寒花较迟。
云随白水落,风振紫山悲。
蓬鬓稀疏久,无劳比素丝。

生于现在时代,一切困难,真是"元日到人日,未有不阴时"。老杜《人日》诗,一、二句最好,三、四两句之后,一句不如一句。"蓬鬓稀疏"——人真老不得。但老杜说"稀疏""久",真废话。"稀疏久"与"交加翠""烂漫红"

---

① 《古尊宿语录》卷三载黄檗禅师语:"终日吃饭,未曾咬着一粒米;终日行走,未曾踏着一片地。"
② 《孟子·公孙丑上》言浩然之气为"集义所生者,非义袭而取之也。行有不慊于心,则馁矣。我故曰告子未尝知义,以其外之也。必有事焉而勿正,心勿忘,勿助长也"。

不同,还不如说"稀疏甚"。此律诗先写事、后写景、再写情便结束。后人写五律多如此,不好的连这都不会。

李商隐《二月二日》(见前)。义山这首也是死规矩,先写景。头两句真好,"物色之动,心亦摇焉"。三、四句尚可,第五句说"元亮井",什么叫"元亮井"? 当是"元亮宅"。诗是要合平仄,而为平仄作诗也要不得了。

姜白石《扬州慢》词上片有句:

过春风十里,尽荠麦青青。自胡马窥江去后,废池乔木,犹厌言兵。

荠菜,春日结籽,与麦子同,经秋再出芽,经冬再活。荠麦合言,以类相从。(或谓麦之好吃以其得四时之全。)杜甫《腊日》诗有句云:"漏泄春光有柳条。"诗不太好,不是意思不好、材料不好、含义不好,而是念着不好,似是有不能相合处。"春光"二字尚好看,"漏泄"二字不好看;"有",上声,"柳",上声,有、柳叠韵,不好。作诗故意学此,大可不必。"过春风十里,尽荠麦青青"与"漏泄春光有柳条"是格物,不是物格。杜甫《后游》:

江山如有待,花柳更无私。

此句是物格。姑不论物格,就是格物,也是大的格物。"过春风十里,尽荠麦青青"有点物格,而白石太爱修饰,没什么感情。

第二节

余裕与韵味

诗有心的兴发,方能有韵。

兴,灵感(inspiration)。灵感"来不可遏,去不可止"(陆机《文赋》),然灵感并非奇迹 miracle。"兴"(灵感)之来,是要有闲、有余裕。而此"闲""余裕"非即安闲、舒适、自在,安闲、舒适虽可成为有闲、余裕;而有闲、余裕并非安闲、舒适。有时安闲的人所感是无聊,并非余裕。诗人心情必须有闲,才能来"兴"(灵感)。故韵亦与有闲、余裕关系甚大。

余裕=余暇(时间)、余力。在生活有余裕时才能产生艺术,文学亦然。

正月十五燃灯、五月端午龙船,是民间的艺术。七月十五盂兰盆、十月一送寒衣,是民间的道德。中国之礼义即中国艺术,把礼义养成艺术便是活的礼义;若养成死的,则是鲁迅先生所谓吃人的礼教。养成活的艺术便能滋养我们的生活、充实我们的生活。"救死而恐不赡,奚暇治礼义哉?"(《孟子·梁惠王上》)古时文人雅士有《消寒图》"亭前垂柳,珍重待春风",①现在没有这种闲情逸致。"闲情逸致"四字讨厌。余今日所说余裕与此不同。闲情逸致是没感情、没力量的,今说"余裕"是真掏出点感情、力量来。业余游艺,真掏出点力量,真有点意义。

据说吕洞宾有诗二句:

---

① 此为古代文人雅士过冬休闲之法。《消寒图》为一幅双钩描红书法"亭前垂柳珍重待春风",所书九字每字九画共九九八十一画。自冬至日始依笔画顺序每日一笔,每过一九填好一字,九字成九九八十一日尽。又称"写九"。

> 西邻已富忧不足,东老虽贫乐有余。①

《增广贤文》②亦有二句云:

> 白酒酿成缘好客,黄金散尽为收书。

所谓有闲、余裕,乃唯心的。心之有闲,心之余裕,不关物质。宋理学家常说"孔颜乐处"(《宋史·道学传》),孔子"疏食饮水"③,颜子"箪食瓢饮",所谓有闲、余裕,即孔颜之乐。孔、颜言行虽非诗,而有一派诗情,诗情即从余裕、"乐"来。如此才有诗情,诗才能有韵。

文学作品不能只是字句内有东西,须字句外有东西,有韵,韵即味。文中最难讲的是"韵",另一个是"品"。"行到水穷处,坐看云起时"(王维《终南别业》),有字外之意,不可讲,然有韵,有味。合尺寸板眼不见得就有味,味不在嗓子,味于尺寸板眼、声之大小高低之外。如《三字经》,字整齐,也叶韵,道理还很深,但不是诗,即因其句无韵味。宋人说:"言有尽而意无穷。"(严羽《沧浪诗话·诗辨》)此语实不甚对。"意"还有无穷的?无论意多高深也有尽,不尽者乃韵味。最好将宋人这句话改为"言有尽而韵无穷",留在心上不走的,不是意,而是韵。"子在齐闻韶,三月不知肉味"(《论语·述而》),这与我们今天听老谭(谭鑫培)唱《卖马》同一道理。(下者,拿肉麻、骂街、无赖当有趣。)

有人提倡性灵、趣味,此太不可靠。性灵太空,抓不住;于是提倡趣味,

---

① 赵令畤《侯鲭录》卷四记载:"熙宁中,有道人过沈东老饮酒,用石榴皮写绝句于壁,自称回山人。东老送出门,至石桥上,先渡头数十步,不知其所往。或曰:'此吕先生也。'诗云:西邻已富忧不足,东老虽贫乐有余。白酒酿来因好客,黄金散尽为收书。"
② 《增广贤文》:又名《昔时贤文》《古今贤文》,中国古代儿童启蒙书目,成书至迟不晚于明代万历年间,后有明清文人增补。
③ 《论语·述而》:"子曰:'饭疏食,饮水,曲肱而枕之,乐亦在其中矣。不义而富且贵,于我如浮云。'"

更不可靠。应提倡"韵的文学"。提倡性灵、趣味,不如提倡韵,即使无益,亦无害,而弄懂了真受用不尽。

韵人太难得;才人是天生,尚可得矣。王摩诘真有时露才气,如《观猎》:

> 风劲角弓鸣,将军猎渭城。
> 草枯鹰眼疾,雪尽马蹄轻。
> 忽过新丰市,还归细柳营。
> 回看射雕处,千里暮云平。

此一首真见才,气概好。(气概是好,俟后论诗之气概。)"草枯鹰眼疾,雪尽马蹄轻";"回看射雕处,千里暮云平",可谓伟大雄壮。气概是不能勉强的。如有人出对子,曰:"风吹马尾千条线。"对曰:"雨打羊毛一片毡。"人评曰:"气概不佳。"①另有人出句曰:"午朝门外列两行,文文武武。"有对曰:"十字街头叫一声,爷爷奶奶。"——气概真不可强。

韵最玄妙,难讲,而最能用功。性灵的提倡,不能用功,而韵可用功得之。佛家,了死生,无死无生;庄子,一死生,有死有生。或以为禅家此言是否自欺、麻醉,此甚难言。不到其地不能知。性灵后天很难修得,而韵可自后天修养得之。后天的功夫有时可弥补先天的缺陷,未修到韵何能知其可修到与否?唯不自欺,亦不欺人,然总觉得韵可修养得之。

诗兴之来非奇迹,发源于余裕。孔颜之乐即心之有闲,心之余裕,其乐即在于"韵"。韵,向内说是境界,向外说是现象。韵可以修养得之。天才有高下,性灵有深浅,后天之修养岂可能为力?而韵是修养来的,非勉强而来。修养需要努力,而最后消泯去努力的痕迹,使之成为自然,此即韵。

---

① 郎瑛《七修类稿》卷九"国事类"记载:"(明)太祖一日御奉天殿,太宗、建文侍焉。因指立仗马出对曰:'风吹马尾千条线。'建文对曰:'雨打羊毛一片毡。'太宗曰:'日照龙鳞万点金。'占此,则一委靡而一发扬,成败可知矣。"

"勿以善小而不为,勿以恶小而为之",这还只是来源。要做到自然才成,带出一丝一毫勉强做作便不成。好的不全有,坏的没去净,这韵便不成。从勉强到自然,在勉强时要极严格,只要勉强到极自然,韵自然就出来了。此必从用"力"起,然如何用"力"? 力用左了,不成;巧劲是真力气,用巧了,用得得当、合适。(但治学、做人别讨巧。)努力之后泯去痕迹,则人力成为自然。如王羲之之字。笔秃千支,墨磨万锭,不作羲之也作索靖(西晋书法家)。羲之写兰亭,先有努力,最后(醉后)泯去痕迹而有韵矣。

"美酒饮教微醉后,好花看到半开时。"(邵雍《安乐窝中吟》)凡事留有余味是中国人常情。

第三节

言中之物与物外之言

或曰:披阅文章注意言中之物、物外之言。

言中之物,人所说,多不能得其真;而物外之言,禅宗大师说得,十个之中倒有五双不知。中国诗如何会有进步?

言中之物,质言之,即作品的内容。既"言"当然就有"物",浅可以,无聊可以。物外之言,文也。诗、散文,胡说(nonsense)、没意义,不成;还要有"文"。言中之物,鱼;物外之言,熊掌,要取熊掌。

> 锦瑟无端五十弦,一弦一柱思华年。
>
> (李商隐《锦瑟》)

"一弦一柱思华年",若要求那物外之言,尽之矣。言中之物,内容:一觉、二情、三思,非是非善恶之谓。"一弦一柱思华年"一句,觉、情、思都有了,无所谓是非善恶。要"参",真好,一唱三叹。一唱三叹,简言之,是韵。"勿忘,勿助长"(《孟子·公孙丑上》),不求不得,求之不见得必得。黄山谷一辈子没有找到一句一唱三叹的句子,后山、诚斋也不成,苏东坡有时倒碰上。"锦瑟无端五十弦",有弦外之音。(西洋琴为 piano,piano 全仗变化;中国琴七弦、五弦,变化少。)

梧桐不肯栖凡禽凤凰
巍占浓柯阴摩霄千斗

>>> "锦瑟无端五十弦,一弦一柱思华年。"若要求那物外之言,尽之矣。言中之物,内容:一觉、二情、三思,非是非善恶之谓。"一弦一柱思华年"一句,觉、情、思都有了,无所谓是非善恶。要"参",真好,一唱三叹。一唱三叹,简言之,是韵。图为元朝王振鹏《伯牙鼓琴图卷》。

有些人只注重字面的美,没注意诗的音乐美——此乃物外之言的大障。老杜的好诗便是他抓住了诗的音乐美。如《哀江头》:

  少陵野老吞声哭,春日潜行曲江曲。
  江头宫殿锁千门,细柳新蒲为谁绿。

"少陵野老吞声哭",下泪,诗味;一哭便完了。哭,既难看又难听,虽然还不像 cry 那样刺耳。"春日潜行曲江曲",散文而已,也不高。"江头宫殿锁千门",渐起,虽有气象,味还不够。"细柳新蒲为谁绿",真好,伤感,言中之物,物外之言。老杜费了半天事挤出这么一句来。可有时也挤不出,后面又不成了。至:

  清渭东流剑阁深,去住彼此无消息。
  人生有情泪霑臆,江水江花岂终极。

最后挤出来的这句真好,言中之物,物外之言。"江水"日月长流,"江花"年年常开,而人死不复生。义山温柔,老杜还真当不起,沉重。

第四节

气·格·韵

中国诗可意会不可言传,无西洋光怪陆离作品。

中国诗可以气、格、韵分。中国诗至少在气、格、韵中占一样。

气:如太白。太白才气纵横是气,来自先天,须真实具有,不可虚矫、浮夸。假如不是铁,无论如何炼不成钢。

格:如老杜。老杜"晚节渐于诗律细"(《遣闷呈路十九曹长》),盖即字句上功夫,锤炼而得,可以人力为之,不过仍以天才成就快。如老杜"星垂平野阔,月涌大江流"(《旅夜书怀》),"竹批双耳峻,风入四蹄轻"(《房兵曹胡马》)。写作时留神注意用句用字,必胸有锤炉始能锤炼。

韵:玄妙不可言传。弦外余韵,先天也不成,后天也不成,乃无心的。王渔洋论诗主神韵,太玄妙,而且非常有危险。神韵必须水到渠成,瓜熟蒂落,莫之为而为所得始可。神韵必发自内,不可自外敷粉。神韵应如修行证果,不可有一点勉强,故又可说是自然的(非大自然之自然),无心的。王渔洋乃故意造作,作诗时心中先有"神韵"二字,故不好。韵是后天用功可得,而又有用一世功不得者。如老杜,诗十篇中九篇无韵。

李白、杜甫、韩愈及李贺,对诗是革命,故其诗有点像西洋之复杂变化,虽不及西洋,而已超出于中国古代之诗。而四人皆苦于意尽于言,即缺乏弦外之余韵。王、孟、韦、柳,单纯而神秘(单纯而不简单,单纯、简单,相近而实不同,单纯有神秘性),是中国诗真正传统者,而又不及李、杜。盖李、杜乃革命家,故出力、出奇,故复杂变化;王、孟则不革命,乃自然发展,无心的,故能得韵。孟浩然"微云淡河汉,疏雨滴梧桐"二句,李杜写不出来,此自然非天生之自然,乃勉强而成之自然,功夫不到不能谈。如唱戏,有的人开口就是好,老谭、小楼不动就是戏,即有韵。后之唱戏者先思及前途名誉,故不自然。而老谭等又非真无心,皆对戏有几十年苦功,故能成正果。

余之诗无韵,至于气,则魏文帝所谓"体弱,不足起其文"(《与吴质书》),尚可者即格之锤炼,用字尚稳。如余七绝《海棠绝句》[①]之用字:

彻夜狂风动地来,预愁绛蕊委尘埃。
平明火急起来看,依旧枝头艳艳开。

此路不敢说有多大成功,但保险一点(不是说小成就)。余之字学赵[②],诗学杜,即此今所谓"保险",乃是进可以战,退可以守。普通旧诗有两大病:一腐败,一油滑,皆字面上的诗,非心坎上的诗。若自锤炼入了,每字能用得稳,凑成一合适句子,来表现吾人之情感,如果心中情感与纸上字句相等始可,不可偏,一轻一重。心中情感用此诗中几字表示出来恰好即可。

余之《海棠绝句》,不但意思急,声音亦急。作诗心中情感与纸上字句相等始可,余此首七绝用字尚能表现内心情感。

又:创作常患"言不及意",思想、情感经语言传达出来,已打了不止对折。或曰:金圣叹批书乃口说人记,此不可靠。他能出口成章么?别人所记能如此确实么?天才训练如何方能如此?如金氏之所为果然,则真是奇迹。金氏之作与人写小说不同,小说本身有动人情节,而纤细之情感、思想,说不成,得写,还得自己写。

---

① 《海棠绝句》(1943),见《顾随全集》卷一,石家庄:河北教育出版社,2014 年第 1 版,第 448 页。
② 赵:赵孟頫。赵孟頫(1254—1322),字子昂,号松雪道人,湖州(今浙江吴兴)人。元朝诗人、书画家,著有《松雪斋文集》、楷书帖《胆巴碑》《仇锷墓碑铭》等。

第三十六讲

杂谭古典诗人之修养

第一节

诗人本身须是诗

天地间文学艺术皆可分为两种:

形而上　精神　心
形而下　物质　物

无论为哪一种,只要从人手中制出,必须有诗意。否则,便失去存在之意义与价值。若一人胸中一点诗意也没有,那么此人生活便俗到毫无意义与价值。

弥尔顿(Milton)[①],英国古典派诗人,比莎士比亚还古典,有 *Paradise Lost*(《失乐园》)。辜汤生(鸿铭)[②]通数国文字,讲 Milton 诗真好。其诗字字句句懂,而隔一日不看如隔世,诗太难懂。余昨夜所看到的一句尚易懂:

A poet must himself be a poem. (诗人本身须是诗。)

常人甚至写诗时都没有诗,其次则写诗时始有诗(不易佳),诗人必须

---

① 弥尔顿(1608—1674):英国17世纪诗人,长诗《失乐园》为其代表作。
② 辜汤生(1857—1928):字鸿铭,号立诚,祖籍福建惠安。他概括自己一生"生于南洋,学在西洋,婚在东洋,仕在北洋"。他学贯中西、兼通文理,为近代中学西渐史上先驱人物。任教北京大学之时,顾随曾听其讲课。

本身是诗。

初、盛、中、晚大大小小的诗人,多为本身是诗;宋人则写诗时始有诗,不能与生活融会贯通,故不及唐诗之深厚。且杜诗多用方言俗语,而写出来便是诗。客观上说起来,是胸有锤炉。然此说犹是皮相看法,未看到真处。盖诗人本身是诗,故何语皆成诗。

诗宁可不伟大,虽无歌德(Goethe)《浮士德》式之作品,而中国有中国的诗,即因其真实,虽小,站得住。中国有的小诗绝句甚好,廿八字,不必伟大,而不害其为诗,即因真实。

或虽有沉痛情感而不能表现为诗,即因吾人本身非诗。如庄子所言——道在瓦砾①,只要本身是诗,无往而非诗,且真实。如画家所见,以为皆可入画;若是会疗病的人,篱根下一株草便可医得人病,说什么朱砂、附子、人参、白术?宋宗杲大师(南宋孝宗时人)乃禅宗最末大师(元、明大师已无),其语录名《宗门武库》,常说到前代禅宗典故,治病不必好药,对症即可;说法不必高深,近取眼前物便可。故诗人只要本身是诗,则触处成诗。

常人诗怕浅,而不可故意求深,只要"真",浅亦不浅。文比语深,有时文不可说。

东坡语:

> 味摩诘之诗,诗中有画;观摩诘之画,画中有诗。(《东坡题跋·书摩诘蓝田烟雨图》)

而明末张宗子(岱)又说:

---

① 《庄子·知北游》:"东郭子问于庄子曰:'所谓道,恶乎在?'庄子曰:'无所不在。'东郭子曰:'期而后可。'庄子曰:'在蝼蚁。'曰:'何其下邪?'曰:'在稊稗。'曰:'何其愈下邪?'曰:'在瓦甓。'曰:'何其愈甚邪?'曰:'在屎溺。'"

>若以有诗句之画作画,画不能佳;以有画意之诗为诗,诗必不妙。

(《琅嬛文集·与包严介》)

昔者杜工部写鹰、写马,千载之下,我辈读诗,还觉纸上有活鹰、活马。然此正是诗,却断断乎不是画。昔者杜工部又尝写画鹰与画马之诗,然此依然是诗,而不是画也。

吾于画一无所知,此刻亦无从说起。但中国画家多是印象。印象与写实不同,虽然也有对象,但对对象之处理方法不同:写实客观,太尊重对象,有时抹煞自己;印象派对物象之处理以自己作主,不是如实的写实。若夫诗人作诗,则余以为完全是写他的内心,哪怕是写外物,也并不像寻常之写生画似的,支了画板,手执画刷,抬头先看一眼自己所要画的事物,于是低头着笔刷一下颜色。在这里应该用陆士衡《文赋》中的话——"收视反听",曰"收",曰"反",则此视、听自然不是向外,而是向内了。若以此理推之,则老杜之赋鹰、赋马,简直就不是活的外界的鹰和马,而是内心的一种东西。说是印象有时也还不成,所以者何?印象也只是一种静止的观念,而并非诗的动机(motive)耳。故大谢山水诗并不妙,即因其诗中有画。

心活,才能写出活的诗。

第二节

诗人之五种习气

诗人有五种习气:伤感、豪华、学力、气势、涂泽。

一 伤感

诗中之伤感,当注意其是否以伤感传染人,人有时甘心情愿受它传染。即如老杜之诗:

> 无边落木萧萧下,不尽长江滚滚来。
> （《登高》）

虽不只是伤感,而其中有伤感成份,姑不论下二句写情:

> 万里悲秋常作客,百年多病独登台。

此二句写景已是伤感,凉气直上心头。唯伤感之外,气象好。唐人诗不但有神韵,而且气象好,大方,此盖与人之气度、品格相关。韩偓诗:

> 临轩一盏悲春酒,明日池塘是绿阴。
> （《惜花》）

诗句除伤感之外也还有东西。韩偓于伤感、气象之外更有东西,是多情?是神秘?

《史记》、杜诗、辛词皆喷薄而出;渊明是风流自然而出;韩除伤感、气象外还有东西,是含蓄、神韵,但非喷薄而出。此类诗不以伤感论,尤其不以"传染"论。

黄仲则诗:

> 收拾铅华归少作,屏除丝竹入中年。
> 茫茫来日愁如海,寄语羲和快着鞭。
>
> (《两当轩诗集·绮怀十六首》其十六)

黄仲则甚不得志,居北京,有诗的天才而早亡。其诗有思想,有性情,有感觉,唯气象差。前两句伤感外还有东西;后两句只是伤感而已,此外没有东西,不能算好诗。

诗中之伤感,当看其伤感之外是否有东西。

二 豪华

诗中之豪华,非传染人,是炫耀人。

我们要不受炫耀,将豪华除去,看看还有东西没有,"豪华落尽见真淳"(元好问《论诗三十首》其四)。豪华是奢侈,不能算好,而人不能免除豪华,否则太简单了。太简单了,人可以活,可是没味了。豪华不可免,人生趣味或尽在此。而人不可只看其外表豪华,不论其真容,"豪华落尽见真淳"。只是豪华,便是舍本逐末,便要不得。

曹植是千古豪华诗人之祖:

> 顾盼遗光彩,长啸气若兰。
>
> (《美女篇》)

诗可以说是好诗,而太豪华;《洛神赋》也太豪华,豪华之外一无可取,无意义。大谢连豪华也不成,穷酸装阔。唐李义山华而不豪,杜牧之真是豪华,如:

> 少年羁络青纹玉,游女花簪紫蒂桃。
>
> (《长安杂题长句六首》其三)

小李杜以全才论,义山胜过牧之,义山各体皆有好诗,牧之则宜七言不宜五言,而律诗又好过绝句。"少年羁络青纹玉,游女花簪紫蒂桃"二句,是律中一联,写长安春天之贵游子弟,豪华。又如"扬州尘土试回首,不惜千金借与君"(《润州》其二)等,亦豪华。黄仲则穷酸,杜牧之虽不得意,而社会上地位高,且牛僧孺以钱养之。尹默先生《秋明集》中有《题樊川集》,诗云:

> 工部文章惊海内,司勋健者合登坛。
> 玉弢金版谁能说,虎脊龙文试与看。
> 珠箔长悬明月去,佳人易得此才难。
> 何当更向扬州路,借得千金拾古欢。

"玉弢金版"没毛病,小杜诗不能如此;而"虎脊龙文试与看",真是小杜。

诗中之豪华、炫耀,与个性、环境皆有关。个性与环境,二者缺一不可,不能勉强。

末世无豪华,肉感发达。

三 学力

诗中之学力是震慑人、唬人。

诗以学力见长者,可以黄山谷为代表。(江西诗派之"一祖"为杜甫,"三宗"为黄庭坚、陈师道后山、陈与义简斋。)

学力表现有两种:

其一,不用典故。如黄山谷《弈棋二首呈任公渐》其二:

> 心似蛛丝游碧落,身如蜩甲化枯枝。

其二,用典。如黄山谷《登快阁》:

> 痴儿了却公家事,快阁东西倚晚晴。
> 落木千山天远大,澄江一道月分明。
> 朱弦已为佳人绝,青眼聊因美酒横。
> 万里归船弄长笛,此心吾与白鸥盟。

黄诗如老吏断狱,严酷少恩,无感情。稼轩词有"十日九风雨"(《祝英台近·晚春》)之句,近人诗则有"十日九风偏少雨"(易顺鼎《癸卯暮春题海淀酒楼》),用前人句而无感情。用典当如马鸣禅师《大乘起信论》言:"离言说相,离名字相。"

诗当经过感情渗透,然后思想不干枯。黄诗未经感情渗透,故干枯。"朱弦"二句似有感情,其实仍无感情。后人学山谷诗,震于其学力。

四 气势

诗中之气势,读者不可为其所煽动(鼓动),取快于一时则可,不可便认为诗法在此。

自鲍明远、李白便有此一派:

> 天生我材必有用,千金散尽还复来。
> （李白《将进酒》）

诗人是反照的,哲人是反省的,此句没有诗人的反照,也没有哲人的反省,是"客气""无明"。放翁"老子犹堪绝大漠,诸君何至泣新亭"(《夜泊水村》),亦如此。

五 涂泽

涂泽,北京话所谓"捯饬",即弄姿、蛊惑。涂泽,对男性而言,是顾影自怜;对女性而言,是搔首弄姿。

此风始自唐之中晚乎？如刘禹锡①"种桃道士今何在,前度刘郎今又来"(《再游玄都观》),元、白有的诗亦皆此类也。这种诗真是酸。

诗人的自喜与自得是不同的。自得如渊明的《五柳先生传》等,皆有自得之表现。自得是自己内里充实,是好的,贫不欠债即富,如韩愈《原道》

---

① 刘禹锡(772—842):字梦得,洛阳(今河南洛阳)人。因曾任太子宾客,世称刘宾客。唐朝诗人,与白居易合称"刘白",著有《刘宾客集》。

所谓"足乎己不待乎外之谓德"。无得不能有德,有德必是有得,得于外便不能自得。而自得不是不长进,"君子以自强不息"(《易经·乾》),是积极的,如此方是自得。诗人自得是应该的,如此才能自己成为自己的主人,才能得人生之真乐。所谓自喜便要不得,弄姿是自喜。自得是满足,自喜是骄傲,一满足就容易骄傲,而一骄傲其满足立刻便成为空虚了。差以毫厘,谬以千里。真实是好的,欺骗是罪恶,而虚伪是艺术。满足是充实,人应该充实自己,由充实得到满足,何用骄傲?自喜是骄傲,诗人的弄姿便是骄傲,而诗人的骄傲是艺术的。如刘禹锡:

紫陌红尘拂面来,无人不道看花回。
玄都观里桃千树,尽是刘郎去后栽。
(《元和十年自郎州至京戏赠看花诸君子》)

百亩庭中半是苔,桃花净尽菜花开。
种桃道士今何在,前度刘郎今又来。
(《再游玄都观》)

常人骄傲令人厌,而诗人骄傲令人爱,是蛊惑,令人中其毒而不自知。若以诛心之论论之,罪加一等。不过刘禹锡两首诗之骄傲尚可原谅,他有他的愤慨,受别人摧残,看到别人失败而快意,这是世法。诗是人生、人世、人事的反映,无一世法不是诗法。忘仇,以直报怨,是圣贤;报仇,以牙还牙,睚眦必报,是英雄。刘禹锡的快意是怯懦者的快意。

弄姿的诗又如放翁:

此身合是诗人未,细雨骑驴入剑门。
(《剑门道中遇微雨》)

这真是顾影自怜,搔首弄姿。还有陈简斋的《微雨中赏月桂独酌》:

> 人间跌宕简斋老,天下风流月桂花。
> 一壶不觉丛边尽,暮雨霏霏欲湿鸦。

人喜欢什么花与自己品格有关。简斋喜欢海棠、水仙,这两种品格相同。又,简斋喜欢桂花、腊梅。(余不喜此二种花,盖因其黄色。)简斋此首也不免自喜。

前几种习气容易摆脱,对这种习气当小心。这种诗及诗人不要也罢。

要打倒客气,培养真力;还要不自喜,不伤感。伤感诗人是永远不满。我们不自喜、不伤感的情况下,该写何等样诗?看陶潜的《归园田居五首》其二:

> 野外罕人事,穷巷寡轮鞅。
> 白日掩荆扉,对酒绝尘想。
> 时复墟曲人,披草共来往。
> 相见无杂言,但道桑麻长。
> 桑麻日已长,我土日已广。
> 常恐霜霰至,零落同草莽。

这真是充实。满足而不是骄傲,是真力而不是客气,是自得而不是自喜。

第三节

读禅与学诗

读佛教书不但可为吾人学文、学道之参考,直可为榜样。其用功(力)之勤、用心之细,皆可为吾人之榜样。

僧人有法师,有律师。法师,研究佛教学问;律师乃研究戒律者。"律",所以范围心。中国人太随便,有律好。学"道"亦为求其"放心",不令心往外跑。

"律师"有律宗,甚繁琐。律师、法师皆自印度来,传至中国乃有禅师。《云门广录》卷中记载:

> 举世尊初生下,一手指天,一手指地,周行七步,目顾四方。云:天上地下,唯我独尊。师云:"我当时若见,一棒打杀与狗子吃却,贵图天下太平。"

此非叛徒,而名曰"报佛恩",为的是"天下太平"。禅宗主张"好事不如无"(云门文偃禅师语),而大师辈出,何也？王荆公曾问道传至孟子而绝之因,人举马祖、雪峰、丹霞等禅师,答曰:儒门淡薄,收拾不住,皆入佛门中来。荆公闻之点首,张无尽谓之达人之论。(《宗门武库》)平常弟子学先生,像已难,能得师一长者,即受用不尽。颜回乃孔门高弟,亦不过"亦步亦趋"(《庄子·田子方》)。而禅宗讲究超宗越祖,所以即使世尊有过,亦打之。禅宗大师常说:"见与师齐,减师半德(成就较师小一半);见过于师,方堪传授。"(百丈怀海禅师语)故禅宗横行一世,气焰万丈,上至帝王,下至妇孺,皆尊信之。天地间无守成之事。"学如逆水行舟,不进则退。"学会师之说而不能行,愧对师。如师有十成,学师得之者不过七八成,再传则所得越来越少。所以所谓"报佛恩",此精神太大,不是老师教什么会什么,须是从师说外自己更有所得。所谓"天下太平",讲为消极,讲为"好事不如无"之意,可,而非云门大师之本义。天下太平者,万物各得其所也,是真的万法平等,即儒家所谓大同。

人活在世上,不是别人打扰自己,就是自己打扰别人;不是别人碍自己的事,就是自己碍别人的事。庄子讲道所谓之"自然",盖即云门大师所谓之"太平"。人人各"亲其亲,长其长",已可;而《礼运》曰"不独亲其亲,长其长",难。各人为自己之所好,发展自己之所长,而以不妨碍别人为原则,也不希望别人妨碍自己,此即庄子所谓"自然",所谓"道",云门大师所谓"天下太平"。"道"是调和,使其不矛盾,不妨碍,不打扰。凡宗教皆是为得到调和。然此调和并非死亡、灭绝,更要紧的是"生",活泼泼地。故佛是积极的,而非消极。佛虽曰"无生",而非"不生"。"见过于师,方堪传授",岂是消极?"一棒打杀世尊,图天下太平",岂是消极?后来之学禅者都成为自了汉,寻找一条世界最后调和之路,为人求得一条调和之路的精神已没有。

佛所谓"常"是"不灭",又谓"如"是"不断"(含有动义)。佛于诸法不说断灭相,吾于文学亦然。

余之读禅,注重其与诗相通处,苟谓学禅有得,所得亦不过佛经说理之细密、禅师用功之细密。赵州和尚说"唯二时粥饭是杂用心处"(《五灯会元》卷四),即孔门所谓"三月不违仁"(《雍也》)、"念兹在兹"(《尚书·大禹谟》)。"双目瞪视而不瞬,四足踞地而不动。六根顺向首尾一直,然后举无不中。诚能心无异缘,意绝妄想,六窗寂静端坐默究,万不失一也。"(《宗门武库》大慧宗杲禅师语)吾人治学亦应有此功夫。今人之不能成大文人者,即因作诗文时始有诗文,否则无有。

>>> 读佛教书不但可为吾人学文、学道之参考,直可为榜样。其用功(力)之勤,用心之细,皆可为吾人之榜样。僧人有法师、有律师,律师、法师皆自印度来,传至中国乃有禅师。禅宗讲究超宗越祖,所以即使世尊有过,亦打之,故禅宗横行一世,气焰万丈,上至帝王,下至妇孺,皆尊信之。天地间无守成之事。图为明朝戴进《达摩六代祖师像》。

第四节

尊物与多情

六日立夏。

"草木之花,于跗萼中展而成瓣,苟以闲心谛视其瓣,则自根至末,光色不定,此一天下之至妙也。"(金圣叹评点《西厢记》)常人所知道是概念,细处不到,一说有,一想没了。我们活了不死,科学家死了不活,他对于花的生命、精神不了解。"闲心",不要以为就是闲。其实,"闲"才不闲呢,极严肃。越是好花,越见其"光色不定"。

韩偓《惜花》诗有句:

> 临轩一盏悲春酒,明日池塘是绿阴。

此写春归。宋王淇①《春暮游小园》诗句"开到荼蘼花事了"、谢枋得②《庆全庵桃花》诗句"桃红又是一年春",此二句也是写春归。(荼蘼,恐非中国花,白色小花,甚香甜,又称殿春花。)而韩偓"明日池塘是绿阴",大方、沉重。唐人贾岛③《三月晦赠刘评事》又有诗句云:

---

① 王淇(生卒年不详):字菉猗。宋朝诗人,与谢枋得有交往,谢枋得《叠山集》中存《代王菉猗女荐父青词》。
② 谢枋得(1226—1289):字君直,号叠山,信州弋阳(今江西弋阳)人。宋朝诗人,著有《叠山集》。
③ 贾岛(779—843):字阆仙,幽州范阳(今北京附近)人。唐朝诗人,创作追求苦吟,诗风清奇僻苦,著有《长江集》。

三月正当三十日,风光别我苦吟身。

共君今夜不须睡,未到晓钟犹是春。

此诗没劲,盖与人之性情有关。

"心物一如",只陶渊明如此。我们不妨把"心""物"看为二,而必须尊重物,尊重所写的对象。恭敬不是谄媚,是尊重对方人格,爱人如爱己。

Love poetry,爱情诗,中国人 love poetry 少,只"三百篇"和"古诗"中尚有,后人写之多不能尊重对方。实则对人尊重,对己也就尊重了。不但对友人如此,对敌人也要尊重其人格。

对物,要在物中看出其灵魂。辛稼轩云:

我见青山多妩媚,料青山、见我应如是。情与貌,略相似。(《贺新郎》)

妩媚是漂亮的一种,而非全部。陶渊明诗:

朝霞开宿雾,众鸟相与飞。

(《咏贫士》其一)

渊明不是将鸟儿和自己看为二事。"是法平等,无有高下"(《金刚经》),不是法则已,是法便平等,无有高下。我们不妨把心、物分之为二,但要看为平等。《红楼梦》第三十一回晴雯撕扇,宝玉说:

比如那扇子,原是扇的,你要撕着玩儿,也可以使得,只是不可生气时拿他出气。就如杯盘,原是盛东西的,你喜欢听那一声响,就故意的碎了,也可以使得,只是别在生气时拿他出气。这就是爱物了。

自己的幸福不要建筑在别人的痛苦上,不以人之痛苦为自己之幸福。

韩偓"临轩一盏悲春酒,明日池塘是绿阴",此如何是玩物丧志?后人学韩偓成为玩物丧志。无物不平等。有的人自以为是"玩物",实在是"玩"了自己。韩偓《香奁集》并不能一概说轻薄,后来学《香奁集》的人学坏了。"此生终独宿,到死誓相寻"(《别绪》),写得真严肃。做事业、做学问均应有此精神,失败也认了。

多情是好的,无论诗人、文人、思想家。耶稣、释迦都是多情。玄奘西游,在西方见中国扇子思家而病,一僧合掌赞曰:"好一个多情的和尚!"①此语真好。西天取经必须多情,心是热情的,不是凉的。只是"多情"二字被后人用坏了,如"摩登""浪漫",原字极好,而被翻译过来后,用得不成东西了。文字化石不过不发生效力而已,被人用坏了字则糟透了。"风流"二字真好,比"水流"还好,是真名士自风流,三代而后只诸葛孔明一人可当此"名士风流"。而"风流"二字也被人用坏了。

---

① 顾随《揣龠录》:"相传玄奘法师在西天见一东土扇子而病。(一说是法显大师事,莫理会。)后来有一僧闻之赞叹曰:'好一个多情底和尚!'苦水每逢上堂时其拈举遮一则公案,辄谓学人曰:'病底大是;赞叹底也具眼。'所以者何?倘奘师在异国见了故土底扇子而不能病,亦决不能为了大法而经过千山万水、吃尽万苦千辛到西天去也。"东晋释法显《佛国记》载:"法显去汉地积年,所与交接,悉异域人,山川草木,举目无旧,又同行分披,或留或亡,顾影唯己,心常怀悲。忽于此玉像边,见商人以晋地一白绢扇供养,不觉凄然,泪下满目。"

第三十七讲

杂谭古典诗词之创作

第一节

世法与诗法

余自谓:诗作不好是因为知道的世法太多,世法使我不能为诗,诗法使我不能入世。学道要多了解人情,了解人情可以多原谅人,疗治自己的荒唐和胡涂。

涅克拉索夫(Nekrasov)说:

争斗使我不能成为诗人,诗歌使我不能成为战士。(《致济娜》)

而 N 氏已能把战斗精神表现得有诗之美。如此,则世法当亦能以诗法表现。

想学诗,第一须打破世法妨害诗法之观念。

杜工部"世人皆欲杀,吾意独怜才"(《不见》),此不但是说李白,简直"夫子自道也",说自己。老杜有诗云:

郑公樗散鬓成丝,酒后常称老画师。
万里伤心严谴日,百年垂死中兴时。
仓皇已就长途往,邂逅无端出饯迟。
便与先生成永诀,九重泉路尽交期。

(《送郑十八虔贬台州司户》)

此诗之小序亦甚佳：

> 伤其临老陷贼之故，阙为面别，情见于诗。

此首《送郑十八虔贬台州司户》，多用笔画多的字，笔画多形象化了内心的复杂与沉重。郑虔诗、书、画三绝，人甚好，而世人只认得他会画。诗中老杜以为人死尚可，无奈者死于中兴时也。《水浒传》武大郎说，我兄弟说的话"是金子言语"。① 老杜诗亦如此，是真话，金子言语，而笨。此诗诗法与世法不调和，诗法、世法调和者为渊明。

老杜又有两首《醉时歌》，皆好，一在七古，一在七律。老杜《醉时歌》七古中句：

> 德尊一代常坎坷，名垂万古知何用。

这不是诗。"渭城朝雨浥轻尘"（王维《渭城曲》），"微云淡河汉"（孟浩然句），"采菊东篱下"（陶渊明《饮酒二十首》其五），是诗。老杜二句，这不是诗，这是散文，然而成诗了，放在《醉时歌》里一点不觉得不是诗，原因便在其音节好。能抓住这一点，虽散文亦可写为诗。散文写成诗便因其字音是诗，合乎诗的音乐美。② 而学老杜者多不知此，仅韩文公③能知之，如韩文公《山石》诗之"黄昏到寺蝙蝠飞""芭蕉叶大栀子肥"等。韩文公之后宋苏轼有一点，但有志而学不足以济之；黄山谷有一点，但学深而才不足以济之。诗中发议论，老杜开其端，而抓住了诗的音乐美，是诗；苏、黄诗中发议论，则直是散文，即因诗的音乐美不足。韩学杜，苏、黄学杜、韩，一代不如

---

① 金圣叹批本《水浒传》第二十三回："那妇人道：'呸！浊物！你是个男子汉，自不做主，却听别人调遣。'武大摇手道：'由他！我的兄弟是金子言语。'"
② 叶嘉莹此处有按语：莹以为此所谓口之感人。
③ 韩文公：韩愈，谥号文公。

一代。

老杜虽感到诗法与世法抵触,而仍能将世法写入诗法,且能成为诗。他看出二者矛盾、不调和,而把不调和写成诗了。陶渊明则根本将诗法与世法看为调和,陶渊明根本看得调和,写出自然调和,"种豆南山下"一首(《归园田居五首》其三),不是诗而写成诗了。人就当如此过,看东西就当如此看。以诗所写的方面多,老杜可为"诗圣";若以写诗的态度论,当推渊明为"诗圣":老杜看为不调和,而能写出调和;陶诗将诗法、世法根本是看为调和。陶诗有云:

平畴交远风,良苗亦怀新。
(《癸卯岁始春怀古田舍二首》其二)

二句真是有力。李、杜写诗使力、用力,而有时不是真力。储光羲、王维、孟浩然等写田园,是写实的、客观的。陶渊明写"种豆南山下",渊明"种豆"一事,象征整个人生所有的事,所有的人,所有一生的事。陶不是客观的,"平畴交远风,良苗亦怀新",有风是有方向,无风天也有"风",且是"交远风";苗也不只是"良苗",且是"亦怀新"。而陶也不能说是主观的,主观是狭隘的;陶也不能说是理想的,他觉得只是自然该如此。辛稼轩词曰:

一松一竹真朋友,山鸟山花好弟兄。(《鹧鸪天·博山寺作》)

客观的,物为物,我为我。诗人看物我一如,不仅是朋友,直是眷属,痛痒相关,骨肉相连,不是尔为尔、我为我的客观。渊明写酒不以物视之,民胞物与。

诗是人生、人世、人事的反映,无一世法不是诗法。一切世法皆是诗法,诗法离开世法站不住。人在社会上要不踩泥、不吃苦、不流汗,不成,此种诗人即使不讨厌也是豆芽菜诗人。粪土中生长的才能开花结籽,否则是

>>> "一松一竹真朋友,山鸟山花好弟兄。"客观的,物为物,我为我。诗人看物我一如,不仅是朋友,直是眷属,痛痒相关,骨肉相连,不是尔为尔、我为我的客观。图为明朝陈洪绶《歌诗图》。

空虚而已。在水里长出来的漂漂亮亮的豆芽菜,没前程。

常人只认定看花饮酒是诗,岂不大错!世上困苦、艰难、丑陋,甚至卑污,皆是诗。后人将世法排出,单去写诗,只写看花饮酒、吟风弄月,人人如此,代代如此,陈陈相因,屋下架屋。

王渔洋所谓"神韵"是排出了世法,单剩诗法。余以为"神韵"不能排出世法,写世法亦能表现神韵。这种"神韵"才是脚踏实地的,而王渔洋则是空中楼阁。王渔洋《再过露筋祠》:

> 翠羽明珰尚俨然,湖云祠树碧于烟。
> 行人系缆月初堕,门外野风开白莲。

诗的头一句就把"再过露筋祠"完全写出。只这一句是诗,第二句便不行了,"湖云祠树碧于烟",曰"湖"、曰"祠",何其笨也。然而"笨"又不可能与老杜之"壮美"并论。老杜:

> 清夜沉沉动春酌,灯前细雨檐花落。
> 但觉高歌有鬼神,焉知饿死填沟壑。
> 　　　　　　(《醉时歌》)

老杜这样是警句,王渔洋"门外野风开白莲"只是佳句,没劲。"灯前细雨檐花落"实是"檐前细雨灯花落",老杜如此写,写得好。陶渊明是表现,自然而然。老杜是"写",能品而几于神;陶则根本是神品。老杜是壮美,当然笔下要涩,摸着像有筋一样;王氏"翠羽明珰尚俨然",是圆的。即王摩诘"渭城朝雨浥轻尘",亦不只是圆,另有东西;王无功"树树皆秋色,山山唯落晖"(《野望》),亦不仅圆,圆中有物。王氏《再过露筋祠》一首最能代表其所主张之"神韵",四句无一句着实,两脚登空,不踏实地。因为要如此,故将世法剔出,为艺术而艺术,但又作不到纯诗地步。老杜虽认为世法与诗法矛盾,而仍将世法写入诗法。后人将世法排出诗之外,此诗所以走入穷途。

后人尚不是世法、诗法矛盾,是雅、俗矛盾。后人以"世法"为俗,以为"诗法"是雅的,二者不并立。自以为雅而雅得俗,更要不得,不但俗,且酸且臭。俗尚可原,酸臭不可耐。雅不足以救俗,当以力救之。"种豆南山下"一首是何等力,虽俗亦不俗矣,唯力可以去俗。雅不足以救俗,去俗亦不足成雅,雅要有力。阿Q可憎处甚多,最要不得是"飘飘然"①,简直不是有血有肉的人,而是影子。王渔洋便如此。

天地间原无诗法、世法之分。如来所说"世",出世;"法",非法,其实是无"法",亦无"非法"。前讲世法、诗法,今讲无所谓世法,无所谓诗法。世上事皆可做,怕不能担粪、着棋②;若能,即担粪、着棋亦可为之。后人心中常存有雅、俗之见,且认为只有看花饮酒是雅,分得太清楚,太可怜,这样不但诗走入穷途,人也走入穷途。

诗岂可只要诗法不要世法!陈简斋诗句:

> 杨柳招人不待媒,蜻蜓近马忽相猜。
> 如何得与凉风约,不共尘沙一并来。
>
> (《中牟道中二首》其二)

诗以浅近的代表很深的悲哀,后二句好,表现得沉痛。何能只要诗法不要世法?只要琴棋书画,不要柴米油盐,须不是人方可。"如何得与凉风约,不共尘沙一并来",有风无土不可能!

我们现在要脚踏实地,将世法融入诗法!

----

① 鲁迅《呐喊·阿Q正传》第四章《恋爱的悲剧》:"然而我们的阿Q却没有这样乏,他是永远得意的;这或者也是中国精神文明冠于全球的一个证据了。
看哪,他飘飘然的似乎要飞去了!"
② 担粪、着棋:沈括《梦溪笔谈》卷十:"(林)逋高逸倨傲,多所学,惟不能棋。常谓人曰:'逋世间事皆能之,唯不能担粪与着棋。'"

第二节

心物与因缘

天地间合起来是一首诗,若没有诗,天地必毁灭;人类若无诗,人类必投降。

作诗需因缘相应。欲使因缘相应(相合、呼应),须"会"。

"会"有三义:

(一)聚合。既曰聚合,当非一个,故必心与物聚合,不能有此无彼。如"甜"怎么成立的?若曰甜在舌,而但为舌不甜;若曰甜在糖,而但观之不甜,必二者相合,然后甜成立。诗心与自然之物合,然后有彼诗,即因借缘生,缘助因成。学诗亦不能有"烦恼",因如此即不相应。(俟后详言。)写烦恼亦必相应。

(二)体会。心与物虽遇,无体会亦不成。糖遇舌,甜之味始成立;然若无味觉(佛曰味识),甜亦不能成立,等于未遇。故聚合后必须有体会。白居易"野火烧不尽,春风吹又生。远芳侵古道,晴翠接荒城"(《赋得古原草送别》)四句,必体会到此,然后写出。

(三)能。能者,本能之意。本能不可解释,如分子有原子,原子有电子。电子为何?乃本有(佛说本有,亦不解释)。对本有不能怀疑,有现象,无理由。"不知为不知,是知也"(《论语·为政》)。有体会而不"能",亦不成。如木头吃糖,体会不出什么;人吃木头,也体会不出什么,此即能。能有二义,一为学习之能,一为本有之能。

由此三义成"会",由"会"始能相应,不能轻视物,亦不能轻视心,二者缺一不能成诗。

"会"自然不是"离",离心、离物皆不可;不离而"执"(执即执著),亦不可。如宋陈无己(师道)诗真有功夫,黄庭坚谓其"闭门觅句陈无己"(《病起江亭即事》),然如此则是执心,岂非大悖?元遗山诗曰:

传语闭门陈正字①,可怜无补费精神。

(《论诗三十首》其廿九)

元氏之话对,即因其执心,故"无补费精神",不成。此外又有执物,亦不可。普通觅句多为此种,如《秋林觅句图》②,简直受罪,是执物。

离不可,执亦不成。

---

① 陈正字:陈师道因官至秘书省正字,故后称陈正字。正字,官名,掌校勘典籍之事。
② 《秋林觅句图》描绘一老者在古树旁寻觅佳句之情景。

第三节

创新与冒险

陈子龙①《王介人诗余序》说:

> 宋人不知诗而强作诗。

余对此说,半肯半不肯。一切有法,一切无法。(佛家说"法",亦即老庄所谓"道",天地不能包之而能包天地。中国有书法,日本有书道。)宋人诗似散文,而其短札、笔记、尺牍、题跋,是散文而似诗。宋人不知诗,是不知古人那样的诗。

唐人学力不及宋人,只是情动于中不能自已,用当时流行的文体写出,便是好诗。如明人作山歌《挂枝儿》《打枣杆》②,比所作曲好。名父之子多不成,便因其脑中有其老子,而他老子脑中前无古人,故能不可一世。此岂非狂妄?然欲一艺成名必如此,否则承师法,只是屋下架屋。儒家讲立志,不可不有"不可一世""前无古人"之志,而此志若一弄糟了,便是鲁莽灭裂。

诗从"胡说"起,前人不敢写的,而诗人敢写。老杜便如此,前人不敢写的老杜敢写。老杜大胆,矇着便好,成功便是最大成功,失败便是不可收拾

---

① 陈子龙(1608—1647):字卧子,号大樽,华亭(今上海松江)人。明朝作家,复社与几社代表人物。
② 《打枣竿》:一作《打草竿》,原为北方民间曲调名。明朝后期流行至南方,改称《挂枝儿》(一作《倒挂枝儿》或《挂枝词》),盛行于明朝天启、崇祯年间。

的失败。

文学家、艺术家都有冒险的地方。文学、艺术的冒险是赌性命,生则五鼎食,死则五鼎烹①,不能流芳百世,即当遗臭万年。此非二动机,乃一动机。造反失败固是失败,而成功便为天子。

文学原是求完整,而近代有所谓缺陷美。缺陷之所以美,还是因其有美,若只有缺陷而不美,那也不能成为缺陷美。西施病心而颦,东施效之,是但知颦之美,而不知颦之所以美,盖因西施原即美。张岱《五异人传》有言曰:

> 人无癖不可与交,以其无深情也;人无疵不可与交,以其无真气也。

"癖""疵"是病,而美在深情、真气、缺陷美。张岱有真言,为其撷大拇指。张宗子所言,是由生活经验得来的。一个人只有生活无思想不成,只有思想无生活也不成。张岱此思想在心中转多少次,在生活中即经验多少次。

胡适诗云:

> 浮冰三百亩,载雪下江来。
>
> (《寒江》)

胡适诗才不及别人,而提倡革命。

要想打倒别人,先要自己站住脚,鲁迅先生便如此。"暴虎冯河,死而

---

① 《史记·平津侯主父列传》载主父偃之言:"臣结发游学四十余年,身不得遂,亲不以为子,昆弟不收,宾客弃我,我厄日久矣。且丈夫生不五鼎食,死即五鼎烹耳。吾日暮途远,故倒行暴施之。"

无悔者,吾不与也。"(《论语·述而》)诗人写人刻薄,令人不觉刻薄,是诗。鲁迅先生序跋好,说理深刻,表情沉痛,而字里行间一派诗情。其小说技术成熟,心思锐利,咽喉下刀,如《彷徨》之《肥皂》①《高老夫子》②。

真正刻毒之人不可一日与居。金圣叹评《水浒》说:"石秀可畏,我恶其人。"而李大哥则是鲁莽灭裂。

---

① 《肥皂》:叙写主人公四铭先生因见地痞取笑一位乞讨"孝女",让她回去用肥皂"咯吱咯吱"洗澡,一向抵制新学、厌恶洋货的四铭一边慨叹道德沦丧,一边进洋商店破天荒买洋肥皂回家。全文主要叙述四铭买肥皂回家后的一系列家庭闹剧,刻画出道学先生的变态性欲和丑恶内心。

② 《高老夫子》:叙写只会打牌、看戏、喝酒、跟女人的高尔础为看女学生而去应聘教书,最终因为胸无点墨而当众出丑便辞去职务,大骂新式教育。小说具有辛辣的讽刺性。

第四节

五古须酝酿

作五古比作七古难。(古诗,特别是七古,尚有可为。)

宋人对五古已不会作。宋人苏、黄对唐人革命,而苏、黄之五古甚幼稚。余对古人之作少所许可,而亦多所原谅。因自己写作,知写作不易,但对宋人五古,尤其是苏、黄,特别不原谅,他们似乎根本不懂五言古诗的中国传统作风。

作五言古诗最好是酝酿。素常有酝酿,有机趣,偶适于此时一发之耳。

人看到的是此时发之的作品,而看不见其机缘。凡事皆有机缘,机缘触处,可成为作品。而如果在机缘后没有东西,是空的,则中气不足,虽腔儿大而无中气,人听不见。朱熹所谓"问渠那得清如许,为有源头活水来"(《观书有感》),机缘后没东西,则无源头活水,诗就薄。

七言诗因字多,开合变化多,再利用一点锤炼功夫,很容易写出像样作品。(锤炼,杜工部、韩退之可为代表。七律,八句,不易再出新花样。五七律绝可自阅。同学努力。喙长三尺,手重千金,能说不能作,学人最忌。)因其表面上能开合变化,已很有可观,吾人无暇追其源头活水(情意本质),而已目迷五色。变戏法者即往往利用手法引人注意,作诗亦然,使读者目

>>> 人与物在平日已物我两浑,精神融洽,适于此时一发之耳。此即酝酿功夫。物我两浑乃用王静安先生语,不如用"内外一如"——此佛家语,即精神融洽。素日已得其神理,偶然一发,此盖酝酿之功。图为清朝顾大昌《张梦晋鹤听琴图》。

張夢晉鶴聽琴圖

原本文太史六有此圖合裴一峯名流題詠甚多藏汪鐵蕉

雲卿君彥冲偕隱且幅并題詞一闋

松風忽撼琴敲定山中老鶴乘頭聽信指歛無言時一自著

痕一毅驚夢斷爽覺蒼雲滿徑崔出丹霄雲歸不可招

同治四年乙丑新正三日南澗偶筆 葉氏

迷五色,无暇注意其思想源头。五言诗字少,其开合变化成功者仅杜工部一人。五言诗静,容易看出漏洞。正如写字,草字热闹,不易看出坏处,人但注意外表不往里看。(而实际草书不易写。因楷字容人安排,葉;草字亦有安排,唯快,糸。)草字是七言;楷字是五言,疏朗,须背后有东西,虽简单几笔,好象厚,有东西。七言略薄,尚无碍;五言必厚,即须酝酿。

七言诗可兴至挥毫立成,五言诗必须酝酿,到成熟之时机,又有机缘之凑泊,然后发之。

采菊东篱下,悠然见南山。

(《饮酒二十首》其五)

人或以渊明此二句乃抬头而见南山即写出来。其实绝不然,此二句绝非偶然兴到、机缘凑泊之作。人与南山在平日已物我两浑,精神融洽,适于此时一发之耳。此即酝酿功夫。今人偶游公园便写牡丹诗,定好不了,盖其未能得牡丹之神理,所写亦只牡丹之皮毛而已。上所言"物我两浑",乃用王静安先生语,不如用"内外一如"——此佛家语,即精神融洽。素日已得其神理,偶然一发,此盖酝酿之功也。余之"腊梅诗"①,酝酿十余年始发出。白乐天学渊明,相差不知几千里也。白,浮浅,有意即发;陶,自然深刻,有酝酿之功,故不着力而自然深刻。

唐人陈子昂五古"兰若"一首,味厚极了:

---

① "腊梅诗"即前所言及之《腊梅长句》。

> 兰若生春夏,芊蔚何青青。
> 幽独空林色,朱蕤冒紫茎。
> 迟迟白日晚,嫋嫋秋风生。
> 岁华尽摇落,芳意竟何成。
>
> (《感遇三十八首》其二)

末四句之意思——大自然永久,而人生有尽——绝非其在作诗时才有,是早有此意,经过酝酿,适于此时发之。五言诗必有神韵,而神韵必酝酿,有当时的机缘,意思久有酝酿。张子寿(九龄)"兰叶"一首(即《感遇十二首》其一①)则作坏了,浮浅,薄;不若"孤鸿"一首(即《感遇十二首》其四):

> 孤鸿海上来,池潢不敢顾。
> 侧见双翠鸟,巢在三珠树。
> 矫矫珍木巅,得无金丸惧。
> 美服患人指,高明逼神恶。
> 今我游冥冥,弋者何所慕。

沉着,厚。中国韵文非不能表现思想,可"兰叶"一首表现不佳,因除思想外,没有文字之美。"孤鸿"一首,唯末二句好。陈子昂"兰若生春夏"一首,末四句是思想,而余音袅袅。

---

① 《感遇十二首》其一,全诗如下:"兰叶春葳蕤,桂华秋皎洁。欣欣此生意,自尔为佳节。谁知林栖者,闻风坐相悦。草木有本心,何求美人折。"

第五节

长诗须铺张

作诗有时要铺张,特别是长诗要铺张。

铺张即客观的描写。铺张的功夫以汉赋为最。汉赋壮丽,后世之诗少壮丽。金碧辉煌是壮丽,即能铺张;不然茅屋三间,虽清雅而不壮丽。

中国人老实,不喜欢壮丽,而亦因才短之关系。屈原《离骚》则壮丽。后人才短,联想力、幻想力皆弱,创造力亦弱,所有壮丽作品多由铺张而来,不铺张无壮丽。而铺张须客观之描写,锻炼之字句。老杜《北征》即多客观之描写,字句亦多对偶,整齐。

写长篇,先搜集材料然后作,又须有手段,始能有好作品。写长篇非有此功夫不可。因长篇易冗,冗则弱或散。《长恨歌》即有缝子,冗弱,《长恨歌》不如《琵琶行》,《琵琶行》事情简单,篇幅较短。写长篇易于手忙脚乱,该去的不去,该添的不添。《长恨歌》虽不至于手忙脚乱,亦显才力不足。

写长篇须有"健句"。如《长恨歌》:

夕殿萤飞思悄然,孤灯挑尽未成眠。

发句太不健,真站不住。健之来即"劲"字。劲,形容词之用得好。凡作诗遇头绪多而复杂变化者,须用锤炼,有健句,长篇必须有健句支撑。此老杜最拿手。尤其叙事之作品,更要健。白乐天的《长恨歌》真不能算好,老杜《哀江头》是何等气概!又韦庄《秦妇吟》写黄巢之乱,(此乃为西北出土之唐人写本,韦庄《浣花集》无此篇。)比《长恨歌》高,其叙事比《长恨歌》好,字句锤炼亦比白乐天好。

此外,长篇古诗须有骈句。如老杜之长篇时于其中加骈句。其《醉歌行》即"别从侄勤落第归"首句"陆机二十作文赋"一篇七古,骈句甚多:

> 陆机二十作文赋,汝更小年能缀文。
> 总角草书又神速,世上儿子徒纷纷。
> 骅骝作驹已汗血,鸷鸟举翮连青云。
> 词源倒流三峡水,笔阵独扫千人军。
> 只今年才十六七,射策君门期第一。
> 旧穿杨叶真自知,暂蹶霜蹄未为失。
> 偶然擢秀非难取,会是排风有毛质。
> 汝身已见唾成珠,汝伯何由发如漆。
> 春光澹沱秦东亭,渚蒲牙白水荇青。
> 风吹客衣日杲杲,树搅离思花冥冥。
> 酒尽沙头双玉瓶,众宾皆醉我独醒。
> 乃知贫贱别更苦,吞声踯躅涕泪零。

"词源倒流三峡水,笔阵独扫千人军"(王羲之有笔阵图),"旧穿杨叶真自知,暂蹶霜蹄未为失","偶然擢秀非难取,会是排风有毛质"("排风"句谓才气如鸟之破空而飞),而至"汝身已见唾成珠,汝伯何由发如漆",二句真悲哀;又写至饯行:"春光澹沱秦东亭,渚蒲芽白水荇青。风吹客衣日杲杲,树搅离思花冥冥",皆为骈句。韩愈之"芭蕉叶大栀子肥"即偷老杜"渚蒲芽白水荇青"句,而韩粗杜细。[①] "树搅离思花冥冥"一句,旁人绝写不出。长诗中有骈句,撑住不倒。

---

① 叶嘉莹此处有按语:韩愈未必偷杜句。

第六节

词语之"返老还童"

> 深秋天气似清明。(余近作词中句)①
>
> 青山隐隐水迢迢,秋尽江南草木凋。
>
> (杜牧《寄扬州韩绰判官》)
>
> 清明在躬,气志如神。(《礼记·孔子闲居》)

"清明",即孟子所谓"平旦之气"(《孟子·告子上》)。"清明在躬",人这样才能活,活着才有劲。然而"清明"这个很好的名词现在化石了。

现在我们有两个办法 to create new term(创造新词)②。

创造新词并非用没有使用过的字,只是使得新鲜。如鲁智深打禅杖时,欲打八十一斤的,铁匠曰:"师父,肥了!不好看,又不中使。"(《水浒传》)"肥",原是平常字眼儿,而用在此处便新鲜。易安词尽管我们或喜欢或不喜欢,然不得不承认"绿肥红瘦"(《如梦令》)之修辞真高,"绿肥红瘦"亦用得新鲜。所以,创造新的字眼儿,并非再创造一新名词,只是把旧的词儿加以新的意义,如此谓之"返老还童法"。此法不能不会,然亦不可只在这上面用功,专在这上面用功,易钻入牛角。

然而若连旧法都不会,决不可贪图新法。如现在有人说"恢复宵禁"

---

① 全词及所引一句均未见于《顾随全集》。
② 按:此处言及"有两个办法",实则只讲了一种。

"解除粮荒",真是绝对。"解除"换"解决"或"救济"还可以,"粮禁"或者还可以说"解除"。又有"消遣无聊""消磨无聊","消遣""消磨",无成绩,无希望,真是无聊。倒是西洋 to spend 一词好,to spend time or money。花费,to spend,也不太好,是比较好。又有人说"胜利是血泪换来",说"血"就得了,何必曰"泪"?人一哭就是宣布自己完了,最没出息。"刘备的江山——哭来的",刘备之好哭不确,盖《三国演义》之谣言。就算是刘备好哭吧,他的哭也与《红楼梦》上林黛玉之哭不同。人千万不可用泪去换取别人爱惜。刘备不然,他是一哭就把别人征服了。所以说若连平常基本的语言都不会,何能谈"返老还童"?

第七节

双声叠韵

双声叠韵可增加诗的美。如白居易《琵琶行》：

> 大弦嘈嘈如急雨，小弦切切如私语。
> 嘈嘈切切错杂弹，大珠小珠落玉盘。

它令我们感到音乐美，不但响亮，而且调和。但此无死法。
王国维《人间词话》卷下云：

> 余谓苟于词之荡漾处多用叠韵，促结处用双声，则其铿锵可诵，必有过于前人者。

此语不甚可靠。文章天成，妙手偶得。拙作《鹧鸪天》：

> 点滴敲窗渐作声。

前六字三个双声，如雨落声；白乐天之"嘈嘈切切错杂弹"亦然，如乐声。"或操觚以率尔，或含毫而邈然。"（陆机《文赋》）此可无心得，不可有心求，且不可迷信。

双声叠韵确可增加诗的美，但弄坏了，就成绕口令了。

句中两字相连成一词的,用双声叠韵好,否则不好。诗句中五字句,$\overbrace{12}\overbrace{34}5$,第一、二、三、四字,一、二两字可用,三、四两字可用,若二、三两字用双声叠韵就不好了。余《向晚短句》中"向晚益青苍""青""苍"双声。诗中七字句,$\overbrace{12}\overbrace{34}\overbrace{567}$,一、二两字可用,三、四两字可用,五、六两字或六、七两字成一词的可用,如"万木无声待雨来",如"无边落木萧萧下"(杜甫《登高》),老杜"萧萧"二字好。如第五字是单字,则五、六两字不可用,如杜甫:

漏泄春光有柳条。

(《腊日》)

"有"是单字,"柳条"是一词,而句中"有"与"柳"叠韵,故不好;且"有"上声,"柳"上声,不好。

词中有领字的,则领字之后两字连成一词的,可用双声叠韵。如柳永《八声甘州》:

正霜风凄紧,关河冷落,残照当楼。

"正"是领字,提纲挈领。

第八节

山岳式与波浪式

同一内容,在中、西文中声音、形式不同,如:

思君令人老——山岳式

To think of you makes me old——波浪式

在中文中是山岳式,"人"字用得好。《红楼梦》写宝玉挨打,宝钗看着心里难受,说:"早听人一句话,也不至今日。"(第三十四回)"人"字亦用得好。

中、西文字声音、形式不同,又如:

全或无　　　　all or nothing
不自由毋宁死　liberty or death
打倒　　　　　down with

第九节

作诗与读诗

学道(道,truth)的看不起治学(学,knowledge)的,治学的看不起学文的,以为写作乃一种技术。

道是全体,大无不包,细无不举。夫子曰:"吾道一以贯之。"(《论语·里仁》)道充六合(全),盈四海(面),在此如此,在彼亦如此。道者一而已;学是统系,由浅入深,由低及高,是线;文学创作是散乱、零碎,是点(破碎)。

抛开学道不谈,治学有两种方法:分析与综合。二者一踏实,一凌空(鸟瞰,bird's eye view);踏实是入,凌空是出;踏实要细,凌空要活。单就踏实而言,用功起初是勉强,然后是自然;起初是有心,后来成无意。现在人用功,活了不肯死(略观大意,不求甚解),结果只是皮毛,根本没进去,哪本书都知道,哪本书也没懂;否则是死了不肯活,这也不成,能吸收而喷不出泉水来。人用功当如蚕,食叶是忙,眠更不是闲;人用功又当如蚕之蜕皮,有帮助固好,而主要的是自力更生。此乃踏实。

踏实,就学文而言,即是文字上一点功夫——文从字顺。这不是好,而一切文章美皆以此为起点。学佛之人常说,不可除(断)大慈悲种子。文章美如大智慧,亦有种子,即文从字顺。

金圣叹文好说费话。他有才识那且自由他飞舞,众人不可如此。金圣叹批点《西厢记》曾叹赏天空之云霞、地上之野鸭、草木之开花、灯火之光焰为天下之至妙,其写"灯火之焰,自下达上,其近穗也,乃作淡碧色;稍上,作淡白色;又上,作淡赤色;又上,作乾红色;后乃作黑烟,喷若细沫",而"今世人之心,竖高横阔,不计道里,浩浩荡荡,不辨牛马。设复有人语以此事,

>>> 学道的看不起治学的,治学的看不起学文的,以为写作乃一种技术。道是全体,大无不包,细无不举,道充六合(全),盈四海(面),在此如此,在彼亦如此,道者一而已;学是统系,由浅入深,由低及高,是线;文学创作是散乱、零碎,是点(破碎)。抛开学道不谈,治学有两种方法:分析与综合,二者一踏实,一凌空。图为北齐杨子华《校书图》。

则且开胸大笑,以为人生一世贵是衣食丰盈,其何暇费尔许心计哉?不知此固非不必费之闲心计也。"且金圣叹指出:

> 人诚推此心也以往,则操笔而书乡党馈壶浆之一辞,必有文也;书人妇姑勃谿之一声,必有文也;书途之人一揖遂别,必有文也。何也?其间皆有极微。他人以粗心处之,则无可如何,因遂废然以阁笔也。

金氏所言甚是。生生死死,死死生生,"方生方死,方死方生"(《庄子·齐物论》),为诗为文当如此。

王静安先生说:

> 词人者,不失其赤子之心者也。(《人间词话》卷上)

然此语有语病。小孩子是纯,虽曰纯,而有时幼稚,不是不天真,只是发展不够。小孩子虽天真而无能,则还是不行。天真在本身是好,而它能成什么呢?能成道还是成学?诗人是本着天真,然不全仗恃天真。

曹孟德是顶机术的一个人,如其杀杨修等事,而其诗是了不起的诗,比他两位少君①好,其量虽少,而质甚高。难道他的诗是恃天真写的么?天真是"因"不是"缘"。小孩多烦恼,一点没有"守",没有情操(缘)。

杜工部一直到晚年还是破碎,曹孟德则不然,对情操有训练。杜工部是放纵,先不必谈他处世之成败。我们不是不谈成败、利钝、是非、善恶,唯与世俗所谓成败、利钝、是非、善恶不全同。对于情操不加训练,在人生就该是失败者,姑不论其成败本身即是苦恼。不过老杜担起来了,故尚不失为英雄。欲转矛盾成调和……老杜虽不为至上,仍为大师。而初学者不可

---

① 少君:对他人儿子的尊称。

从此下手。故王渔洋主神韵而成功者少,即无从下手。

古人写下几句好诗使后人读,真是对得起后人,后人亦应不辜负他。然其间须有好坏之分,取舍之别。古人费心写,吾人读时亦应费心读。吾国多抒情诗,其中亦有好坏去取,不辜负亦不可盲从,盲从才是真的对不起。

读之不受感动的诗,必非真正好诗。好的抒情诗都如伤风病,善传染。如宋玉:

> 悲哉!秋之为气也。
> （《九辩》）

此一句,千载下还活着。而人读之受其传染,春夏读之亦觉秋之悲。"悲哉!秋之为气也",有魔力,能动人。然我们还须更进一步。宋玉把他要说的话说出来,他的责任已尽;写者成功,而读者也不可忘了自己。读"悲哉"一句能若使我们忘了自己,在宋玉是成功了,而在我们是失败了。如泰山压卵,泰山成功,置卵于何地?又如老杜:"无边落木萧萧下,不尽长江滚滚来。"(《登高》)老杜写此诗对得起我们,他是成功了,而我们受他传染,置自身于何地?

严羽《沧浪诗话》所谓"兴趣",虽不甚洽,而意思是对。意思对,"名"不对。"言有尽而意无穷","无迹可求",诗最高应如此,并不是传染我们或抹煞我们。读者与作者混合一起,并非以大压小。我们读古人诗,体会古人诗,与之混融,是谓"会",会心之会:

> 古人端未远,一笑会吾心。
> （陆游《秋阴》）

此虽无甚了不得,而是诗。"端",端的,到底。"一笑会吾心"是顿悟气象,是不抵触,是不矛盾,与古人混合而并存,即水乳交融,即严氏所谓"无迹可求","言有尽而意无穷"(《沧浪诗话·诗辩》)。然如此古人之好诗太少。如宋玉、老杜只可算 B 或 A,绝不能是 A^+,盖其尚有泰山压顶之手段。

若读了不受感动,是作者失败;若读了太受感动,我们就不存在了,如此还到不了水乳交融——无上的境界。孟浩然"微云淡河汉,疏雨滴梧桐"句,不是拿感情来传染,是水乳交融、"言有尽而意无穷"之境界。

第十节

自评诗词

一 《偶读香山诗,见其自注中有暮雨萧萧之句,意颇爱之,因足成四韵》①

> 不惜胜年如满月,剧怜夜夜减清辉。
> 幛外垆烟随意转,庭前木叶逐风飞。
> 愁云漠漠天将压,暮雨萧萧人未归。
> 画得残眉还对镜,起来更着五铢衣。

唐人作绝句每一起有劲,后人作律诗有时多随意起,尤其七律。有时意尽诗未完,不得不使力。

二 《雨晴出游口占长句四韵》②

> 夜来一雨净朝晖,此际先生忍掩扉。
> 临水绿杨还濯濯,掠风紫燕正飞飞。
> 满川芳草交加绿,几处夭桃取次稀。
> 一任余寒砭肌骨,缊袍准拟换春衣。

---

① 《偶读香山诗,见其自注中有暮雨萧萧之句,意颇爱之,因足成四韵》(1940年后),见《顾随全集》卷一,石家庄:河北教育出版社,2014年第1版,第487页。唯诗题中"萧萧"作"潇潇"。
② 《雨晴出游口占长句四韵》(1944),见《顾随全集》卷一,石家庄:河北教育出版社,2014年第1版,第456页。

《世说新语》有"濯濯如春月柳",与《孟子》"牛山濯濯"①之"濯濯"不同。"绿杨"与"交加绿"重复。若改"垂杨",与"濯濯"不合;当说"袅袅",而也不好。

人皆以为七律对句难作,其实一起一结更难。"此际先生忍掩扉",意思尚可,写得不好,"忍""掩"皆上声,不好听。末一句音色亦不好。

原来后四句是:

甲兵未洗天汉在,咒虎真嗟吾道非。
对此茫茫成苦住,杜鹃莫道不如归。

"苦住",也叫住山、苦修。大师得道后开堂说法,普通叫出世。在初学时先行脚,后苦住;甚或结死关,生活程度最低。"对此茫茫"二句尚好,音色鲜明调和。所以舍之者,因此四句与前四句情味不调和。前四句是活泼的,后"对此茫茫"无着落,前四句没有"茫茫"的味。"甲兵未洗天汉在",用老杜诗;"天汉"之"汉"字原当为平声,宋人诗常喜拗第六字。"咒虎"用《孔子世家》。"对此茫茫",用《世说》及元遗山诗"市声浩浩如欲沸,世路茫茫殊未涯"(《出东平》)。杜鹃"不如归"用者更多。

又《共仰》②:

莫信蛟寒已可罾,飞飞斥鴳笑鲲鹏。
花开燕市仍三月,人在蓬山第几层。
共仰挥戈回落日,愁闻放胆履春冰。
龙沙百战勋名烈,醉尉凭教喝灞陵。

---

① 《孟子·告子上》:"牛山之木尝美矣,以其郊于大国也,斧斤伐之,可以为美乎?是其日夜之所息,雨露之所润,非无萌蘖之生焉,牛羊又从而牧之,是以若彼濯濯也。"
② 《共仰》(1944),见《顾随全集》卷一,石家庄:河北教育出版社,2014年第1版,第454页。

对句之稳,结构之整齐,较前首好。此首有意用黄山谷、李义山。

要写诗必先从脑中泛出来一点什么,应能抓住,找就不行了。古人所写盖即脑中一泛抓住写出。我们能写诗,因为是读书人;而写不好,亦因是读书人。因一写时,古人的字句先到脑中来了。江文通写《别赋》脑中泛出的真是"春草碧色,春水渌波",我们写离别泛出的是《别赋》的四句。

古人是表现(expression),吾人是再现(re-appearance)。

古人画山水,脑中泛出是真山真水;吾人画山水,泛出是古人的画。写诗亦然。弄好是再现,弄坏了连再现都够不上,只是把古人字重新排列(re-arrange)。古人是本号自造,吾人是假冒。弄好是假古董,弄不好连假古董都够不上。知难行易,知易行难,皆有理。知固不易,行亦真难。近代作家之诗已无生气,盖即此故。

三 《杂诗》①

春夏之交,得长句数章,统名曰《杂诗》云尔:

净业湖边送晚晴,会贤堂下暮烟生。
驼庵得句无人识,燕市今宵有月明。

丁香飘雪不禁愁,雨打风吹看即休。
隐隐杨花无影过,空庭有月莫登楼。

一盏临轩已断肠,寻花谁是最颠狂。
年年常抱凄凉感,独去荒园看海棠。

---

① 《杂诗》即《春夏之交得长句数章统名曰杂诗云尔》(1944),见《顾随全集》卷一,石家庄:河北教育出版社,2014年第1版,第454页。唯"白塔危阑"一首,"无关"作"何关","悲风"作"秋风"。

今年又过海棠时,暮雨朝晴系梦思。
一架朱藤深院里,黄蜂喧上最繁枝。

遥山过雨泛空青,池面风回约绿萍。
隔岸柳荫还漠漠,著花楸树正冥冥。

感怀触事自长吟,惆怅难为此际心。
紫燕归来花已老,青蝇飞动夏初临。

白塔危阑爱独凭,登临又到最高层。
汉家事业无关树,一任悲风起五陵。

第五首自觉还有意思。首句"遥山",为何次句不对"浅水"?首句"过雨",为何次句不对"回风"?次句"池面"为何不说"水面"?故意使其如此。

第六首"感怀触事自长吟,惆怅难为此际心",最糟怕是此十四字。"惆怅"句是太普通的情感,许多人都有过。作诗是如此,做人亦是如此,太出奇固然没法活,太不出奇活不活一样。没有一挥而就的文章与诗。若果真有,也不好。

余近来作诗,尤以七言,颇被宋人影响。多用典,不好。第二首"隐隐杨花过无影",用张子野词"无数杨花过无影"(《木兰花》)。第三首首句"一盏临轩已断肠",用韩致尧句"临轩一盏悲春酒,明日池塘是绿阴"(《惜花》);次句"寻花谁是最颠狂",老杜有句"无处告诉只颠狂"(《江畔独步寻花七绝句》其一),放翁有句"市人唤作海棠颠"(《花时遍游诸家园》)。第四首"暮雨朝晴系梦思",老杜有句"云雨荒台岂梦思"(《咏怀古迹五首》其二)。这些句子不知道古人诗句也能懂。真龙天马当然好,但没那天才,能作骆驼也好。(唐人小说有骆驼变一僧说禅,倦禅时又化作骆驼。)

第七首"汉家事业无关树,一任悲风起五陵",用杜牧之诗"看取汉家何事业,五陵无树起秋风"(《登乐游原》)。诗人都有点悲观,有点消极,小杜真到了极点。人的一生扎挣、折腾,总得为点什么,汉家四百年江山,到了唐朝,看长安城外五座陵墓连树也无,还扎挣什么?折腾什么?余之诗用它却拗着用,尽管五陵无树,事业自在,所以说"汉家事业无关树,一任悲风起五陵"。或说登高临远可解郁闷,余以为登高望远时常有意外的感觉和思想。这首"白塔危阑爱独凭"倒真像自己的诗作,并非和古人捣乱、开玩笑——古人如此说,为什么?

作诗平仄要紧的是一、三、五,尤其七言,余之诗成了习惯,总是一、三、五使劲。

余之诗作自感有两种好处:一是好懂,一是切近。作诗最要紧的是"感",一是肉体的——感觉;一是精神的——情感。把无论精神的、肉体的亲身所感用诗的形式表出,不管是深浅、大小、厚薄。那七首诗可以说所感浅、小、薄,但能说不是诗么?是诗,就因为是亲身所感、切实所感。读书对作诗来说,是为的锻炼字法、句法,而最要紧的还是实际生活上用功。宋以后诗人文字功夫深而实际生活的功夫浅了,所以读来觉得它总不像诗。你解决生活、分析生活的功夫深了固然伟大,但也不是说文字的功夫就可以抛弃。学诗至少要有一半功夫用于生活,否则文字即使十分好,作来也不新鲜。

四 《夜坐偶成长句四韵》

> 学道浑如退飞鹢,赋诗何异诊痴符。
> 病来七载身好在,贫到今年锥也无。
> 永夜北辰低象纬,一星南极落江湖。
> 空堂独坐三更尽,城上又啼头白乌。

"诊",叫卖。

"退飞鹢",|—|;"身好在",—||;"锥也无",—|—。

禅家云:"但愿空诸所有,慎勿实诸所无。"(庞蕴居士语)①道家有云:"为学日益,为道日损,损之又损,以至于无为。"(《道德经》四十八章)——"悟了同未悟"(提多迦尊者语)。这里的"悟了"与"未悟"虽曰"同"——表面相似,而实不同。"悟了"是恍然大悟,是"空诸所有";"未悟"是根本没有。佛家千言万语只是"明心见性",宋儒亦有言曰"将心比目,将性比天"②。心目性天即"空诸所有","慎勿实诸所无"。禅宗大师说"今年贫"连"锥也无"(香严智闲语),是空诸所有;余之诗说"贫到今年锥也无",既非写实,亦非禅意。禅家的空是"真""真如";我们的空是空虚、幻灭。"贫到今年锥也无",我们的茫茫是无本可据。"一星南极落江湖",用黄山谷诗"南极一星在江湖"(《题落星寺四首》其二)。

五 《夏初杂诗》续二首③

榆荚自飘还自落,杨花飞去又飞回。
三千里外音书断,细雨江南正熟梅。

春去谁言岁已除,墙头屋角绿扶疏。
楸花经雨凋零尽,梨树飘香是夏初。

---

① 庞蕴:生卒年不详,字道玄,唐朝禅门居士,与萧梁之傅大士并称为"东土维摩"。《庞居士语录》记载:"于顷闻此前往问疾,居士谓曰:'但愿空诸所有,慎勿实诸所无,好住世间皆如影响。'言讫即枕于顷膝而化。"

② 程颐言:"在天为命,在人为性,论其所主为心。"(《程氏遗书》卷十八)朱熹言:"心者,人之知觉,主于身而应事物者也。"(《朱文公文集》卷六十五)又言:"性者,人之所得于天之理也。"(《孟子集注》卷十一)

③ 《夏初杂诗》续二首即《春夏之交得长句数章统名杂诗云尔》其九、其十(1944),见《顾随全集》卷一,石家庄:河北教育出版社,2014年第1版,第455页。

小杜有诗云:"春半年已除,其余强为有。"(《惜春》)

余作此二诗颇费一点心思,但是并不能算好。一切事都当高处着眼,低处着手。

榆荚落是直的,杨花飞是横的。"一川烟草,满城风絮,梅子黄时雨。"(贺铸《青玉案》)余弟说余诗肥不了,余以为是如此,诗不大。老杜水浑真有大鱼。水清则无大鱼,小虾米折腾也热闹,然不大。

"梨树飘香是夏初"句盖前四五年就有此句。梨树、洋槐。有时材料不在新鲜。如"明月照高楼"(曹植《七哀》)、"池塘生春草"(谢灵运《登池上楼》),常用,但仍觉得好。

六 《偶成二绝》其二①

何曾忙里善偷闲,银锭桥边去看山。
始信横担柳枥木,不如一钵掩禅关。

诗之后二句上句不真切,而下句肯定好——精微奥妙。

精微:方寸之木,日取其半,万世而不灭。②奥妙:"恍兮惚兮,其中有物。"(《道德经》二十一章)

《世说新语·贤媛》篇记载,一女儿将适人,其母语之曰:"慎勿为善。"女曰:"然则为恶乎?"曰:"善尚不可,何况恶乎?"可见中国人喜欢简单。

如来所说法确是精微奥妙,而结果便成为复杂繁琐,着力在分析。

---

① 《偶成二绝》其二(1945),见《顾随全集》卷一,石家庄:河北教育出版社,2014 年第 1 版,第 461 页。唯"禅关"作"柴关"。
② 《庄子·天下》载惠子之语曰:"一尺之棰,日取其半,万世不竭。"

七 《薄暮散步什刹海附近,因访友人不遇而返》四首①

巢泥已带落花香,何事飞飞燕子忙。
人不归来春又去,荒城一半是斜阳。

更无荷叶叠青钱,只剩垂杨绾暮烟。
今日会贤堂下过,共谁掩泪话开天。

浮生不信是浮云,扶病时时到水滨。
南岸行人北岸柳,仙凡惆怅隔红尘。

经年一到寒松阁,古寺黄昏蝙蝠飞。
拄杖徘徊人不见,布鞋还踏月明归。

前二首与后二首非一天作,后二首作于前一天,前二首后一天作。时感情甚冲动。前二首念着冲,而无发展。

诗、词、曲可顺用,不可逆用。② 然周清真有词:

新笋已成堂下竹,落花都入燕巢泥。(《浣溪沙》)

余用词入诗,成"巢泥已带落花香"一句,而用得好。周之词色暗淡,余之诗色鲜明。音节与声调对表示感情有关,暗淡音节表示暗淡情调。

余最得意第三首。"扶病时时到水滨"句不好,然必须有,因无此句"水

---

① 《薄暮散步什刹海附近,因访友人不遇而返》四首(1943),见《顾随全集》卷一,石家庄:河北教育出版社,2014 年第 1 版,第 453 页。
② 叶嘉莹此处有按语:指诗可入词,词可入曲;而曲不可入词,词不可入诗也。

滨"无法引出下句之南岸、北岸。此首第一句原为"夕阳万瓦粲鱼鳞","粲"字不好,原为"耀",亦不好,因此句太费劲,其他三句不费劲。现改作"浮生不信是浮云",意虽稍晦而表现得不费劲。第三首意深,近日情调。四句中最得意者"南岸"二句。

"经年"一首不太好,旧调味太厚。寒松阁,友人所居寺也。

八 《向晚短句》①

余近作《向晚短句》:

计日探春讯,何时看海棠。
吹衣风浩浩,搔首意茫茫。
带病即长路,衔悲上讲堂。
楼前山色好,向晚益青苍。

"长句",七言;"短句",五言。不论古近体,皆然。

李商隐有写春色两句:

花须柳眼各无赖,紫蝶黄蜂俱有情。

（《二月二日》）

花、柳,以类相从。"花须柳眼",柳条只是一色柔条、垂条,而可抵花之万紫千红,此单调与彼复杂可抵得住。义山诗句好,不论姿态、颜色。诗一条路已被古人走尽,不是古人把话说完了,是旧诗路子只能如此写,不能脱

---

① 《向晚短句》(1940年后),见《顾随全集》卷一,石家庄:河北教育出版社,2014年第1版,第485页。

古人范围。

"带病即长路,衔悲上讲堂",二句是象征。"讲堂",禅宗和尚说法处,又名"法堂"。禅宗语:

> 我若一向举扬宗教,法堂里须草深一丈。(招贤景岑禅师语)①

此亦"衔悲上讲堂"(说真的法,就没人来听了)——不干不行——悲哀;想干,干不了——悲哀;身体不成、学而不成,也是悲哀。

九　绝句一首②

> 昨夜耿无寐,今朝食不佳。
> 聊将肉边菜,当作八关斋。

吾之绝句一首。五言绝句不敢作,唐以后宋人已不成。

"八关斋",佛家名辞。"肉边菜",亦佛典,因六祖隐名时,曾共人打猎,菜在肉边锅内煮,本身仍是菜。

清程瑶田③有《九谷考》。

想到读书。东坡读书有所谓"八面受敌法":每一书读数次,每次只求

---

① 景岑禅师(788—868):号招贤,唐朝禅师,师从南泉普愿,因谈禅机敏,同道尊为"虎和尚""虎大师"。《五灯会元》卷四载招贤景岑语录:"我若一向举扬宗教,法堂里须草深一丈。"
② 失题绝句一首(1948),见《顾随全集》卷一,石家庄:河北教育出版社,2014 年第 1 版,第 476 页。
③ 程瑶田(1725—1814):字易田,一字易畴,号让堂,安徽歙县人。清朝学者,精通训诂,提倡"用实物以整理史料",著有《通艺录》《九谷考》等。

一意。(《又答王庠书》)① 读中国古书要注意"生字"——识单字,"难句"——观文法,如读外国书;然后再读;第三遍注意叙事;第四遍注意写景。一篇文章必须读很多遍。余读书只要认为好的,至少要读十遍八遍,可惜是没有中心思想。

十 《和陶公饮酒诗》其十八②

  舍生必有取,君子恶苟得。
  量力敌饥寒,过此亦已惑。
  意坚齐险夷,理得破通塞。
  佳人在空谷,未须夸倾国。
  牵萝倚修竹,寒日共沉默。

  话是说给懂的人听,他已懂了,而偏要和他谈。

  陶渊明"偶有名酒,无夕不饮"(《饮酒二十首》小序),此与阿Q以为"人生仿佛有时也要砍头"③的思想不同,陶乃"苟不碎虚空,光阴如何惜"(余之《和陶公饮酒诗》其十五④)。陶之高风不是从风雅来,是从吃苦来,不但消极吃苦,还要积极做事。

---

  ① 苏轼《又答王庠书》:"但卑意欲少年为学者,每一书皆作数过尽之。书富如入海,百货皆有,人之精力,不能兼收尽取,但得其所欲求者尔。故愿学者每次作一意求之。如欲求古今兴亡治乱圣贤作用,但作此意求之,勿生余念。又别作一次,求事迹故实典章文物之类,亦如之。他皆仿此。此虽迂钝,而他日学成,八面受敌,与涉猎者不可同日而语也。"
  ② 《和陶公饮酒诗》其十八(1947),见《顾随全集》卷一,石家庄:河北教育出版社,2014年第1版,第471页。唯"碎虚空"作"辞虚空"。
  ③ 鲁迅《呐喊·阿Q正传》第九章《大团圆》:"他意思之间,似乎觉得人生天地间,大约本来有时也未免要杀头的。"
  ④ 《和陶公饮酒诗》其十五(1947),见《顾随全集》卷一,石家庄:河北教育出版社,2014年第1版,第471页。

>>> 读书要在要紧关头有用。如学拳,上场既不能防身,又不能打人,学之何用?"佳人在空谷,未须夸倾国。"图为清朝冷枚《春闺倦读图》。

人言作古诗宁拙毋巧，宁失之深勿失之浅，可靠否？

"舍生必有取，君子恶苟得。"古人云："临财毋苟得，临难毋苟免。"(《礼记·曲礼上》)不是不得、不免，只是"毋苟"。"苟"，只是受之无名，还不是有什么不正当。

文天祥之弟文璧降元，时人作诗讥讽："江南见说好溪山，兄也难时弟也难。可惜梅花各心事，南枝向暖北枝寒。"(世上侦探与盗贼是同一心计，是一棵树上所开两朵花，花开两朵，各表一枝。)又想到赵孟頫与其兄孟坚。赵孟頫，字子昂，然真是"俯"；其兄坚，字子固，真是"坚"，真是"固"，入元后隐居不仕。頫仕元后往笠泽太湖视其兄。坚问曰："弁山笠泽近来佳否？"頫曰："佳。"坚曰："弟奈山水佳何？"意思是你对得起这佳山水吗？(姚桐寿《乐郊私语》)《论语》有云："邦有道，危言危行；邦无道，危行言孙。"(《宪问》)"危行"并非不行，"言孙"并非不言。(孔子并未说"不行""无言"。)

"君子恶苟得"，然中国历史上不少君子小人之争，而结果多是君子失败，最后亡国。俗话说：害人之心不可有，防人之心不可无。不然，被人卖了还不知卖到什么地方去呢！为什么毒蛇可以咬人，而人不可以变成一个比毒蛇更厉害的去咬毒蛇？可是只要毒蛇，不要好人。人要去好人中便是一个好人，在坏人中要比坏人还坏。世上若有此英雄，我们要鲜花供养。(余之书斋曾名"夜漫漫斋"，虽黑暗到底还有天亮时候；后名"倦驼庵"，真完了。)

读书要在要紧关头有用。如学拳，上场既不能防身，又不能打人，学之何用？一人打他老子，老子即问："何以你讲孝讲得那么好？"其子曰："那是书。"读死书的书呆子不论，读书觉得对，我们便要如此做，这样书呆子可取。身体而力行，亲身去体会，拼命去干。书要与实地生活发生关系。

"量力敌饥寒，过此亦已惑。"法郎斯(A. France)，怀疑派，曾经说：我怀疑，因为我有怀疑的勇气，你们连怀疑都不敢。没有反省，使人成为狂妄；反省太多，使人成为怀疑。因此，"孔文子三思而后行，子曰：'再，斯可矣。'"(《论语·公冶长》)医者有割股之心，治死了，说我惭愧，那不成；说我心不坏,那不成。

"佳人在空谷,未须夸倾国。牵萝倚修竹,寒日共沉默"四句,即"意坚齐险夷,理得破通塞"。"佳人"二句是诗的表现,"意坚"二句太哲学味,不像诗,"佳人"二句才是诗。"天寒翠袖薄"(杜甫《佳人》)是吃苦,"日暮倚修竹"(同上)是要强,这两句是表现老杜的人生观。孟子:"仕,非为贫也,而有时乎为贫。"(《孟子·万章下》)"知足更励前,知止以不止"(《和陶公饮酒诗》其十九)二句即"苟不碎虚空,光阴如何惜",亦即陶公之"偶有名酒,无夕不饮"也。

十一 《鹧鸪天》三首

余作诗词主张色彩要鲜明,声调要响亮。此为目的,至于方法如何则识机而变。

> 一天云散唯凝碧,九陌晴初尚有泥。(《鹧鸪天·秋日晚霁有作》[①])

余之词句平仄皆合格律,而"有"字不太好念,不太好听;且"凝"字重,对"有"字似轻,或应改为"辗"字。实则"辗"字意虽较好,而音节还不如"有"。余之创作非不想深入浅出,"辗"字或好,而非余之作法,此非护短。

"一天云散唯凝碧,九陌晴初尚有泥"二句,不如余之"篆香不断凉先到,蜡泪成堆梦未回"二句好。

---

① 《鹧鸪天·秋日晚霁有作》(1943),见《顾随全集》卷一,石家庄:河北教育出版社,2014年第1版,第169页。

篆香不断凉先到,蜡泪成堆梦未回。(《鹧鸪天·不寐口占》①)

篆香断而凉到是自然,如今香未断而凉已到;蜡泪成堆时已久,梦该回而尚未回。原稿"先"字为"初"字,而"初"字不冷、不热,发暗、发哑,用在此处不好,故改为"先"字。而若小杜之"豆蔻梢头二月初"(《赠别》)之"初"字,鲜嫩,用得好。正月还凉,三月太暖,穿细薄棉袍,树方出芽,"二月初"之"初"用得好。"梦未回"之"未"字原稿为"欲"字,"未"是去声,"欲"字亦读去声,或谓"未"字深,"欲"字浅,此尚非主因。主因亦在鲜明、响亮,故"未"字较"欲"字好。诗中用字句如大将用兵,如医家用药。一种药别人吃得,此人吃不得。用字亦然。用的时、地不对,岂但不好,反而更坏。如在人前称自家兄弟为家兄、舍弟,若说"舍兄"便不成,而"家弟"成。

"凉先到""梦未回"之"先""未"二字较前首"凝""有"二字高,"唯凝碧"之"凝"字在此亦呆板。又如余之近作"病久诗心定,愁多道力穷"(《南歌子》②),一写便如此。此二句不及"篆香"二句。"愁多道力穷"句用意亦嫌稍深,"道力"所以打破烦恼,而今道力已穷,打不破矣。不过此二句中"定"字、"穷"字二字用得好,"定"字去声,"穷"字阳平,而其好不全在平仄。

又:《鹧鸪天·病中赋得小词一章》③:

识得前波即后波,从知心月耐消磨。满川斜日明寒草,一夜西风裂败荷。　　花易老,酒无多。有谁见我醉颜酡。年年抱得深秋病,摇落江潭奈柳何。

"从知心月耐消磨"之"从知",初作"明明"。"一夜西风裂败荷",用尹

---

① 《鹧鸪天·不寐口占》(1943),同上书,第170—171页。
② 《南歌子》(雨洗新秋月)(1943),见《顾随全集》卷一,石家庄:河北教育出版社,2014年第1版,第175页。
③ 此词未见于《顾随全集》。

默先生"一夜西风离败荷"[1]句。

　　文学上的真与事实之真不同,此所谓文心。即使事实不如此,何妨以此自娱? 自娱,超乎道德、法律之上。法国诗人阿尔弗雷德·德·维尼(Alfred de Vigny)[2]说:最好做思想的游戏。(看书当记原文,在其内容与文字美。)或谓:有人以政治(事业)杀人,又有人以学术思想杀人。(尼采Nietzsche,恶魔派哲学。)思想的游戏是自娱。

　　饮酒、吸烟,只能自娱,不能娱人;而思想的游戏不但能自娱,还可娱人。文学之自娱亦然。自娱之高下或即以此分。纪晓岚好以文字技巧做思想游戏,如"片云头上黑,孤月浪中翻",笑二人一额上之黑瘢,一已瞽之左目;(梁章钜《巧对录》卷六)[3]又如以"陆耳山"对"四眼井"。(陆耳山,即与纪晓岚同修《四库全书》的陆锡熊。陆以"四眼井"讥笑纪晓岚近视眼,纪氏对以"陆耳山"。)[4]不过,这只是思想游戏初步,还非法诗人所说者。王斲山所言:未到庐山,满眼是庐山;一到了,反而不见庐山。庶近之矣。(王斲山,金圣叹之友,金圣叹评点《西厢记》中多所提及。)

　　并非事实所有或所必需,而文人又必须有文心。

　　文心,了解是一回事,欣赏又是另一回事。

---

① "一夜西风离败荷":沈尹默《鹧鸪天》(一夜西风离败荷)首句。
② 阿尔弗雷德·德·维尼(1797—1863):法国18世纪诗人,著有《古今诗集》《命运集》等。
③ 梁章钜《巧对录》卷六:"有两生同谒纪文达师者,一额有黑瘢,一左目已瞽。师见之大笑不止,两生惊讶,请其故。师笑曰:'吾偶集得杜句,一为"片云头上黑",一为"孤月浪中翻"耳。'"
④ 徐珂《清稗类钞·诙谐类》"饮马驮人"条:"陆耳山学士锡熊驱车谒客,便道过纪文达,语之曰:'适饮马四眼井,此五字以何为对?'文达曰:'即以阁下对之,可乎?'盖'驮人陆耳山'五字也。文达固以陆为马以戏之耳。"

后　记

　　回首自1982年起始,整理嘉莹教授听老师顾随讲课笔记的工作,一弹指间,已是三十五度年轮驶过。其间,不同版本的顾随"诗话""说诗""讲录",若不借助于"电"脑的记忆,我实在一时不能说出已经有了多少种、多少册,仅是我为有些版本所写的"后记",即已至两位数,而今,收录全部笔记的《传学》首次与读者见面。细读、抄录、整理、编订嘉莹教授听顾随老师讲课的笔记,种种感激、感动、感奋、感发……都已写进前此之多篇"后记"中,这一全本的出版,又觉有些话还是需要说一说,而且要从头说起,因此只好不避聒絮之嫌,写下这篇后记。

　　父亲以教书为业,一生执教整整四十个冬春,一班又一班、一代又一代的青年学子随着他的登堂说法,走进中华传统文化的殿堂。当年课堂盛况,身后桃李天下,早已传为教坛佳话;尤可告慰父亲在天之灵的是,他的传法弟子叶氏嘉莹跟随老师听课达六年之久,将老师的课堂讲授做了堪与现代录音录像设备并美的文字记录。老师的学问修养、讲授艺术以至课堂讲述时的风神情采,一一再现于嘉莹教授的听课笔记上,为中华文化史留下了一份弥足珍贵的文献资料。对于这一份珍贵的文献资料,2012年10

月,时已年近九旬的叶嘉莹教授仍做着深情的忆述:

> 关于顾先生讲课之笔记,是我于1942年至1947年六年中在北京各大学听顾随先生讲课之笔记,篇帙极为浩繁,我因深知先生讲课之精华实为中华诗词传承不可多得之瑰宝,所以多年来一直随身珍重携带未敢或失。虽经忧患乱离一切衣物尽失,而我对这些笔记则珍视如同自己的生命,故得以全部保存。(《驼庵诗话·附记》)[①]

为了使视同生命的历史记录成为沾溉后辈学人的精神滋养,早在改革开放之初,嘉莹教授即筹划、设计听课笔记的整理、出版工作。1982年回国讲学之时,她从加拿大带回了八册当年的听课笔记,准备从中择录一些段落,整理编写为一部类如古代"诗话""词话"式的著作。她将这些笔记郑重地交到我手里,嘱咐我来完成这项工作。我第一次见到这些嘉莹教授视同生命的笔记,每页页、每行行,密密地写满了流利清秀的钢笔小字,满满地记录着我父亲20世纪40年代的讲课内容。我掂得出嘉莹教授嘱咐的分量,兴奋、激动,也不免惶恐。嘉莹教授理解我的心情,也了解我的水平,几个月里,她在讲课的间隙,像指导初入学的小学生一样"手把手"地指导着我,一开始,连需要摘录哪一页上的主要观点、重点段落,都是她先用铅笔标示出来……待八册笔记摘录、誊清完毕,嘉莹教授一番审定之后,拟出上下两卷的细目,交给我逐条加以归类排序,她再进行最后的调整与编订,七万字的《驼庵诗话》方得以辑入父亲的第一种遗集《顾随文集》,于1986年出版。整理《驼庵诗话》的过程,是我直接受教于嘉莹教授的过程,也是我透过嘉莹教授的笔记,既是间接又是直接地受教于早已西归的父亲的过程。

数年之后,嘉莹教授再次从加拿大带回《论语》《中庸》等的听课笔记本

---

① 顾随:《驼庵诗话》,北京:三联书店,2013年第1版。

和厚达一寸多的听课笔记活页。有了前时整理《驼庵诗话》的基础，这一次我以"说诗""说文"的形式，整理出十五篇说诗词、论古文的专题文章，成为1995年版《顾随：诗文丛论》一书的骨干篇章。

"诗话"与"说诗"的问世，十余年间产生了意想不到的社会影响，读者领略到一位前辈学人在讲台上独有的风采，惊异于他广博精深的学术修养、卓异特立的学术见解、引人入胜的学术阐释，读者呼唤这种新鲜的、极具人生色彩与生命力的讲述能更多一些。随着国家改革开放的进程，随着学术文化思想的日趋科学与活跃，笔记的整理也随之有了进一步丰富完满的可能。这时，我产生了一种想法——将嘉莹教授全部听课笔记重新全面进行整理，成为一部"讲坛实录"式的著作，尽可能全面完整地将父亲讲课"原生态"般地展示给后辈学人，这样，方不负当年老师讲课、学生笔记并珍存的苦心用意，对于中华传统文化的承传也是一份宝贵的文献。

这一想法得到了嘉莹教授的鼓励与支持。这时，也有了献红女棣之与我合作，我们可以一起来完成这项任务——搜检资料，校补引文，查勘典故，梳理内容，整合篇章，标注纲目，总体编排，增补注释。一番艰苦而愉快的努力之后，自2012年起，就有了《中国古典诗词感发》《中国古典文心》等著作的相继问世。

我曾在一篇后记中写道，对嘉莹教授的听课笔记已"片言未落"地保存了下来，但我们的工作其实还没有到画上完满句号的时候，我那句话显然是说得早了。女棣献红十分清醒地认为，有必要将已经出版的全部文稿与嘉莹教授的笔记原件字字句句做一番认真对照，以确保文稿的真实、完整、无误。笔记原件我们已于2010年全部送还于嘉莹教授，但送还前我们将全部笔记做了扫描，留下了永久的资料。在一年多的时间里，我们用了授课以外的全部时间，在电脑上一字字、一句句、一行行、一页页、一本本地进行着细密而严格的比照，发现了原整理稿中真有不少缺失、疏误：偶有字句甚至段落漏摘的情况；亦有因字迹不清难以辨认而不曾抄录的情况；偶有误识以及遗漏之字句；也有在断句与分行上有违原意之处……她分别一一做了补正,对个别原文稿组织安排不甚科学之处也做了调整。如今,据听课笔记整理的著作有了《传学》这一最新最全的独家版本,这回我们真可以有底气地大言:新的版本内容完完全全依循着笔记原件,实实在在地做到了"一字不落",今后或许还会发现极个别误字,而版本内容不会再有任何一点变动。这是最后的定本。今后读者如需摘引,只以此本为准。厚颜地说一句自我安慰的话:这或许就是出版界朋友所说的"后出转精"吧。至于这本书与原"感发""文心"之关系,这里也要做一点说明:这本《传学》,集中了前两种的全部内容,并在篇章上做了扩充,且听取北京大学出版社策划编辑王炜烨先生的提议,依照中华传统文化的发展顺序重新编排,并根据内容进一步调整了章节。这或许能更便于读者阅读。

父亲一生论诗衡文乃至做人,都坚守一个"诚"字,他凭着一颗赤诚的心,面对祖国的历史文化,面对求知的青年学子,教书对他来说就是实实在在地完成着自己的人生课题。父亲不会想到,也绝不曾想过,他在课堂上用话语所传的"道"、说的"法",在几十年后仍能传播开来,显示着活泼泼的生命力。《传学》以讲"诗经"为开卷,这生生不息的活力,我想或可借用《诗经·小雅·天保》中的诗句做一描述:

> 如月之恒,
> 如日之升。
> 如南山之寿,
> 不骞不崩。
> 如松柏之茂,
> 无不尔或承。

2017是父亲诞辰120周年,谨以此书作为对他老人家的忆念。

顾之京